名家名译

高植译托尔斯泰

ДЕТСТВО
ОТРОЧЕСТВО
ЮНОСТЬ

幼年·少年·青年

[俄] 列夫·托尔斯泰 著

吉林出版集团股份有限公司

本书根据莫斯科国家艺术文学出版局 1937 年版本译出

目　　录

少　年

青　年

致读者

我不免作家们的普遍弱点——致言读者。

这种致言大都是为了获得读者的好感与宽容。读者，我也想要向你说几句；但为了什么目的呢？我真不知道——让你自己去判断吧。

每个作者——就其最广义而言，无论他写作的是什么——一定会设想：他的著作将要发生什么影响。为了想象我的作品将要发生的印象，我心目中必须有某一特种的读者。

除非我心目中有了某一特种的读者，我怎么能够知道，我的作品会不会令人满意呢？它一部分或许满足这个人，另一部分满足另一个人，或者满足这个人的又甚至或许为别的人所不欢喜。任何坦白地陈述出来的思想，无论多么复杂，任何明白地表现出来的幻想，无论多么荒谬——不会得不到某些人的同情。假如它们能够在这个头脑里产生，它们定会找到别的头脑发生反应。因此任何作品一定令人满意，但不是任何作品会全部地令人满意。

当一全篇作品满足什么人的时候，则这篇作品在我看来是完善的。要达到那种完善——每个作者希望得到完善——我只能找到一种方法，就是对于所期望的读者的头脑，品性，嗜好，要形成一个明白清楚的概念。

所以我要借描写你而开始我对读者你的致辞。假如你发现你不类似我所描写的那种读者，就不要读我的小说——你可以按照你的性格去找别的小说。假若你正是我所想象的你，我坚决地相信你将愉悦地阅读我的作品，特别是因为在每一好的段节中，那激励我的，并使我免掉我或许写出的愚蠢文字的思想，也将令你满意。

要承认你是我所选定的读者之一，对你的要求是很少的：只要你是感觉灵敏的，就是，在回想你至诚地所爱的一个人物时，要能够有时从内心里去同情，甚至洒些眼泪，只要你欢喜他而不觉得羞耻，只要你爱你的回忆，只要你是一个信教的人，只要你读我的小说，寻找那抓住你的心的部分，而不是找那使你发笑的部分，只要你不因嫉妒而轻视好团体，即使你不属于这个团体，但要沉着地冷静地看待它——我就认为你是在我的选择人物之内。总之，你要做一个有了解力的人——这个人，当我得以认识他的时候，无须要我说明我的感觉与意向，但我知道，他了解我，我的心灵的每一音调在他心中找到反应。要把人分为智慧与愚蠢，或者好与坏，这是困难的，我甚至觉得是不可能的；但在善了解与不善了解之间我觉得有那么显明的界线，我不觉地在我所认识的一切人当中画出这条线。善了解的人的最主要显著的特征乃是和他们交往时的快乐——我们无须向他们说明，或解释任何东西，但可以充分信任地把很含糊地表现出来的观念传达给他们。在感觉之间有一些微妙的无从捉摸的关系，它们尚没有明白的言语表现，但它们是很明白地被了解的。我们可以向这种人勇敢地提出这种感觉与关系，说出条件。所以我的第一个要求是了解。现在为了我的风格的粗糙以及有些地方缺少流畅，我要向你，我的读者，作一说明。我预先相信，当我向你说明它的理由时，你不会苛求的。我们可以有两种方法唱歌：从喉嗓里唱，从胸膛里唱。从喉嗓里唱出的声音，比从胸膛里唱出的声音更加柔韧，但在另一方面，他却不感动你的心灵，这不是真的吗？反之，胸膛的声音，即使较为粗陋，却深深感动你。至于我，即使是在最平凡的曲调中，我听到了胸腔深处发出的音调，泪水会不自觉地涌到我的眼睛里。在文学中，情形是相同的：我们可以从理智里去写或者从情感里去写。当你从理智里去写的时候，文字会顺从地流利地落到纸上；但当你从情感里去写的时候，有那么多的思想拥进你的脑子，那么多的意义拥进你的想象，那么多的忆念拥进你的心，以致字句不精确，不充分，不顺从，粗糙。

这也许是我的错误，但当我着手从我的理智里去写时，我总是抑制我自己，并力求只从情感里去写。

我一定还要向你承认一个奇怪的偏见。

按照我的意思，一个作家的、一个写文章的作者的人格，几乎是诗的人格；因为我用自传的形式写作并希望尽可能使你对我的主人公发生兴趣，我希望不留下著作气派的任何痕迹，并因此避免了著作气派的一切习气，例如学术名词与形式的修整文句。

幼　年

第一章　教师卡尔勒·伊发内支

我十整岁生日那天，收到了一些那么美妙的礼物，生日的后三天，一八××年八月十二日，早晨七点钟，卡尔勒·伊发内支用棒上绑着糖纸的蝇拍，在我的头上打苍蝇，把我弄醒了。他打得那么笨拙，碰到了挂在橡木床架上的我的守护神的小像，死苍蝇正落在我头上。我从被褥下边冒出我的鼻子，伸手扶稳了还在摆动的小像，把死苍蝇抛到地板上，用我的虽然睡意沉沉却是愤怒的眼睛看了看他。他，穿着杂色的棉絮的换装服，系着一条同样质料的腰带，头戴有缝子的编织的红色小帽，脚穿软羊皮靴，顺墙边继续走动着，对准着打着苍蝇。

“就算是我小吧，”我想，“但是他为什么要打搅我呢？为什么他不在佛洛佳的床边打苍蝇呢？那里多的是呀！不，佛洛佳比我大。我年纪顶小：因此他就折磨我。他一生一世所想的，就是要做出使我不愉快的事情。”我低语着，“他明明知道他弄醒了我，惊骇了我，但他装作好像没有注意到……讨厌的人！他的换装服和小帽子和缝子——都是多么讨厌哦！”

我在心里边这么表示着我对卡尔勒·伊发内支的恼怒的时候，他走到了他的床前，看了看挂在床上边的缀了珠子的小趿鞋里的表，把蝇拍挂到墙壁的钉子上，显然是怀着最愉快的心情，向我们转过身来。

“Auf, Kinder, Auf......s'ist Zeit. Die Mutter ist Schon im Saal！（起来，孩子们，起来！……时候到了。妈妈已经在厅堂里了。）”他用善良的德语的声音呼唤，然后走到我面前，坐到我的脚头，从荷包里掏出了鼻烟壶。我装作睡着的样子。卡尔勒·伊发内支先嗅了嗅鼻烟，擦了擦鼻子，弹了弹手指，然后才来弄我。他微笑着，开始搔我的脚跟。

"Nun, nun, Faulenzer! （喂，喂，懒东西！）"他说。

虽然我很怕搔痒，我却没有从床上跳起来，也没有理他，只是把我的头向枕头下面钻得更深，用尽了力量踢腿，费劲地忍着笑声。

他多么善良，多么欢喜我们哦！我怎能够对他想得这么坏呢？

我又恼怒我自己，又恼怒卡尔勒·伊发内支，又想笑，又想哭：我的神经错乱了。

"Ach, lassen Sie，（嗬，你不要惹我了吧，）卡尔勒·伊发内支！"我把头从枕头下边伸出来，眼泪汪汪地叫着。

卡尔勒·伊发内支诧异了，不再动我的脚底板了，开始不安地问我，我哭什么，是不是我梦见了什么不好的事。……他的善良的德国人的脸，他同情地尽力猜测我的眼泪的原因，使我的眼泪流得更多了：我觉得难为情，不明白我刚才怎么会不欢喜他，怎么会认为他的换装服、帽子、缝子是讨厌的。现在，相反，这一切在我看来是极其可爱，甚至缝子也好像是他的善良的明证。我向他说，我哭是因为我梦见了一场噩梦——好像是妈妈死了，被人抬去埋葬了。这都是我捏造的，因为我实在记不得那天夜里我梦见了什么；但当卡尔勒·伊发内支，被我的话所感动，开始安慰劝我的时候，我似乎觉得我真做了那个可怕的梦，而流泪不是由于先前的原因了。

当卡尔勒·伊发内支离开了我，我在床上坐起来开始把袜子拉上我的小脚时，我的泪流得少些了，但是关于我所虚构的梦境的愁闷的思想并没有离开我。尼考拉，我们的侍者，走进来了，他是个清洁的矮子，总是严肃、整齐、可敬，是卡尔勒·伊发内支的好朋友。他送来了我们的衣服和鞋子：带给佛洛佳一双靴子，带给我那双可憎的我仍旧穿着的有结子的鞋。我觉得在他面前哭是难为情的，并且朝日愉快地照进窗子，佛洛佳站在洗盆架前，模拟着玛丽亚·伊发诺芙娜（我姐姐的女教师），笑得那么高兴那么响亮，使得严肃的尼考拉，肩上搭着布巾，一手拿着一块肥皂，一手拿着一罐水，也微笑着说：

"好了，佛拉济米尔·彼得罗维支。请洗脸吧。"

我是十分开心了。

"Sind Sie bald fertig?（你们就快预备好了吗？）"卡尔勒·伊发内支的声音从书房里传来。

他的声音严厉，不再有那感动我下泪的善良的语气了。卡尔勒·伊发内支在书房里是全然不同的人：他是教师。我连忙地穿了衣服，洗了脸，手里还拿着刷子，刷平着我的湿头发，听从了他的呼唤。

卡尔勒·伊发内支，鼻上戴着眼镜，手拿着书，坐在门窗之间的老地方。门左边有两个书架，一个是我们小孩们的，另一个是伊发内支自己的。我们的架子上有各种各样的书——课本和别的书：有些竖着，有些横着。只有两大卷红封面的Histoire des voyages（旅行记）端正地靠着墙，然后是长长的，厚厚的，和大大小小的书——有的是没有了书的封面，有的是没有了封面的书。在休息之前，卡尔勒·伊发内支大声地说道那个书架，命令我们整理图书馆的时候，我们总是把一切都向书架上堆，向书架上塞。他自己书架上所收藏的书，即使没有我们书架上的这么多，却是更加广博。我记得其中的三种：一册未装订的关于菜园施肥的德文小册，一卷羊皮封面的烧掉一角的《七年战争史》和《液体静力学全程》。卡尔勒·伊发内支把大部分的时间用在读书上，甚至因而损伤了他的目力，然而除了这些书和《北蜂》杂志，他就没有读过别的书。

在他的书架上摆着的这些东西之中，有一件东西最使我想起卡尔勒·伊发内支。这是一个装在木架子上的小小的硬纸圈，纸圈可以在木架子上用钉子移动。纸圈上贴着一张画，画的是一个太太和一个理发匠的漫画。卡尔勒·伊发内支把这个纸圈粘得很好，这是他自己设计做成的，为了遮挡强烈的光线，保护他的衰老的眼睛。

我现在还能够想象他的长身材，穿着棉絮换装服、戴着红便帽，帽子下边露出稀疏的白发。他坐在小桌旁，桌上摆着贴了理发匠的纸圈，它的影子遮在他的脸上；他一只手拿着一本书，另一只手放在圈椅的扶手上；在他面前放着一只字盘上有猎人像的表，一条方格子手帕，一个圆的黑鼻烟壶，他的绿眼镜盒和盘子上的一副烛钳。这一切是那么整洁精确地放在一定的地方，单凭着这种井然条理，我们就可以断定卡尔勒·伊发内支的良心是清白的，他的心地是宁静的。

常常是，我们在楼下大厅里跑够了，我们就踮脚溜上楼到书房里去，看见卡尔勒·伊发内支独自坐在圈椅里，面带安详庄严的神色，读着一本他所心爱的书。有时我也在他不读书时看到他：他的眼镜低低地挂在大大的鹰鼻子上，他的半闭的蓝眼睛显出一种特殊的表情，他的嘴唇悲哀地微笑着。房内是静悄悄的；只听见他的不快不慢的呼吸和那有猎人像的表的敲奏声。

有时他没有注意到我，我站在门边想着："可怜，可怜的老人！我们人多；我们游戏，我们开心，而他总是孤单单的，没有人抚爱他。他说的是真话，他是孤儿。他的生活经历是多么可怕哦！我记得，他告诉过尼考拉——处在他那样的境遇里是可怕的！"我是那么可怜他，我常常走到他面前，抓住他的手，说"Lieber（亲爱的）卡尔勒·伊发内支"。他欢喜我这么说，他总是要抚爱我，并且是显然受了感动。

在另一面墙上挂着一些地图，几乎全是破碎的，但被卡尔勒·伊发内支动手巧妙地裱补好了。第三面墙当中是通楼梯的门，墙的一边挂着两个尺；一个是我们的，全被划割过的；另一个新的是他的，他用在鼓励的时候多，用在画线的时候少；墙的另一边是黑板，在它上面，我们的重大过失用圈子画出来，小过失用十字标志着。黑板左边是角落，我们就是在这里被罚跪的。

那个角落是我永远记得的！我记得火炉的门，门上的通风器，和它转动时的响声。我们常常在这个角落里跪得膝盖和脊背发痛，并且常想："卡尔勒·伊发内支把我忘记了；想必是，他坐在软圈椅里看着《液体静力学》是很舒服的，但我是怎样的呢？"为了要他想到我，我就开始轻轻地开开关关火炉的门，或者从墙上剥下泥灰，但是假若一块太大的泥灰噗的一声掉在地板上，真的，单是恐惧便比任何处罚还可怕。我掉转头看卡尔勒·伊发内支，他坐在那里，手拿着书，似乎什么也没有注意到。

房当中是一张桌子，上面铺着破旧的黑油布，在布下边的许多地方可以看到被削笔刀划割过的桌边。桌子四周有几个未曾油漆，但因为用久了而被磨光的木凳。最后一面墙上有三道窗子。窗外的景物是：正在窗子前边是一条路，路上每个洼洞，每个石子，每个辙痕，都是我早已熟识而感到亲切的；路那边是一条修剪过的菩提树的荫道，在树后的许多地方可以看见枝条篱笆；在荫道那边可以看见一块草地，它的一边是打谷场，另一边是树林。树林的深处可以看到看守人的棚子。窗外的右边可以看见露台的一部分，大人们通常在晚饭之前坐在这里。当卡尔勒·伊发内支在改默写课卷的时候，我们就向那边看一眼，看见妈妈的黑头，谁的后背，模糊地听到那里的话声和笑声，我会因为不能够到那里去而恼怒，并且会想到，"我什么时候才长大，不读功课，总是和我所欢喜的人坐在那里，不读《问答记》呢？"恼怒会变为伤悲，只有天晓得为什么我会那样地沉思，沉思什么，以致没有听到卡尔勒·伊发内支为了我的错误在发怒。

卡尔勒·伊发内支脱下了换装服，穿上蓝的、肩头上有衬肩和褶襞的燕尾服，在镜前理好了领带，然后领我们下楼去向妈妈请安。

第二章　妈妈

妈妈坐在客室里倒茶，她一手扶着茶壶，一手把着茶炊的龙头，龙头里的水漫出了茶壶，流在盘子里。虽然她是凝神地望着，却没有注意到这个，也没有注意到我们进来。

当我力求在想象中使亲爱的人的容貌复生时，有那么多过去的回忆涌上心头，以致我只能透过这些回忆，好像是透过眼泪一样，模糊地看见那容貌。这些眼泪是想象之泪。当我极力回想我母亲那时候的容貌时，我只能够想象她的总是流露着同样的仁慈与怜爱的栗色眼睛，正在短发鬈下边的颈上的痣，绣花的白领子，和那只常常抚爱我并且我那么常常亲吻的温柔的瘦手，但她的整个的神情却是我想象不出来的。

在沙发的左边摆着一架旧的英国大钢琴，我的黑发的姐姐琉宝琦卡坐在琴前，用刚刚在冷水里洗过的淡红手指显然紧张地奏着克来门蒂的练习曲。她是十一岁。她身穿棉布短上衣和镶花边白短裤，她只能把第八音arpeggio（急奏）。玛丽亚·伊发诺芙娜戴着有粉红缎带的帽子，穿着蓝色短上装，侧面坐在她旁边，她的脸是红红的生气的，在卡尔勒·伊发内支一进来时，就显出更加严肃的神色。她严厉地看他一眼，没有回答他的鞠躬，却踏着脚，继续数着，"un, deux, trois; un, deux, trois.（一，二，三；一，二，三。）"比先前更高更威严。

卡尔勒·伊发内支一点也没有注意这个，按照他自己的习惯，带着德国人的寒暄话，一直去吻我母亲的手。她定了定神，摇了摇头，似乎要借此赶掉悲哀的思想，把手伸给卡尔勒·伊发内支，在他吻她手的时候，她吻了他的打皱的鬓边。

"Ich danke, lieber（我谢谢，亲爱的）卡尔勒·伊发内支，"她继续说着德语，问了，"小孩们睡得好吗？"

卡尔勒·伊发内支聋了一只耳朵，现在因为钢琴的声音，什么也听不见。他把腰弯得更靠近沙发，把一只手支在桌上，站在一只腿上，把便帽在头上举了一举，带着我那时觉得好像是极其文雅的笑容，说道：

"您原谅我吗，娜塔丽亚·尼考拉叶芙娜？"

卡尔勒·伊发内支，为了免得他的光头受凉，从来不脱他的红帽子，但每次进客室时，他总是要求准许他这样。

"戴着吧，卡尔勒·伊发内支……我问您，小孩们睡得好不好？"妈妈说，向他凑近着，说得很高。

但他又是什么也没有听见，把红帽子盖了秃顶，更其可爱地微笑着。

"停一下吧，米米，"妈妈微笑着向玛丽亚·伊发诺芙娜说，"我们什么也听不见了。"

当妈妈微笑的时候，她的本是美丽的脸变得无比地更加好看了，四周的一切似乎都高兴了。假如在生活的痛苦的时候，我只要能够一瞥那个笑容，我便不会知道什么是悲愁了。我似乎觉得，所谓面貌的美只是在笑容里。假如笑容增加面貌的魔力，这面貌是美的，假如不改变它，这面貌便是寻常的，假若损害它，它便是丑的。

妈妈和我问了好，便用双手捧着我的头，让它向后仰着，然后注意地看着我，说道：

"今天早晨你哭了吗？"

我没有回答。她吻了我的眼睛，用德语问：

"你为了什么哭呢？"

当她同我们亲爱地谈话时，她总是用那种语言说话，她精通这种语言。

"我睡着的时候哭的，妈妈。"我说，全部详细地想起那虚构的梦，想到这个，便不自觉地颤抖着。

卡尔勒·伊发内支实证了我的话，却没有提到做梦。妈妈谈到了天气，米米也加入了这个谈话，之后，妈妈在盘子上放了六块糖给几个受敬重的仆人，便站起身，走到窗前的绣花架子前。

"喏，孩子们，看爸爸去吧，向他说，在他到打谷场去之前，一定要到我这里来一下。"

音乐、计数、严厉的目光又开始了，我们看爸爸去了。穿过了保留着祖父时代的名称"听差室"的房间，我们进了书房。

第三章　爸爸

他站在写字台前，指着一些信封、纸张、钱堆，生着气，发火地向管事雅考夫·米哈益洛夫说着什么，管事把双手放在背后，站在门与风雨表之间通常的地点，迅速地向各方面扭动着手指。

爸爸说话愈生气，他的手指动得愈迅速，反之：爸爸沉默的时候，他的手指也不动了；但是，雅考夫自己说话时，他的手指是异常地不安，绝望地向各方面跳动着。我似乎觉得，凭它们的运动，就可以猜出雅考夫内心里的思想，但他的脸总是镇静的——表示着他知道他自己的尊严，同时，也知道服从，那就是说："我是对的，可是终归要听您的便！"

看到了我们，爸爸只说："等一下，就好了。"并且把头向着门动了一下，要我们当中的无论哪一个把门关起来。

"噢，啊呀！你今天是怎么了，雅考夫？"他继续向管事说，耸着一个肩膀（这是他的习惯）。"这个装着八百卢布的信封……"

雅考夫把算盘拖到面前，拨了八百，把目光注视在不定的一点上，等待着下文。

"……这是我出门时的家用。你明白吗？你一定会从磨坊收到一千卢布——对不对？——你一定会从金库收回押金八千卢布；干草，按照你自己的计算，可以卖七千普特①——照四十五戈比克计算——你会收到三千卢布；所以一共你会收到多少？一万二千……对不对？"

---

① 一普特约合十六．四公斤。

"正对。"雅考夫说。

但从他手指的迅速的颤动上我看出他想要反驳；爸爸却打断了他的话说：

"嗬，在这笔钱当中你要替彼得罗夫斯考田庄送一万卢布给委员会。现在账房里的钱，"爸爸继续说（雅考夫抹掉先前的一万二千，拨上二万一千），"你拿来给我，付今天的账。"（雅考夫抹掉了算盘珠，把算盘翻倒过来，大概是借此表示这二万一千也不见了。）"装钱的信封你要替我照上面写的送去。"

我靠近桌子站着，瞥见了收信人名。写的是："卡尔勒·伊发诺维支·毛亦尔收启。"

大概是注意到我看了我不需知道的东西，爸爸把手放到我的肩上，把我轻轻地从桌前推开。我不知道这是抚爱还是斥责，但不管怎样，我吻了一下那搭在我肩头上的露筋的大手。

"就是，"雅考夫说，"关于哈巴罗夫卡的钱，有什么吩咐吗？"

哈巴罗夫卡是妈妈的村庄。

"存在账房里，没有我的命令，绝对不许用的。"

雅考夫沉默了几秒钟，然后他的手指忽然更加迅速地转动起来，把他听主人命令时的鲁钝的服从的表情变成了他所特有的欺诈伶俐的神色，把算盘拉到自己面前，开始说：

"彼得·亚力山德锐支，让我报告您，随便您怎样的，可是要把钱如期付给委员会是办不到的。……您说，"他停了一下，断续向下说，"押金、磨坊、草秸的款子一定要收到……"（他算着这些项目，把它们在算盘上打出来。）沉默了片刻之后，他思索地看了看爸爸，添说，"但是我怕我们也许算错了。"

"为什么？"

"请看吧：关于磨坊——磨坊老板已经到我这里来过两次，要求延期，凭着主基督发誓，说他没有钱。……嗬，他现在还在这里呢——那么，您愿不愿自己同他谈谈呢？"

"他说些什么呢？"爸爸问，摇头表示他不愿意同磨坊老板说话。

"还是那些话哦！他说磨坊简直没有生意，他所有的一点钱都用到堤上去了。可是，假若我们换掉他，老爷，我们又会有什么好处？您提到押金，我好像已经向您报告过，我们的钱在那里待住了，不会很快地收回的。前几天我送了一车面粉进城给伊凡·阿发那西支，并且带了一封关于这件事的信，他又是这么回答，说：'我愿意替彼得·亚力山德锐支极力想办法，但是事情不是我能决定的。'所以，照各种情形看起来，大概再过两个月，您也不会收到进款的。……至于您所说的草秸——假定是，它可以卖三千卢布。"

他在算盘上拨了三千，沉默了大约一分钟，时而看着算盘，时而看着爸爸的眼睛，那神情好像是要说：

"您自己知道，这太少了！而且卖草秸又要吃亏；假若现在要卖，您自己是会知道的……"

显然他还有很多理由，大概，因此爸爸打断了他的话说：

"我不变更我的命令，"他说，"但是假若这些钱真要展期才能收到，那么，这是没有办法的，要用多少钱，你就从哈巴罗夫卡的项下动用吧。"

"就是了。"

从雅考夫的脸部神情和手指动作上，可以看得出，这最后的命令使了他大为满意。

雅考夫原是农奴，是极其勤勉忠实的人，他像一切的好管事那样，为了主人而吝啬之极，关于主人的利益，他有些最奇怪的见解。他总是心心念念增加主人的财产而牺牲主妇的财产，并且力求证明必须把她田庄上的收入用在彼得罗夫斯考——我们所居住的田庄上。当时他是胜利的，因为他在这方面完全成功了。

向我们问了好，爸爸说，我们在乡下游手好闲得够了，我们不再是小孩子了，是我们认真读书的时候了。

"我想，你们已经知道，我今天晚上就要到莫斯科去，我要带你们一道去，"他说，"你们要同祖母住在一起，妈妈和女孩子们留在这里。你们知道，她唯一的安慰，就是听到你们读书很好，令人满意。"

虽然从过去几天所看到的准备上，我们料想要有什么非常的事情，这个消息仍然使我们非常吃惊。佛洛佳脸红了，用颤抖的声音把妈妈的话传给了爸爸。

"这就是我的梦所预兆的！"我想，"但愿不要发生什么更坏的事了。"

我很是，很是舍不得妈妈，同时，想到我们现在真是大孩子了，又很乐意。

"假若我们今天走，那么，一定不上功课了。那好极了！"我想，"可是我可怜卡尔勒·伊发内支。他一定是解聘了，因为不然就不会为他预备那个信封。……顶好是永远地读书，也不出门，也不离开母亲，不教可怜的卡尔勒·伊发内支伤心。他已经是那样的很不幸了！"

这些思想在我的脑中闪过；我没有移动，只是凝神地望着我鞋上的黑结子。

爸爸和卡尔勒·伊发内支说了点关于风雨表下降的话，吩咐了雅考夫不要喂狗，以便在动身之前，吃饭以后，他可以出去试验小猎犬，然后，与我的期望相反，他要我们去上课，但是安慰了我们，允许了带我们去打猎。

上楼时，我跑到了露台上。我父亲的心爱的狼犬米尔卡躺在门口，在太阳光里眯着眼。

"米洛奇卡，"我说，拍着它，吻它的脸，"我们今天要走了。再会了！我们永远不再会面了。"

我感伤了，哭起来了。

第四章　功课

卡尔勒·伊发内支很不开心。这是显而易见的，因为他皱着眉毛，把衣服抛入抽斗，愤怒地系结腰带，用力地把指甲在《问答记》上划了一下指出我们要背诵到的地方。佛洛佳读得很好，但我是那么心乱，我简直是什么事也不能做。我呆呆地对《问答记》看了好久，但是，因为想到目前的别离而眼中有泪，我不能读了。向卡尔勒·伊发内支背诵《问答记》的时候，他眯着眼睛听着我（这是不好的表记），一个问："Wo kommen Sie hier?（你从哪里来的）"另一个回答："Ich komme von kaffeehause.（我从咖啡馆来的。）"正在这个地方，我再也不能约制我的眼泪了，我的啜泣使我不能够说出"Haben Sie die Zeitung nicht gelesen（你没有看报纸吗）"这句话了。到了练字的时候，由于眼泪落在纸上，我弄出那么多水迹，好像我是用水在包装纸上写的。

卡尔勒·伊发内支发怒了，罚我跪着，老是说，这是固执，是傀偏戏（这是他最爱说的字眼），用尺吓唬我，要我讨饶，这时候我的眼泪却使我说不出一个字来。最后，想必是觉得他自己不对，他走进尼考拉的房间，砰地一声关上了门。

在书房里可以听到侍者房间里的谈话。

"尼考拉，你听到孩子们要到莫斯科去吗？"卡尔勒·伊发内支进了房说。

"当然是听到了。"

大概尼考拉要站起来，因为卡尔勒·伊发内支说了"你坐着，尼考拉"，然后才关门的。我离开了角落，走到门边去偷听。

"无论你对人做了多少好事，无论你多么忠实，显然是，要想感恩是不可能的，尼考拉，是吗？"卡尔勒·伊发内支动情地说。

尼考拉坐在窗前修靴子，肯定地点了点头。

"我在这个屋子里住了十二年，我敢当着上帝说，尼考拉，"卡尔勒·伊发内支继续说，把眼睛和鼻烟壶都向天花板举着，"我爱他们，照顾他们，比对我自己的孩子，还要在心。你记得，尼考拉，当佛洛佳发热的时候，你记得，我在他床边坐了九天没有闭眼，是的！那时候我是善良的，亲爱的卡尔勒·伊发内支；那时候需要我，但现在，"他讽刺地微笑着，添说，"现在小孩们长大了，他们必须认真读书了！好像他们在这里不是读书，尼考拉？"

"看起来，当然还要学的了。"尼考拉说，放下了锥子，用双手扯着鞋线。

"是的，现在我是用不着的了，应该被赶走了；那些许诺在哪里呢？感恩在哪里呢？娜塔丽亚·尼考拉叶芙娜是我所敬爱的，尼考拉，"他说，把手放在胸口，"但是她能怎样呢？……她的意见在这个屋子里正和这个一样的。"说道这里，他以意味深长的姿势把一小块皮向地上一丢。"我知道这是谁的诡计，为什么我成了用不着的人：因为我不谄媚，不像某一些人那样地事事奉承。我总是惯于向每个人说真话，"他骄傲地说，"上帝保佑他们吧！他们不会因为我不在这里就发财，而我——上帝慈悲——会替我自己找到一块面包……是不是呢，尼考拉？"

尼考拉抬起头来，那样地望着卡尔勒·伊发内支，好像是他想要断定他是否真能找到一块面包，但是他并没有说什么。

卡尔勒·伊发内支在这样的心情中继续说了很多很久。他提起他从前在一位将军的家里，他们很能赏识他的功劳（听到这话，我很难过），他说道萨克森，他的父母，以及他的朋友裁缝商海特，等等。

我同情他的悲哀，使我痛苦的是，我差不多同样地爱我的父亲和卡尔勒·伊发内支，他们不能够互相了解；我回到了角落里，蹲下来，考虑着怎样使他们重新和好。

卡尔勒·伊发内支回到了课室里，要我站起来准备练习本做默写。当一切都准备妥当时，他庄严地坐到椅子上，用那似乎从内心里发出的声音，开始授写下面的话："Von al-len Lei-den-schaf-ten die grau-sam-ste ist. .....Haben Sie geschrieben？（一切缺点中最严重的是……你写了吗？）"他在这里停顿了，慢慢地嗅了一次鼻烟，提起精神，继续说——"Die grausamste ist die Un-dank-ba-r-keit. .....Ein grosses U.（最严重的是忘恩负义……大写U。）"写完了最后的字，我看了看他，等待着下文。

"Punctum（点）。"他说，带着几乎察觉不出的笑容，向我们打手势，要我们把练习本交给他。

他用各种腔调，带着极其满意的神情，把这个表现他内心思想的句子读了几遍。然后他给我们上了历史课，便自己坐到窗前。他的脸不像先前那么气愤了；它显出了那样的满意，好像一个人适当地报复了他所受的委屈。

时间是一点欠一刻，但卡尔勒·伊发内支似乎不想放我们：接连地给我们上新的功课。无聊和食欲同样地增加着。我极不耐烦地注意着一切证明快要吃饭的形迹。时而女奴带着抹布去洗碟子，时而听到餐室里弄响器皿、拉开桌面、安排椅子的声音，时而米米、琉宝琦卡与卡清卡（卡清卡是米米的十二岁女儿）从花园里进来了，但是没有看见福卡，管家福卡，总是他来报告开饭的。只有那时候，我们才可以丢开书本，不管卡尔勒·伊发内支，跑下楼去。

听到了上楼的脚步，但那不是福卡！我研究过他的脚步，总是听得出他的靴子的响声。门开了，一个我觉得十分陌生的人在门口出现了。

第五章　癫僧

一个大约五十岁的人走进了房，他有苍白的麻了的长脸，白色长发，和稀疏的棕黄胡须。他是那么高大，进门时，他不仅要低着头，而且还要弯曲着全身。他穿着破衣服，介乎农民长袍与道袍之间的东西，他手里拿着一根长拐杖。他进房时，用尽力气拿它敲地板，抬起眉毛，把嘴张得极大，可怕地不自然地哈哈大笑。他只有一只眼，那只眼的白眼珠不断地转动着，使他的本来就不好看的脸上有了更加讨厌的神情。

"啊哈，抓住您了！"他喊叫着说，短步子跑到佛洛佳面前，抓住他的头，开始细心地察看他的脑盖，然后带着十分严肃的表情离开佛洛佳，走到桌前，开始向油布下边吹气，在油布上面画十字。"哦——可惜啊！哦——痛苦啊！……亲爱的……他们要飞走了。"他用含泪打颤的声音说，激动地注视着佛洛佳，开始用袖子拭掉真是流出来了的眼泪。

他的声音粗而沙，他的动作急忙而鲁莽，他的话没有意义，又不连贯（他从来不用代名词），但他的腔调是那么动人，他的黄色丑陋的脸有时带着那么直率悲伤的表情，以致听他说话时，便不能约制那种交集的怜悯、恐惧、悲哀的情绪。

他是癫僧和巡拜者，格锐沙。

他是什么地方的人？他的父母是谁？是什么促使他过这种巡拜生活？这可无人知道。我只知道，他从十五岁的时候就是众所周知的癫僧，不管冬夏，都赤足行走，巡拜僧院，将小圣像给予他所欢喜的人，说出些莫名其妙的话，有些人就把这当作预言；从来没有人知道他的别的情形，他有时来到我的祖母家，有的人说他是有钱父母的不幸的儿子，是个纯正的人，有的人说他只是一个农民和懒汉。

早就盼望的准时的福卡终于出现了，我们便下了楼。格锐沙，呜咽着，继续说些怪诞的话，跟着我们，用拐杖敲着梯级。爸爸和妈妈手拉手在客室里来回走着，低声说话。玛丽亚·伊发诺芙娜端正地在那对称地靠沙发成直角摆着的圈椅之一上坐着，用严厉然而抑低的声音教训着坐在她旁边的姑娘们。卡尔勒·伊发内支一进房，她就看了看他，立刻掉转了头，她的脸上显出一种表情，可以解释为，"我不注意您，卡尔勒·伊发内支。"从姑娘们的眼睛上可以看出，她们是很想赶快告诉我们一件什么重要的消息，但是从位子上跳起来、走到我们面前，便是违犯米米的规则。我们必须先走到她的面前，立正行礼说了，"Bonjour, Mimi！（日安，米米！）"然后我们才可以开始谈话。

那个米米是一个多么令人讨厌的家伙！我们在她面前什么话也不能说：她认为一切都是不合适的。此外她不断地强劝我们说，"Parlez donc français.（说法文吧。）"但我们这时却很想说俄文使她生气。或者在吃饭时，我们刚刚尝到一碟菜的滋味，不愿有人打搅，她便一定会说："Mangez donc avec du pain.（连面包一起吃。）"或者，"Comment ce que vous tenez votre fourchette？（你怎么在拿叉子呀？）"我们会想，"她和我们有什么相干呢？……让她去教姑娘们吧；我们有卡尔勒·伊发内支教的。"我完全同样感到他对于"某一些人"的憎恶。

"去要求妈妈，叫他们带我们去打猎。"当大人们在我们前面进了饭厅时，卡清卡抓住我的上衣，低声向我说。

"好的，我们去想办法。"

格锐沙在饭厅吃饭，但是在特设的小桌子上；他没有抬起眼睛离开碟子，偶尔叹气，做出可怕的嘴脸，好像是自言自语地说，"可惜啊！……飞了，鸽子要飞上天了……哦，墓上有一块石头！……"这一类的话。

妈妈从早晨就心情不安；格锐沙的在场，他的言语和举动显然加强了这种心情。

"噢，对了，我几乎忘记了问你一桩事。"她说，递着一碟汤给父亲。

"是什么事？"

"请你吩咐一声，把那些可怕的狗关起来吧，可怜的格锐沙从院子里经过的时候，它们几乎咬坏了他。它们这样也许会扑孩子们的。"

听到了是说道他，格锐沙便转身对着大桌子，让人看他的破了的衣襟，并且一面嚼着，一面重复地说：

"他想要狗咬死人。……上帝不允许。教狗咬人是罪过！大罪过！不用打，长者^①，为什么要打呢？……上帝要饶恕……不是这样的日子了。"

"他在说什么？"爸爸问，严厉地凝视着他，"我一点也不懂。"

"但是我懂，"妈妈回答，"他向我说，管猎犬的仆人故意放狗咬他，所以他说，'他想要狗咬死人，但是上帝不允许。'他要求你不要为了这事处罚他。"

"哦，是这回事！"爸爸说，"他怎么知道我要处罚那个管猎犬的仆人呢？你知道，我通常是不很欢喜这种人的，"他继续用法语说，"但这一个我特别不欢喜，大概……"

"噢，不要说这件事了，我亲爱的！"妈妈打断他的话说，好像是怕什么，"你怎么知道？"

"好像是，我有过机会研究这一类的人——他们有这么多的人来看你，他们都是一个样子。永远是同样的说法……"

显然，我母亲对于这个有全然不同的意见，但是她不愿争论。

"请你递一个包子给我，"她说，"哦，它们今天好不好？"

"不，这件事使我发火，"爸爸继续说，拿起一个包子，但举得很远，

---

① 他不加区别地这么称呼所有的男子。——原作者注

妈妈接不到，"当我看见了有智慧的有教育的人受骗，这便使我发火。"

他用叉子敲了桌子。

"我请你递一个包子给我。"她伸着手重复说。

爸爸把手缩回，继续说："他们把这些人关在警察局里，做得好极了。这些人给人的唯一的好处，就是扰乱一些人的本来就是不健全的神经。"他带着笑容添说，注意到这个谈话是妈妈很不高兴的，他递给了她一个包子。

"关于这个我只要向你说一点：我们难以相信，一个人虽然六十岁了，却冬夏都赤脚走路，并且总是在衣服下边带着两甫得重的链子，他不止一次拒绝了去过那一切具备的舒适生活——难以相信，这种人做这一切只是因为他懒惰。"她沉默了一会，叹了口气，又说，"至于预言，je suis payée pour y croire（我有理由相信）；好像是，我向你说过，吉柔沙把死的准确日期和时辰都向过世的爸爸预先说了。"

"噢，你对我做了什么事哦！"爸爸说，微笑着，把手放在对米米那边的嘴旁（当他做这动作时，我总是紧张注意地听，期望着一点可笑的事情）。"你为什么向我提到他那双脚？我看了一下，我现在什么也吃不下了。"

饭快吃完了。琉宝琦卡与卡清卡不断地向我们眨眼，在椅子上转来转去，都显得很不安。这眨眼意思是，"为什么您不要求带我们去打猎呢？"我用胛肘捣了捣佛洛佳。佛洛佳捣了捣我，并且最后下了决心：他起初羞怯地然后很坚决地高声地说明，因为我们今天就要动身，所以我们希望姑娘们和我们一道坐在马车里去打猎。大人们商量了一会，问题就合乎我们的意思决定了，而更使人满意的是妈妈说她自己也要同我们一道去。

第六章　打猎的准备

吃甜菜的时候，把雅考夫叫来了，并且发出了关于马车、猎犬、坐骑的命令——都说得极其详细，讲出了每匹马的名字。佛洛佳的马跛了，爸爸吩咐了替他把一匹猎马配上鞍子。妈妈觉得"猎马"这字眼的声音奇怪：她似乎觉得猎马一定是猛兽之类的东西，它一定会飞跑并且摔死佛洛佳。虽然爸爸和佛洛佳都劝解，佛洛佳带着惊人的胆量说，这没有关系，说马飞跑的时候他很欢喜，但是，可怜的妈妈却继续再三地说，在这全部的出猎中，她要心绪不安的。

饭吃过了：大人们到了书房里去喝咖啡，我们跑到花园里，在铺有黄色落叶的走道上踏着脚，谈着话。我们开始说道佛洛佳要骑猎马，说道琉宝琦卡没有卡清卡跑得快是可耻的，说道看格锐沙的链子是多么有趣，等等的话；却没有一个字说道我们就要离别。我们的谈话被拖来的马车的声音打断了，马车的每个弹簧边上坐着一个奴童。在马车后边是骑马的猎人和狗，在猎人后边，车夫伊格那特骑在要给佛洛佳的马上，牵着我的老马的缰。最初我们都冲到栅栏那里，从栅栏那里我们可以看到一切有趣的东西，然后我们喊着跳着跑上楼去穿衣服，要穿得尽可能像猎人。这件事主要的方法之一便是把我们的裤子折在高筒靴里。我们一点也不耽搁地着手做这件事，急忙着赶快做完，并且跑到台阶上，去看看狗和马的样子，和猎人谈话，开心开心。

天气很热。奇形怪状的白云从早晨起就出现在地平上；后来轻风把它们渐渐地吹到一起，以致它们时时遮住了太阳。虽然乌云飘动，发黑，但它们显然是注定了不会变成雷雨而来破坏我们最后一次乐趣的。

快到傍晚时，乌云又开始分散了：有的变白了，变长了，向地平上飘去；有的正在头顶上，变为透明的白色的鳞云；只有一大块黑云停在东方。卡尔勒·伊发内支总是知道哪种云要飘到哪里去；他说那块乌云要飘到马斯洛夫卡去，天不会有雨，气候会极好的。

福卡虽然年老，却很灵敏地迅速地跑下楼，喊了，"赶来呀！"他摆开两腿，坚定地站在大门口的当中，在车夫要停马车的地方与门坎之间，带着那样的姿态，显得他不需要别人提醒他的职责。妇女们下来了，商量了一会儿，谁坐哪一边，谁要扶住谁（然而我认为完全没有扶人的必要），然后她们坐下了，打开阳伞，于是出发了。马车走动时，妈妈指着猎马，用发抖的声音问车夫：

"那就是给佛拉济米尔·彼得罗维支骑的马吗？"

当车夫肯定地回答时，她摇了摇手，掉转了身。我觉得很不耐烦，上了我自己的小马，望着它的耳朵中间的地方，在院子里做了各样的练步。

"请您不要踏伤了狗。"有一个猎人向我说。

"你放心，我不是第一次了！"我骄傲地回答。

佛洛佳上了猎马，虽然他的性格坚强，却不无一点战栗，他摸着马，问了几次：

"它驯服吗？"

他在马上很好看，恰似一个大人。他的穿紧裤的大腿摆在鞍上漂亮得使我羡慕，特别是，因为凭我的影子判断起来，我远没有那么好的样子。

这时候我们听到了楼梯上爸爸的脚步声。管狗的集合了跑开的猎狗，带狼狗的猎仆把他的狼狗唤进来，上了马。马夫牵了一匹马来到门口，爸爸的一队猎犬，原先带着各种优美的姿势，躺在马的旁边，冲到他面前去了。套了珠饰颈圈的米尔卡在他后边弄响着铁链，愉快地跑出来。它出来时，总是要和猎犬打招呼：同这些玩玩，向那些嗅嗅叫叫，又在另一些的狗身上捉捉虼蚤。

爸爸上了马，我们出发了。

第七章　打猎

那个绰号叫作土耳其人的猎人，头戴毛茸茸的皮帽，背上挂着大号角，腰带上挂一把猎刀，骑着灰色钩鼻的马，走在我们大家的前面。从那人的阴沉和凶猛的外表上看来，我们认为他是骑马去作拼命的战斗，而不是去打猎的。一群系在一起的猎犬，像一个急滚的杂色的线球，靠近他的马的后蹄跑着。看到那个想要落后的不幸的狗会遭到什么样的命运，要觉得可怜的。它不得不费了大劲把系在一起的同伴向后拖，当它达到目的时，骑马在后的管狗人之一准会用鞭子打它，喊着"归队"。出了大门，爸爸吩咐猎人们和我们顺着大路走，他自己却进了黑麦田。

收获正在忙的时候。看不到头的浅黄色田野只有一边接连着高大的发蓝色的森林，我那时似乎觉得这是最遥远的神秘的地方，在它那边，或是世界的尽头，或是无人之地的起点。整个的田野上是麦堆与农民。在密密高高的黑麦之间一些割过的地方，可以看到一个割麦妇人的弯曲的背，她把麦秸放在手指之间时麦穗的摆动，一个妇人在荫凉下边伏在摇篮上，以及散布在点缀着矢车菊的已割的田上的麦束。在另一方面，农人们只穿着衬衫站在车上搬运麦堆，在干燥的晒红的田面上扬起了灰尘。村长穿着靴子，肩上搭着一件外衣，手拿着筹签，远远看见了爸爸，就脱下毡帽，用布巾拭着棕发的头顶和胡须，向妇女们吆喝。爸爸所骑的栗色小马用轻松顽要的步子走着，有时把头俯到胸前，曳着缰勒，用粗密的尾巴扫拂那些贪婪地钉在它身上的马虻和苍蝇。两只狼狗镰刀式地紧张地弯起尾巴，把爪子举得很高，在马蹄后边优美地跳越高高的残梗。米尔卡跑在前，偏着头。等候喂食。农人的话声，马蹄声，车声，鹌鹑的愉快的叫声，在空中成群飞翔的昆虫的嗡嗡声，苦艾、草秸、马汗的气味，如火的太阳在浅黄色的已割田上、蓝色的远处森林上、浅丁香色的云上泼洒了上千的各种色彩与阴影，飘在空中或结在残梗上的蛛网——这一切便是我所看到，听到，感觉到的。

到了卡利诺夫森林，我们看到马车已经在那里了，并且出乎我们一切的希望，还有一辆单马车，上面坐着司膳。在草秸下可以看见一个茶炊，一个冰结凝桶，还有一些惹人动心的包裹和盒子。不会错的：这是在新鲜空气里吃茶吃冰食和水果。看见了车子，我们喧嚣着表现了我们的高兴，因为我们认为在树林里，在草上，总之在从前没有人吃过茶的地方吃茶，是一大乐事。

土耳其人骑马走到猎场停下了，注意地听着爸爸的详细指示，如何排列，向何处出动（然而他从来不曾遵照这种指示，而是按照他自己的意思做的），解开了狗，把皮带从容地系在他的鞍子上，重新上马，便呼啸着在小桦树后边不见了。解开皮带的狗最先摇尾巴表示高兴，然后摆了摆身体，提起了精神，之后，才嗅着鼻子，摇着尾巴，慢步地向各方面小跑着。

"你有手帕吗？"爸爸问。

我从荷包里拿出一条来给他看。

"好，就把这条灰狗用手帕牵着吧。"

"冉兰？"我带着内行的神气说。

"是了，顺着路跑。到了空地，就停。当心：没有兔子，你不要回来！"

我把手帕扎在冉兰的毛蓬蓬的颈子上，向着指定的地方急速地跑去。爸爸发笑了，在后边向我叫着：

"快，快，不然就迟了。"

冉兰不断地停下，竖起耳朵，听着猎人的呼唤。我没有力量拖动它，开始喊出"去捉来，去捉来"。于是冉兰冲得那么凶，我好容易才拖住它，并且在到达地点之前，跌倒了好几次。在高橡树下选了一个荫凉的平地，我躺在草上，叫冉兰坐在我旁边，我便开始等候着。在类似的情况里总是这样的。我的幻想远跑在现实的前面：当第一条猎犬的声音从树林里传出时，我便设想我是在猎第三个兔子。土耳其人的声音在树林中响得更高更兴奋了；一只猎犬尖声叫着，它的声音越来越密了。另一个低沉的声音加入了，然后第三个，第四个……这些声音时而停止，时而互相打断。这些声音渐渐地更加有劲而连续了，最后混成一个响亮的喧阗。猎场上充满了声音，猎犬吠声沸腾了。

　　我听到这个，在自己的地方骇呆了。我的眼注视在猎场的边缘，我无意义地微笑着；汗在脸上直向下流，虽然汗滴流在颐上令我发痒，我并没有拭掉。我似乎觉得，没有比这个更关重要的时候了。这紧张情形太不自然了，不能持久。群狗时而靠猎场的边境吠着，时而离我渐远：却没有兔子。我开始环顾四周。冉兰的情形也是一样：起初它曳着叫着，但后来在我旁边躺下了，把它的头放在我的膝上，安静了。

　　我坐在橡树下边，它的光根旁的干灰土上，枯橡叶、橡实、干枯的生苔的树枝、黄绿色的藓苔、间或出芽的绿草之间，满是蚁群。它们一个连着一个在它们所开出的老路径上赶忙着，有的拖着东西，有的空手。我拾起一条短枝，阻挡了它们的路。这是应当看看的，有的不顾危险从树枝下面爬过，有的从上面爬过，有的，特别是那些拖东西的，十分狼狈，不知道怎么办：它们停下，要找一条迂道，或者回转，或者顺着短枝爬到我的手上，并且，好像是想要爬进我上衣的袖子里去。一只黄翅蝴蝶把我从这有趣的观察上吸引去了，它在我面前极其诱惑地飞翔着。我一注意它，它便飞得离开我两步，在一朵几乎凋萎的白色野苜蓿花上打了几旋，停在上面。我不知道，它是在晒太阳，或者是在吸这个小草的花汁，但显然是它觉得很满意。它时时鼓动双翅，紧贴在花上，最后它完全不动了。我把头托在双手里，快乐地望着蝴蝶。

　　忽然冉兰吠起来了，那么猛力地冲了一下，教我几乎跌倒了。我转过头看了一下。在树林的边上有一只兔子，贴着一耳，竖起一耳跳着。

血涌上了我的头，这时我忘记了一切，发狂地叫起来，放了狗，向前飞跑了。我刚刚这么做，便开始懊悔了——兔子蹲了一下，向前一跳，我再也看不见它了。

土耳其人跟在吠着的跑到林边的猎犬后边、绕着灌木出现的时候，我觉得多么羞耻哦！他看出了我的错误（就是我没有坚决到底），并且轻蔑地看了看我，只说了："哎，少爷！"可是要知道，这话是怎么说的哦！假若他把我像兔子一样挂在鞍子上，我觉得还要舒服些。

我极其绝望地在那个地方站了很久，没有唤狗，只是拍着大腿，不断地说着：

"噢呀呀，我做了什么了！"

我听到，猎犬追得更远，它们在猎场另一边扑捕，咬死了一只兔子，土耳其人用大号角召唤猎犬，但我仍然没有移动地方……

第八章　游戏

　　打猎完结了。在几棵小桦树的荫下铺了一条毡子，全体的人在毡子上坐成一圈。司膳加夫锐勒踏倒了他四周的多汁的绿草，拭了碟子，从盒里拿出裹了叶子的李子和桃子。太阳穿过小桦树的绿枝子，投下圆形的颤动的光点在毡子图案上，我的腿上，甚至在加夫锐勒的发汗的秃头上。一阵轻风穿过枝叶吹到我的头发和汗脸上，使我觉得极其凉爽。

　　我们领到了冰食和水果，在毡子上便没有事情可做了，于是，不管斜射的炎热的日光，我们站起身去玩了。

　　"嗬，玩什么呢？"琉宝琦卡问，因为太阳而眯着她的眼睛，在草上跳着。"让我们来玩罗宾生吧。"

　　"不，那不好玩，"佛洛佳说，他懒懒地躺在草上嚼着叶子，"老是罗宾生！您若是一定要玩，那么顶好是来盖一个亭子。"

　　佛洛佳显然是在摆架子：大概是骄傲他骑了猎马，装出是很疲倦。但也许他的常识太丰富，想象力太缺少，不能充分欣赏罗宾生的游戏。这个游戏乃是表演我们不久之前才读过的"瑞士的罗宾生"中的各场。

　　"哦。请你来吧。……为什么你不愿意使我们高兴一下呢？"姑娘们向他纠缠。"你可以扮查礼，或者厄涅斯特，或者父亲，随你的意，好吗？"卡清卡说，极力拉他的袖子，要把他从地上拉起来。

　　"真的我不想玩——没有趣啊！"佛洛佳说，伸舒着身体，同时自满地微笑着。

　　"若是没有人想玩，我们顶好坐在家里吧！"琉宝琦卡含着眼泪说。

　　她是可怕的好哭宝。

"好吧，来玩吧；但是请不要哭了，我受不了！"

佛洛佳的赏光给了我们很少的愉快；反之，他的懒惰而厌烦的神色破坏了这个游戏的全部精彩。当我们坐在地上，设想我们是坐船钓鱼，开始用力划船时，佛洛佳交折手臂坐着，姿势一点也不像一个渔人的样子。我向他提出了这个；但他回答说，我们不会因为我们的手臂多划几下或少划几下，就得什么或失去什么，并且我们终归走不远的。我不能不同意他。当我在肩上扛着一根棍子往树林里走，设想是去打猎时，佛洛佳却背向下躺着，把双手放在头下，向我说，他好像也在走。这种举动和言语扫了我们对游戏的兴趣，是极不愉快的，尤其是因为我们不得不在心里面承认佛洛佳做得聪明。

我自己知道，不但不能够用棍子打下鸟雀，而且根本不能射击。这是游戏。但假如我们是那样的想法，便连用椅子当马车坐也不能够了；我想，佛洛佳自己记得，在冬季漫长的晚间，我们用披巾蒙在圈椅上做马车，我们当中的一个坐在前面做车夫，另一个在后边做跟班，女孩们坐在当中，三只椅子做马——我们动身上路了！在那个旅途中发生了那许多样的事故！而那些冬季的夜晚过得多么愉快而迅速啊！假若我们认真，就该不会有什么游戏了。假若没有游戏——还有什么别的呢？

第九章　类乎初恋的事情

扮演着她是在摘树上的一种美国水果，琉宝琦卡连同叶子摘下一个大毛虫，她恐怖地把它抛到地上，举起双手，跳开了，好像是怕有什么东西会从它里面冒出来。游戏停了；我们都对着地面，把头靠在一起，看这个奇怪的东西。

我从卡清卡的肩上看过去，她力求要用挡在毛虫前面的叶子把它托起来。

我曾注意过，许多小女孩要把滑下肩头的敞领衣衫耸回原处时，有扭动肩膀的习惯。我还记得米米总是为这种动作生气，说："C' est un geste de femme de chambre.（这是侍女的姿势。）"卡清卡俯身看毛虫时，正做了这种动作，同时风吹起了她的白颈项上的三角形披巾。在做那个动作时，她的肩离我的嘴唇有两个手指那么远。我不再看毛虫了，我看着看着，用劲吻了卡清卡的肩。她没有转头，但我注意到她的颈子和耳朵红了。佛洛佳，没有抬起头，轻蔑地说着：

"什么温柔哦？"

但我的眼睛里却有了泪。

我没有把眼离开卡清卡。我久已看惯了她的鲜艳的金发的小脸，总是喜欢它；但现在我愈注意地细看它，愈欢喜它了。

当我们回到了大人那里，爸爸令我们大大地欢喜，向我们说，由于妈妈的要求，我们的动身延迟到明天早晨了。

我们跟马车一道骑着马回去。佛洛佳和我，想要互相较量骑术与胆量，在马车旁边驰骋献技。我的影子比先前长了，凭着这个判断，我设想我有了很美丽的骑手的仪表；但我所体验的自满的感觉立即被下面的事件破坏了。我想要彻底迷惑马车里所有的人，稍微落后了一点，然后用我的鞭子和脚，催赶我的马，采取了从容而优美的姿势，想要像一阵旋风那样从卡清卡所坐的那一边飞驰而过。但是我不知道，哪样更好：无声地奔驰而过呢，还是发出喊声？但我的可恨的小马，在它和拖车的马平行时，不管我的一切努力，那么出乎意料地停下来了，使我从鞍上滑到马颈上，几乎跌下来了。

第十章　我父亲是什么样的人

他是上个世纪的人物，具有那时候的年轻人通常所有的不可捉摸的性格：豪侠、进取心、自信心、和蔼、放纵。他轻视我们这一世纪的人，他的这种看法是半由于生来的骄傲，半由于这个内心的愤恨——就是他在我们这个世纪不能再有他在他的世纪里曾经有过的势力和成就。他生活上的两种嗜好是玩牌与女色；在他的一生之中，他赢过几百万卢布，和各种阶层的无数妇女有过交情。

高大、威严的身材，用短步子走路的奇怪的样子，颤动一边肩膀的习惯，小小的总是带笑的眼睛，大大的鹰鼻子，不端正的嘴唇笨拙而又可爱地抿合着，有缺点的发音——咬字不清，全头的大秃顶：这是从我能记得他的时候的父亲的外貌，凭着这个，他不但能够成为一个有名有实的à bonnes fortunes（幸运的）人，并且能使一切的人——使各类阶层各种家境的人一概都欢喜他，特别是他要让他们欢喜的那些人。

他会在他和任何人的关系中占优势。他从来不是最上层社会中的人，他总是和最上层的人士接触，并且被他们所尊敬。他知道骄傲与自信的分寸，这不会冒犯别人，却在社会舆论上提高了他的地位。他是有独创性的，但并不总是如此，他把他的独创性作为一种工具，在某些情况里它代替了社会地位与财富。世界上没有东西能够引起他的惊奇：无论他处于什么显赫的地位，似乎他是为这样而生的。他能那样巧妙地对别人隐藏、并让自己丢开众所周知的黑暗的充满着琐碎的烦恼与痛苦的生活一面，使别人不得不欣羡他。他在一切能使人安适快乐的事情上是内行，并且善于享受它们。他的得意的事是他的显赫的关系，他有这种关系，一部分因为我母亲的亲戚关系，一部分因为他青年时代的同事，对于老同事，他是内心愤慨的，因为他们升了高官，而他自己老是一个退伍的禁卫军中尉。和一切的退伍军人一样，他不知道穿得时髦；但他却穿得独出心裁而精致。总是很宽大的轻松的衣服，上好的衬衫，翻卷的大袖子和小领子……可是一切都适合他的高大身材，强健的体格，秃头，沉着自信的举止。他是易动感情的人，甚至轻易流泪。常常在他高声朗诵，读到动人的段落时，他的声音便发颤，眼泪出现，他便苦恼地把书放下。他爱好音乐，自己在钢琴上伴奏着，唱他的朋友A——所作的情歌，茨冈人①歌，或是歌剧中的调子；但他不欢喜古典的音乐，不顾一般的意见，公开地说贝多芬的奏鸣曲使他打盹、觉得无聊，说他不知道有任何东西比塞妙诺发所常唱的《莫唤醒我这年轻的人》或催刚女子塔妞莎所唱的《我不孤独》更好。他的性格是那样的一种性格，认为好的东西必须群众决定。群众认为好的东西，他才认为是好。天晓得，他是有什么道德信念的吧？他的生活是那样地充满了各种嗜好，以致他没有时间替自己形成信念，并且，他的生活是如此幸福，他认为这是没有必要的。

　　在老年时，他对事物形成了固定的见解和不变的原则，然而只是在实用的基础上：给他幸福或满足的那些行为与生活方式，他才认为是好的，并且认为大家都应该永远这么做。他说话很动人，而这种能力，在我看来，增加了他的原则的弹性：他能够把同一的举动说成一件最可爱的淘气，或是最卑鄙的下贱行为。

---

　　① 茨冈人即吉卜赛人。

第十一章　书房里与客室里的事情

我们到家时，天快黑了。妈妈坐在钢琴前，我们小孩们拿来了纸、铅笔、颜料，坐在圆桌的周围画图画。我只有蓝颜料；但虽然如此，我还是想画打猎。我很生动地画了一个骑蓝马的蓝小孩和蓝狗，却不知道是否可以画一只蓝兔子，便跑进爸爸的书房里去商量。爸爸在看什么，对于我的"是否有蓝兔子"这问题，头也不抬，就回答说："有的，亲爱的，有的。"我回到圆桌前，画了一个蓝兔子，但后来发觉了必须把兔子改为灌木。我也不欢喜灌木，便把它改成了树，然后又把树改成谷堆，又把谷堆改成云朵，最后，我那样地把整张的纸上涂了蓝颜料，以致我恼怒地把它拉碎，坐到长躺椅上打盹了。

妈妈奏着她的音乐教师斐尔德的第二协奏曲。我打盹了，在我的想象中出现了一些轻盈明亮而透明的记忆。她开始奏贝多芬的悲哀曲，我想起了一点悲哀、难受、沉闷的东西。妈妈常常奏这两个曲子，所以我很清楚地记得它们所引起的我的心情。那个心情类似回忆，但那是什么事情的回忆呢？好像是我回忆着什么从未有过的事情。

我对面是书房的门，我看见雅考夫和其他几个有胡须的穿农民长袍的人走进去。门立即在他们背后关闭了。我想，"哦，事情开始了！"我似乎觉得，世界上不可能有任何的事情是比书房里所发生的事情更重要了。更证实我这个意思的，就是通常来到书房门口的人都是低声说话，踮脚走路；从门里却传出来爸爸的大声音和雪茄的气味，这气味，我不知道什么缘故，总是吸引我。

仆人房间里的很熟识的皮靴声把我从半眠中忽然惊醒了。卡尔勒·伊发内支手拿着一些字条，踮脚走到门前，但带着忧闷而坚决的神色，轻轻地敲门。让他进去了，门又砰的一声关上了。

"也许会发生什么不幸的事，"我想，"卡尔勒·伊发内支发火了：他是什么事情都会做的……"

我又打盹了。

并没有发生什么不幸的事；一小时后，我又被同样的皮靴的声音惊醒了。卡尔勒·伊发内支，用他的手帕擦着我在他腮上看到的眼泪，走出书房，向自己低声地叽咕着什么，上楼去了。爸爸跟他出来，走进了客室。

"你知道我刚才决定的事情吗？"他把手放在妈妈的肩上，用愉快的声音说。

"什么事，我亲爱的？"

"我要带卡尔勒·伊发内支同小孩一道去。车上还有地方。他们和他相处惯了。他似乎是真爱他们，七百卢布一年是算不了什么的，et puis au fond c' est un très bon diabe①（根本上他是一个很好的小子）。"

我怎样也不明白，为什么爸爸要骂卡尔勒·伊发内支。

"为了小孩们和他，我很高兴，"妈妈说，"他是一个极好的老人。"

"假若你看到，当我向他说，要他收下五百卢布作为礼金时，他是多么的感动……但是有趣的是他拿给我的账单。这是值得一看的，"他说，微笑了一下，把卡尔勒·伊发内支亲手写的字条给了她，"妙极了！"

这就是字条的内容：

为小孩们的两钓竿	七十戈比克
色纸、金边、糨糊和木块，做盒子做礼品的	六卢布五十五戈比克
书与弓，给小孩们的礼品	八卢布十六戈比克

---

① 一九三六年儿童文学版注：diable意思是魔鬼，bon diable意思是好人儿。

给尼考拉的裤子   四卢布

彼得·亚力山德锐支一八××年允许从莫斯科买的一只金表

一百四十卢布

在薪金外，卡尔勒·毛亦尔共应收到　一百五十九卢布七十九戈比克

在这个字条里，卡尔勒·伊发内支为了他花在礼品上的钱，甚至为了允许给他的礼物，要求付钱，任何人看了这个字条，要以为卡尔勒·伊发内支只是一个没有感情的贪图利益的自利主义者，这便错了。

他手拿着字条，心中准备好了言语，走进房，打算向爸爸委婉动听地说出他在我们家所受的一切委屈；但当他开始用他平常要我们默写时所用的动人的声音和感伤的语调说话时，他的口才对他自己起了最大的作用，所以当他说道"要和小孩们分别虽然令我悲伤"这句话时，他完全不自主了，他的声音发颤，他不得不从荷包里掏出他的格子手帕了。

"是的，彼得·亚力山德锐支，"他带着眼泪说（在他所准备的言辞中并没有这些话），"我和小孩们是这样地相处惯了，我不知道，没有了他们我要怎么办。我愿意不要薪水为您效劳。"他添说，一只手拭眼泪，另一只手递账单。

卡尔勒·伊发内支那时候是说话诚实的，这一点我可以肯定地说的，因为我知道他有善良的心肠；但是怎样调和这账单和他的话，这对我还是一个谜。

"假若您觉得难过，那么，我和您分别，是更加难过，"爸爸说，拍了拍他的肩头，"我现在改变主意了。"

晚饭前不久，格锐沙进房来了。自从他来到我们家的时候，他没有停止过叹息流泪，按照那些相信他的预言的本领的人的意见，这是预兆我们家的什么不幸的事。他开始告辞了，说他要明天早上动身赶路。我向佛洛佳眨了眨眼，出了房门。

"什么事情？"

　　"假若你想看见格锐沙的链子，我们就马上上楼到男房里去。格锐沙睡在第二间房里，我们可以好好地坐在贮藏室里看到一切。"

　　"好极了！你在这里等一下，我去叫姑娘们。"

　　姑娘们跑着来了，我们上了楼。经过一番争论，我们决定了谁先走进黑暗的贮藏室，我们坐定了，等待着。

第十二章　格锐沙

我们在黑暗里觉得真可怕；我们互相靠紧着，什么也不说。格锐沙几乎是轻步地跟我们进了房。他一手拿着拐杖，一手拿着插在铜烛台上的蜡烛。我们不敢透气。

"主耶稣·基督啊！最圣神的圣母啊！向圣父、圣子、圣灵……"他唤着气，重复地说，说出各种各样的音调和简略语——这只是常常重复这些字眼的人所常用的。

他祷告着，把拐杖放在角落里，看了看床，开始脱衣服。他解了他的旧黑腰带，慢慢地脱下他的破碎的粗纱布的长袍，小心地折起，搭在椅背上。这时他的脸上不再像通常那样地显出急忙与愚笨；相反，他是镇静的，沉思的，甚至是尊严的。他的动作缓慢而谨慎。

他只穿一件衬衫，慢慢地坐到床上，向床的各方面画十字，并且，因为他皱眉，显然是费力地理好了他衬衫下边的链子。他不动地坐了一会，小心地看了看有几处破碎的衬衫，然后他站起来，祷告着，把蜡烛举起来，齐到有几个圣像的龛子，在圣像前画了十字，把蜡烛倒转了过来。蜡烛响了一声，就熄灭了。

月亮几乎是圆满的，照进对着树林的窗子。那个癫僧的长而白的身材被月亮的淡淡的银色的光芒照亮了一边，在另一边，黑的影子，连同窗框的影子，映在地板上、墙上，并上达天花板。外边的院子里，更夫正敲着生铁的板子。

格锐沙把一双大手放在胸前，低了头，不停地沉重地叹息着，默默地站在圣像前面，然后困难地跪下，开始祷告。

　　起初他低声地念着共知的祷辞，只强调着某一些字，然后他再念，但声音更高，并且是更兴奋。然后他开始用自己的话祷告，显然费劲地，极力想用教会的斯拉夫语表达意思。他的话没有条理，然而动人。他为他的所有的恩人（他这样称谓那些接待他的人）祷告，其中有我母亲和我们自己；他为他自己祷告，要求上帝饶恕他的重大的罪过，重复着："主啊，饶恕我的敌人们吧！"他哼着站起来，一次又一次地重复着同样的话，倒在地上，又站起来，不顾链子的重量，链子碰地时，发出枯燥而尖锐的声音。

　　佛洛佳把我的腿捏得很痛，但我连头也没有回。我只用手擦了那个地方，带着小孩的惊异、怜悯与虔敬的情绪，继续注意着格锐沙的动作与言语。

　　并没有像我进贮藏室时所期望的欢喜与发笑，我感觉到颤抖和提心吊胆。

　　格锐沙还在那种宗教狂热的情况中处了很久，作着即兴的祷告。时而他一连重复几次："主啊，发慈悲吧！"但每次都带着新的力量与表情；时而他说，"饶恕我吧，主啊，指教我做什么……指教我做什么，主啊！"带着那样的表情，好像他期望对于他的话立即就有回答；时而只听见可怜的呜咽………他稍微跪得挺起一点，把双手放在胸前，不作声了。

　　我悄悄地把头伸出门外，屏住我的气息。格锐沙没有动，他胸中发出沉重的叹息；眼泪沾在他的被月亮照着的一只失明的眼睛的浑浊的瞳子上。

　　"实现你的意志吧！"他忽然地用不可模拟的声调大声地说，把头俯到地板上，哭得就像一个小孩子。

　　此后过了不少时光，许多已往的回忆对于我失去了意义，成了模糊的空想，甚至巡拜者格锐沙也早已完成了他的最后的巡拜；但他所给我的印象，和他所引起的我的情绪，在我的记忆中永远不会消灭的。

　　嗬，伟大的基督教徒，格锐沙！你的信仰是那么坚定，所以你感觉到上帝的接近；你的爱是那么伟大，所以你的话是从你的嘴唇中自己流出来了——你用不着拿你的理性去检查它们……当你找不到言语，倒在地上流泪的时候，你对他的伟大作了多么崇高的赞辞啊！……

　　我听格锐沙祈祷时的激动情绪不能够维持长久；第一，因为我的好奇心满足了，第二，因为坐在一个地方，把我的腿坐麻了，并且我想加入黑暗贮藏室中在我后边发出来的共同的低语与骚动。有人抓住我的手，低语着，"这是谁的手？"贮藏室里是十分黑暗，但我凭了这摸触和正在我耳朵上边低语的声音，我立刻知道了是卡清卡。

　　我全然无意识地抓住她的穿短袖的胳肘，把我的嘴唇贴上去。卡清卡一定是诧异了这个行为，把她的手臂缩回去了；她这么一动，碰上了贮藏室里的破椅子。格锐沙抬起头，悄悄地回头一看，念着祷告，开始向房间的每个角落画十字，我们低语着，嘈杂地跑出了贮藏室。

第十三章　娜塔丽亚·萨维施娜

在上个世纪的中季，有一个赤足、然而快活、肥胖、红腮的女孩子，娜塔施卡，穿着脏旧的衣服，在哈巴罗夫卡乡村的院子里奔走。由于她父亲，吹坚笛的萨发的功绩与请求，我祖父给她"上楼"，在祖母的女仆中间给了她一个地位。做女仆的娜塔施卡在这个职务上显出了她的温顺与勤劳。当我母亲出生，要用一个保姆的时候，这个职务落在娜塔施卡身上了。在这个新的职务上，因为她的勤勉、忠诚，和对年幼女主人的恩爱，她获得了称赞与奖赏。然而那个在工作上常常和她来往的，伶俐年轻的听差，福卡的打粉的头与袜子与扣子，迷住了她的粗鲁然而多情的心。她甚至下了决心亲自去要求我祖父准许她嫁福卡。祖父把她的愿望当作忘恩负义，对她发火，并且把可怜的娜塔丽亚送到他的草原村庄的牧牛场上，作为处罚。然而六个月后，因为没有人可以代替她，娜塔丽亚被带回到田庄上，恢复了原先的职务。穿着脏旧的衣服从流放中回来时，她去到祖父面前，跪在他的脚下，求他对她恢复恩典和宠爱并且忘记那支配过她的愚妄思想，她立誓，这绝不会再发生了。她果真遵守了她的誓言。

从那个时候起，娜塔施卡变成了娜塔丽亚·萨维施娜，并且戴着帽子；她把她所保存的全部的爱情移转到她的年幼女主人身上去了。

当女教师在我母亲面前代替了她的地位时，她便掌管储藏室的钥匙，全家的衬衣和食品都归她掌管。她同样勤快地爱好地完成这些新职务。她十分关心主人的福利；看到各处的浪费、损坏与私吞，极力用各种方法防止它们。

妈妈结婚时，希望用什么来对于娜塔丽亚·萨维施娜二十年的辛劳和亲昵表示酬谢，她把她叫到面前来，用最夸奖的言语表示了对她的感激与亲爱，交给她一张有政府印鉴的文件，文件是娜塔丽亚·萨维施娜的自由证书，还说，虽然如此，无论她是否继续在我家做事，她永远有一年三百卢布的恩给金。娜塔丽亚·萨维施娜无言地听了这一切，然后拿起文件，愤恨地看了看，从牙齿缝里咕噜着什么，跑出房间，砰然一声关上了门。妈妈不明白这种奇怪举动的原因，稍迟，去到了娜塔丽亚·萨维施娜的房间里。她眼泪汪汪地坐在她的箱子上，用手指动着手帕，凝神地望着散在她面前地板上的撕破的自由证书的碎片。

"您是怎么回事，我亲爱的娜塔丽亚·萨维施娜？"妈妈问，拉着她的手。

"没有什么事，太太，"娜塔丽亚·萨维施娜回答，"一定是我有什么地方令您不满意，您要把我撵走了……好吧，我走。"

她抽开她的手，忍不住她的眼泪，想要走出房间。妈妈把她拉住，抱了她，她们俩都大哭起来了。

自从我能够记得我自己的时候，我便记得娜塔丽亚·萨维施娜，她的恩爱和她的抚爱；但直到现在我才知道加以重视——那时候我从来没有想到过那个老妇人是多么稀有而奇怪的人。她不但从来没有提过而且似乎也没有想到过她自己；她的一生就是爱与自我牺牲。我是那么惯于她对我们的无私的深切的爱，以致我没有想象过这可能不是这样的，我对于她是丝毫不感恩的，从来不曾问过我自己这样的问题：怎么样，她幸福吗？她满意吗？

我常常借口万分必要，逃学到她的房间里，坐下来，开始出声地胡说，一点也不因为她在场而害臊。她总是做着事情：或是织袜子，或是翻找满房的箱子，或是登记内衣，听着我胡说八道，"当我做了将军时，我要娶一个绝妙的美女，替自己买一匹栗色马、盖一座玻璃房子，把卡尔勒·伊发内支的亲戚从萨克森接出来……"这类的话——她不断地说："是的，我亲爱的，是的。"通常当我站起身要走时，她便打开蓝箱子，在盖子里边——我现在还记得——贴着一张彩色骠骑兵画，一张胭脂盒上的画，一张佛洛佳的画；她从箱子里拿出一支薰香，把它点着，摆动着，说道：

"我亲爱的，这还是奥恰考夫的薰香。当您的去世的祖父——愿他在天国里安宁——去打土耳其的时候，从那里带回的。"她叹着气添说，"这是剩下的最后一支了。"

在她的满房的箱子里简直是什么都有。不管是需要什么东西，通常总是说："一定要问娜塔丽亚·萨维施娜。"果真的，她翻找一会，便找出了需要的东西，并且说，"幸而我收藏了。"那些箱子里有上千上万的东西，关于它们，家里除了她，谁也不知道，谁也不关心。

有一次我对她发火了。事情的经过是这样的。吃饭的时候，我替自己倒克法斯酒，我把酒瓶弄倒，把酒倒在桌布上了。

"叫娜塔丽亚·萨维施娜来替她心爱的人高兴一下吧！"妈妈说。

娜塔丽亚·萨维施娜进来了，看到我倒的一摊酒，摇了摇头。然后妈妈对她耳朵里说了什么，于是她向我点了点手指，走出去了。

饭后，我怀着最快乐的心情，跳着到大厅里去，娜塔丽亚·萨维施娜从门后突然跳出来，她手拿着桌布，抓住我，不管我拼命的抵抗，开始用湿布拭我的脸，连着说："不要弄脏桌布，不要弄脏桌布！"这把我欺负得愤怒地咆哮起来了。

"怎么！"我向自己说，在房里来回走着，因为眼泪而哽咽着，"娜塔丽亚·萨维施娜——不过是娜塔丽——对我说话那么无礼，还用湿桌布打我的脸，好像打小奴隶一样。啊，这多么可怕呀！"

娜塔丽亚·萨维施娜看见我痛哭流涕时，她立刻跑走了，我却继续来回走着，考虑着我怎样对大胆的娜塔丽亚报复我所受的侮辱。

过了几分钟，她回来了，胆怯地走到我面前，开始劝慰我：

"好了，我亲爱的，不要哭了……饶恕我这个蠢货吧……我错了……但是饶恕我吧，我心爱的……您接着吧……"

　　她从手巾下边拿出一个红纸卷，里面包着两个糖果和一个无花果，用颤抖的手把纸卷递给我。我不能够看那个善良老妇人的脸；但是我转过了身，接受了她的礼物，我的眼泪流得更多了，但这不再是由于愤怒，而是由于爱和羞耻。

第十四章　离别

在我所描写的那件事的第二天上午十一点多钟，篷车和小篷车停在大门口。尼考拉做了旅行装束，那就是，他的裤筒折在靴子里，腰带紧紧地束在旧常礼服上。他站在小篷车里，用衣服和枕头铺座位。当他觉得太高时，他坐在枕头上，在上面跳着，把它们向下压。

"看上帝的情面，尼考拉·德米特锐支，能不能把主人的小箱子放在您那边，"爸爸的听差喘着气把头从篷车里伸出来说，"是一个小……"

"您应该早说，米哈益·伊发内支，"尼考拉快口而不高兴地回答，把一个小包用劲地抛到小篷车的底下。"哎呀，我的头发晕了，您这时候还带些小箱子来！"他添说，推了推帽子，拭着他的晒黑的前额上的大汗珠。

家奴们，穿礼服的，穿农民长袍的，穿衬衫的，都光着头，妇女们穿着旧布衣，扎着条子头巾，怀抱着婴儿们，以及光脚的孩子们，站在大门周围看着马车，互相交谈着。车夫之一，驼背的老人，戴着冬帽，穿着厚布袍，扶着篷车的辕杆、推动了几下，仔细地望着轮轴。另外一个，是漂亮的年轻人，穿着有红布插镶的白衬衫，戴着尖圆的黑毡帽，在他搔抓金黄鬈曲的头发时，他把黑毡帽时而推到这边的、时而推到那边的耳朵上，他把他的厚布袍放在驾驶台上，把缰绳也丢了上去，抽响着编结的小鞭子，时而看他的靴子，时而看着在小篷车上涂膏油的车夫。他们当中之一鼓起了劲，扶着起重机，另一个，对车轮弯着腰，小心地膏着车轴和车毂，为了不浪费油刷子上的剩余膏油，把它在下边涂了一圈。各种颜色的疲乏的驿马站在栅子前，用它们的尾巴拂苍蝇。它们有的伸出毛茸茸的浮肿的腿，眯着眼睛，打瞌睡；有的，因为很无聊，互相挤擦，或者嚼那长在台阶旁边的粗糙而暗绿的羊齿的叶子和茎。那里有几条狼狗，有的沉重地喘息着躺在太阳下，有的走到篷车与小篷车的阴处舐车轴旁的膏油。空气中满是尘雾，地平是紫灰色，但天上没有一片乌云。强烈的西风从路上和田上卷起灰尘的烟柱，吹弯园中高菩提树和桦树的顶，把飘落的黄叶吹远了。我坐在窗前不耐烦地等候着这一切准备的完成。

当大家集聚在会客室的圆桌旁最后一次在一起过几分钟时，我没有想到，一个多么悲伤的时刻就在我们面前。一些最空洞的思想在我的头脑里浮荡着。我向自己提出了问题：哪一个车夫要赶小篷车，哪一个车夫要赶篷车？谁跟爸爸同车，谁跟卡尔勒·伊发内支同车？他们为什么一定要用围巾和棉袄裹住我呢？

"我是什么柔弱的人吗？我大概不会冻死的吧。只要这一切赶快完结，就能上车走了！"

"请吩咐一下，要把小孩们内衣的单子交给谁呢？"娜塔丽亚·萨维施娜带着泪眼走进来，手拿着字条问妈妈。

"把它交给尼考拉，还要来同小孩们告别呀。"

这个老妇人想要说什么，但她忽然停住了，用手帕蒙了脸，摇了摇手，走出了房。当我看见那个动作时，我心里有些伤痛，但我要动身的着急心情比这种情绪更强烈，我继续地全然漠不关心地听着我父亲和母亲的谈话。

他们谈着那些显然彼此都不感兴趣的事情：家里需要买些什么？向索菲公爵小姐和尤丽夫人说些什么？道路是否良好？

福卡进来了，站在门口，正是用了他通常说"饭准备好了"的音调说了"马准备好了"。我看到妈妈听了这话就发抖并且脸色发白，好像她觉得这是意外的事情。

福卡奉命关闭房间里所有的门。①这使我很开心——"好像大家都在躲避什么人"。

大家都坐下时，福卡也坐在椅子边上，但他刚坐下，门就响了，大家都掉头看了一下。娜塔丽亚·萨维施娜急忙地走进房，没有抬起眼睛，便停在门边，和福卡坐在一张椅子上。我现在还想象出福卡的秃头，他的打皱的没有表情的脸，和她的戴平顶小帽的弯曲的善良的身体，帽子下边露出白发。他们两人挤在一张椅子上，两人都不舒服。

我仍然是不关心，不耐烦。我们关门坐了那十秒钟，我觉是整整一个钟头。最后大家都站起来了，画了十字，开始话别了。爸爸抱了妈妈，吻了她几下。

"好了，我亲爱的，"他说，"我们并不是永久分别。"

"仍然是难受啊！"妈妈说，她的声音因为眼泪而颤抖了。

当我听到了那个声音，看见了她的发抖的嘴唇与泪汪汪的眼睛，我忘记了一切，觉得那么悲伤，痛苦，可怕，以致我宁愿跑开而不和她告别。我在那时刻明白了，她抱爸爸时已经和我们告别了。

她吻佛洛佳并对他画十字那么多次，以致我以为她现在要轮到我了，便向前靠拢；但她一次又一次地祝福他，把他抱到她怀里。最后我抱了她，紧贴着她，我哭了，我哭了，除了我的悲哀，什么也不想了。

当我们去上车时，讨厌的家奴们在前厅里开始和我们告别。他们的"让我吻您的手"，他们在我肩头的响亮的吻，他们头上的油脂气味，引起了我的那种感觉，最近似易怒的人所感觉的愁闷。当娜塔丽亚·萨维施娜泪流满面和我告别时，我在这种感觉的支配下，极其冷淡地吻了她的帽子。

奇怪的是，我现在还想象得出所有的家奴的脸，并且能够极详细地描绘它们；但妈妈的脸和态度完全逃出了我的想象，也许因为我在那时

---

① 上路之前，家中各人相聚静坐，然后告别，这是风俗。——英译本注

候始终不能够有一次鼓起勇气看她一下。我似乎觉得，假若我这么做，则她和我的悲哀便会达到不能忍受的限度。

我最先跑上篷车，坐在后边的位子上。我隔着高起的车顶，看不见任何东西，但某种本能告诉我说妈妈还在那里。

"我要不要再看她一下呢？……是的，最后的一次!"我向我自己说，在车上伸头出去看着台阶。正在这时候，妈妈带着同样的思想，从车子的另一边走过来，叫了我的名字。听到了后边她的声音，我转身看她，可是转得那么快，以致我们头碰头了。她悲伤地微笑了一下，紧紧地吻了我最后一次。

当我们走了几沙绳之后，①我下了决心再看她一下。风吹起了扎在她头上的蓝头巾儿：她垂着头，双手蒙着脸，慢慢走上台阶。福卡扶着她。

爸爸和我并排坐着，什么也没有说。眼泪哽住了我，有什么东西那样地阻塞了我的喉咙，以致我怕闷死了……上了大道，我们看见有人在露台上挥着白手帕。我开始挥我的，这个动作稍稍安慰了我。我继续哭着，这些眼泪是我的易感的证据——这思想给了我乐趣和安慰。

走了一俚，②我坐着更加安心了，开始专心注意地看我面前最靠近的东西——在我这一边跑着的侧马的后部。我望着那匹斑花侧马怎样摇拂尾巴，它怎样一只腿碰到另一只腿，车夫的编结的鞭子怎样打上它，而它的腿怎样开始一阵跳动。我望着它身上的尻带与带上的环子怎样地震动着，我继续地望它，直到靠近马尾的尻带蒙上了汗泡。我开始看四周：看成熟的波动的裸麦田，看黑暗的休耕地，地上的某些地方有犁，有农人，有母马带着小驹，看里程标，甚至看了一下驾驶台，以便认出替我们赶车的车夫是哪一个：我脸上的泪还未干，我的思想已经远离了我的母亲，我也许是和她永远离别了。但每个回忆都引起我想到她。我

---

①　一沙绳合二.一三四公尺。

②　一俚约合一.〇七公里。

想起了前一天我在桦树道上寻得的菌子，想起了琉宝琦卡与卡清卡争吵了谁该摘它，我还想起了她们和我们告别时哭了的。

　　"我怀念她们！怀念娜塔丽亚·萨维施娜，桦树道，怀念福卡！甚至凶恶的米米——我也怀念她。我怀念他们全体，全体！而可怜的妈妈呢？"泪又涌进我的眼，但是并不很久。

第十五章　幼年

幸福的，幸福的，不复返的幼年时期哦！怎能够不爱惜不珍视幼年的回忆呢？这些回忆清新了并提高了我的心灵，并且是我的最大的喜悦泉源。

你到处跑够了之后，常常就坐在茶桌前的高椅子上。已经很迟了，你早已喝完了一杯和糖的牛乳，睡眠闭合了你的眼睛，但你并不离开你的地方，却坐着听着。怎能够不听呢？妈妈在同人说话，她的声音是那么甜蜜，那么动人。单是这些声音就向我的心说了这么多！我把睡意蒙眬的眼睛注意地看着她的脸，忽然她变得十分小，十分小——她的脸不过一个扣子那么大，但我仍然十分清楚地看见它，我看到她怎样地瞥我一下并且微笑了一下。我欢喜看见她那么小。我更加眯紧我的眼，她变得不过瞳子上的人形那么大了，但是我动了一下，这个魔法破坏了。我缩小了眼，转过头，尽力要用一切的办法去恢复它——却是徒然的。

我站起来，连腿爬上了圈椅，舒适地躺着。

"你又要会睡着的，尼考林卡！"妈妈说，"你顶好是上楼去吧。"

"我不想睡，妈妈。"我回答，但是模糊的然而甜蜜的幻想充满了我的想象，儿童的健康的睡眠合上了我的眼皮，顷刻之间我就睡着了，一直睡到我被人叫醒。半醒的时候，我常常感觉到有人的亲切的手在摸我，单凭这一摸我便知道是她，并且还睡眠着，便不自觉地抓住那只手，把它紧紧地紧紧地贴在我的嘴唇上。

人都散了；只有一支蜡烛点在客室里；妈妈说，她要自己把我叫醒；是她自己坐在我所睡的椅子上，她把她的非凡的亲切的手摸着我的头发，她的亲爱的熟识的声音在我耳朵上响着：

"起来，我亲爱的；是去睡觉的时候了。"

没有任何人的淡漠的目光拘束她，她不怕向我倾泻她全部的亲切和慈爱。我一点不动，但更用劲地吻她的手。

"起来吧，我的天使！"

她用另一只手托着我的颈子，她的手指迅速地动着搔痒我。房内静静的，半暗的；我的神经因为搔痒，因为醒觉，兴奋起来了；妈妈靠近我身边坐着，她摸着我；我闻到她的气味，听到她的声音。这一切使我跳起来了，把双手抱住她的颈子，把头贴在她的胸前，喘着气，说：

"哦，亲爱的，亲爱的妈妈，我多么爱你呀！"

她笑着她的悲哀的迷惑的笑容，把她的双手捧着我的头，吻我的前额，并且把我放在她的膝上。

"那么你很爱我吗？"她沉默了片刻，然后说："记着，你要永远爱我，绝不要忘记我。若是你的妈妈不在了，你不忘记她吗？你不忘记吗，尼考林卡？"

她更亲密地吻着我。

"好了，不要说这话，我亲爱的，我最亲爱的！"我叫着，吻着她的膝盖，眼泪泉水般地涌出我的眼——恩爱与狂喜的泪。

后来，常常是我上了楼，穿着棉絮的小换装服站在圣像前，我说着："主啊，拯救我的爸爸和妈妈吧。"我体验到多么奇异的情感啊。

重复着我的幼儿嘴唇第一次跟着我亲爱的母亲含糊说出的祷文，我对她的爱和我对上帝的爱奇怪地融成了一种情感。

祷告之后，我常常是把自己裹在被里，我心里觉得轻松，愉快，高兴；梦想一个连着一个，但这些梦想是关于什么的呢？它们是不可捉摸，但充满着纯洁的爱情和对光明幸福的期望。我常常想起了卡尔勒·伊发内支和他的悲苦的命运——他是我所知道的唯一不幸的人——并且那么惋惜他，那么欢喜他，以致泪水流出我的眼睛，并且想，"上

帝让他有幸福吧，让我能够帮助他，减轻他的悲哀吧：我准备为他牺牲
一切。"然后我常把心爱的瓷玩具——小兔或小狗——塞在我的鸭绒枕
头的角落里，欣赏着它躺在那里是多么快乐、温暖、舒适。我再做祷
告，求上帝给大家幸福，让大家都满足，让明天的天气好，便于散步，
然后我便翻转身，思想与梦想便交错融混，我还带着湿泪未干的面孔，
便沉静而安宁地入睡了。

我们在幼年时期所有的那种勃勃生气，无忧无虑，爱的需要，信
仰的力量，总有一天会回转吗？有什么时候，能够比这两种最大的美
德——无邪的喜乐和对于爱的无限需要——是我们生活的唯一愿望的时
候，更好呢？

那些热情的祈祷在哪里？一切礼物中的最好的礼物——那些纯洁的
受感动的泪——在哪里？一个安慰者天使飞下来了，微笑着拭干那些
泪，把甜蜜的梦吹送到纯洁无瑕的、儿童的想象中。

难道是生活在我心中留下了那么痛苦的痕迹，以致那些眼泪与狂喜
永远离开我了吗？难道是只剩下一些回忆吗？

第十六章　诗句

在我们搬到莫斯科大约一个月后，我坐在我祖母家楼上大桌前写字；在我对面坐着我们的图书教师，最后修改着黑铅笔所画的土耳其人的缠帕的头。佛洛佳伸着颈子，站在教师的后边，从他肩上看过去。这个人头是佛洛佳的第一个黑铅笔画，并且在当天，祖母的命名日，就要送给她。

"这里您不多描一点影子吗？"佛洛佳踮着脚，指示土耳其人的颈项问教师。

"不，不需要，"教师说，把铅笔与画笔放进可以抽开的小盒子里，"现在好极了，不要再动它了。好，您呢，尼考林卡，您还是向我们说出您的秘密吧，"他添说，站起来，仍旧斜看着土耳其人，"您送什么给您的祖母呢？真的，最好您也画一个人头。再会，诸位。"他说，拿了帽子和一张票①就出去了。

那时候我也想，画一个人头，要比我所做着的东西更好些。当我们听说不久便是我祖母的命名日并且我们应该为这个日子准备礼物的时候，我想到了要为这件事写几句诗送她，我立刻作了两行有韵的诗句，希望也很快地写出其余的诗句。我一点也不记得，一个对于小孩是如此奇怪的思想怎样会来到了我的头脑里，但我记得，我是很欢喜这个，并且对于所有的关于这件事的问题，我回答说我一定要送祖母一件礼品，但是我不告诉人，那是什么。

---

①　教师上课一次，收票一张，达数月时，即付薪金。——英译本注

结果是，与我的期望相反，除了我轻率地想出的两句之外，我虽然尽了全部的力量，却是什么也作不出来。我开始读我们书里的诗句；但德米特锐也夫和皆尔沙文都没有帮助我。相反，他们更使我相信我的无能。我知道卡尔勒·伊发内只欢喜抄诗句，我开始偷偷地在他的纸堆里翻找，在一些德文诗里只找出一首俄文的，这大概是他的手笔。

> 致L彼到罗夫斯卡雅夫人，一八二八，六，三。
>
> 您近近地想着我，
>
> 您远远想着我，
>
> 您想着我吧，
>
> 从今天到永远，
>
> 想着我直到我进坟墓，
>
> 我曾多么忠实地爱过您。
>
> ——卡尔勒·毛亦尔

这首诗是用优美的圆形笔迹在薄信笺上写的，因为充满着动人的情感而使我满意：我立刻背熟了，决定拿它当作榜样。于是事情进行容易得多了。到了命名日，我的贺诗十二行已经准备好了，我坐在书房的桌前，把它抄誊在犊皮纸上。

已经写坏了两张纸……不是因为我想更改什么地方——我觉得诗句是极好的——但是从第三行起，各行的末尾越来越向上翘了，因此甚至远远的就看得出它们是写歪斜了，一点也不合适。

第三张上写的和先前所写的同样歪斜，但我决定了我不再抄了。我在我的诗里祝贺了祖母，希望她长寿永康，结尾是：

> "我们要极力安慰你，
>
> 爱你，一如亲生母。"

似乎是很不坏，但末一句不知何故异怪地刺我的耳朵。

"爱你，一如亲生母，"我向自己低声地重复着，"有什么韵脚代替'母'呢？游戏？床①？……哦，这行了，仍然比卡尔勒·伊发内支的好！"

于是我抄了最后的一行。然后我在卧室里有情感有姿势地高声朗诵了全诗。有几行完全不合韵律，但我不再推敲它们了；最后的一行更厉害更不愉快地令我吃惊了。我坐在床上思索着：

"为什么我写了：一如亲生母呢？既然她不在这里，那么连提起她也是不需要的了。诚然我爱并且尊敬祖母，这她仍然是不相同的……为什么我写了那个？为什么我说了谎？虽然，那是诗，但仍然是不需要的。"

正在这时裁缝进来了，送来了我们的新衣服。

"嗬，就是这样了吧！"我极不耐烦地说，恼愤地把诗塞到枕头下边，跑去试我的莫斯科服装。

莫斯科服装好极了；铜扣子的棕色短礼服缝得又紧又小——不像在乡下替我们做的全照身长的——黑裤子也紧，极妙地显出肌肉，罩着靴子。

"到底我也有了连脚带的长裤子了，真正的！"我想，从各方面看着我的腿，高兴得忘形了。虽然穿了新衣服觉得紧窄而不舒服，我却向大家隐瞒这一点，并且反而说，我很舒服，假如这个服装有什么缺点，那只是大了一点儿。然后我站在穿衣镜前，把我的涂满香油的头发梳了好久；但无论我多么努力，怎样也不能够把额前的发簇梳平到头顶上去。我希望试试它们是否听从，我一停止用刷子压它们，它们就竖起来向各方面翘着，使我的脸上有了最可笑的神气。

卡尔勒·伊发内支在另一个房间里穿衣服，有人穿过书房拿了一件蓝礼服和一些白的东西给他。在通楼梯的门前传来了祖母的女仆之一的声音；我走了出去，想知道她需要什么。她拿着一个上浆很多的衬衣前襟，向我说，她是替卡尔勒·伊发内支送这个来的，并且她那天夜里没

---

① 原文各字之尾均有"T"软音，无从译出。——译者

有睡，为了要把它准时洗出来。我承诺了交到衬衣前襟，并且问祖母起来了没有。

"哦起来了！她吃过了咖啡，神甫来了。……你是多么出色的人啊！"她添说，微笑着看我的新衣服。

这话使得我脸红；我站在一只脚上转过身，弹响了手指，跳了一下，希望借此让她觉得她并不完全知道我真是一个多么出色的人。

当我把衬衣前襟送给卡尔勒·伊发内支时，他已经不需要它了：他穿上了另外一件，在桌上小穿衣镜前弯着腰，用双手握着领带的漂亮结子，试试看剃刮干净的下颌在领带里是不是伸缩自由。他把我们的衣服周身理平正了，并且请尼考拉替他同样地做了之后，便领我们去见祖母。想起我们下楼时我们三个人都发出多么强烈的头油香气，我便觉得好笑。

卡尔勒·伊发内支双手拿着他自己所做的盒子，佛洛佳拿着他的图画，我拿着我的诗：各人口里都准备好了呈送礼品时所说的祝词。当卡尔勒·伊发内支打开大厅的门时，神甫正在披道袍，祈祷的开头的声音发出来了。

祖母已经在大厅里；她弯着腰，扶在椅背上，站在小墙的旁边，虔敬地祈祷；爸爸站在她旁边。他向我们掉转身，注意到我们连忙把所准备的礼物藏在背后，并且力求不要被人发觉，正好在门口停住，他便微笑了一下。我们所指望的意外之事的效果全失去了。

当他们开始上前去吻十字架时，我突然觉得，我受到了不可克制的愚蠢的羞怯心的严重影响，并且觉得，我决没有勇气呈送我的礼物，我藏到卡尔勒·伊发内支的背后，他用最精选的字眼祝贺了祖母，把小盒子从右手送到左手，呈送给祖母，走开几步，让地方给佛洛佳。祖母似乎是很高兴这个金边贴成的盒子，带着最慈爱的笑容表示了她的谢意。然而看得出来，她不知道把这个盒子放到哪里去，大概因为那个缘故，她要爸爸看看它是做得多么异常精巧。

满足了他的好奇心之后，爸爸把它递给了神甫，这个小东西似乎极其使他高兴：他摇着头，好奇地时而看看盒子，时而看看那个能够造出这么巧妙玩意的匠师。佛洛佳呈送了他的土耳其人，也得到了各方面的最夸奖的称赞。到了我的轮次，祖母带着鼓励的笑容向我看着。

那些有过羞怯经验的人，便会知道，这个情绪和时间成正比地加强，而我们的决心却和时间成反比地减弱：这就是说，这种情况维持愈久，它便愈不可克制，决心也愈少了。

当卡尔勒·伊发内支与佛洛佳呈送他们的礼物时，我最后的勇气和决心都离开我了，而我的羞怯达到了最大的限度：我觉得血不断地从心中涌上我的头，脸上一阵一阵地发红，大粒的汗出现在我的前额和鼻子上。我的耳朵发烧，我觉得我全身发抖，发汗，我的两只脚轮换地站着，但一步也没有动。

"嗬，尼考林卡，让我们看看你的是什么。是盒子呢，是图画呢？"爸爸向我说。

没有办法了；我用颤抖的手把揉皱的倒霉了的纸卷给了我的祖母，但我的声音完全不听从我了，我沉默地站在她面前。想到这个——不是所期望的图画，而是要向大家宣读我的毫无价值的诗和这句：一如亲生母，这显然地证明我从来没有爱过她，并且把她忘记了——我便不能够心神安定了。

当祖母开始出声地读我的诗，当她看不清楚而停顿在一行当中，带着我那时觉得是嘲笑的笑容，看爸爸一眼，当她念的不像我所愿望的那样，当她因为目力不好，没有读完，把纸递给爸爸，要他打头念给她听，我那时候的痛苦要怎样表达呢？我以为她这么做，是因为她已经厌倦了读这种恶劣的、笔迹歪斜的诗，并且是为了让爸爸可以亲自读那最后的那么显然证明我没有情感的诗句。我料他要用诗打我的鼻子，并且说："无用的孩子，不要忘记了你的母亲……这是你自讨的！"但并没有发生这一类的事：相反，在全部读完之后，祖母说："Charmant（好极了）！"并且吻了我的额头。

盒子、图画、诗和两条白麻纱手帕，和盖子上有妈妈画像的鼻烟壶并排着放在祖母通常所坐的躺椅的活动茶几上。

"发尔发拉·伊里尼支娜公爵夫人到！"两个通常站在祖母的马车后边的高大跟班之一通报着。

祖母沉思着，看着玳瑁鼻烟壶的画像，没有回答。

"老太太，我请她进来吗？"跟班重复说。

第十七章　考尔娜考发公爵夫人

"请。"祖母说，向椅子里靠得更深。

公爵夫人大约四十五岁，是矮小、衰弱、枯瘦、易怒的妇人，有一双令人不快的灰绿色小眼睛，它的神情显然妨害了她的假装可爱地抿着的小嘴。在有驼鸟毛的天鹅绒帽子下边露出了她的浅棕色的发，她的眉毛和睫毛似乎在她的不健康的面色上显得更浅更棕。虽然如此，但由于她的从容的动作，她的小手，特别是由于她全身的枯瘦，她的整个的样子具有一种高贵而坚决的地方。

公爵夫人说了很多，按照她的好辩，她属于那样的一种人，他们总是那样地说话，好像有人反对他们，然而并没有人说了一个字：她时而提高她的声音，时而渐渐放低，又忽然重新活泼地开始说着，环顾着那些在场的并未参与谈话的人，好像是力求借着这种目光来支援她自己。

虽然公爵夫人吻过了祖母的手，不断地称她 ma bonne tante（我的好姑母），我却看出祖母不满意她：她不知何故特别地抬起眉毛，听着她说，为什么米哈益公爵怎样也不能够亲自来向祖母道贺，虽然他极其愿意的；并且祖母用俄语回答着公爵夫人的法语，特别拖长着声音说：

"我的亲爱的，我很感谢您的关心，但是关于米哈益公爵的没有来，为什么要提到呢？……他总是事情多得很；总而言之，和老太婆坐在一起，对他有什么乐趣呢？"

不让公爵夫人有时间反驳她的话，她继续说：

"我亲爱的，您的小孩们怎样？"

"是的，很好，ma tante（我的姑母），他们长大了，学习了，顽皮了，尤其是顶大的，爱提恩。他变成了那样的一个流氓，一点也不和气；但他聪明，un garçon qui promet（一个有前途的孩子）。你可以想象，mon cousin（我的表兄），"她继续说，单是对着父亲，因为祖母对公爵夫人的孩子们一点也不感觉兴趣，却想夸奖她自己的孙儿们，小心地把我的诗从盒子下边拿起来，开始把纸打开，"你可以想象，mon cousin，他那天做了什么……"

于是公爵夫人向爸爸弯着腰，开始很兴奋地向他说着什么。说完了我未听着的故事，她立刻笑起来了，疑问地望着爸爸的脸，说：

"是什么样的孩子，mon cousin？他该受鞭打，但那个玩笑是那么聪明有趣，我饶恕他了，mon cousin。"

公爵夫人把视线停在祖母身上，什么也没有说，继续微笑着。

"您真的打你们的孩子们吗，我亲爱的？"祖母问，有含意地抬起眉毛，特别强调着"打"字。

"哦，ma bonne tante，"公爵夫人迅速地瞥了瞥我的父亲，然后用仁慈的声音回答，"我知道您对于这桩事的意见，但是让我只在这一点上和您意见不一致：关于这件事，虽然我想过许多次，看过许多书，请教过许多人，经验毕竟使我相信，用惧怕来管教孩子们是必要的。要小孩们成器，必须惧怕……是不是呢，mon cousin（我的表兄）？并且 je vous demande un peu（我要问你一点），小孩们比怕棍子还要怕的是什么？"

说这话时，她疑问地瞥了瞥我们，我承认，那时候我觉得不舒服。

"无论您怎么说，十二岁以内甚至十四岁以内的男孩仍然是小孩，至于女孩，那是另外一回事了。"

"多么幸运啊，我不是她的儿子。"我想。

"是的，那好极了，我亲爱的，"祖母说，折起我的诗，放到盒子底下，好像她并不认为公爵夫人在这话以后还配听这样的作品，"那是很好的，但是请您告诉我，打了之后，您还能够要求您的小孩们的什么好感呢？"

祖母认为这个议论是无可反驳的，为了停止这个谈话，于是加了一句：

"但是，关于这个，人人都可以有他自己的意见！"

公爵夫人没有回答，只谦逊地微笑着，借此表示，她原谅她所那么尊敬的人的这些奇怪的偏见。

"哦，让我来认识一下您的小辈们吧。"她望着我们说，并且和蔼地微笑着。

我们站起来，把眼睛盯住公爵夫人，一点也不知道，应该做什么来表示我们已经认识了。

"吻吻公爵夫人的手吧。"爸爸说。

"我请您爱您的老姨妈，"她说，吻着佛洛佳的头发，"虽然我和你们是远亲，但我重视我们的友谊关系，而不是亲戚的远近。"她添说，主要地是对祖母而言；但祖母仍然不高兴她，回答说：

"唉，我亲爱的，难道现在还重视那种亲戚关系吗？"

"我这个孩子要成为社交青年，"爸爸指着佛洛佳说，"这个要成为诗人。"他添说，这时，我正吻着公爵夫人的干瘦的小手，并且很清晰地想象着有棍子在那只手里，棍子下边的凳子，等等，等等。

"哪一个？"公爵夫人拉着我的手问。

"这个小的，有额毛的。"爸爸带着愉快的笑容回答。

"我的额毛与他何干呢？难道没有别的话可谈吗？"我想，走到角落里去了。

关于美我有最奇怪的见解，甚至于以为卡尔勒·伊发内支是世界上第一个美男子，但我很清楚地知道我自己并不好看，并且在这件事上我一点也没有弄错；因此每次涉及我的外貌的话都使我非常难受。

我记得很清楚，有一次在吃饭时——那时我六岁——他们说道我的外貌，妈妈极力要在我的脸上找出什么好的地方，说我有聪明的眼睛和令人愉快的笑容，终于对爸爸的理由和显明的事实让步，不得不承认我丑；后来，当我为了饭而感谢①她时，她拍了拍我的腮说：

"你要知道，尼考林卡，没有人会因为你的面孔而爱你的；因此你一定要努力做一个聪明的好孩子。"

这话不仅使我相信我不是美男子，而且使我相信，我一定要做个聪明的好孩子。

虽然如此，我却常有失望的时候：我设想，对于一个像我这样宽鼻子、厚嘴唇、小灰眼睛的人，在世界上是不会有幸福的；我求了上帝完成一个奇迹，把我变为美男子，我愿为了一副漂亮的面孔付出我那时所有的和我将来可能有的一切。

---

① 饭后各人感谢男女主人乃是风俗。——英译本注

第十八章　伊凡·伊发内支公爵

　　当公爵夫人听了诗句并且连连称赞了作者的时候，祖母变和气了，开始和她说法语，不再称她"我亲爱的"和"您①"，邀请她晚上带所有的小孩来。公爵夫人接受了邀请，又坐了片刻，便走了。

　　这天有了那么多贺客，在院子里的大门口，整个上午不断地停着几辆车子。

　　"Bonjour, chère cousine.（日安，亲爱的表妹。）"一个客人进了房吻着她的手说。

　　这人大约七十岁，身材高大，穿了有肩章的军服，领子下边露出大白十字架。并且带着沉着坦率的面情。他的举动的随便和简单使我惊异。虽然他的脑袋后边只剩了一片半圆形的稀疏的头发，虽然他的上唇的形状明显地证明了牙齿的缺少，他的脸仍然是非常美丽的。

　　伊凡·伊发内支，在上个世纪之末，由于他的高贵的性格，好看的容貌，异常的勇敢，显赫而有力量的亲戚，特别是由于他的好运气，还很年轻的时候，便有了飞黄腾达的官运。他继续服务，他的功名心很快地便那么充分满足了，以致在这方面他不再想要什么了。在很年轻的时候，他便那样地举止，好像是准备他自己在社会上占据着后来他的命运安排给他的那个辉煌的地位；因此虽然在他的辉煌而有点虚荣的生活中，正如同在一切其他的人的生活中一样，遭遇了失败、失望、苦恼，

---

　　① 俄文第二人称单数为你 ТЫ 多数为您 ВЫ，多数亦作单数用，然不如单数亲切。——译者

他却从来不曾有过一次改变他的一向沉着的性格，高尚的思想方式，宗教与道德的基本规条，并且，他得到一般的敬重，这与其说是由于他的辉煌的地位，毋宁说是由于他的贯彻始终与坚绝不变。他不是有大智慧的人，但由于这种地位允许他轻视一切虚荣的生活麻烦，他的思想方式是崇高的。他仁慈而敏感，但在和别人来往时很冷淡而有点傲慢。这是由于他在这种地位上能够对于许多人有帮助，所以他极力用冷淡来防范那些只想利用他的势力的人的不断的请求与谄媚。不过这种冷淡却被最上流社会里的人的谦逊的礼貌减轻了。他受过良好的教育，很有学问；但他的教育停止于他在青年时期即是在上个世纪末所受的教育。他读过十八世纪法国的哲学与辩论方面一切著名的作品，透彻地了解法国文学的一切最好的作品，所以他能够并且欢喜常常引用拉辛①、柯奈耶②、霸洛③、莫里哀④、蒙旦⑤与费奈隆⑥的字句，他有广博的神话学的知识，很有心得地研究过古代史诗杰作的法文译本，他有丰富的历史知识，这是他从塞古尔著作中获得的；但他在算术之外既没有任何算学的概念，也不知道物理学，也不知道当代文学：在谈话中他能够很有体面地沉默着，或者说一点关于歌德⑦、席勒尔⑧及拜仑⑨的普通的话，但他从未阅读过他们的作品。虽然是有这种古典的法国教育（这种样子的人现在是这么少了），他的谈话却是简单的，而这种简单既隐藏了他对于某些事物的无知，又显出了他的愉快语气和宽容态度。他是一切独创性的大敌人，说独创性是教养不好的人的手腕。无论住在什么地方，社交在他是

① 法国诗人，戏剧家，一六三七——一六九九。
② 法国诗人，戏剧家，一六〇六——一六八四。
③ 法国诗人，一六三六——一七一一。
④ 法国戏剧家，一六二二——一六七三。
⑤ 法国散文家，一五三三——一五九二。
⑥ 法国著作家，一六五一——一七一五。
⑦ 德国作家，一七四九——一八三二。
⑧ 德国诗人，一七五九——一八〇五。
⑨ 英国诗人，一七八八——一八二四。

必不可少的：在莫斯科或者在国外，他总是同样地好客，在一定的日子他接待全城的人。他在城里有那样的地位，他的请帖可以用作进入一切客厅的通行证，许多年轻而美丽的妇女愿意把她们的红润的腮送给他吻，他好像是以父老的心情吻着她们，有些显然很重要的有体面的人，在准许他们陪公爵玩牌时，是不可形容地高兴。

对于公爵，像祖母这样和他属于同一个社交团体，有同样的教养，对事物有同样的看法，且是同样年龄的人，已经很少了；因此他特别珍视他和她的多年的友好关系，总是对她表示很大的敬意。

我看公爵看不厌：每个人对他所表示的敬意，他的大肩章，祖母看到他时所表示的特别高兴，以及显然只有他不怕她，对她十分随便，甚至敢叫她 ma cousine（表妹），引起了我对他的敬意，即使不比我对祖母的敬意更多，也是相等的。当我的诗句给他看了之后，他把我叫到他面前，说：

"由此便知道，ma cousine, 也许他要成为第二个皆尔萨文。"

说着这话，他把我的腮捏得那么痛，如果说我没有喊叫，那只是因为我知道他是把这当作抚爱。

客人们走了。爸爸和佛洛佳离开了房间：客室里只剩下了公爵、祖母和我。

"但是为什么我们那位亲爱的娜塔丽亚·尼考拉叶芙娜没有来呢？"伊凡·伊发内支在短时的沉默后忽然问。

"啊，mon cher（我亲爱的），"祖母放低声音回答，把她的手放在他的军服的袖子上，"假如她能够自由地做她想要做的事，她便一定来了。她写信给我说，似乎彼挨尔曾经提议要她来，但她自己拒绝了，因为，他今年的收入好像是一点也没有了；她还说：'此外，我用不着在今年同全家的人搬到莫斯科。琉宝琦卡还太小，关于男孩们，要同您住在一起，我觉得比同我住在一起，是更加放心。'这都好极了！"祖母继续用那种语调说，那显然地证明她一点也不认为这是好极了。"早就应该把男孩们送到这里来了，这样他们可以学习一点东西，惯于交际，不然，他们在乡下能够受到什么教育呢？……您知道，大的快要十三岁了，另一个十一岁了。你看到了，mon cousin（我的表兄），他们在这里完全像野人……他们连见客人也不会。"

"但是我不明白，为什么对于家务紊乱总是埋怨，"公爵说，"他有很好的产业，我知道娜塔丽亚的哈巴罗夫卡，我同您从前在这里演过戏的，我知道它，就像我自己的五个指头一样，是顶好的田庄，总是一定有很好的收入……"

"我要对您像对一个真朋友那样说话，"祖母带着悲哀的表情打断他，"我似乎觉得这都是借口，只是为了让他单独住在这里，到俱乐部和宴会里去闲荡，天知道他做什么；她一点也不怀疑。您知道她是多么天使般的善良——她什么事都相信他。他使她确信，小孩们应该带到莫斯科来，她应该单独和愚笨的女教师留在乡下——她就相信。假如他向她说，小孩们应该鞭打，就像考尔娜考发公爵夫人鞭打她的小孩们那样，她似乎也要同意这个的，"祖母说，带着十分轻蔑的表情在圈椅里转动着，"是的，我的朋友，"她在稍停之后继续说，从两条手帕里拿了一条拭去流出的一滴眼泪，"我常想，他既不能看重她，也不能了解她，虽然有她一切的善良，对他的恩爱，她极力掩藏自己的悲愁——这个我知道很清楚——她和他在一起是不会幸福的，记住我的话，假如他不……"

祖母用手帕蒙了她的脸。

"Eh, ma bonne amie！（哎，我的好朋友！）"公爵责备地说，"我看您一点也没有变得更理智！您总是为了想象的苦恼而伤心流泪。哦，您怎不难为情？我早就知道他了，知道他是一个细心、善良、极好的丈夫，主要的，是一个最高贵的人，un parfait honnête homme.（一个十分正派的人。）"

无意中听到了我不该听的谈话，我踮着脚，极其兴奋地从房间里逃出去了。

第十九章　伊文家的人

"佛洛佳！佛洛佳！伊文家的人！"当我从窗口看见三个穿獭皮领子蓝大衣的孩子时，我叫起来了，他们正随着漂亮的青年教师穿过对面的走道到我们家来。

伊文家的人是我们的亲戚，和我们的年纪约莫相同，我们到莫斯科之后不久就和他们认识了，并且很相投。

伊文老二，塞饶沙，是一个黑皮鬈发的男孩，有坚决的上翘的小鼻子，很鲜润的红嘴唇难以完全盖住他的有点凸出的上面一排的白牙齿，美丽的深蓝眼睛，和异常伶俐的脸部神色。他从来不微笑，但他或是显得十分严肃，或是从内心里笑出洪亮清晰而极动人的笑声。他的独有的美丽在初见时就使我惊异。我对他感到不可克制的倾慕。看见了他就够使我幸福，有一个时候我全部的精力都集中在那个愿望上：当我过了三四天不看见他时，我便开始感到寂寞，觉得伤心得要流泪了。我醒时睡时的一切的梦想，都是关于他的：当我上床睡觉时，我想梦见他；当我闭眼时，我看见他在我面前，并且珍爱着这个幻影作为我最大的乐趣。我绝不把这个感觉告诉任何人，我是那么珍视它。也许因为我的不断地向他盯着的不安的眼睛使他讨厌，或者简直是因为他对我不感到任何同情，他显然是更欢喜和佛洛佳玩耍谈话，而不是和我；但我还是满意，什么也不希望，什么也不要求，并准备为他牺牲一切。在他所引起的我的热情的倾慕之外，他的在场引起我同样强烈的另一种情绪——怕苦恼他，怕得罪他，怕他不高兴：也许因为他的脸上有傲慢的神色，或者因为我轻视我自己的容貌，我太看重别人的优点，或者最确切地说，因为这是爱的必要的表征，我对他感到那么多的惧怕和那么多的爱。塞饶沙第一次和我说话时，我由于那种意外的幸福，弄得那么心绪不安，以致我面色发白、发红，什么话也不能够回答他了。他有一种坏习惯，在思索什么时，便把他的眼睛注视在一点上，不断地眨着，同时皱鼻子挤眉毛。大家认为这个习惯很是损害了他的容貌，但我却认为它是那么可爱，以致我不觉地习惯了做同样的事，在我们认识了他几天之后，祖母问我，是不是我的眼睛痛，因为我眨着眼像一只枭了。我们之间从来没有说过一句关于爱慕的话；但他感觉到他对我的支配权，并且在我们儿童的关系中不觉地然而暴虐地利用了它；而我虽然想告诉他我内心里的一切，却太怕他了，不敢坦白；我极力显得漠不关心，毫无怨言地服从了他。有时他的势力使我感到痛苦和不能忍受，但要逃脱出来又不是我力所能及的。

那个新鲜美丽的，不自私的，无限的友爱之情，它没有流露出来，没有获得同感，就那样地消灭了，我想到这个，是很伤心的。

奇怪，为什么当我是小孩的时候，我极力要像大人那样，而当我不再是小孩的时候，我又常常想要像小孩那样。我希望在我和塞饶沙的关系上，我不要像小孩一样，这个愿望屡次阻碍了那准备流露的情感，并且使我作假。我不但不敢吻他，而我有时很想要吻他，不敢拉他的手，不敢告诉他，我是多么高兴看到他，而且我甚至不敢叫他塞饶沙，却一定要叫他塞尔基——这是我们的定规了。每个敏感的表现都证明了行为幼稚，而谁让自己这样，谁就还是小孩子。我们还没有经历过那些使成年人在彼此的关系中变得谨慎冷淡的痛苦经验，只是因为要仿效大人这个奇怪的愿望，我们让自己丧失了温柔的儿童的依恋这种纯洁的乐趣。

我在听差的房里就迎到伊文家的人，和他们问了好，便一直冲到祖母面前，带着那样的表情报告她说伊文家的人来了，好像这个消息一定会使她十分幸福。然后我就眼不离开塞饶沙，跟他进了客室，注视他的每个动作。当祖母说他长了很多并把锐利的眼睛注视着他的时候，我感到那种恐惧与希望的情绪，这情绪是艺术家等待着受尊敬的批评家对他的作品下判断的时候一定会感觉到的。

伊文家的青年教师，佛劳斯特先生，得到祖母的允许，和我们走到花园里，坐在绿凳子上，优美地架起腿子，把铜头手杖夹在腿当中，带着那种很满意自己的举止的人的样子，开始吸雪茄。

佛劳斯特先生是一个德国人，但他完全不是我们的善良的卡尔勒·伊发内支那样的德国人：第一，他说俄语正确，带着恶劣的发音说法语，他一般地，而特别是在妇女之间，有了很有学问的人这个名声；第二，他弹着棕胡髭，有大红宝石针在黑绸颈巾上，巾端折在吊裤带里，穿着闪光的有脚带的淡蓝裤子；第三，他年轻，有美丽自满的外貌，异常好看的有肌肉的腿。显然是他特别重视这最后的优点，认为在和女性关系上它的作用是不可抵抗的，大概是他怀着这个目的，极力把他的腿子放在最注目的地方，无论是站着抑是坐着，总是颤动着他的腿腓。他是俄国的德国人的典型，他想做一个好汉和殷勤的能手。

在花园里是很开心。强盗的游戏玩得不能再好了；但是有一个事情，差一点儿把什么都破坏了。塞饶沙是强盗，追赶旅客时他跄了一下，他正跑的时候把膝盖碰在树上，碰得那么猛，以致我以为他把膝盖碰碎了。虽然我是警察，我的任务是捉他，我却走到他面前，关心地问他痛不痛。塞饶沙对我发火了：握紧了他的拳头，跺了跺脚，用那显然证明他碰得很痛的声音说：

"哦，这是怎么回事？这样便一点游戏也没有了！哦，你为什么不抓我？你为什么不抓我？"他重复了几次，侧视佛洛佳和顶大的伊文，他们表演旅客，在走道上跳着跑着，后来他忽然大叫一声，带着洪亮的笑声跑去捉他们。

我不能表达，这种英勇行为是怎样地使我惊异，使我迷惑：虽然是非常疼痛，他不但不哭，而且还不显出疼痛的样子，他没有片刻忘记了游戏。

不久之后，当依林卡·格拉卜加入我们当中，我们在饭前上楼时，塞饶沙还有机会用他的惊人的勇敢与坚决的性格使我更迷惑更惊异。

依林卡·格拉卜是一个外国穷人的儿子，那个外国人曾经在我祖父家里住过，有什么事要感恩，认为现在派他的儿子常常到我们这里来乃是他的应尽的义务。假若他认为，和我们认识，便能使他的儿子获得任何荣誉或快乐，那么，在这一点上他是完全错误了，因为我们不但对依林卡不友好，而且只在我们要拿他开玩笑的时候才注意他。依林卡·格拉卜是大约十三岁的男孩，又瘦又高又苍白，有鸟雀般的脸和善良的顺从的表情。他穿的很坏，但他的头发却总是搽了那么多的香油，我们相信，在有太阳的日子，油膏要在他头上融化，流到他的衣服上去的。当我现在想起他时，我发觉他是一个很乐观的、安静的、善良的男孩，但那时候我觉得他是那么可鄙的人，他值不得被人怜悯甚至被人想起。

当强盗游戏停止时，我们上了楼，开始玩闹并相互夸示各种体操的把戏。依林卡带着胆怯的惊讶的笑容看着我们，在邀他试试同样的玩意时，他推辞说他一点力气也没有。塞饶沙是异常可爱的：他脱了上衣，他的脸和眼发亮了，他不断地哈哈大笑，想出新玩意：他跳过三只并排的椅子，翻筋斗翻了全房那么长的距离，把头抵着放在房间当中做台座的塔济歇夫的字典上倒竖着，用他的脚做了那么笑死人的把戏，教人不能够抑制笑声。在这最后的玩意之后，他思索了一下，眹了眼，带着十分严肃的面孔，忽然走到依林卡面前说："试着做一下，这真是不难。"格拉卜看到大家的注意都对着他，他脸红了，用几乎听不到的声音断言着，这是他怎样也做不出来的。

"哦，真的怎么办，为什么他一样也不做给我们看呢？他是什么样的女孩子……一定要他头向下倒站起来！"

于是塞饶沙抓住他的手。

"一定，一定，要倒竖起来！"我们都围绕着依林卡喊叫起来，这时他显然是惊恐了，面色发白，我们抓他的手臂，把他向字典那里拖。

"放我吧，我自己去！你们要把我衣服撕破了！"不幸的受难者喊叫着。但这些失望的喊叫只更加鼓动了我们；我们笑得要死：他的绿上衣的缝全都绽裂了。

佛洛佳和顶大的伊文把他的头捺倒放在字典上，塞饶沙和我抓住这可怜的孩子向各方面乱踢着的瘦腿，把他的裤子卷到膝盖，带着高大的笑声把腿向上急拉，最小的伊文维持着他全身的平衡。

在我们喧哗的笑声之后，我们都忽然沉默了，房间里是那么静穆，只听到不幸的格拉卜的困难的呼吸。那时候我并不全然相信这一切是很好笑的、很有趣的。

"哎，现在才算好汉！"佛洛佳说，用手拍了他一下。

依林卡沉默着，力求摆脱，把脚四面八方乱踢着。在这些拼命的挣扎中，他用脚跟把塞饶沙的眼睛踢得那么痛，塞饶沙立刻便放掉了他的腿，蒙住了不觉地流泪的眼睛，用全力把依林卡一推。依林卡不再得到我们的扶持，像无生命的物体，跌在地上，由于眼泪，只能够说出：

"你们为什么虐待我？"

可怜的依林卡的悲惨的样子，他的泪脸和乱发，上卷的裤筒，裤筒下边可以看到他的没有擦油的靴筒，这使我们吃惊了；我们都沉默着，极力勉强地微笑着。

塞饶沙首先恢复了镇静。

"这个乡下女人！好哭宝！"他说，用脚轻轻碰着依林卡，"我们不能和他开玩笑……够了，起来！"

"我告诉您，你是个坏孩子！"依林卡愤怒地说，然后，掉转身，大声哭泣了。

"啊，啊！他用脚跟踢人，还骂人！"塞饶沙大叫着，抓起一本字典，在这不幸的孩子的头上一挥，他甚至没有想到防卫他自己，只用双手遮着头。

"给你一下，给你一下！……假若他不懂得开玩笑，我们丢开他………下楼去吧！"塞饶沙说，不自然地笑了一声。

我同情地看看可怜的孩子，他躺在地板上，把脸藏在字典之间，那样地哭着，好像再哭一会儿，他就会因为那使他全身发抖的抽搐而死去的。

"哎，塞饶沙！"我说，"你为什么要做这件事？"

"那才好呀！……我想，今天，我的腿子几乎碰坏了骨头，我没有哭。"

"是的，那是真的，"我想，"依林卡只是一个好哭宝，可是塞饶沙才是好汉……他是什么样的一个好汉啊！……"

我不曾考虑到，这个可怜的孩子哭泣，确实，与其说是由于身体的疼痛，毋宁说是由于想到，那五个也许是他所欢喜的孩子，无缘无故地商定了仇恨他压迫他。

我简直不能向自己说明我的行为的残忍。为什么我不走到他那里，不保护他，不安慰他？我看见了小乌鸦从窝巢里被抛出来，或者小狗被带走抛到篱笆那边去，或者小鸡被厨役拿去做汤，我的同情心常常使我大声哭泣，这同情心哪里去了？

难道是这种优美的情绪，因为我对于塞饶沙的爱和我希望在他面前显得是和他一样的好汉，就在我的心中被消灭了吗？这种爱和要显得是好汉的愿望是不可欣羡的，它们在我童年的回忆录中造成了唯一的黑污点。

第二十章　宾客聚集

　　凭了餐室里显见的特别忙碌，凭了辉煌的灯火，它使客厅与大厅里我早已熟悉的全部东西有了一种新的节庆的样子，特别是凭了伊凡·伊发诺维支公爵不是无故地派来了他的音乐队，凭了这些，可以料想要有许多宾客来赴晚会的。

　　听到每辆经过的车子的声音。我便跑到窗口，把手掌贴着颤颤和玻璃，带着不耐烦的好奇心看着街道。从原先遮隐了窗外一切物体的黑暗中，渐渐显出了：正对面是早就熟识的小铺子和灯；斜对面是楼下照亮了两道窗子的大屋子；街道当中是一辆马车和两个乘客，或是一辆慢慢归家的空篷车；但最后一辆轿车驶到我们的大门口，我十分相信这一定是伊文家的人，他们答应了早到；我跑到前厅里去迎接他们。不是伊文家的人，却在打开车门的着制服的胳肘后边，出现了两个女子，一个大，穿了貂皮领的蓝外套，另一个小，全身裹着绿披巾，披巾下边只露出她的毛皮靴子里的小脚。一点也不注意到我在前厅里——虽然我认为，在她们进来时，向她们鞠躬是我的义务——那小的沉默地走到大的那里，在她面前站住了。那大的放开了遮裹着小的整个头部的披巾，解开她的外套，当穿制服的听差接管了这些东西并脱下她的毛皮靴子的时候，这缠裹着的人变成了一个绝妙的十二岁的女孩，穿着敞领短纱布衣，白裤子，小小的黑鞋儿。她的白颈子上围着黑丝绒带子；她的小头上全盖着棕色鬈发，这在前边是那么适称她的美丽的小脸，在后边是那么适称她的赤裸的肩臂，因而我不相信任何人的甚至卡尔勒·伊发内支的话，说它们这么鬈曲着，是因为从早晨起它们就卷在《莫斯科新闻》的小纸片里，并且是热的铁钳子烫过的。好像她生来便有那个鬈发的头。

她脸上最令人注意的特色是她的凸出的半闭的眼睛非常之大，这和她的小嘴儿形成了奇怪然而可喜的对照。她的嘴唇是抿着的，她的眼睛显得那么严肃，以致她脸上的全部的表情是这样的，就是不要从她的脸上期望笑容，而因此她的笑容是更加迷人。

我力求不要被人看到，溜进了大厅的门，认为我必须来回走着，装作是在沉思，完全不知道客人来了。当客人走到大厅当中时，我好像恢复了神志，踏足鞠躬，向她们说祖母在客室里。发拉黑娜夫人好意地向我点头，她的脸我很欢喜，特别是因为我发觉她的脸非常像她女儿索涅琦卡的脸。

祖母似乎很高兴看见索涅琦卡，要她更靠近一点，理好了一个弹到她额上的发鬈，注意地看着她的脸，说："quelle charmante enfant!（多么媚人的孩子！）"索涅琦卡微笑了一下，脸红了，显得那么可爱，以致我看着她时也脸红了。

"我盼望你不要在我家里觉得没趣，我亲爱的，"祖母说，把她的小脸儿托着下颌抬起来，"请你尽量地开心跳舞。我们已经有了一个女舞伴两个男舞伴。"她向着发拉黑娜夫人添说，并用手摸我。

这种亲近是那么令我满意，以致我又脸红了。

我感觉到我的羞怯增加，并且听到还有车子驶来的声音，我认为必须走开。在前厅里我看到考尔娜考发公爵夫人和她的儿子和非常之多的女儿。女儿们都是一样的面孔，都像她们的母亲，都丑；因此没有一个引起我注意。在脱外套和围巾时，她们都忽然一起尖声地说话，骚动着，笑着什么——也许是笑她们人数那么多。爱第昂是大约十五岁的男孩，又高又胖，干瘦的脸，下凹的眼睛下边有蓝晕，有着按照年纪来说是太大的手和脚；他笨拙，有着不愉快的不均匀的声音，但似乎是很满意他自己，并且在我看来，他也许正是那种被棍子所打的孩子。

我们面对面地站了好久，互相注意地看着，没有说一个字；然后我们靠近了一点，想要接吻，但是又看了看彼此的眼睛，便不知为什么改变了意思。当全体姊妹们的衣服从我们身边响过去时，为了用句话来发动谈话，我问他们在轿车里是否受挤了。

"我不知道，"他粗心大意地回答我，"你知道我从来不坐在轿车里的，因为我一进了车子就要呕吐，这是妈妈知道的。我们晚上出门时，我总是坐在驾驶台上——那开心得多了——什么都看到，非力卜让我赶车，有时我拿鞭子。有时就好像那些赶车子的人，"他做了一个表情的手势，"那好极了！"

"少爷！"走进前厅的跟班说，"非力卜问您把鞭子放哪里去了。"

"什么放哪里去了？我还给他了。"

"他说您没有还。"

"哦，我把它挂在灯上了。"

"非力卜说也不在灯上——您顶好是承认您拿了鞭子丢掉了，非力卜要掏腰包来赔偿你的顽皮了。"发怒的跟班继续说，越来越激动了。

跟班看样子是一个可敬的严厉的人，似乎是很热心地替非力卜说话，并且要无论如何把这事弄明白。由于不自觉的礼貌之感，我走开了，好像什么也没有注意到；但在场的听差们的举动全然不同：他们更加靠拢，赞成地看着老仆人。

"唔，丢了，就是丢了！"爱第昂说，避免着更多的说明，"鞭子要花他多少钱，我付给他。这才好笑！"他添说，走到我面前，带我到客室里去。

"不，请问少爷……您怎么付呢！我知道您怎么付的，您要付玛丽亚・发西利叶芙娜的两角钱有七个多月了，我的呢，似乎有一年以上了，还有彼得如示卡的……"

"你不许作声！"年轻的公爵大叫着，气得脸发白，"你看我要把这全说出来的。"

"全说出来，全说出来！"跟班低语着，"这是不对的，少爷！"在我们进大厅时他特别有表情地添说，然后，送外套到衣橱那里去了。

"这就对了，对了！"在我们背后，从前厅里传来赞同的声音。

祖母有一种特别的本领，在一定情形下用一定的音调采用第二身单数或第二身多数称呼他们，表达她对人们的意见。虽然她用代名词"你"和"您"与一般通用的习惯相反，这些意味的差异在她的嘴上却有完全不同的意义。当年轻的公爵走到她面前时，她向他说了几句话，称他"您"，带着那样的轻蔑的面色看了看他，假使我处在他的地位上，我就会十分狼狈了；但爱第昂显然不是这种性质的孩子：他不仅一点也不注意祖母怎样接待他，而且也不注意她本人，他向所有的人请安，即使不是灵活，也是十分随便的。

索涅琦卡吸引了我全部的注意：我记得，佛洛佳，爱第昂和我，在大厅里可以看见索涅琦卡而她也能看见我们听到我们谈话的地方交谈着，这时候，我高兴地谈着。当我偶尔说出在我看来是好笑的或是漂亮的话时，我便说得更高并且望着客室的门，但当我们移到了从客室里不能听到不能看到我们的地方，我便沉默着，对于谈话不再感到任何兴趣了。

客室和大厅里渐渐客满了，就像在儿童晚会中一向所有的情形那样，其中有几个大的儿童，他们不愿错过了开心跳舞的机会，却好像只是为了使得女主人高兴。

当伊文家的人来到时，我没有了通常遇见塞饶沙时我所体验的愉快，我对他感到一种异怪的恼怒，因为他要看见索涅琦卡并且要向她露面。

第二十一章　美最佳舞之前

"啊，看得出，你们要跳舞的，"塞饶沙说，他走出客室，从荷包里掏出一双新羔皮手套，"应该戴上手套。"

"怎么办呢？我们没有手套，"我想，"应该上楼去找。"

虽然我翻遍了所有的抽屉，我只在一只抽屉里找到我们的绿色不分指头的旅行手套，在另一只抽屉里找到一只怎样也对我不合用的羔皮手套：第一因为它太旧太脏，第二因为它没有了中指，大概是卡尔勒·伊发内支很久之前为了手痛而剪去的。然而我还是戴上了这只破手套，注意地看着我的中指上总是沾了墨水的地方。

"现在假若娜塔丽亚·萨维施娜在这里，在她那里一定会找到手套的。这样地下楼是不行的，因为假若他们问我为什么我不跳舞，我说什么是好呢？我留在这里也是不行的，因为他们一定要挂念我的。我怎么办呢？"我说，摇着我的双手。

"你在这里做什么？"佛洛佳跑进来问，"去约一个女舞伴吧；马上就要开始了。"

"佛洛佳，"我说，向他伸着从脏手套里露出了两个手指的手，声音里表现着近乎失望的情况，"佛洛佳，你想也没有想到这个！"

"想到什么？"他不耐烦地问，"嗬，关于手套！"他看到了我的手，十分淡漠地添说，"是真的没有；应该去问祖母……她怎么说呢？"一点也不假思索，他就跑下楼去了。

他对待在我看来是如此重要的那件事的冷静，使我安心了，我连忙跑到客室里，完全忘记了戴在我左手上的那只难看的手套。

小心地走到祖母椅子那里，轻轻地触着她的短外套，我低声地向她说：

"祖母！我们怎么办呢？我们没有手套。"

"什么，我亲爱的？"

"我们没有手套。"我重复说，渐渐靠拢着，把我双手都放在她的椅子扶手上。

"那是什么？"她说，忽然抓住我的左手，"Voyez, ma chère.（看吧，我亲爱的。）"她继续说，转向发拉黑娜夫人，"Voyez comme ce jeune homme s'est fait élégant pour danser avec votre fille.（你看这个年轻人为了要和你的女儿跳舞把自己打扮得多么漂亮啊。）"

祖母紧紧地抓住我的手，严肃地然而疑问地看着每个在场的人，直到全体来宾的好奇心都获得满足，大家都发出了笑声。

我羞得皱了眉，徒然地试图抽开我的手，这时候，假若塞饶沙看见了我，我便要觉得很难受了，但我在索涅琦卡面前一点也不觉得难为情，她笑得眼睛里充满了泪，所有的鬈发在她的发红的小脸上颤动着。我知道，她的笑声是太高了，太自然了，不会是讽刺的；反之，我们一同笑着并互相看着，这似乎使我和她更亲近了。手套的插话，虽然会结局不好，却带给我这个好处，它使我在这个我一向觉得是最可怕的社交团体——客室团体中感到自由自在；在大厅里我不再觉得丝毫的难为情了。

怕羞的人们的痛苦，是由于不知道别人对于他们的意见；只要这意见明白地表示出来（无论它是什么样的），痛苦就没有了。

当索涅琦卡在我对面和笨拙的年轻公爵跳法国四组舞时，她是多么可爱哦！当她在chaîne（连环）中把她的小手递给我时，她微笑得多么可爱啊！她颈上的棕色鬈发随同音乐的节拍颤动着，多么可爱啊，她用她的小脚把 jeté-assemblé（齐步）跳得多么天真啊！在第五个舞节中，当我的女伴从我身边跑到另外一边，并且当我等着拍子准备我的独舞时，索涅琦卡严肃地抿着嘴唇，向另外一边看着。但她是徒然地为我担心了：我勇敢地做了chassé en avant, chassé en arrière, glissade（向前移步，向后移步，滑步），当我走到她那里时，顽皮地给她看看我的手套和两个伸出的手指。她哈哈大笑，在镶木地板上更可爱地跳跃着小腿儿。我记得，当我们手拉手排成圈子时，她低了头，并且没有抽开她的手，就在她的手套上擦鼻子。这一切现在还好像在我眼前，我还能够听到《多瑙河的姑娘》的四组舞曲，这一切是在这个曲调中发生的。

第二个四组舞开始了，这是我同索涅琦卡跳的。在她身旁坐下时，我觉得异常不舒服，简直不知道要和她说什么。当我的沉默显得太长久时，我怕她要把我当作傻瓜，我决定无论如何要防止她对我发生这样的误会。"Vous êtes une habitante de Moscou?（你是常住莫斯科的吗？）"我问，得到了肯定的回答，我继续说，"Et moi, je n'ai encore jamais fréquenté la caipitale（至于我，我从来不曾到过首都。）"特别地注重fréquenter（到过）这个字的效果。我觉得，虽然这个开头是很堂皇的且充分证明了我的高明的法语知识，我却不能按照这个精神继续谈话。还有一些时间才轮到我们跳舞，沉默又开始了：我不安地看着她，希望知道我给了她什么印象，并期待她帮助我。"您从哪里找来了这只可笑的手套？"她突然地问我；这个问题给了我很大的快乐和轻松。我说明了这只手套是卡尔勒·伊发内支的，并且甚至有点讽刺地，大谈起他本人，说道，当他脱掉他的红帽子时，他是多么可笑，说道，他有一次穿了绿大衣从马上一下跌到泥淖里，这类的事。四组舞不觉地就过去了。这都是很好的；但为什么我嘲笑地说道卡尔勒·伊发内支呢？假若我带着我对他所怀的敬爱向她描写他，难道我会丧失了索涅琦卡的好感吗？

当四组舞完毕时，索涅琦卡带着那么可爱的表情，向我说了merci（谢谢），好像我真应该得到她的感谢。我狂喜了，高兴得忘形了，不能够认识我自己了：我的勇气、确信，甚至大胆从哪里得来的呢？"没有东西能够令我害臊！"我想，无忧无虑地在大厅里走着，"我准备什么都干！"

塞饶沙要我做他的vis-à-vis（对舞者）。"好的，"我说，"虽然我没有舞伴，我要去找一个。"用坚决的目光在房里瞥视一周，我看到妇女们都有约了，只除了一个大的女孩，她站在客室的门口。一个高高的青年正向她走着，我断定，他的目的是要邀她跳舞：他离她只有两步了，我却在大厅的对面那头。转瞬之间，我优美地在镶木地板上滑着，飞过了我和她之间的距离，把脚并拢，用坚定的声音要求她跳下一个四组舞。大的女孩赏光地微笑着，把手递给了我，那个青年便没有得到舞伴了。

我是那样感觉到我的力量，以致我竟毫不注意那个青年的苦恼；但后来，我知道了这个年轻人探问，那个从他旁边跳过去把他面前的女伴抢走了的翘头发的孩子是什么人。

第二十二章　美最佳舞

那个被我夺去女伴的青年在第一对里跳美最佳舞。他从位子上跳起来，握住他的舞伴的手，没有跳米米教我们所跳的 pas de Basques（巴斯克舞），只是向前跑去，跑到了角落上，便停下来，撑开他的腿，用他的脚跟踏一下，转过身，再跳着向前跑。

因为我没有美最佳舞的舞伴，我坐在祖母的高背椅后边观看着。

"他这是做什么？"我和自己议论着，"那完全不是米米教过我们的：她总是肯定地说，大家都用脚尖跳美最佳舞，平滑地圆形地走步子；而现在却完全不是这么跳的。伊文家的人，爱第昂，大家都在跳舞，却不是跳 pas de Basques, 我们的佛洛佳也采用了新的跳法。这是不坏的！索涅琦卡哦，是多么可爱的人啊？！她走到那里了……"我觉得极其快乐。

美最佳舞快要完结了：有些年长的男女来向祖母告别之后，便离开了。听差们小心地避让着跳舞的人，送餐具到后边的房间里去。祖母显然是疲倦了，说话好像有些勉强，并且声音拖得很长；乐队开始懒懒地第三十次奏同样的调子。和我跳过舞的那个大女孩子，在她跳一个舞节时，注意到我，自然流露地微笑了一下——也许是希望借此讨好祖母——领着索涅琦卡和无数的公爵小姐中的一个走到我面前。"Rose ou hortie?（蔷薇或刺麻？）"她向我说。

"哦，你在这里！"祖母说，在椅子里转过身来，"好，去吧，我亲爱的，去吧。"

虽然那时候我愿意连头藏在祖母的椅子下边，不愿从椅后走出来，

却怎能够拒绝呢？我站起来，说了"蔷薇"，羞怯地瞥了瞥索涅琦卡。我
还没有来得及恢复我的神志，谁的戴了白手套的手已经放在我手里，于
是公爵小姐带着最愉快的笑容向前跳去，一点也不怀疑我是简直不知道
我的脚要怎么办的。

　　我知道pas de Basques是不适当不相宜的，且甚至会使我十分丢脸，
但是美最佳舞的熟悉的音调，影响着我的听觉，把一定的趋向传给了
我的听觉神经，而神经又把这个运动传达到我的脚上；而我的脚全然不
自觉地，且令全体观众惊异地，开始用脚尖踏出莫名其妙的圆圈的平滑
的步子。在我们对直向前跳时，情形还马马虎虎，但是在转弯时，我注
意到，我若不想办法，我一定会跳到前面去了。为了避免这样的不愉
快，我停下了，打算跳出那个青年在第一对中曾经那么漂亮地跳过的同
样的舞步。但是正在我放开两腿将要跳动时，在我身边迅速旋转的公爵
小姐连忙地在我身边转过来，带着愚蠢的好奇和惊讶的表情看我的两
腿。这个目光使我心痛了。我是那么茫然失措，以致我不跳舞，而开始
用最奇怪的样子在原处踏脚，既不合拍子，也不和任何东西谐调，最后
我全然停住了。大家都望着我，有的带着惊讶，有的带着好奇，有的
带着嘲笑，有的带着怜悯；只有祖母完全漠不关心地看着。"Il ne fallait
pas dancer, si vous ne savez pas!（假如你不会跳，你就不该跳！）"爸爸
的愤怒的声音正在我的耳朵上边说，他轻轻地把我推开，抓住我的舞伴
的手，按照旧式的方法跳了一转，在观众的大声赞许中领她回到她的座
位。美最佳舞立刻完给了。

　　"主啊！为什么你把我处罚得这么可怕哦！……"
　　……
　　"大家都轻视我，将永远轻视我……通往一切的路线断绝了——友
谊、爱情、荣誉……统统完了！为什么佛洛佳向我做了那些被大家看到
而又不能帮助我的手势呢？为什么那个讨厌的公爵小姐那样地看我的
脚呢？为什么索涅琦卡要……她是可爱的人；但她为什么正在那个时

候微笑呢？为什么爸爸脸红，抓我的手臂呢？难道他也会为我而羞耻吗？哦，这是可怕的！此刻假若妈妈在这里，她不会为她的尼考林卡脸红的……"我的想象跟着那个可爱的形象走得很远。我想起了屋前的草地，花园中高大的菩提树，清洁的池塘上有燕子飞翔，蔚蓝的天空停着透明的白云，新鲜草秸的发香的堆子，还有许多宁静的鲜艳的回忆浮荡在我的混乱的想象里。

第二十三章　美最佳舞之后

吃晚饭的时候，那个在第一对中跳舞的青年，坐在我们小孩们的桌子上，特别注意我，假若我在我所遭受的不幸之后还能感觉到什么东西，这便很能满足我的自尊心了。但这个青年似乎想要无论如何使我开心；他奉承我，称我为好汉，在大人一不看我们的时候，他就从各种酒瓶里把酒倒进我的杯子，一定要我喝干。夜饭快完毕时，仆役长从裹了布巾的瓶子里向我的小高脚杯子倒了四分之一香槟酒，这个青年坚持要他把我的杯子斟满，并要我一口喝尽，这时候，我感觉到全身的愉快的温暖，对于我的快乐的袒护人的特别的友好，并且不知为什么我哈哈大笑了。

忽然Grossvater（祖父曲）的音调又从大厅里传来，大家站起身离开桌子。我和这个青年的友谊立刻完结了：他走到大人那边去了，我不敢跟随他，便好奇地去听发拉黑娜夫人和她的女儿在说什么。

"还要半小时。"索涅琦卡恳切地说。

"实在不行了，我的天使。"

"哦，为了我，请这样吧。"索涅琦卡亲爱地说。

"假若我明天生病，难道你高兴吗？"发拉黑娜夫人说，不经心地微笑着。

"啊，你答应吧！我们留下吗？"索涅琦卡大声说，高兴地跳着。

"对你怎么办呢？好，去跳舞吧，这是你的男舞伴。"她母亲指着我说。

索涅琦卡把她的手递给我，我们跳进了大厅。

　　我所喝的酒，索涅琦卡的在场与高兴，使我完全忘记了不幸的美最佳舞的事件。我用我的脚做了最有趣的玩意；时而模仿一匹马，骄傲地抬起我的脚，用小快步跑着，时而我在原地方踏着脚，好像对狗发怒的公羊，并且从心里发出笑声，一点也不注意到我让观众们产生了什么印象。索涅琦卡也不停地发笑：她笑我们握着手打圈子；她望着一个年长的绅士慢慢地举起他的脚跨过一条手帕，装作这是很难做的样子，她哈哈地笑，当我几乎跳到天花板上表示我的灵活时，她笑得几乎要死了。

　　走过祖母的房间时，我对镜子看了看自己：我满脸是汗，头发散乱，额毛翘得比任何时候都高；但我脸上整个的表情是那么快乐、善良、健康，我满意我自己了。

　　"假如我永远是像我现在这样，"我想，"我还会令人满意的！"

　　但当我再看我的舞伴的极美的小脸时，她脸上除了有我自己脸上令我满意的那种愉快健康与无忧虑的表情之外，还有那么多优雅温柔的美丽，以致我恼怒我自己，我明白了，我想要获得这么奇妙的人物的注意，那是多愚蠢。

　　我不能希望爱情的回报，甚至不曾想到这个：我的心灵里，没有这个，便已经充满了幸福。我不明白，在那使我的心灵充满快乐的爱情之外，还可以要求更大的幸福，除了希望这个情感永不终止之外，还可以希望任何其他的东西。我这样已经很好了。我的心像鸽子那样地跳着，血不停地涌入我的心，我想要哭了。

　　当我们穿过走廊，经过楼梯下面黑暗的堆藏室时，我向它瞥了一下，我想："假若能够和她永远住在这个黑暗的堆藏室里，没有人知道我们住在那里，这是多么大的幸福啊。"

　　"今天晚上很开心，可不是吗？"我用低低的发抖的声音说，并且加快了步伐，我害怕了，这与其说是为了我所说过的话，毋宁说是为了我想要说的话。

　　"是的……很开心！"她回答，带着那样坦白善良的表情向我转过头来，我不害怕了。

"特别是在晚饭以后……但是假如您知道，我是多么可惜。"——我想说"悲伤"但是不敢——"您就要走了，我们彼此不再见面了！"

"为什么我们不再见面呢？"她说，注意地看着她的小鞋的尖端，用手指在我们所经过的格子屏风上擦着，"每星期二、五，妈妈和我坐车到特维也尔斯基树荫大道去。难道您不想要散步吗？"

"我们一定要要求星期二去，假若他们不让我去，我就单独跑去——不戴帽子。我认识路。"

"您知道吗？"索涅琦卡忽然说，"我和几个常到我们家来的男孩子互相称呼'你'；让我和您也互相称'你'吧！你愿意吗？"她添说，摆摆头，对直地向我的眼睛瞥了一下。

正在这时候我们进了大厅，Grossvater（祖父舞曲）的另外一个生动的部分开始了。

"您来……"我说，这时音乐声和嘈杂声盖掉了我的话声。

"你来，不是您来。"索涅琦卡纠正着，并且笑起来了。

Grossvater 完毕了，虽然我不断地想说几句话，在话里把代名词"你"重复几次，但我却没有来得及说一句有"你"在内的话。我缺少做这事的勇气。"你愿意吗"，"你来"——这些话在我耳朵里响着，并且发生了一种陶醉作用：除了索涅琦卡，我任何东西和任何人都看不见了。我看到他们拢起她的发卷，抹到她的耳朵后边，露出我未曾看过的她前额与颞颥的部分；我看到他们把她那么紧密地裹在绿肩巾里，只露出了她的小鼻子的小尖尖；我注意到，假若她不用她的粉红色手指在她的嘴边做一小孔，她便一定会闷死的；我还看到她跟着她的母亲下楼梯时，迅速地向我们转过身来，点了点头，在门口不见了。

佛洛佳，伊文家弟兄，年轻的公爵和我，我们都爱上了索涅琦卡，站在楼梯上用我们的眼睛送她。她是特别对谁点头，我不知道，在那时候，我坚决地相信那是对我做的。

　　和伊文家的人告别时，我很随便地甚至有点冷淡地和塞饶沙说话，和他握手。假若他知道从这一天起他便失去了我的爱和他对我的控制力，他大概要为这个惋惜的，虽然他极力显得十分漠不关心。

　　我平生第一次在爱情中有变化，并且第一次感觉到这种心情的甜蜜。我很高兴把惯常的忠实这陈旧的情感改变为新鲜的充满了神秘与未知的爱情。再者，在同一时间，停止去爱，重新去爱，乃是比以前加倍强烈地去爱。

第二十四章　在床上

"我怎么会那么热情地把塞饶沙爱了那么久？"我躺在床上自议着，"不，他从来不了解、不会看重，并且配不上我的爱。但索涅琦卡呢？……她是多么可爱的人！'你愿意吗？''是该你开始'……"

我爬着跳起来，生动地想象着她的小脸儿，然后用被子蒙着我的头，把被子从各方面裹在我的身子底下，在没有一点漏缝的时候，我躺下了，感觉着愉快的温暖，沉入了甜蜜的梦想与回忆。把我的不动的眼睛盯在我的棉被里子上，我就像一小时前那样清楚地看见了她；我在脑子里和她谈话，这个谈话，虽然简直没有一点儿意义，却给予我不可言状的快乐，因为"你，给你，同你，你的"这些字不断在话里碰见了。

这些幻想是那么清晰，以致我由于这甜蜜的兴奋而不能入睡，并希望有什么人分享我的多余的幸福。

"亲爱的，"我几乎出声地说，突然翻转身，"佛洛佳，你睡着了吗？"

"没有，"他用睡意的声音回答，"什么？"

"我在恋爱了，佛洛佳。简直是爱上索涅琦卡了。"

"喂，怎么样了？"他伸着身子回答我。

"哦，佛洛佳，你想象不出我发生了什么……我此刻正裹在被窝里躺着，那么清楚地，那么清楚地看见了她，同她说话，简直是奇怪极了。还有什么，你知道吗？当我躺着想她的时候，上帝知道为什么，我觉得伤心，非常想哭。"

佛洛佳动了一下。

"我只希望一件事，"我继续说，"就是永远和她在一起，永远看见她，不想别的了。你在恋爱吗？老实承认吧，佛洛佳。"

奇怪，我想要大家都爱索涅琦卡，大家都谈这个。

"这和你有什么关系呢？"佛洛佳说，把脸转对着我，"也许是的。"

"你不想睡，你在装睡！"我大声说，凭他的明亮眼睛，看出来他一点也不想睡，我推开了我的被。"让我们顶好是谈谈她吧。她不是迷人的吗？……是那么迷人，假若她向我说，'尼考拉沙，从窗子里跳出去！'或者，'跳到火里去！'喏，看吧，我要发誓！我马上就跳，并且高兴。嗬，多么迷人啊！"我添说，生动地想象着她是在我面前，并且为了充分享受这个形象，我忽然翻转身，把头伸到枕头下边。"我非常想哭，佛洛佳。"

"这是呆瓜！"他微笑着说，稍停之后，又说：

"我完全不像你这样：我想，假如可能的话，我愿先和她并排坐着，和她说话……"

"啊，那么，你也在恋爱吗？"我打断他。

"然后，"佛洛佳继续说，亲切地微笑着，"然后，我要吻她的小手指，小眼睛，小嘴唇，小鼻子，小脚儿——吻她的全身！"

"废话！"我在枕头底下叫起来。

"你什么也不懂！"佛洛佳轻蔑地说。

"不然，我懂；那是你不懂事，说废话。"我含着眼泪说。

"用不着只是哭呀。真是个女孩子！"

第二十五章 信

四月十六日，差不多是我所描写的这天以后的六个月，在我们上课的时候，爸爸来到楼上，向我们说，我们当天晚上就要跟他下乡。听到这个消息，我心痛了，我的思想立刻转到妈妈身上去了。

这种意外的起程的原因，是下面的信：

"彼得罗夫斯考，四月十二日。

"直到此刻，晚上十点钟，我才收到你四月三日的惠书，并照我向来的惯例立刻回信。这是费道尔昨天就从城里带来的，但因为时间很迟，直到今天早晨他才交给了米米。米米却一整天没有交给我，借口是我不好过并且精神不好。确实我有一点发热，并且向你老实承认，这是我不好过而且不起床的第四天了。

"请你不要害怕，亲爱的：我现在觉得很好，假若伊凡·发西利支许可，我就想明天起来。

"上星期五我带小孩们乘车去玩，但正在转弯上大路时，在那总是使我惊恐的小桥边，马陷到泥里去了。天气是很好的，在他们拖马车时，我想走到大路那里去。到达教堂时，我很疲倦，坐下来休息，因为在集合人手拖出车子的时候，大约过了半小时，我开始觉得冷，特别是我的脚，因为我穿的靴子底薄，它们全湿透了。午饭后我觉得发冷发热，却还是照常走动，茶后，我坐下来和琉宝琦卡合奏。（你不会认识她了：她有了那么大的进步！）但是你设想一下当我发觉到我不能数拍子时我的惊异吧。我开始数了几次，但我脑子里的一切完全混乱了，我觉得耳朵里有奇怪的声音。我数了一，二，三，然后忽然：八，十五，总之，我发觉我在胡说并且怎样也不能好转了。最后米米来帮助我，几乎是强迫地把我放到床上。我亲爱的，这就是我给你的详细报告：我是怎样生病的，又是怎样的怪我自己。第二天我的烧热很大，我们亲爱的老伊凡·发西利支来了，他在我们这里住到现在，允许不久就让我到外边去。伊凡·发西利支是一个极好的老人！当我发热说胡话时，他整夜不合眼地坐在我的床边。此刻，他知道我在写字，他带小女孩们坐在起居室里，我在卧室里听到他向她们说德国的神话，她们听着他说，笑得要命。

"如你所称的La belle Flamande（美丽的佛拉芒德人）从上个星期起就在我这里作客，因为她妈妈到什么地方作客去了，她以她对我的种种关照，证明了最真诚的眷恋。她向我倾吐她一切的内心秘密。她有美丽的脸，善良的心，她年轻，假若她是在好环境中，从各方面看来，她都可以成为一个极好的小姑娘；但是根据她自己的叙述来判断，在她所生活的社会里，她将要完全毁灭的。我想到，假若我自己没有这么多的孩子，我便要做一件好事，收养她了。

"琉宝琦卡想自己写信给你，但她已经撕毁了三张信纸。她说：'我知道，爸爸是怎样的一个嘲笑家：假若我写了即使是一点点错误，他便要拿给大家看。'卡清卡还是那么可爱，米米还是那么善良而寂寞。

"现在让我们来谈重要的事吧：你写信向我说，今年冬天你的情况不好，你必须动用哈巴罗夫卡田庄的钱。我甚至觉得奇怪的，是你征求我对于这事的同意。难道属于我的东西不是同样的属于你吗？

"你是这么善良，我亲爱的，你为了怕使我痛苦，你隐瞒了你的事务的真况；但是我猜得到：大概你输了很多，我向你发誓，我一点也不为这事苦恼；因此，只要这件事可以补救，就请你不要多想它，不要徒然地苦恼你自己。我一向不但不替小孩们指望你赢钱，而且原谅我，也不指望你的全部财产。你赢钱不使我高兴，正如同你输钱不使我痛苦。使我痛苦的，只是你的不幸的赌博嗜好，它使我失去了你的一部分温柔的恩爱，强迫我向你说出像现在这样的痛苦的真话；上帝知道我觉得这是多么痛苦！

"我不断地向他祷告一件事，要他救我们……不是免于贫穷。（贫穷有什么关系呢？）而是避免那可怕的情况，那时候，我所应该保护的小孩们的利益会和我们自己的利益发生冲突的。上帝满足了我的祈求直到现在：你还没有越过这界限，越过了它，我们便必然要或者牺牲那不再是我们的、而是我们小孩们的财产，或者……想到它也是可怕的，然而那可怕的不幸却总是威胁着我们。是的，这是主加给我们两人的重大苦难。

"你还在信上向我说道小孩们，回到我们早先的争论上来了：你要我同意把他们送进学校。你知道我对于这种教育的成见……

"我亲爱的朋友，我不知道你是否同意我，但无论怎样，我请求你，由于对我的爱，允许我，在我活着的时候，并且在我死后——假如上帝的意思要分开我们——绝不会有这样的事。

"你在信上告诉我，你必须为我们的事到彼得堡去。我亲爱的，去吧，基督保佑你，快些回来。没有你，我们都觉得那么无趣！春天是异常可爱：阳台上的重门已经取下了，通花房的小径四天之前已经全干了，桃花盛开，只有几处留着雪块，燕子回来了，今天琉宝琦卡带给我最早的春花。医生说，二三日后我便要完全复原，能够吸新鲜空气，在四月的太阳下晒一晒了。再会了，我亲爱的，请你不要为我的病也不要为你的输钱觉得不安；赶快做完你的事情，把小孩们带到我们这里来过整个的夏天。我正在做关于我们过夏的有趣的计划，只缺少你来实现这些计划了。"

这信的下边的部分是法文写的，是在另一张纸上用太密的不端正的笔迹写的。我把它逐字译出：

"不要相信我向你所写的关于我的病状的话，没有人猜想它严重到什么程度。我一个人知道，我再也不得起床了。不要有片刻的耽搁，立刻回来，带着小孩们。也许我还能够再拥抱你再祝福他们一次；这是我的唯一的最后愿望。我知道我给了你一个多么可怕的打击，但反正是，你会或早或迟，从我或从别人，得到它的：让我们尽力坚决地忍受这个不幸，希望上帝的慈悲。让我们顺从他的意志吧。

"不要以为我现在所写的是病人想象的胡话；相反，这时我的思想是极其清楚，我是十分宁静。不要徒然用希望安慰你自己，以为这是一个胆怯的灵魂的错误而含混的预感。不，我觉得，我知道——我知道，因为上帝肯把它展示给我——我活的日子很短了。

"我对你和对小孩们的爱要和我的生命一同完结吗？我明白了，这是不会的。这时候我的爱的感觉太强烈了，我并不以为，这个感觉会有一天消灭的，没有它，我便不能了解存在。没有对你们的爱，我的灵魂便不能存在。像我的爱这样的感觉，假若必须有一天要终止，就不会发生的了，单凭这一点，我便知道，我的灵魂将永远存在。

"我不会和你们在一起了，但我坚决地相信，我的爱永远不会离开你们，这个思想使我的心那么愉快，我安心了，并且没有恐惧地等待死亡的到临。

"我安心了，上帝知道，我一向认为并且现在还认为死亡便是转入较好的生活；但为什么眼泪阻塞我呢？为什么要小孩们丧失亲爱的母亲呢？为什么要给你这样一个痛苦而意外的打击呢？为什么当你们的爱使我的生命幸福无量时，我一定要死呢？

"让他的神圣的意志实现吧！

"因为眼泪我不能多写了。也许我看不见你了。谢谢你，我极宝贵的朋友，为了你在此生所给予我的一切幸福；我要在那边祈求上帝，要他报答你。

"再见，亲爱的朋友，记着，我不在了，但是我的爱在任何时候任何地方也不离开你。再见，佛洛佳，再见，我的天使！再见，文雅明——我的尼考林卡！

"难道他们有一天会忘记我吗？"

在这封信里附了米米写来的一个法文便函，它的内容如下：

"她告诉您的不幸的预感被医生的话充分证实了。昨晚她吩咐把这封信立即付邮。以为她在烧热里说这话的，我等到今天早晨，决定把它拆开。我刚拆开，娜塔丽亚·尼考拉叶芙娜就问我把信怎么处理了，她向我说，假如信还没有寄出，就把它烧掉。她老是说道它，并且断言，它一定使您伤心。假如您想在她离开我们之前看到那个天使，您就不要延迟您的行程。原谅这个潦草的信。我有三夜不睡觉了。您知道我多么爱她！"

　　娜塔丽亚·萨维施娜四月十一日的整夜在我们母亲的卧房里，她向我说，当她写了这信的第一部分时，妈妈把它放在她身边小桌上睡着了。

　　"我承认，"娜塔丽亚·萨维施娜说，"我自己也在我的椅子里打盹了，我织的袜子从我手里落掉了。在半夜一点钟光景，我只在睡眠里听到，好像她是在说话。我睁开我的眼睛，看见她，我亲爱的，坐在床上，她把她的手这样地折着，眼泪不断地流着。'一切就这样完结了吗？'她只说了这一句，用双手蒙了她的脸。

　　"我跳起来，问，'你怎么啦？'

　　"'哦，娜塔丽亚·萨维施娜，但愿您知道，我刚才看见了谁！'

　　"无论我怎么问她，她什么也没有再向我说了，她只要我把小桌子端给她，又写了些什么，吩咐我当面封信并立刻寄出。后来，便是一切越来越坏了。"

第二十六章　在乡间等待着我们的事情

　　四月二十五日，我们在彼得罗夫斯卡的房屋的大门前下了旅行马车。出莫斯科时，爸爸是沉思着的，当佛洛佳问他是否妈妈生病时，爸爸悲哀地望着他，无言地点点头。在旅途中他显然是安心了；但当我们快到家时，他的脸上越来越显出悲愁的神色，当他下车时，他问喘息着跑出来的福卡说，"娜塔丽亚·尼考拉叶芙娜在哪里？"他的声音不镇定，他的眼睛有泪。善良的老人福卡偷偷地看了看我们，垂下他的眼睛，打开前厅的门，把脸转过去，回答：

　　"她没有出她的卧室，已经是第六天了。"

　　米尔卡，后来我知道，自从妈妈生病那天之后，就可怜地叫个不停，它快乐地冲到爸爸面前，向他身上跳，尖声吠着，舐他的手；但他把它推开，走进客室，从那里走到起居室，这里有门直通卧室。他愈走近卧室，从他的全身动作上看来，他的焦急是愈明显；走进起居室时，他踮脚走着，困难地呼吸着，先画了十字，然后才决心去抓关着的门上的把柄。这时候，米米，头发散乱，面染泪痕，从走廊上跑出来，"啊，彼得·亚力山德锐支！"她带着真正失望的表情，低声地说，然后，看到爸爸在转动门的把柄，她几乎听不见地添说，"从这边进不去的——要走女仆的房间。

　　啊，这一切使我的被可怕的预感染上悲哀的、幼稚的想象感到多么沉痛啊！

　　我们走进了女仆的房间；在过道上我们遇见了呆瓜阿基姆，他总是做怪脸使我们愉快；但这时候，他不但在我看来不可笑，而且没有东西像他的愚蠢的淡漠的面孔那样使我痛苦。在女仆的房间里，两个坐着在做东西的女仆站起来向我们行礼，那愁戚的表情使我觉得可怕。又走过米米的房间，爸爸打开了卧室的门，我们进去了。门的右边有两个窗子，都挂了窗帘。娜塔丽亚·萨维施娜坐在一个窗子旁边织袜子，她的眼镜子戴在鼻子上。她不照她平时所做的那样地吻我们，只是站起来，从眼镜上面看我们，她的眼泪滴滴地流着。我很不欢喜，他们一看见了我们就哭起来，而他们原先是十分宁静的。

门左边有一个屏风，屏风后边有一张床，一张小桌子，一个摆着药品的小橱，一张大圈椅，医生在上面打盹。床的旁边站着一个金色头发的、很年轻的，且异常俊俏的穿早晨白外衣的小姑娘，她把袖子卷起了一点，正用冰在冰妈妈的头。那时候我不能够看见妈妈。这个小姑娘就是妈妈信中说的la belle Flamande，她后来在我们全家的生活中成了那么重要的人物。我们刚进去时，她就从妈妈头上缩回一只手，理好她胸前的衣褶，然后低声说："不省人事。"

那时候我极其痛苦，但不自觉地注意了一切琐事。房里几乎是黑暗的，很热，发散着薄荷、香水、甘菊与号夫曼药水的混合气味。那个气味给了我那么深刻的印象，不仅当我闻到它时，而且甚至当我一想到它时，我的想象便立刻把我带回到那个凄惨而闷热的房间并且重现那个可怕的时间的一切详情。

妈妈的眼睛是睁开的，但她什么也看不见……哦，我永远不会忘记那可怕的目光！它表现了那么多痛苦！

我们被带走了。

当我后来向娜塔丽亚·萨维施娜问到我母亲的最后辰光的时候，这就是她向我说的：

"当他们把你们带走的时候，她，可怜的人儿，翻转了好久，就好像有什么东西压在她这里：然后她的头便从枕头上边滑下来，她那么悄悄地安静地睡着了，就好像是天使。我刚刚出去看看为什么还不把喝的东西送来——我回来时，她，我亲爱的，老是推开身上的东西，老是招呼你爸爸到她面前去。他向她弯下身子，但她显然没有力气说出她所要说的话；她刚刚张开嘴，便又开始呻吟了：'我的上帝啊！主啊！……孩子们，孩子们！'我想跑去找你，但是伊凡·发西利支阻止了我。他说：'这只会更使她不安，不去顶好。'后来，她刚刚把手举起，又放下了。她这样是想要什么，上帝知道她。我想，她是当你们不在场的时候祝福你们，但显然是上帝不让她在临终之前看一看她的小孩们。然后她，我亲爱的，坐起来了，这样地动她的手，并且忽然说话了，用这样的我不敢回想的声音说：'圣母啊，不要遗弃他们……'正在这时候，痛苦到了她的心里；从她的眼睛可以看出，可怜的人儿非常痛苦。她倒在枕头上，用牙齿咬住了单被，哎哟，她的眼泪只向下淌。"

"后来呢？"我问。

娜塔丽亚不能再向下说了：她转过身，痛苦地哭起来了。

妈妈在极大的苦痛中去世了。

第二十七章　悲伤

　　第二天，晚上很迟的时候，我想要再看她一下。克制了不自觉的恐怖情绪，我轻轻地打开了门，踮脚走进了大厅。

　　在房当中的桌上摆着棺材；四周是蜡烛，在高高的银烛台上点得很短了；教堂执事坐在远远的角落上，用低微单调的声音读着诗篇。

　　我停在门口看着，但我的眼睛是泪流不干，我的神经是那么错乱，我什么都不能够辨别了；一切似乎奇怪地混杂在一起：灯光，锦缎，丝绒，高烛台，淡红色镶花边的枕头，环冠，镶缎带的帽子，还有一种透明的蜡色的东西。我站到一个椅子上看她的脸，但在脸所在的那个地方，我又看到同样的苍黄透明的物体。我不能相信这是她的脸。我更注意地看着它，渐渐地开始认识了她上面的可爱的熟识的容貌。当我认明了这就是她时，我怕得发抖了。但为什么闭着的眼睛那么下凹呢？为什么有那可怕的苍白，并且在一边腮的透明皮肤下有黑点呢？为什么她全脸的表情是那么冷淡而严厉呢？为什么嘴唇是那么苍白，它们的形状是那么美丽，那么庄严并表现那么非人世的安宁，以致当我看它时，一个冷颤穿过我的脊背与头发呢？

　　我望着，感觉到一种不可理解的不可抗拒的力量使我的眼睛去看那无生气的脸。我没有把我的眼睛从它上面拿开，然而我的幻想绘出了充沛着生命与幸福的画景。我忘记了躺在我面前的死尸是她，我呆呆地看着它，好像是一个与我的记忆毫无关系的物体。我想象她时而是这种情况，时而是另一种情况：活泼、愉快、微笑着；然后我的眼睛所注视着的那苍白面孔上的某部分，忽然使我吃惊：我想起了可怕的现实，我发抖了，但我继续看着。于是幻想又代替了现实，而现实的知觉又毁坏了幻想。最后我的想象疲倦了，它不再欺骗我了。现实的知觉也消灭了，我完全忘记自己了。我不知道我在这个情况中留了多久，也不知道那情况是什么样的，我只知道，我有一会儿对自己的存在失去了知觉，经验到一种崇高的不可表白的愉快而又悲哀的乐趣。

也许在她飞往极乐世界时，她的极好的灵魂悲哀地回头看了看她丢下了我们的这个世界；她看见了我的忧愁，可怜它，并且带着天神的同情的微笑，鼓动爱之翼，降到地上，安慰我祝福我。

门响了，一个教堂执事进房来换班。响声惊醒了我，我心中的第一个思想就是，因为我不在哭，却是带着一点也不动人的姿势站在椅子上，教堂执事或许把我当作一个无情的孩子，由于怜悯或好奇而站到椅子上的：我画了十字，鞠了躬，哭起来了。

现在回想我那时的印象，我觉得，只有那一片刻的自忘是真正的悲伤。在安葬的前后，我曾不停地哭，并且觉得悲哀，但是我羞于回想那种悲哀，因为它总是夹杂着一点自私之感。有时是希望表示我比所有的人都悲伤，有时是挂念我对别人所生的影响，有时是无目标的好奇心使我观察米米的帽子和其他在场的人的脸。我轻视我自己，因为我没有体验到纯然的悲痛的情绪，并且我力求掩藏一切其他的情绪：因此我的悲伤是不真诚的不自然的。此外，我在知道自己不幸时感觉到一种快乐，并力求激起不幸的意识，而这种自私的情绪，较之其他任何情绪，更压倒了我心里的真愁。

那一夜睡得酣熟而安静，在重大悲痛之后总是如此的；我醒来时，我的眼泪干了，我的神经宁静了。十点钟时，我们被叫去做安灵祭，这是在棺材抬出之前所举行的。房间里满是家奴与农奴，他们都含着泪来和他们的女主人诀别。在祈祷时我大哭了，画了十字，鞠躬到地，但是没有在我的心里祈祷，且是相当冷静的。我关心着这件事，就是他们替我所穿的短礼服在腋下是很紧；我想到下跪时不要把我的裤子弄得太脏，并且偷偷地观察所有的在场的人。我父亲站在棺材头前，是和手帕一样的苍白，显然困难地约制着他的眼泪。他的穿黑礼服的高大身材，他的苍白的有表情的脸，当他伸手到地画十字时，从神甫手里拿蜡烛时，或者走近棺材时的照常的优美自信的动作，都是极其动人的；但我不知道为什么，我就是不欢喜他在那时候能够显得那么动人。米米靠墙站立着，似乎不能够站稳，她的衣服打皱并有绒毛沾在上边，她的帽子歪在一边，她的肿眼是红的，她的头摇摆着，她不停地哭出痛断心肠的声音，她不断地用她的帕子和手遮脸。我似乎觉得，她这么做，是为了遮住她的脸不让观众看见，让假装的啜泣停歇一会。我记得，昨天她向爸爸说，妈妈的死对于她是那么可怕的打击，她怎样也不能希望忍受了，说这一死夺去了她的一切，说这个天使（她这么称呼妈妈）临死还没有忘记她，并且表示了她要永远照顾她与卡清卡的将来。说这话时，她流出伤心的泪，也许她的悲愁是真诚的，但那不是纯粹而专一的。琉宝琦卡穿了镶丧布的黑袍，满脸湿泪，她垂下她的头，偶然地看棺材，她的脸上只表现着儿童的恐惧。卡清卡站在她母亲旁边，虽然是面孔板着，却是红润如常。佛洛佳的直率的天性在忧愁时也是直率的：时而他深思地站着，把不动的目光注视在什么东西上，时而他的嘴忽然开始歪曲，匆忙地画十字，向下鞠躬。所有的来参与丧礼的外边的人是我所讨厌的。他们向我父亲所说的唁词，说她在那边会更好，说她不是为这个世界而生的，都在我心中引起了一种恼怒。

他们有什么权利说她哭她呢？他们有的说道我们，叫我们孤儿。好像是没有他们，我们自己便不知道，没有母亲的小孩们便叫这个名字！一定是他们欢喜最先叫我们这个名字，正好像人们通常急于最先称新结婚的姑娘为夫人。

在房间的边远的角落里，跪着一个弯背的白发的老妇人，几乎被打开的餐室的门遮住了。她交握着手，举目向着天空，她没有哭泣，却在祈祷。她的心灵向往着上帝，她求上帝把她和她在世界上所最爱的人结合在一起，她坚决地希望这就会实现的。

"这个人才真爱她！"我想，我替自己惭愧了。

安灵祭完毕了；死者的脸打开了，一切在场的人，除了我们自己，一个一个地走到棺材边上去吻她。

最后的人当中，有一个来向她告别的，是抱着一个好看的五岁女孩的农妇，天知道为什么她要把她带来。这时我无心地掉了我的湿手帕，正要把它捡起来；但我刚弯腰时，那可怕的尖锐的叫声就使我吃惊了，声音里充满着那样的恐怖，即使我活到一百岁，我也不会忘记的；当我回想时，便有冷颤穿过我的身体。我抬起头，在棺材旁的凳子上正是站着那个农妇，她费力地在怀中抱着小女孩，小女孩用小手推着并向后仰了仰惊惶的小脸，把瞠眝的眼睛看了看死者的脸，叫出了可怕的发狂的声音。我叫了一声，我想，这声音甚至比那个使我吃惊的声音还要可怕，然后我从房间里跑出了。

直到此刻我才明白为什么发出了那个强烈而难受的气味，它夹着香火气味，充满了房间。而那个在数日之前充满着美丽与温柔的脸，我在世上最爱的那个脸，会引起恐怖，这个思想似乎是第一次向我展示了痛苦的真理，令我满怀失望。

第二十八章　最后的悲哀的记忆

妈妈已经不在了，然而我们的生活还是照样地过着：我们在同样的时间，在同样的房间里睡觉起床；早茶与晚茶，午饭，晚饭——都在惯常的时间进行；桌椅摆在同样的地方，我们家里和我们的生活方式上一点也没有改变；只是她不在了……

我似乎觉得，在这样的不幸之后，一切都应该改变了；我们日常的生活方式，在我看来，是对于她的怀念的侮辱，使我太深刻地想起她不在了。

在安葬的前一天，在午饭后，我想睡觉，走到娜塔丽亚·萨维施娜的房里，打算躺在她的温暖的被褥下的柔软的羽毛床垫上。当我进去时，娜塔丽亚·萨维施娜正躺在她的床上，大概睡着了。听到我的脚步声，她坐起来了，掀去了遮头挡苍蝇的羊毛肩巾，理正了她的帽子，坐到床边上。

因为从前有过很多次，我在饭后，来到她的房间里午睡，她猜到了为什么我来了，便从床边站起来，向我说：

"怎么样，大概您是来休息的吧，我亲爱的？躺下吧！"

"您说什么话，娜塔丽亚·萨维施娜！"我说，抓住她的手臂，"我完全不是为了那个的……我随便来的……但您自己也疲倦了，您顶好是躺下来吧。"

"不，我亲爱的，我睡好了，"她向我说（我知道她有三昼夜没有睡觉了），"并且现在哪有工夫睡觉。"她长叹一声地添说。

我想同娜塔丽亚·萨维施娜说道我们的不幸：我知道她的诚恳与

爱，因此，和她在一起哭，对于我是一种安慰。

"娜塔丽亚·萨维施娜，"沉默了一会，我坐到她床上说，"您曾经料到这个吗？"

老妇人向我迷惑地好奇地看着，大概是不明白为什么我问她这个。

"谁能够料到这个呢？"我又说。

"啊，我亲爱的，"她说，用最亲切同情的目光向我看了一下，"不但我不曾料到，而且我现在甚至不敢想到这个。至于像我这样的老太婆，早就该让我的老骨头躺下来安息了——你看，我何必再活下去呢。我的老主人，你祖父——他的英灵不朽，尼考拉·米哈洛维支公爵，两个弟兄，姊妹安奴施卡，我送过他们的葬，他们都比我年轻，我亲爱的，现在——无疑是因为我的罪过——我又活得比她还长了。这是上帝的神圣意志！他叫她去了，因为她配这样的，他那里也需要好人。"

这个简单的思想令我感到舒慰，我凑近娜塔丽亚·萨维施娜。她把双手交合在她胸前，向上看了一下；她的下凹而湿泪的眼表示了重大而宁静的哀愁。她坚决地希望上帝不要使她和她多年来专心一意所爱的人分开得长久。

"是的，我亲爱的，好像是，不久之前我还抚育她，用包布包她，她叫我'娜莎。'她常常跑到我这里，把她的小手搂住我，吻我，说：'我的娜莎，我的美人，你是我的小母火鸡！'我常玩笑地说：'不是真话，小姐，您不爱我；只要您长大了，出了嫁，您就要忘记您的娜莎了！'于是她就思索起来了，说：'不，假如我不能带着娜莎和我在一起，我宁愿不出嫁；我要永远不离开娜莎。'现在她离开我了，不等候我了。去世的人，她曾经多么爱我啊！但，说真话，谁她不曾爱呢？是了，我亲爱的，您一定不要忘记你母亲；她不是凡人，而是天上来的天使。当她的灵魂上到天国里的时候，她在那里仍然爱您，仍然欢喜您。"

"为什么你要说'当她上到天国的时候'，娜塔丽亚·萨维施娜？"我问，"我却认为，她现在已经在那里了。"

"不是，我亲爱的，"娜塔丽亚·萨维施娜说，放低了声音，并在床上向我更加靠近，"现在她的灵魂在这里。"

她向上指。她几乎是用低语说的，并且是带着那样的情感与信念，以致我不禁抬起我的眼睛看着墙檐，搜寻着什么东西。

"在一个正直的人的灵魂升到天堂之前，一定要经过四十次的考验，我亲爱的，并且有四十天，可以留在自己的家里……"

她又这样地说了很久，说得那么简单而有信念——好像是说她自己所见过的很寻常的事情，而关于这个是谁的心里也不能有丝毫怀疑的。我屏着气听她说，虽然不完全了解她所说的，却十分相信她。

"是的，我亲爱的，此刻她在这里看着我们，也许是在听我们说话。"娜塔丽亚·萨维施娜结束了。

她低下她的头沉默着。她需要一个手帕擦干她落下来的泪；她站起来，对直地注视我的脸，用兴奋得打颤的声音说：

"主用这件事把我向他面前拉近许多步了。为什么我要留在这里呢？我要为谁活着呢？要爱谁呢？"

"难道您不爱我们吗？"我责备地说，忍不住我的眼泪了。

"上帝知道我多么爱您们，我亲爱的人们，但我从来不曾爱过也不能够爱任何人像我爱她那样。"

她不能再向下说了，把脸转过去，大声地啜泣。

我不想睡觉了，我们沉默地对坐着流泪。

福卡进了房，看到我们的情况，大概不愿惊动我们，悄悄地畏怯地望着，停在门口。

"你要什么，亲爱的福卡？"娜塔丽亚·萨维施娜问，用手帕擦着她的脸。

"一斤半葡萄干，四斤糖，三斤米做供饭。"

"就来，就来，亲爱的。"娜塔丽亚·萨维施娜说，匆忙地嗅了一撮鼻烟，用迅速的脚步走到柜橱前。当她去尽她认为是极重要的职责时，我们的谈话所引起的悲哀的最后痕迹消灭了。

"为什么四斤？"她抱怨地说，拿出糖放在秤上称，"三斤半就够了。"

于是她从秤上拿下了几块。

"昨天我才给了他们八斤米，他们又来要了，这像什么话呢？随你的意思去办吧，福卡·皆米对支，但我不再发米了。那个凡卡欢喜家里现在混乱：也许他以为没有人注意。不，对于主人的财物我不能马虎。谁见过这样的事——八斤？"

"怎么办呢？他说都用完了。"

"好吧，拿去吧，拿去吧。让他拿吧！"

她同我说话时的动人的情感转变到埋怨和琐屑的计算，在那时候，这使我觉得诧异。后来我思量这事时，我明白了，虽然是她心中有事，她却有足够的精神去处理她的事情，那习惯的力量使了她去做通常的任务。悲哀那么深重地影响了她，以致她觉得无须遮掩这个事实，就是她能够处理别的事情；她甚至不明白，如何会有这个思想。

虚荣是一种与真正的悲哀极不相合的心情，然而那种心情在人的性格中是如此坚固地养成了，连最深重的悲哀也难以赶掉它。虚荣在悲哀中的表现乃是想要显得悲伤，或是不幸，或是坚决；这些卑鄙的愿望我们虽不承认，却几乎从不，甚至在最深重的悲哀中也不离开我们，它们夺去悲哀的力量、庄严和诚恳。但娜塔丽亚·萨维施娜是如此深刻地感到她的不幸，她的心中没有了任何愿望，而她只是凭习惯而生活着。

她把所要的食品给了福卡，并向他提到那应该做好了去招待教士的馅饼，就让他走了，她拿起袜子，又坐到我的旁边。

我们又开始说道同样的事情，又哭了一次，又擦了眼泪。

我和娜塔丽亚·萨维施娜的谈话是每天重复的，她的缓缓的眼泪和安详而虔敬的谈话给了我快乐和安慰。

但是我们不久便分开了，安葬后三天我们全家搬到莫斯科去了，我被注定了再也看不见她了。

祖母在我们到的时候才得到这可怕的消息，她的悲伤是非同寻常的。我们没有被允许去见她，因为她有整整一星期不省人事；医生们为她的生命担忧，尤其因为她不但不愿吃任何药品，而且和谁也不说话，不睡，不吃东西。有时，独自坐在房里她的圈椅里，她忽然开始发笑，然后又啜泣而不流眼泪，发生痉挛，用疯狂的声音喊出无意义的可怕的话。这是打击她的第一个重大悲哀，这悲哀使她陷于绝望。她需要为了她的不幸而责备什么人，她说出可怕的话，异常凶猛地威胁着人，从圈椅里跳起来，用迅速的大步子在房里走动，然后失去知觉地倒下来。

有一次我进了她的房间，她照常地坐在她的圈椅里，她显得镇静，但她的目光令我吃惊。她的眼大张着，但她的目光模糊而迟钝。她对直地看我，但也许没有看见我。她的嘴唇慢慢地微笑着，她开始用动人的亲切的声调说："到这里来，我亲爱的；来，我的天使！"

我以为她是向我说话，我靠得更近一点，但她却不是看着我。"哦，假若你知道，我的宝贝，我是多么痛苦，现在你来了我是多么欢喜……"我明白了，她幻想她看见了妈妈，于是我停下来了，"我听说你不在了，"她继续说，皱了一皱眉，"这是胡说！难道你会死在我先吗？"她发出了可怕的神经质的笑声。

只有那些能够深切地去爱的人才能体验到深切的悲哀；但那同样的爱的需要，对于他们，是悲哀的对抗剂，并且会治好他们。因此，人的道德特性较之身体特性更有活力。悲哀从不杀人。

一星期后祖母能够流泪了，她好些了。她恢复神志后最先想到的是我们，她对于我们的爱增加了。我们不离开她的椅子；她和缓地流泪，说道妈妈，温柔地抚爱我们。

看到祖母的悲哀，谁也不会以为她夸大了悲哀，而那些悲哀的表现是强烈而动人的；但我不知道为什么，我更同情娜塔丽亚·萨维施娜，并且直到现在我还相信，没有一个人像这个简单多情的人那么真诚纯洁地爱过并且可怜过妈妈。

　　随同我母亲的死，我的幸福的幼年时期结束了，新的时期——少年时期开始了；但因为我对于娜塔丽亚·萨维施娜的回忆是属于第一个时期的——我没有再看见她，而她对于我的感应性的方向和发展有过那么强力而良好的影响——我现在关于她和她的死要再说几句话。

　　我后来听到留在乡下的人说，我们离开之后，她因为没有事做而很无聊。虽然所有的箱子都由她掌管，她不断地翻检它们，移置、挂开、分开箱里的东西，她却失去了她从小熟悉的、有主人居住的、乡间宅第的喧嚣与纷忙。悲哀，生活方式的改变，没有事做，立刻发展了她的已有趋势的老年疾病。正在我母亲逝世一年后，她患了水肿症，躺在床上了。

　　我想，娜塔丽亚·萨维施娜，没有亲戚，没有朋友，独自住在彼得罗夫斯卡的又大又空的房屋里，是痛苦的，而且孤独地死去是更痛苦。这个屋子里所有的人喜欢娜塔丽亚·萨维施娜，并且敬重她，但她和谁也没有友谊，并且骄傲这件事。她认为，在她的管家地位上，她得到主人的信任，并且经管那许多装满各色物品的箱子，和任何人亲近，将不可避免使她有所偏袒和罪恶的纵容；因为这个理由，或者也许因为她和别的仆人没有相似之处，她疏远所有的人，常常说，她在这个屋里，既没有故旧，也没有亲戚，而关于主人财物，她对谁也不放松。

　　她在热诚的祈祷中向上帝表白她的心情时，她寻找并且找得了安慰；但有时，在情感脆弱时，这是在生物的眼泪和同情给人最大安慰时我们大家所常有的，她把她的小狮子狗带上床（它用它的黄眼睛注视她，舔她的手），向它说话，抚爱着它，并且和缓地流泪。当小狮子狗开始可怜地叫着时，她便极力使它安静，说："不要叫，没有你，我也知道，我快要死了。"

　　在她死前的一个月，她从她的箱子里拿出一点白细布、白纱布和红缎带，并借着女仆的帮助，替自己做了一件白袍与帽子，把她殡葬时所需要的一切全都详细布置了。她也把主人的箱子里的一切东西清理妥当，并且极精确地，连同一个清单，把东西交给管事的妻子。然后她拿出我祖母从前给她的两件绸袍和一件古式披巾，和祖父的绣金的军服。这也是给了她完全归她所有的。由于她的当心，制服上的绣花与扁绦还是十分鲜明，布也没有受蠹。

在她死前，她表示了她的愿望，就是这两件绸袍之一，粉红色的，要给佛洛佳做换装服或棉袄，另一件，棕色格子花的，给我作同样的用途，披巾给琉宝琦卡。她把军服遗留给我们当中最先做军官的。她的其余一切的东西和钱，除了她拿出四十卢布作她殡葬与超渡祈祷之用，她全留给她的弟弟。她的弟弟早已得了自由，住在遥远的省份里，过着最放荡的生活，所以在她活着的时候，她和他没有任何来往。

当她的弟弟来领取遗物而她全部财物是二十五个卢布票①时，他不肯相信这个，并且说，一个老妇人在富家生活了六十年，并且掌管家里的一切东西，并且终生吝啬，一线如命，她什么也不遗留下来，这是不可能的。但事实上就是如此。

娜塔丽亚·萨维施娜由于她的病，痛苦了两个月，她用真正基督徒的耐性忍受了她的痛苦；不埋怨，不诉苦，只是习惯地不断地提到上帝。在她死前一小时，她安然愉快地行了忏悔礼，接受了圣礼与终油礼。

为了她可能使人受到的委屈，她要求家里所有的人的原谅，她还要求她的忏悔主持人发西利神甫告诉我们说，她不知道如何感谢我们的恩惠，并且要求我们原谅她，假若她由于她的愚蠢而冒犯了任何人——"但我从来没有做过贼，我敢说我从来没有贪图过主人的一根纱线。"这是她所重视的自己的一件美德。

穿上了预备好的衣服和帽子，把胳肘靠在枕头上，她和神甫一直谈话到临终，想起了她没有留下任何东西给穷人，她拿出十卢布，要求他

---

① 这是拿破仑战争后所用的贬值货币。当时三又二分之一折兑卢布合一银卢布。——英译本注

在她的教区内分散给人：然后她画了十字，躺下来，最后一次叹了一口
气，带着愉快的笑容说出上帝的名字。

她没有遗憾地丢开了生活，她不怕死，并且接受了死好像幸福一
样。这是常常说道的，但真正这样的是多么稀少啊！娜塔丽亚·萨维施
娜能够不怕死，因为她是在坚定的信仰中死的，并且奉行了福音的戒律。
她整个的一生是纯洁的无私的爱与自我牺牲。

假若她的信仰能够更崇高，她的生命献给更崇高的目的，会怎样
呢——难道那纯洁的灵魂因此便不那么值得敬爱与羡慕了吗？

她完成了人生的最好的最伟大的事情——她没有遗憾与恐惧地死去。

遵照她的愿望，她埋葬在我母亲坟墓上小祭堂的附近。长满刺麻与
牛蒡的小土堆——她就躺在小土堆的下边——围绕着黑栅栏，我从未忘
记从小祭堂里走到栅栏前行拜跪礼。

有时我沉默地停留在小祭堂与黑栅栏之间。痛苦的回忆忽然在我
心中出现了。这个思想来到我的心中："难道天意把我同她们俩结合起
来，只是为了要我永远地怜惜她们吗？"

一八五三

少　年

第一章　长途旅行

又有两辆马车驶到了彼得罗夫斯考房屋的台阶前；一辆是轿车，米米、卡清卡、琉宝琦卡和一个女仆人坐在里边，管事雅考夫自己坐在驾驶台上；另一辆是半篷车，是我和佛洛佳和新近从代役租地上找来的听差发西利所坐的。

爸爸也要在我们几天之后到莫斯科去，他光着头站在台阶上，向轿车窗子和半篷车画十字。

"好，基督保佑你们！动身吧！"雅考夫和车夫（我们用自己的马车上路）脱了帽子，画了十字，"走吧！上帝保佑！"轿车和半篷车的车身开始在不平的路上颠动了，大道上的桦树一棵一棵从我们身边跑过去了。我一点也不悲哀：我的精神视线不是对在我所离开的事物上，而是对在等待着我的事物上。痛苦的回忆直到那时还充满着我的想象，离开了那些和痛苦的回忆有关的事物愈远，这些回忆愈失去它们的力量，并且迅速地被充满着活力、生气、希望的生活意识的快乐情绪所代替了。

我很少过过几天日子，像我们旅途中的四天这样的——我不说快活，我还不知何故觉得贪求快活是难为情的，而是——这样的愉快、舒服。在我眼前没有了我母亲卧房的关闭的门，我一走过那里就要战栗的，没有了那关闭的钢琴，不但没有人走到那里去，而且看到它便有一种恐惧，没有了丧服（我们都穿平常的旅行服装），也没有了那一切令我生动地想起我的不可补救的损失，并使我因为怕侮辱她的忆念而提防任何生活表现的东西。相反，现在新的美丽地方与事物不断地吸住了分散了我的注意，春天的自然界在我的心灵中引起了高兴的情绪——对目前的满足与对未来的光明希望。

早晨很早很早的时候，无情的、而且——就像一向担任新职务的人们那样——过分热心的发西利拉开了我的被，说一切都准备好了，而且是动身的时候了。无论你怎样紧缩，装睡，发怒，好把你的甜蜜的早觉即使是延长一刻钟，但是凭发西利的坚决的脸色，你会看出他是不讲情的，并且准备把被再拉开二十次；于是你跳起来，跑到院子里去洗脸。

门廊上的茶炊已经滚沸了，驾马的米其卡，脸红得像虾子，正在吹火。外边潮湿而有雾，好像是有气味的肥料堆上发出了水汽；太阳用明亮愉快的光芒照耀着东方的天空和院子四周的宽大棚屋的闪着露水反光的草顶。在棚屋的下边可以看见我们的系在马槽旁边的马，还听得到它们匀调的嚼食。天亮之前在干肥料堆上睡过觉的毛茸茸的黑狗，懒懒地伸直身体，摇动尾巴，缓步地走向院子的另一边。一个勤快的农妇打开咿哑的门，把沉思的牛赶上街，街上已经听到畜群的踏践、啼鸣、咪叫，她和尚有睡意的邻人交谈了几句。非力卜，把衬衣袖子卷起，用辘轳从深井里扯出水桶，溅泼着清水，把水倒入橡木槽里，在它的旁边，睡醒的鸭子已经在汗水洼里戏水了；我快乐地看着非力卜的尊严的脸和大胡须，他的有力的光手臂上的在他使劲时便显明地隆起的粗筋与肌肉。

屏墙那边是米米和女孩们睡觉的地方，我们晚间曾经隔着墙谈话，那边有了动作声。玛莎从我们身边跑过的次数越来越多了，她带着各种东西，极力要用她的衣服遮挡着我们注意，最后门开了，我们被唤去吃茶了。

发西利过分热心，不断地跑进房，时而拿出去这样、时而拿出去那样东西，向我们睐眼，用各种方法要求玛丽亚·伊发洛芙娜早点上路。马都套好了，偶尔弄响马具上的铃子表示它们不耐烦。旅行皮包，衣箱，大小箱匣又装上车，于是我们就了座。但是每次，我们都发现半篷车上的小堆子代替了位子，因此我们怎么也不能够明白，昨天这一切东西怎么都能装得下，我们现在要怎么坐。特别是一个三角盖的胡桃木茶盒，放在半篷车里我的下面，引起了我的极大的愤怒。但发西利说，它会被压坏的，我不得不相信他。

太阳刚刚升到笼罩着东方地平线的密集的白云的上边，我们四周被静穆愉快的光线照亮了。我周围的一切是如此美丽，我的心是如此轻松而宁静……路在干残梗的田地与闪耀着露水的绿野之间，很像一条奇异的宽缎带向前蜿蜒着。路旁偶尔看到一株忧悒的杨柳，或一株胶质小叶子的小桦树，把不动的长影子投在路上的干泥土辙迹与小绿草上……我们的车轮和铃子的单调的响声没有盖住在路旁打旋的云雀的歌声。我们的半篷车上所特有的蠹蚀的布、灰土、某种酸味的臭气被早晨的香气盖下去了，我在内心里感觉到一种愉快的焦急，想做什么事情的愿望——这是真正欢乐的表征。

我在旅馆里没有来得及作祈祷，但因为我屡次注意到，在我因为什么事情而忘记了完成此项仪式的那天便要遇到不幸，我极力想要补救这个疏忽，我脱下帽子，转身对着半篷车的角落，作祈祷，并且在我的外衣下边那样地画十字，让谁也看不到。但成千的各样的事物引去了我的注意，我心不在焉地把同样的祷词一连重复了几遍。

这里，在路旁曲折的小径上，出现了几个慢慢走动的人：她们是女巡礼者。她们的头上裹着脏披巾，她们背上背着桦树皮的背囊，她们的脚上裹着破碎的脏裹脚布，穿着笨重的草鞋。她们韵律地摆着手杖，没有转头看我们，一个跟着一个，用缓慢的重步子向前走，我想到这个问题：她们向何处去，为什么去呢？她们的旅行要继续很久吗？她们投在路上的长影子，马上就会和她们所要经过的杨柳的影子相合吗？有一辆四匹驿马的篷车迅速地迎面驰来。两秒钟后，和蔼地好奇地看着我的一些面孔在两阿尔申①之外闪过去了，不知怎么的，令人觉得奇怪，那些面孔和我没有相同的地方，并且我也许永远不会再看见他们了。

———————
① 一阿尔申合〇·七公尺。

　　这里，在路的一边跑着两匹流汗的毛蓬蓬的有颈轭而挽革绊在尻带下的马；在它们后边，一个青年车夫骑在马上唱着拖长声音的歌，他的毡帽歪戴在一边耳朵上；他的穿大靴子的腿垂在马的两边，马颈上挂着一个轭弓和偶尔响得几乎听不见的铃子。他的脸和姿势表示着那么多的懒惰而无忧的满意，使我觉得，做一个车夫，在来回旅程中骑着马唱着悲哀的歌，乃是最大的幸福。那里，在山谷的那边的远方，在淡蓝色的天穹之下可以看见一个绿顶的乡村教堂；那里是乡村，绅士的屋子的红顶和绿色花园。谁住在那个屋子里？里边有小孩们、父亲、母亲、教师吗？为什么我们不把车子赶到那个屋子那里去会见它的主人们呢？这里又来了一长列大车子，每辆由三匹肥满的肥腿的马拖着，我们必须顺着路旁才好绕过去。“你们运的是什么？”发西利问第一个赶车的，那人在车横木上悬着大的腿子，挥动着鞭子，把注意的愚蠢的目光向我们看了很久，直到听不见的时候才回话。“你们运的是什么东西？”发西利问另一个赶车的，他用新席子遮着，躺在车子的隔开的前部。一个浅黄发的头，带着红脸和棕黄色胡须，从席子下边伸出一会儿，把轻蔑冷淡的目光向我们的半篷车看了一下，又缩进去了——我觉得，也许是，这些赶车的不知道我们是谁，我们从何处来，向何处去的吧……

　　有一个半小时光景，我沉湎于各种观察，没有注意到里程标上的斜字。但现在太阳开始在我头上和背上晒得更厉害了，路上灰尘更多了，茶盒的三角盖开始强烈地使我不安，我把姿势改变了好几次：我觉得热、不舒适、无聊。我全部的注意力移转到里程标和它上面的数字上去了；我做着各样的算学计算，看我们何时可以到达下一站。十二俚是三十六俚的三分之一，到李卜催是四十一俚，所以我们走了三分之一，还有好多呢？等等。

　　“发西利，”当我看见他开始在驾驶台上打盹点头时，我说，“让我坐到驾驶台上去吧，好人。”发西利同意了。我们交换了座位；他立刻开始打鼾，那样地伸开肢体躺卧着，使得半篷车再也没有容纳别人的余地；在我面前，从我所坐的高处，展开了一幅极美丽的图景：我们的四匹马，涅如清斯卡亚，副执事，左辕马，药剂师，它们被我熟悉到每匹马的特性的最小的细节和差异。

"非力卜，为什么副执事今天是在右边不在左边？"我有些胆怯地问。

"副执事吗？"

"涅如清斯卡亚一点也不在拖！"我说。

"副执事不能套在左边，"非力卜说，并不注意我后边的话，"它不是那种套在左边的马，在左边的马要是那样的马，总之，是一匹马，而它不是那样的马。"

说着这话，非力卜向右边弯着腰，用全力勒着缰绳，用一种特殊的方式，开始从下向上地鞭打可怜的副执事的腿和尾巴，虽然副执事尽了一切的努力，把整个的半篷车拖向一边，非力卜直到他觉得需要休息时，才停止了那种方式，他为了某种不可知的理由，把他的帽子拉向一边，虽然帽子在他头上一直到那时候是戴得很紧很好的。我乘那个有利的时机，要求非力卜让我赶车。他先给了我一个缰绳，然后又给了一个，最后把全部六个缰绳和鞭子都交给我了，我是十分荣幸。我极力模仿非力卜的一切，问他，好不好？但通常结果是他对我不满意：说一匹马拖得太出力，另一匹马一点不在拖，最后他把胛肘伸到我前面，夺去了我的缰绳。热气继续增加着；云朵像肥皂泡一样开始向上越飘越高，凑到一起，呈暗灰色。从轿车窗里伸出来了一只拿着一个瓶子与一个小包的手；发西利惊人灵活地在行驶中从驾驶台上跳下来，给我们送来了克法斯酒和奶酪干。

在一个陡斜的坡子上，我们都下了车子，有时争先地跑到桥边，而发西利与雅考夫，放了一个轮煞在轮子上，在两边用手抓住轿车，好像假使轿车倒的话，他们能够扶住它。后来，得到米米的许可，佛洛佳和我进了轿车，琉宝琦卡和卡清卡坐上了半篷车。这个变换使了女孩们大为满意，因为，如同她们正确地所说的，在半篷车里快乐得多了。有时，在日间正热的时候、穿过树丛时，我们落在轿车的后边，采集一些绿枝，用它们在半篷车上搭亭子。行动的亭子用全力追赶轿车，那时琉宝琦卡便用最尖锐的声音喊叫，这是在每次使她大为满意时她所必做的。

但这里是我们要吃饭休息的乡村。已经闻到了乡村的气味——烟，烟脂，薄饼的气味；听到了话声，脚步声，车轮声；车铃已经不像它们在空旷的田野上那样地响着；在两边闪过了一些草顶的农舍和它们的小小的雕花的木台阶和小窗子上的绿色和红色窗板，有几处的窗子里伸出了好奇的妇女的头。这里有农家的男女孩子，只穿衬衣；他们睁大眼睛，伸出手臂，不动地站在一个地方，或者，不顾非力卜的威胁的姿势，在灰尘里用光脚的迅速的小步子跑在我们车子的后边，力求爬上绑在车后的箱子。现在两个棕黄发的旅馆主人从两边向我们车子跑来，用动人的言语与手势竞相极力招揽旅客。"哗！"门响了，车上的横木碰上了门柱，我们驾车进了院子。四小时的休息与自由！

第二章　雷雨

太阳西沉了，用它的炎热的斜晖把我的颈子和腮炙得不可忍受；要摸半篷车的晒热的边是不可能的；路上飞起了浓厚的尘雾，充满了空中。没有一点儿风来把它吹散。在我们前面，隔着一定的距离，轿车的高大的灰尘的车厢韵律地摇摆着，在车厢那边时而看到车夫所挥动的鞭子、他的帽子和雅考夫的小帽。我不晓得我自己该怎么办：在我旁边打盹的佛洛佳的被灰尘弄黑的脸，非力卜背部的动作，斜角地跟在我们后边跑着的、我们的半篷车的长影子，都没有给我任何乐趣。我全部的注意力集中在我所远远注意的里程标上，在原先是散在天边、而现在带着凶兆的黑影子、要聚成一大片阴沉的乌云的云朵上。时而传来一声遥远的雷鸣。后面的这个情况比一切都更其加强了我的想要赶快到达旅馆的不耐烦。雷雨引起我心中一种不可形容的沮丧与恐惧的难受的情绪。

要到最近的村庄还有十俚路光景，没有一点儿风，大片的暗紫色的雨云，上帝知道从何处出现的，迅速地向我们飘来了。太阳还未被云朵遮住，明亮地照着它的阴沉的形体，和从雨云到地平在线的灰色长条。时而在远处发出闪光，并且传来了低微的轰轰声，它渐渐加强着，逼近着，变成间断的响彻全部天空的轰隆声。

发西利从驾驶台上站起来，拉起半篷车的篷；车夫们穿上他们的外套，在每次雷响时脱下帽子，画十字；马竖起耳朵，张大鼻孔，好像是嗅着迫近的雨云上飘来的新鲜空气；半篷车在灰尘的道路上走得更快了。我觉得畏惧，并且觉得，血在我的脉管里流得更快了。

但现在最前面的云朵开始遮蔽太阳了，太阳最后窥望了一下，照亮地平线上最阴沉的部分，又不见了。四周的一切断然改变了，呈现暗淡的景色。现在杨柳树丛开始颤栗了，叶子变成了某种模糊的发白的颜色，明显地衬托在雨云的紫色背景前面，叶子萧萧响着，旋转着；高桦树的顶开始摆宕了，一簇簇的干草飞过了道路。燕子和白胸燕，似乎企图阻止我们，在半篷车四周翱翔，在马的胸下飞过；乌鸦带着散开的羽翼在风里斜着飞，我们扣在身上的皮胸帷的边开始上升，让湿风吹到我们身上，并且鼓动着，碰到半篷车的厢。电闪似乎就在半篷车里发光，令我眼花，在顷刻之间照亮了灰布、它的彩带和缩在角落里的佛洛佳的身体。在同一秒钟，正在我头上，发出了雄伟的轰声，它似乎升得越来越高，并且大螺旋形地越来越扩大，渐渐加强，转成震耳的吼声，使人不觉地打颤屏气。"上帝的愤怒！"在这民间的概念中有多少诗意啊！

车轮转动越来越快了！凭着发西利和不耐烦地摆动缰绳的非力卜两人的背，我看到他们也害怕了。半篷车迅速地向山下急驰着，在木桥上轰轰响着。我不敢动，每一瞬息都期待着我们的灭亡。

"哗，"车前横木掉下来了，虽然是有继续不断的震耳的雷鸣声，我们不得不停在桥上了。

我把头依靠在半篷车边上，心神不定，呼吸急促，失望地看着非力卜的粗而黑的手指的动作，他慢慢地套上一个绳圈，调整了挽革，用手掌和鞭柄推动侧马。

我心中忧愁与恐惧的不安情绪随风暴的增遽而加强了，但当那通常是在雷雨大作之前的庄严的寂静来到时，这些情绪达到了那样的程度，假如这情形再经过一刻钟，我相信我一定要死于兴奋了。

正在这时候，桥下忽然走出一个穿脏破衬衣的人，他的脸浮肿而愚蠢，剪短了发的光头摇动着，无肌肉的腿弯曲着，没有手，却是红而鲜明的臂腕对直伸进我们的半篷车。

"老爷！为了基督的缘故，给点东西给穷人吧！"他用虚弱的声音说，在说每个字时，画着十字，并且鞠躬到腰那里。

　　我不能够表白那时候袭击我灵魂的冰冷的恐怖。寒颤透进我的头发，我的眼茫然恐惧地看着乞丐……

　　沿途散发施舍的发西利指示非力卜绑紧车前横木，直到一切预备妥当，而非力卜收拢缰绳、爬上驾驶台时，才开始从侧边口袋里掏一点东西。但我们刚刚动身，便有一道炫目的闪光，顷刻之间，用火光照亮全部山谷，使马停止，接着是那么震耳的一声雷响，似乎是整个的天穹要塌在我们的头上。风还在加强；马鬃与马尾、发西利的大衣、皮胸帷的边，被吹向同一方向，在烈风中拼命地飘动。一个大雨点沉重地落在半篷车的皮顶篷上……第二点，第三点，第四点，顿然，好像有谁开始在我们头上打鼓，整个的四周都响着雨的韵律的响声。凭发西利胛肘的动作，我注意到他在解钱袋；乞丐继续画十字鞠躬，在车轮旁跑着，因此，我以为，要给他钱的。"为基督的缘故，给一点吧。"最后铜币从我们面前飞过，可怜的人在裹着瘦身体的透湿的衬衫里，被风吹得摇摆着，迟疑地在路当中停了一下，在我眼中消失了。

　　被烈风驱驶的斜雨好像是从桶里倒下来的；雨水从发西利的粗毛布大衣的背上流到胸帷上所形成的浊水滩里。灰尘最初凝成泥团，后来变成被车轮搓捻的泥浆；颠簸开始减轻了，浑浊的小溪在泥土辙痕中流动。闪光变得更宽大更苍白了，雷声在雨的韵律响声中不那么惊人了。

　　但现在雨下得小一些了，黑云开始裂成波状的云朵，在应该是太阳所在的地方更明亮了，穿过乌云的灰白色的边，刚刚露出一块清晰的蔚蓝。一分钟后，一道羞怯的日光已经照在路面的水洼上，在好像是从筛子里漏下来的细雨的直条子上，和沿道路的明亮的雨洗的绿草上。一块黑云仍旧同样威胁地遮蔽着对面的天空，但我已经不怕它了。我感觉到不可表达的愉快的情绪，生活上的希望，它迅速地代替了我心中的沉重的恐惧。我的灵魂同焕然一新的快活的自然界一样地微笑着。发西利翻下他的大衣的领子，脱下帽子抖了几下；佛洛佳抛开胸帷；我伸出半篷车外，贪馋地呼吸新鲜而芬芳的空气。明亮的洗净的轿车厢，连同驾驶台与箱子，在我们面前摇荡着；马背，尻带，缰绳，轮箍，都是湿的，在太阳下闪耀着，好像是新油漆的。在路的一边是一望无际的冬麦田、有些地方被浅沟所划割，闪耀着湿土与草木，像一个多荫的地毯，一直展开到地平线上；在另一边，一个杨柳丛，连同榛树及野樱桃的矮树，静静地站立着，好像是在过分的高兴中，慢慢地从洗净的枝子上落下明亮的水点在去年的叶子上。有冠子的云雀，带着快乐的歌声，在各方面打旋着，并迅速地下降。在湿灌木中可以听到小鸟的匆忙动作，从树林中清晰地传来一只布谷鸟的声音。春季雷雨后树林的优美香气，桦树与紫堇的气味，腐叶、蕈子、野桃的气味，是那么迷人，教我不能够留在半篷车上，从车踏板上跳下来，跑到灌木中，虽然我被雨水滴子洒湿，却折了开花的野樱桃枝，用枝子拍我的脸，吸入美妙的香气。甚至不顾到大块的泥土沾在我的靴子上而我的袜子早已潮湿，我溅着泥浆跑到轿车窗前。

"琉宝琦卡！卡清卡！"我喊叫，递进去几枝野樱桃，"看，多么好看啊！"

女孩子们惊讶喊叫起来；米米喊我让开，不然我一定会被碰倒的。

"但是你闻闻它多么香啊！"我喊着。

第三章　新见解

卡清卡坐在半篷车里我的旁边，俯下了她的美丽的头，沉思地看着在车轮下向后跑去的灰尘道路。我沉默地望着她，并且惊异着我在她的红润小脸上第一次看到的非儿童的忧愁的表情。

"我们快要到莫斯科了，"我说，"你怎么想法，它是什么样的呢？"

"我不知道。"她勉强地回答。

"喏，你究竟是怎么想法？比赛尔浦号夫还大呢，或者不是呢？"

"什么？"

"我没有什么。"

但是有一种本能的感觉，是一个人凭它来猜测另一个人的思想的，且是它谈话的导引线，就是由于这种本能的感觉，卡清卡明白了她的淡漠令我难受；她抬头，向着我说：

"爸爸向您说过，我们要住在祖母家里吗？"

"他说了，祖母想同我们都住在一起。"

"我们都要住在那里吗？"

"当然。我们在楼上住一边，您住另一边，爸爸住厢房。但我们都要在楼下和祖母在一起吃饭。"

"妈妈说，祖母是那么威严有脾气，是吗？"

"不——啊！她只是在开头好像这样的。她威严，但一点也没有脾气。相反，她是很仁慈、很愉快的。你要能看到在她的命名日的那样的跳舞会就好了！"

"我仍然是怕她；并且，只有天晓得，我们是否……"

卡清卡顿然沉默，又思索起来了。

"什——么？"我不安地问。

"没有，我没有什么。"

"啊，你为什么说'天晓得'呢？"

"那么你说，祖母那里有过一个多么好的跳舞会。"

"是的。可惜你不在。有很多的客人——大约一千人——音乐，将军们，我跳了舞……卡清卡！"我说，突然在我的描写中停止，"你不在听吗？"

"不，我在听。你说，你跳了舞。"

"你为什么这么愁闷？"

"不能总是快活的。"

"啊，自从我们从莫斯科回来以后，你改变了很多。老实告诉我吧，"我添说，带着坚决的神情向着她，"你为什么变得这么奇怪？"

"我好像奇怪吗？"卡清卡兴奋地回答，这证明我的话引起了她的兴趣，"我一点也不奇怪。"

"不，你不像你以前那样了，"我继续说，"从前可以看得出来，你处处是和我们一致的，你看待我们像亲戚一样，你爱我们也像我们爱你那样，但现在你变得这么严肃，疏远着我们……"

"一点也不是……"

"喂，让我说完，"我打断她，已经开始感觉到流泪之前的鼻子里微微的痒，这眼泪总是在我说出长久压制的衷诚的思想时涌进我的眼睛的，"你疏远我们，只同米米说话，好像你不想认识我们。"

"但是要知道一个人不能够总是一个样子，有的时候必须改变。"卡清卡回答，在她不知道说什么话时，她有用一种命定的必然性去说明一切的习惯。

我记得她有一次和琉宝琦卡吵架，琉宝琦卡叫她"愚笨的小姑娘"，她回答说"不能够人人是伶俐的，愚笨的人也是必须有的"；但是我不满意她的回答说"人有时候必须改变"，于是我继续问她。

"为什么必须这样？"

"要晓得，我们不会永久住在一起的，"卡清卡回答，微微脸红，注意地望着非力卜的背，"妈妈可以和您的过世的母亲住在一起，她是她的朋友，至于和伯爵夫人，她据说是很有脾气的，天晓得，她们还会相投的吗？此外，我们还是总有一天要分手的，你们富——有彼得罗夫斯考田庄，我们穷——妈妈什么也没有。"

"你们富，我们穷"……这些话以及和这些话有关的概念，在我看来，是非常奇怪的。我在那时候的概念中，只有乞丐与农民能够是穷的，我不能够在我的想象中把贫穷的概念和优雅美丽的卡恰连在一起。我似乎觉得，假如米米与卡清卡过去总和我们住在一起，则她们会永远和我们住在一起，平等地分享一切。这不会是别样的。但此刻，关于她们的孤独情况的成千的新的模糊的思想，拥集在我的心中，我因为我们富她们穷而羞惭得脸红，并且没有勇气看卡清卡了。

"我们富，她们穷，这又有什么关系呢？"我想，"怎么会因此就必定要的分别呢？为什么我们不平分我们所有的东西呢？"但是我明白，向卡清卡说道这个是不妥当的，和这个逻辑的思考相冲突的某种实际的本能已经在向我说，她是对的，把我的思想向她说明是不适当的。

"难道你真要离开我们吗？"我说，"我们为什么要分开住呢？"

"有什么办法呢，我自己觉得难过；但假如事情是这样，我知道，我将要做什么的……"

"做一个女伶吗？……多么无聊！"我接上去说，知道她一向爱好的幻想就是做一个女伶。

"不，我小的时候说过这话……"

"那么你要做什么呢？"

"我要进修道院，住在那里，穿黑衣服，戴丝绒帽子。"

卡清卡哭起来了。

　　读者，在您的生活的某一时期，您曾偶然发觉到，你对于人事的见解完全改变，好像直到此刻您所看见的一切忽然把它的另一未知的方面转过来对着您吗？这种道德上的转变，在这次旅行中，在我心里第一次发生，我认为我的少年时期就是从这个时候开始的。

　　这个明确的思想第一次来到我的头脑里，就是，并不只是我们，并且只是我们的家庭，生活在世界上，并不是一切兴趣都环绕着我们，而且还有人们的另一种生活，他们和我们没有共同的地方，不关心我们，甚至不知道我们的存在。无疑，我先前就知道这一切；但是我不曾像此刻所认识的那样地知道这一切，我不曾意识到，不曾感觉到。

　　一个思想只按照一定的途径变成一种信念，这个途径往往是十分意外的，而且是与别种智慧获得这个信念的途径不同的。和卡清卡的谈话，对于我，就是这种途径，这谈话深深地感动了我，并使我想到她的未来的境况。我看着我们所经过的乡村与城市，在它们的每一个房子里至少住着一个像我们这样的家庭，看着那些带着暂时的好奇心看我们的马车然后即永远在我们视线中消失的妇女与儿童，看着店员与农民，他们不仅不向我们鞠躬，像我在彼得罗夫斯考田庄上所见惯的那样，而且连看也不看我们一眼——这时候，这个问题第一次来到我的心中："假如他们一点也不注意我们，怎样能够引起他们的注意呢？"这个问题又引起了别的问题："他们如何并靠什么生活？他们如何抚养他们的孩子们？他们教他们吗？他们让他们玩吗？他们如何处罚他们？"等等。

第四章　在莫斯科

在我们来到莫斯科之后，我对于事物、对于人、对于我同他们的关系的看法的改变，是更加明显了。

和祖母第一次见面时，当我看到她的干瘦打皱的脸和朦胧的眼，我原先对她所有的卑躬屈节的尊敬与恐惧变成了同情；当她把脸垂在琉宝琦卡的头上，呜咽得好像她亲爱的女儿的尸体是在她的眼前时，我心中的同情竟变成了爱。看到她和我们见面时的悲伤，我觉得不舒服；我意识到，我们自己在她的眼里是无足重轻的，我们在她看来只是作为记忆才可爱的；我觉得，她落在我腮上的每一吻只表现一个思想："她不在了，她死了，我再也看不见她了！"

爸爸，在莫斯科几乎一点也不关心我们，只在吃饭时，才穿着燕尾服或大礼服，带着永远忧虑的面孔和我们见面——他穿大翻领的衬衣，穿换装服，他同村长们、管家们到打谷场去散步，他打猎，他很失去了我对他的尊敬。卡尔勒·伊发内支，祖母称他为"助教师"，天知道为什么，他忽然想到把他的可敬的、我所熟悉的秃头改成了棕黄假发，几乎是在头的正中有一条直的分线，他在我看来是那么奇怪而可笑，以致我诧异我先前怎么未注意到这个。

在女孩们与我们之间也有了一种不可见的障阻；她们和我们已经各有各的秘密，似乎是她们向我们骄傲她们的袍子变得更长，我们骄傲我们的有连脚挽带的裤子。米米在第一个星期日穿了那么华丽的长袍，在头上扎了那样的缎带，下来吃饭，使我们立刻看出，我们不是在乡间，而现在一切都要不同了。

第五章　我的哥哥

　　我只比佛洛佳小一年零几个月；我们生长，读书，游戏，总是在一起。我们之间并没有长幼的差别；但是大概正在我所说道的那个时候，我开始明白了，佛洛佳在年龄上、在兴趣上、在能力上都不是我的同伴，我甚至觉得，佛洛佳自己知道他的优先地位而且骄傲这个。这个信念，也许是无根据的，是由我的自尊心向我引起的，这自尊心在和他每次发生冲突时都受到损伤。他在一切事情上——在游戏、在读书、在争论、在善于处人上——都在我之上，这一切使得我疏远他，并使我感觉到我所不解的道德的痛苦。假如，当他们第一次替佛洛佳做有裥褶的麻布衬衫时，我直率地说出我因为自己没有这样的衬衫而苦恼，我相信，我要觉得舒服些，并且每次他整顿领子时，我也不会以为他这么做只是要苦恼我了。

　　最使我痛苦的，乃是我有时觉得，佛洛佳了解我，却极力掩盖这个。

　　谁不曾注意过一向在一起生活的人们——弟兄，朋友，夫妇，或主仆——之间的一个不易察觉的笑容，一个动作，或是一个目光里所表现的那些神秘的静默的态度，特别是在这些人彼此之间不是事事开诚的时候。当他们的眼睛畏怯而踌蹰地相遇时，有多少未表现的愿望、思想、怕被人了解的恐惧，是表现在一个偶然的眼色中啊！

　　但也许是，我的过分敏感与爱好分析在这方面欺骗了我；也许佛洛佳根本没有感觉到我所感觉过的东西。他性急坦白，嗜好有变化。他迷恋于各种各样的事，全心全意地醉心于这些事。

　　有时忽然的，他对图画发生了爱好：他自己作画，用他所有的钱去买图画，向图画教师，向爸爸，向祖母要求图画；有时，对于他装饰他的小桌子的东西发生了爱好，他向全家搜集它们；有时对于他偷偷弄到的小说发生了爱好，他整天整夜地阅读……我不觉地被他的嗜好所引动；但我太骄傲，不步他的后尘，并且太年轻而不够自主，不能为自己选择一个新的道路。但我并不羡慕他的任何地方，像对于他的快乐的高尚的坦白的性格那样，这性格在我们偶然发生的口角中表现得特别清楚。我觉得他的行为好，但我不能够模仿他。

有一次，当他对于物品的爱好达到极点时，我走到了他的桌前，偶然打碎了一个空的彩色的瓶子。

"谁要你动我的东西的？"进房的佛洛佳说，注意到我在他桌上各种饰品对称排列上所弄的混乱，"瓶子到哪里去了？一定是你……"

"我偶然掉下，它打碎了。这有什么关系呢？"

"请你当心，不许你再摸我的东西。"他说，把破瓶的碎片放在一起，痛惜地看着它们。

"请不要发命令，"我说，"打破了，就是打破了，还有什么要说的呢！"

我笑了一下，虽然我一点也不想笑。

"是的，对于你是无所谓的；对于我却是有用的，"佛洛佳继续说，颤动着他的肩，这是他继承父亲的一种姿势，"打破了，还笑！这么讨厌的小子！"

"我是小子，你大，可是笨。"

"我不想和你吵骂，"佛洛佳说，轻轻地推我，"走开！"

"不要推！"

"走开！"

"我向你说，不要推！"

佛洛佳抓住我的手臂，正要推我离开桌子，但我愤怒到了极点：我抓住了一只桌腿，把桌子弄倒了。

"你这搞得好！"所有的瓷器与玻璃饰品都哗哗啦啦地落在地板上了。

"可恶的小子！"佛洛佳大声说，极力要托住落下的东西。

"哦，现在我们之间的一切都完结了，"我离开房时想着，"我们永远地吵翻了。"

我们一直到晚彼此没有说话。我觉得自己不对，怕看他，并且整天什么事也不能做。反之，佛洛佳把他的功课做得很好，饭后和女孩们谈笑如常。

我们的教师刚刚上完功课，我就离开了房间。单独和哥哥在一起时，我觉得恐惧，不舒服，难为情。在晚上的历史课之后，我拿了我的练习簿，向门口走去。当我走过佛洛佳身边时，虽然我想走到他面前去同他和好，我却呶了呶嘴，极力做出愤怒的脸色。这时候佛洛佳抬起头，带着几乎察觉不出的仁慈嘲讽的笑容，勇敢地看着我。我们的眼睛相遇了，我知道他了解我，真的，我知道他了解我；但是某种不可能抵御的情绪使我转身走开了。

"尼考林卡！"他用最简单的，一点也不动人的声音说，"不要生气了！假如我得罪了你，你原谅我吧。"

于是他把手伸出给我。

好像是，有什么东西越升越高，忽然开始压迫我的胸脯，阻碍我的呼吸；但这只经过了一秒钟！我的眼里有了泪，我觉得舒服些了。

"原谅……我……吧……佛洛……佳！"我握着他的手说。

然而佛洛佳那样地看着我，好像他怎样也不明白，为什么我眼睛里有泪……

第六章　玛莎

但在我对于事物的看法的改变之中，没有一个改变是像这个改变如此地令我自己惊讶，这改变使我不再把我们的婢女之一看作女性的仆人，而开始把她看作"妇人"，我的心绪安宁与幸福会在某种程度上决定于她的。

从我记得自己的时候起，我就记得玛莎是在我们家里，但在那完全改变了我对她的看法，而我马上就要说道的事件之前，我一直对她没有丝毫的注意。我十四岁时，玛莎大约二十五岁。她很好看，但我怕描写她，怕我的幻想又向我显现出在我对她有热情时所形成的那迷惑而错误的形象。为了避免错误，我只想说，她是异常之白的，长得艳丽，并且是一个妇人，而我是十四岁。

在一次这样的时候，把课本拿在手里，在房里徘徊着，极力想要只踏在木板缝上，或者唱出无意义的调子，或者用墨水浸涂桌边，或者完全不加思索地重复什么格言：总之，在一次这样的时候，当理性拒绝活动，而想象占了优势，寻找印象的时候，我离开课室，没有任何目标地走到楼梯口。

有个穿鞋的人正从楼梯下段上来。当然我想知道这是谁，但忽然脚步停止了，我听到了玛莎的声音："走开，您为什么要胡闹？假如玛丽亚·伊发诺芙娜来了，那好吗？"

"她不会来的。"佛洛佳的声音低语着，然后有什么东西响动，好像他想要把她拉住。

"哟，您把手伸到哪里来了？不要脸的！"玛莎从我身边跑过去，在她的拉歪的头巾下边露出她的又胖又白的颈子。

我不能表达，这个发现令我惊异到什么程度，但惊异情绪立刻让位于我对佛洛佳行为的同情：我不再诧异他的行为本身，而是诧异他怎么会发觉这么做是愉快的。我不禁想要模仿他。

我有时花很多的钟点在楼梯口上，一点也不思想，只是极其注意地听着楼上所发生的最细微的动作，但我从未能够使自己模仿佛洛佳，虽然我最想做那件事。有时藏在门后，我带着羡慕而又嫉妒的难受的心情听着女仆房间里所发生的骚动，我想到，假如我上了楼，也像佛洛佳那样想要吻玛莎，我的情况会怎样呢？假如她问我，我需要什么，我，带着宽鼻子和翘起的额毛，要说什么呢？有时我听见玛莎向佛洛佳说："要受罚的！真的，为什么您要来缠我？走开吧，您这顽皮的孩子！为什么尼考拉·彼得罗维支从来不到这里来，也不做呆事？"……她不知道，那时候尼考拉·彼得罗维支坐在楼梯下边，为了只要处于顽皮的佛洛佳的地位而准备牺牲一切。

我是生性害羞的，但我的害羞因为相信我丑而加强了。我相信，没有任何东西是像一个人的外貌那样地对于人的意向发生了如此显著的影响，而且与其说是外貌本身，毋宁说是外貌动人不动人这个信念。

我太自尊了，不惯于我自己的处境，并且安慰我自己，好像狐狸那样，使自己相信葡萄是酸的，这就是，我极力轻视美貌所弄得的一切快乐，我觉得佛洛佳享受了那些快乐，我由衷地嫉妒他的快乐，于是我运用了我全部的思想与想象力量，要在高傲的孤独中寻找快乐。

第七章　霰弹

"我的天哪，弹药啊！"米米用兴奋得喘息的声音喊叫，"您在干什么？您想烧掉房子，弄死我们大家……"

米米带着不可形容的坚决的神色，命令所有的人站开，用坚决的大步子走近散落在地板上的霰弹，不顾她的突然爆发可能引起的危险，她开始用脚踏它。在她认为危险已过去时，她叫了米哈益进来，吩咐他把这全部"弹药"丢得远远的，或者最好丢在水里，然后，她傲慢地摇动着她的帽子，走向客室去了。"把他们照顾得很好，不用说的！"她低语着。

当爸爸从厢房进来时，我们跟他去看祖母，米米已经在祖母的房里，靠窗子坐着，带着一种神秘正经的表情严厉地看到门外边。她手里拿着包在几张纸里的东西。我猜想，那是霰弹，祖母已经全知道了。

米米之外，祖母的房中还有女仆加莎，从她的发红的愤怒的脸上看得出，她是很苦恼的，还有不流门太尔医生，一个矮小麻面的人，他徒然极力想要使加莎镇静，用他的头和眼向加莎做着神秘而和解的姿势。

祖母自己微微侧身坐着玩"旅客"，一种"排心思"牌戏，这总是表示一种很恶劣的心情。

"您今天觉得怎样了，妈妈？睡得好吗？"爸爸问，恭敬地吻着她的手。

"好极了，我亲爱的。我想，您知道，我总是很好的。"祖母用那样的语调回答，好像爸爸的问题是最不合宜最气人的问题。"哦，您愿给我一块干净手帕吗？"她对着加莎继续说。

"我给了您了。"加莎回答，指示着椅子扶手上的雪白的麻纱手帕。

"把那块脏布拿开，给我一个干净的，我亲爱的！"

加莎走近衣橱，打开一个抽屉，并且撞得那么凶，使得房里的玻璃窗子也震动了。祖母严厉地瞥视了我们大家，继续注意地看着女仆的动作。当她递给她那条在我看来是同样的手帕时，祖母说：

"你什么时候替我擦烟叶呢，我亲爱的？"

"我有了工夫就擦。"

"您说什么？"

"我今天准要擦的。"

"假若您不愿替我做事，我亲爱的，您就早说。我就早已放您走了。"

"您放吧，没有人哭的！"女仆低声地咕噜着。

这时候医生又开始向她眨眼，但她那么愤怒而坚决地看他，使他立即垂下眼睛，玩弄着他的表钥匙。

"您知道，我亲爱的，在我的家里，他们怎样向我说话吗？"祖母在加莎仍然埋怨着走出房时，转向爸爸说。

"妈妈，让我自己来替您擦烟叶吧。"爸爸说，显然是被这意外的诉述弄得很困难。

"不用，谢谢您。您知道，她如此无礼，是因为她知道，除了她，没有别人能够擦烟叶如我的意。您知道，我亲爱的，"祖母稍停之后继续说，"您的孩子们今天几乎把房子烧掉了吗？"

爸爸带着恭敬的好奇心看着祖母。

"对了，这就是他们玩的东西。拿给他看。"她向着米米说。

爸爸把霰弹拿到手里，不能不微笑了。

"但这是霰弹，妈妈，"他说，"这一点也不危险。"

"我很感谢您教导我，我亲爱的，但是我已经太老了……"

"神经，神经！"医生低语。

爸爸立即转向我们：

"这是你们从哪里弄来的？你们怎么敢玩这种东西？"

"用不着问他们，应该问他们的助教师，"祖母说，特别轻蔑地说

"助教师"这字，"他是照顾什么的？"

"佛洛佳说，卡尔勒·伊发内支自己给他那个火药的。"米米附和着。

"哦，你看出他是多么好，"祖母继续说，"他在哪里，那个助教师——叫他什么？……找他来。"

"我让他作客去了。"爸爸说。

"那是没有理由的：他应该总是在这里的。孩子们不是我的，却是您的，我没有权利劝告您，因为您比我聪明，"祖母继续说，"但似乎现在应该替他们聘一个教师，不是助教师，德国农夫，而且是愚笨的农夫，他什么都不能教他们，只有坏礼貌和提罗尔①的歌。我问您，会唱提罗尔的歌，对于小孩们是很必要的吗？然而'现在'没有人想到这个，您可以随便怎么办的。"

这个"现在"意思是"在他们没有母亲的时候"，并且在祖母的心中引起了悲哀的回忆。她垂下眼睛，看着有画像的鼻烟壶，沉思着。

"我早就想到这个，"爸爸连忙地说，"并且想请教您，妈妈。我们要不要聘请现在按课票教他们功课的圣·热罗姆呢？"

"要这样做，那好极了，亲爱的朋友，"祖母说，不再用先前说话的那种不满意的语气了，"圣·热罗姆至少是gouverneur（教师），知道好好地带领des enfants de bonne maison（好人家的孩子）。他不只是一个menin（侍从），一个助教师，只宜于带他们散步。"

"我明天就去同他说。"爸爸说。

果真，在这谈话的两天之后，卡尔勒·伊发内支把他的地位让给年轻的法国公子哥儿了。

---

① 奥地利之一省。

第八章　卡尔勒·伊发内支的身世

在卡尔勒·伊发内支要永远离开我们那天的前一天，晚上很迟的时候，他站在他的床旁边，穿着棉絮的换装服，戴着红帽，对着他的箱子弯着腰，小心地向箱子里放着他的东西。

卡尔勒·伊发内支后来对我们的态度是特别冷淡：他似乎避免和我们有任何交往。所以那时，当我进房时，他低头看了我一下，继续做他的事。我躺到我的床上，但卡尔勒·伊发内支，从前总是严厉地禁止我这么做，却什么也未向我说，想到他既不愿再斥责也不再约束我们，他现在和我们没有任何关系，便使我生动地想到当前的分别。他不爱我们了，这使我悲伤，我想向他表示这个心情。

"让我来帮您忙，卡尔勒·伊发内支。"我说，走到他面前。

他向我看了一眼，又转过头去，但我在他投给我的仓促目光中，我看到的，不是我借以说明他的冷淡的漠不相关，而是诚恳的集聚的忧愁。

"上帝看见一切，知道一切，一切决定于他的神圣意志，"他说，把全身挺直，深深叹气，"是的，尼考林卡，"当他看见我带着真挚同情的面色看他时，他继续说，"我是注定了从幼到死都不幸福。我对人所做的善事总是得到恶报，我的酬报不在这里，却在那里，"他指着天说，"但愿您知道我的身世和我这一生所忍受的一切！……我做过鞋匠，当过兵，做过逃兵，我进过工厂，做过教师，我现在什么都不是了，好像上帝的儿子，我没有枕首的地方。"他说完，闭着眼睛，坐进了圈椅。

注意到卡尔勒·伊发内支是在那种感伤心情中，他向自己表现着内心的思想，没有注意他的听者，我于是沉默着坐到床上，没有把眼睛离开他的仁慈的脸。

"您不是一个小孩，您能了解，我要向您说我的身世和我在这一生所忍受的一切。总有一天您会想到这个很爱你们孩子们的老朋友！……"

卡尔勒·伊发内支把手臂搭在他身旁的小桌子上，嗅了鼻烟，把眼睛对着天，用他通常向我们口授时的那种特别的平平的喉音开始了他的叙述：

"我在我母亲的肚里时便已经是不幸的。Das Unglück verfolgte mich schon im Schosse meiner Mutter！"他更动情地重复了一遍。

因为卡尔勒·伊发内支后来不止一次，照同样的次序，用同样的字句与同样不变的音调，向我说他的身世，我希望几乎逐字地重写出来；当然要除了文字上的错误，这读者可以凭第一句作判断的。这是他的真正身世，还是他在我们家里的孤独生活中所生的幻想的产物，由于常常重复，他自己也开始相信了，还是他仅仅用幻想的事实装饰他的生活的实际事件，我一直不能决定。一方面，他说他的身世时，带着太兴奋的情感和有系统的前后一贯——近似真实性的主要表征——使人不能不相信；另一方面，在他的叙述中又有太多的诗的美，就是这种美引起人的怀疑。

"在我的脉管中流着封·索木尔不拉特伯爵家的高贵的血液！In meinen Adern fliesst das elde Blut der Grafen von Sommerblatt！我是在结婚后六个星期出生的。我母亲的丈夫（我叫他爸爸），是索木尔不拉特伯爵的佃户。他不能忘记我母亲的耻辱，不欢喜我。我有一个小弟弟约翰和两个妹妹，但在我自己的家里我是一个生客！Ich war ein Fremder in meiner eigenen Familie！当约翰做蠢事时，爸爸说：'和卡尔勒那个孩子在一起，我没有一分钟舒服！'并且我被责骂，受处罚。当我的妹妹们争吵时，爸爸说：'卡尔勒绝不会是一个听话的孩子！'并且我被责骂，受处罚。只有我的慈母爱我，抚爱我。她常常向我说：'卡尔勒，到我房里来！'她偷偷地吻我。'可怜，可怜的卡尔勒！'她说，'没有人爱你，但我不会拿你去换任何人的。你妈妈要求你一件事，'她向我说，'用心读书，永远做一个正直的人，慈悲的上帝不会丢弃你的！Trachte nur ein ehrlicher Deutscher zu werden—sagte sie—und der liebe Gott wird dich nicht verlassen.'我也曾经努力。当我十四岁能够领受圣餐时，我妈妈向我爸爸说：'卡尔勒是一个大孩子了，格斯塔夫。我们对他要怎么办？'爸爸说：'我不知道！'然后妈妈说：'让我们送他进城，到舒兹先生那里去吧；让他做鞋匠！'爸爸说：'好的！'Und mein Vater sagte:'gut！'我在城里和鞋匠老板住了六年七个月，我的主人欢喜我。他说：'卡尔勒是一个好工人，马上就可以做我的Gesslle（助手）了！'但是谋事在人，成事在天。……在一七九六年有一次Conscription（征兵），凡是十八岁到二十一岁之间的能当兵的人都要在城里集合。

"爸爸和弟弟约翰来到城里，我们一起去拈Loss（阄），谁当兵谁不当兵。约翰拈了一个坏数字——他该当兵。我拈了一个好数字——我不用当兵。爸爸说：'我有一个独生子，我一定要和他分别了！Ich hatte einen einzigen Sohn, und von diesem muss ich mich trennen！'

"我拉着他的手说：'您为什么说这话，爸爸！同我来，我有话向您说。'爸爸来了，我们坐在一家酒店的小桌子前。我说，'替我们拿两只Bierkrug（啤酒杯）。'他们拿来了。我们各人喝了一小杯，弟弟约翰也喝了。

"我说：'爸爸，不要说那样的话——您有一个独生子，您一定要和他分别。我听到这话，我的心快要跳出来了！弟弟约翰不用服役。我去当兵！……这里没有人需要卡尔勒，卡尔勒去当兵。'

"爸爸向我说：'你是正直的人，卡尔勒·伊发内支！'他吻了我。Du bist ein braver Bursche！sagte mir mein Vater und küsste mich！

"于是我当了兵。"

第九章　续前

"那时候是一个可怖的时代，尼考林卡，"卡尔勒·伊发内支继续说，"拿破仑是在那时候的。他想征服德国，我们保卫了我们的祖国直到最后的一滴血！Und wir verteidigten unser Vaterland bis auf den letzten Tropfen Blut!

"我到过乌尔姆，我到过奥斯特里兹，我到过瓦格拉姆！Ich War bei Wagram！"

"难道您也打过仗吗？"我问，惊异地望着他，"难道您也杀过人吗？"卡尔勒·伊发内支立即在这一点上教我放了心。

"有一次，一个法国Grenadier（掷弹兵）落在同伴之后，跌倒在地上。我带着毛瑟枪跑过去，想把他刺穿，aber der Franzose warf sein Gewehr undrief:'Pardon.'（但这个法国人丢了他的武器，大声喊：'饶命。'）我就放他走了！

"在瓦格拉姆，拿破仑把我们赶到一个岛上，包围了我们，没有地方能跑。我们三昼夜没有饮食，并在站在齐到膝盖的水里。那个流氓拿破仑没有俘虏我们，也没有放走我们！Und der Bösewicht Napoleon woilte uns nicht gefangen nehmen und auch nicht freilassen!

"在第四天，谢谢上帝，他们俘虏了我们，把我们送进一个堡垒。我身上有一条蓝裤子，一件好布军服，十五块银元，一个银表——我爸爸的礼物。一个法国兵把这全拿走了。侥幸我有妈妈缝在我背心里的三个金元。没有人发现它们！

"我不想在堡垒里久留，决定逃跑。有一次大节日，我向看管我们的军曹说：'军曹先生，今天是大节日，我想庆祝一下。请你带两瓶马德拉酒来，我们在一起喝。'军曹说：'好。'军曹带来了马德拉酒，我们各人喝了一杯，然后我拉着他的手说：'军曹先生，也许，您有父母吧！'……他说：'有的，毛亦尔先生。'我说：'我的父母有八年没有看见我了，不知道我是活着，还是我的骨头早已躺在湿土里了。哦，军曹先生！我背心下面有两个金元，您拿去，放我走吧。做我的恩人吧，我妈妈要替您向万能的上帝祈祷一生的。'

"军曹喝完了一杯马德拉酒，说：'毛亦尔先生，我很欢喜您，很可怜您，但您是俘虏，我是兵。'我握了他的手说：'军曹先生！'Ich drückte ihm die Hand und sagte：'Herr Sergeant！'

"军曹说：'你是穷人，我不要您的钱，但我要帮助您。我去睡觉的时候，您买一桶白酒给兵士们吃，他们要睡着的。我不看您！'

"他是一个厚道的人。我买了一桶白酒，当这些 Soldaten（兵士们）都喝醉时，我穿上靴子和一件旧大衣，轻轻走出去。我走到壁垒上，想跳，但那里有水，我不愿弄坏我最后的衣服，所以我走到门口。

"一个哨兵带着毛瑟枪auf und ab（来回地）走着，看着我，'Qui vive？'sagte er auf einmal.（'那里是谁？'他忽然地说。）我不作声。'Qui vive？'sagte er zum zweiten Mal.（'那里是谁？'他第二次说。）我不作声。'Qui vive？'sagte er zum dritten Mal.（'那里是谁？'他第三次说。）我跑了。我跳进水里，爬到对岸上，逃走了。Ich sprang ins Wasser, kletterte auf die andere Seite und machte mich aus dem Staube.

"我顺大路跑了一整夜，但天亮时我怕我会被人认出来，便藏在高高的裸麦里。我跪下来，合着双手，为我的得救感谢了万能的上帝，带着安宁的情绪睡着了。Ich dankte dem allmächtigen Gott fur seine Barmherzigkeit und mit beruhigten Gefühl schlief ich ein.

"我晚上醒了，再向前走。忽然两匹黑马拖着的一辆德国大四轮车赶上我了。车上坐着一个衣服很好的人；他抽着烟斗，看看我。我走慢了，让车子过去，但是我走得慢，车子也走慢了，那人看着我；我走快了一点，车子也走快了一点，那人看着我。我坐到路上，那人停住了马，看着我。他说："年轻人，这么迟你到哪里去？"我说："我到福兰克府去。""到我的车上来吧，还有空，我带您到那里去……为什么您什么也没有带？为什么您的须子没有剃，为什么您的衣服弄泥了？"当我在他身边坐下时，他说。我说："我是一个穷人，我想在工厂里找一个事，我的衣服脏，因为我路上跌倒了。"他说："年轻人，您在说假话，路现在是干的。'

"我不作声。

"那个厚道的人说："把真话全告诉我，您是什么人，您从哪里来的。我欢喜您的脸，假如您是诚实的人，我就帮助您。'

"我向他说了一切。他说："好的，年轻人，到我的绳子工厂去吧。我给您工作，衣服，和钱，您和我住在一起。'

"我说："好的。'

"我们到了绳子工厂，这个厚道的人向他的妻子说："这个年轻的人为了他的祖国打过仗，被俘后逃出来的；他没有家，没有衣服，没有面包。他将要住在我这里。给他干净的衬衣，给他饭吃吧。'

"我在绳子工厂里住了一年半，我的主人是那么欢喜我，他不想让我走。我觉得很好。那时我是一个漂亮男子，我年轻，高大，蓝眼睛，钩鼻子……L夫人……（我不能说出她的名字）我主人的妻子，是一个年轻的漂亮的太太，她爱上了我。

"当她看见我的时候，她说："毛亦尔先生，您妈妈怎么叫您？"我说："卡尔勒申。'

"她说："卡尔勒申，坐到我旁边来！'

"我坐到她的旁边去了，她说："卡尔勒申，吻我！'

"我吻了他，他说："卡尔勒申，我爱您爱得再也忍不住了！"他全身打颤了。"①

卡尔勒·伊发内支在这里停了很久，转动着他的善良的蓝眼睛，轻轻地摇着头，开始微笑着，好像人们在快乐的回忆时微笑的那样。

"是的，"他又开始了，在椅子里恢复着精神，用换装服裹着身体，"在我的生活中，我经历了许多好事和坏事，但这是我的见证人，"他说，指着挂在他床上的帆布刺绣的救主像，"没有人能说卡尔勒·伊发内支是一个不正直的人！我不愿意用卑鄙的忘恩负义去报答L先生对我的仁爱，我决定逃走。在晚间大家都睡觉时，我写了一封信给我的主人，放在我房里的桌上。我拿了我的衣服和三块银元，轻轻地上了街。没有人看见我，我顺着路走。"

---

① 这里是描写他把性别弄错了。

第十章　续前

"我九年没有看见我的妈妈，不知道她是活着，还是她的骨头已经躺在湿土里。我回到了我的祖国。当我到了城里的时候，我问索木尔不拉特伯爵的佃户格斯塔夫·毛亦尔住在哪里。告诉我说：'索木尔不拉特死了，格斯塔夫·毛亦尔现在住在大街上，开酒店。'我穿上工厂主人给我的新背心和好衣服，把我的头发梳好，去到了我爸爸的酒店里。我的妹妹玛丽申坐在店里，问我要什么，我说：'我能够喝一杯酒吗？'她说：'Vater！（爸爸！）有个年轻人要求喝一杯酒。'爸爸说：'给这个年轻人一杯酒吧。'我坐到桌前，喝了我的一杯酒，抽了一斗烟，看着爸爸、玛丽申和也走进了店里的约翰。当我们说话的时候，爸爸说：'年轻人，您一定知道我们的军队现在驻扎在哪里。'我说：'我自己是从军队里来的，它驻扎在维也纳。'爸爸说：'我们的儿子是一个兵；他九年没有写信给我们了，我们不知他是活着还是死了。我的妻子总是哭他……'我抽了烟斗，说：'你的儿子叫作什么，他在哪里服役？也许我知道他……'我的爸爸说：'他叫作卡尔勒·毛亦尔，他在奥国轻骑兵队里服役。'我的妹妹玛丽申说：'他是一个高大的漂亮的男子，像您这样。'我说：'我认识你们的卡尔勒！''Amalia！'sagte auf einmal mein Vater.（'阿玛丽亚！'我父亲忽然地说。）'来呀！这里有一个年轻人，他认识我们的卡尔勒。'我的亲爱的妈妈从后门来了。我立刻认出了她。'你认识我们的卡尔勒吗？'她说，看着我，脸儿完全发白，并且发抖……我说：'是的，我看见了他。'我不敢抬眼看她；我的心要跳了。妈妈说：'我的卡尔勒是活着了！谢谢上帝！我亲爱的卡尔勒，他在哪里？假如我能再看见他一次，我的爱儿，我就死也心安了，但是上帝不愿这样。'她哭了。我忍不住了……我说：'妈妈，我是您的卡尔勒！'她倒到我怀里来了。"

卡尔勒·伊发内支闭上眼睛，他的嘴唇打颤。

"'Mutter！'sagte ich, 'ich bin ihr Sohn, ich bin ihr Karl！'Und sie stürzte mir in die Arme.（'妈妈！'我说，'我是您的儿子，我是您的卡尔勒！'她倒到我怀里来了。）"当她稍微镇静时，她重复着，她拭去了流到她腮上的大粒的眼泪。

"但上帝不要我在本国过完我的日子。我是注定了不幸的！Das Ungluck verfolgte mich überall！（不幸到处跟随着我！）……我在本国只住了三个月。一个星期日，我在咖啡馆里，买了一杯啤酒，吸着了我的烟斗，同我的朋友们谈到政治、佛兰兹皇帝、拿破仑、战争，各人说着各人的意见。在我们旁边，坐着一个穿灰大衣的陌生的绅士，他喝咖啡，吸烟斗，什么也没有同我们说。Er rauchte sein Pfeifchen und schwieg still. 当守夜的人报告十点钟时，我拿了帽子，付了钱，回家了。半夜里有人敲门。我醒了，说：'是谁？''Macht auf！（开门！）'我说：'说了您是谁，我就开。'Ich sagte：'Sagt wer ihr seid und ich werde aufmachen.'门外边说，'Macht auf im Namen des Gesetzes！'（奉法律之命开门吧！）我开了门。两个带毛瑟枪的兵站在门口，在咖啡馆里坐在我们旁边的穿灰大衣的陌生人走进房来了。他是一个侦探！Es war ein Spion！侦探说：'跟我走。'我说：'好的！'我穿上靴子和裤子，穿上吊裤带，在房里来回走动。我心里有什么东西在沸腾。我说：'他是一个浑蛋！'当我走到挂着剑的墙边时，我忽然抓住了它，说：'你是一个侦探：防御吧！'Du bist ein Spion：verteidige dich！Ich gab einen Hieb 在右边，einen Hieb 在左边，（我在他右边打了一下，在他左边打了一下）在他头上打了一下。侦探跌倒了！我拿了我的手提箱和我的钱袋，跳出窗子。Ich nahm meinen Mantelsack und Beutel und spran gzum Fenster hinaus. Ich kam nach Ems （我到了厄姆斯），在那里我认识了萨生将军。他欢喜我，给了我一个大使馆的护照，带着我来俄国教他的小孩们。萨生将军死后，你的妈妈聘了我。她说：'卡尔勒·伊发内支！我把我的小孩们交给你；爱他们，我永不辞你。我要安你的老。'现在她不在了，一切都被忘掉了。我现在必须在老年为了我二十年的服务到街上去找陈面包……上帝看见了这个，知道这个，这是他的神圣意志——可是我舍不得离开你们，孩子们！"卡尔勒·伊发内支结束了，拉我手臂，把我拉到他面前，吻我的头。

第十一章　一分

在一年居丧的末尾，祖母从影响她的悲痛中稍微好转，开始偶尔见客，特别是我们这样年龄的儿童们。

在十二月十三，琉宝琦卡的生日，考尔娜考发公爵夫人和她的女儿们，发拉黑娜夫人和索涅奇卡，依林卡·格拉卜，和伊文家两个最小的弟兄，在饭前就来到我们家里。

话声、笑声、跑动声从他们大家聚集的楼下传来，但我们要完毕了早课才能和他们合伙。挂在课室里的表上说："Lundi, de 2 à 3, maître d'histoire et de géographie.（星期一，二至三，历史地理教师。）"我们就是在等候这个maître d'histoire，要听他讲了，送他走了，然后我们才得自由。已经是两点二十分了，但是在他必经的街道上，还听不到也看不见历史教师来，我带着永不见他的强烈愿望向街上望着。

"似乎列别皆夫今天不来了。"佛洛佳说，从他正在预备功课的斯马拉格道夫教科书上把头拿开了片刻。

"但愿如此，但愿如此……不然的话，我简直是什么都不知道！但是，好像是他来了。"我用愁闷的声音添说。

佛洛佳站起来，走到窗前。

"不，那不是他。那是一个绅士，"他说，"让我们等到两点半钟，"他添说，他伸直了腰，同时搔他的头顶，他通常离开工作休息片刻时便这么做，"假如他到两点半还不来，我们可以告诉圣·热罗姆，收起我们的笔记本了。"

"他欢喜到这里来的。"我说，也伸直了腰，在我头上摇动着双手拿着的卡益大诺夫的课本。

没有事情可做，我便打开书本上功课所在的地方，开始阅读。这一课又长又难。我一点也不明白，并且知道我已经来不及记住里面的任何东西，尤其是因为我是在那样兴奋的情况中，我的思想不能集中在任何的功课上。

我总觉得历史是最无趣最困难的功课，在上次的历史课之后，列别皆夫向圣·热罗姆抱怨我，并且在分数本上打了我两分，这算是很坏的。圣·热罗姆那时就向我说，假如我下一课得不上三分，我将受到最严重的处分。[①]那个下一课现在正在眼前，我承认，我很害怕。

我是那么专心在复读生疏的功课上，以致门廊里传来的脱套鞋的声音突然地使我吃惊了。我刚刚回头一看，就在门口出现了教师的令我讨厌的麻脸，和穿蓝燕尾服扣学者扣子的太熟悉的笨拙的身体。

教师慢慢地把帽子放在窗台上，把我们的练习簿放在桌上，用双手分开燕尾服的后襟（好像这是很必要的），喘息着坐到他的位子上。

"喏，诸位，"他说，一只一只地擦着他发汗的手，"让我们先温习上一课里所说的，然后我便尽力使你们明白后面中古时代的事件。"

这意思是，回讲您的功课。

在佛洛佳带着读熟了功课的人所特有自由与信心回答他的时候，我无目的地向楼梯走去，并且因为我要下楼去是不行的，我不自觉地到了楼梯口，是极其自然的了。但我正要走到门外的惯常的观察地点时，米米忽然碰见了我，她总是我倒霉的原因。

"您在这里吗？"她说，严厉地看了我，又看女仆房间的门，然后又看我。

我因为不在课室里，因为是在这样一个不适宜的地方，觉得自己是十分不对，所以我不作声，垂着头，显出最可怜的懊悔表情。

––––––––––––

① 俄国学校以一分为最低，五分为最高。

"嗬，这是太不像样了！"米米说，"您在这里干什么？"我沉默着。"不行，这是不能不管的，"她重复说，用她的指节敲着楼梯栏杆，"我要统统告诉伯爵夫人。"

当我回课室时，已经是三点欠五分。教师似乎不注意我在不在，向佛洛佳解释下一课。当他解释完毕，开始把练习本聚拢而佛洛佳到另一个房间去拿课票时，我有了这个安慰的思想——一切完毕，把我忘记了。

但忽然教师带着恶意的笑容转向我。

"我想，您读熟您的功课了。"他擦着手说。

"我读熟了，先生。"我回答。

"就劳驾告诉我一点关于圣·路易十字军远征的事情吧，"他说，在椅子里摇着，思索地看着他的脚下边，"您先告诉我，促使法王加入十字军的理由是什么，"他说，抬起眉毛，把手指指着墨水瓶，"然后说明那次远征的一般的特点，"他继续说，动着他的整个的手，似乎他要抓住什么，"最后，说那次远征对于欧洲国家一般的影响。"他说，用练习本打桌子左边，"以及特别对于法兰西王国的影响，"他说完，打着桌子右边，把头向右边偏着。

我咽了几下口液，咳嗽，把头偏向一边，沉默着。然后我拿起在桌上的一杆翻笔，开始把它折碎，并且老是沉默着。

"把翻笔给我，"教师伸着手向我说，"它还能用。喏，少爷？"

"卢道……卡尔……圣·路易是……是……是……一位仁慈而聪明的沙皇……"

"什么？"

"一位沙皇。他想到耶路撒冷去，把政权交给了他的母亲。"

"她是什么名字？"

"不……不……兰卡！"

"什么？布兰卡？"

我不知怎么的勉强地不舒服地冷笑了一下。

"喏，少爷，您不知道别的了吗？"他讽刺地说。

我没有耽搁时间，我咳嗽了一下，开始说出我心中所想到的任何东西。教师没有说什么：他用他从我这里拿去的翎笔扫着桌上的灰尘，注意地从我耳朵旁边看过去，重复说："很好，少爷，很好。"我觉得我什么也不知道，我的言语完全不合适，我看到教师不阻止我不纠正我，觉得异常痛苦？

"为什么他想到耶路撒冷去？"他说，重复我的话。

"为了……因为……由于……为了……"

我简直为难了，没有再说一个字，并且觉得，即使那个浑蛋教师沉默着向我疑问地看一年，我也不能够再发出一个声音了。教师向我看了大约三分钟，然后他忽然在他的脸上显出了深沉愁闷的表情，并且用动情的声音向刚进房的佛洛佳说：

"把本子给我记分数。"

佛洛佳把本子送给了他，小心地把课票放在旁边。

教师打开本子，从容地把翎笔蘸了墨水，用优美的笔法在成绩与品行下替佛洛佳写了五。然后把翎笔停在我的分数栏上，他看着我，抖下了一点墨水，思索着。

忽然他的手做了不易察觉的动作，在第一栏中出现了一个写得很好看的一和点子；做了另一动作，在品行栏中出现了另一个一和点子。

小心地合上了分数本，教师站起来走到门前，好像他没有注意到我的表现着失望、恳求与责备的目光。

"米哈益·拉锐奥内支！"我说。

"不，"他说，已经知道我要向他说什么，"这样读书是不行的。我不愿意白白拿钱。"

教师穿上他的套鞋和驼绒大衣，很细心地系了一条领巾。在我所发生的事情之后，似乎可以关心什么事情了吧？对于他是笔一挥，而对于我却是最大的不幸。

"功课完了吗?"圣·热罗姆走进房来问。

"完了。"

"教师对您满意吗?"

"是的。"佛洛佳说。

"你得了几分?"

"五分。"

"尼考拉呢?"

我沉默着。

"好像是,四分。"佛洛佳说。

他明白了,必须救我,即使只是为了当天。让他们处罚我吧,只要不是在我们有客人的当天。

"Voyons, messieurs!(哦,诸位!)"圣·热罗姆在每句话中有说"Voyans(哦)"的习惯,"Faites votre toilette, et descendons.(你们打扮一下,我们下楼去吧。)"

第十二章　小钥匙

　　我们刚刚下了楼向全体客人问好，便被叫去吃饭了。爸爸是很愉快（这时候他赢了钱），给了琉宝琦卡一套贵重的银茶具，在吃饭时，他想起了，他还丢了替过命名日的女孩所预备的一个糖果盒在厢房里。

　　"何必要派用人呢，还是你去的好，考考，"他向我说，"钥匙是在大桌上的贝壳里，知道吗？……那么你拿了钥匙，用最大的钥匙开右边的第二个抽屉。在里面你会找到盒子，糖果在纸里，全拿来。"

　　"要把雪茄带给你吗？"我问，知道他在饭后总是去拿的。

　　"带来，但当心不要动我的东西！"他在我后边说。

　　在指定的地方找到了钥匙，我便想打开抽屉，这时我却想要知道，挂在同一串结上的小钥匙是开什么的。

　　在桌上的无数物品之间，一个有挂锁的绣花公文夹靠着桌槛，我想试试看，小钥匙是否合上它。试验获得完全的成功，公文夹打开了，我在里面找到了整堆的文件。好奇心那么有说服力地劝我看看这些文件是什么，以致我来不及倾听良心的声音，就开始观看公文夹里的东西。

　　……

　　儿童对于一切大人们的、尤其是对于爸爸的无条件的尊敬，在我心中是那么强，以致我的理智不自觉地拒绝了对于我所见的东西作任何的结论。我觉得，爸爸应该生活在十分特别、美丽、而对我是不可了解、不可思议的天地中，而极力想要洞察他的生活秘密，乃是我这方面的一种亵渎的行为。

　　因此，几乎是我在爸爸公文夹中偶然所得的发现，除了我做了坏事这个模糊的意识而外，没有在我心中留下任何明白的概念。我觉得羞耻而不安。

在这个心情的影响之下，我想尽可能迅速地锁上公文夹，但显然我是注定了要在这个可纪念的日子受到一切可能的不幸：把钥匙放进了钥匙眼里，我把它的方向转错了；我设想是锁起来了，拔出钥匙，而——可怕啊！——我手里只有钥匙的把子了。我徒徒地设法把它和丢在锁里的一半合到一起，并由某种魔术的力量把它从里面拿出来；最后不得不有这可怕的思想了，就是我犯了新的罪，这在当天爸爸回书房时一定要被发觉的。

米米的抱怨，一分和钥匙，我不会发生更不幸的事情了。祖母——因为米米的抱怨，圣·热罗姆——因为一分，爸爸——因为钥匙……这一切不会迟到今天晚上就要落在我的身上了。

"我会怎么样呢？！啊！啊！我做了什么呢？！"我出声地说，在书房的软地毡上徘徊着，"唉！"我向自己说，取出糖果和雪茄，"在数难逃啊……"于是跑回屋里去了。

我在幼年听尼考拉所说的这个宿命论的格言，在我生活的一切困难时候，对我发生过有益的、暂时安慰的效用。进大厅时，我是在几分兴奋而不自然却极愉快的心情中。

第十三章　女奸人

饭后petits jeux（小游戏）开始了，我极其热烈地参加了这些游戏。在玩“猫子老鼠”时，我不知怎的，笨拙地对着和我们同玩的考尔那考发家的女教师跑去，无意踏上了她的衣服，把它弄破了。我注意到，所有的女孩，尤其是索涅琦卡，大为高兴地看到女教师带着苦恼的神色走到女仆房间里去缝她的衣服，我决心再使她们这么高兴一次。由于这个好意的动机，在女教师刚刚回到房间里时，我便在她四周跑着，并且继续着这个表演，直到我找到了适当时机让我的脚跟再踏上她的裙子，把它弄破。索涅琦卡和女公爵们忍不住笑声，这极其愉快地满足了我的自尊心；但圣·热罗姆，想必是注意到我的恶作剧，走到我面前，皱着眉（这是我不能忍受的），说我似乎不是向着好处在玩，又说假如我不更有礼貌些，则虽然是在节日，他也要使我后悔的。

但我是在兴奋的心情中，好像一个人输得超过了他口袋中所有的钱，不敢计算他的账目，却继续在赌孤注一掷的、没有希望捞回的纸牌，只是为了不让自己有神志清明的时间。我大胆地微笑了一下，离开了他。

在“猫子老鼠”之后，有人提出了一种似乎被我们叫作Lange Nase（长鼻子）的游戏。这种游戏的要点，就是相对地摆两排椅子，女子和男子分成两边，轮流地每人选择对方另一个人。

最小的女公爵每次选最小的伊文，卡清卡或选佛洛佳或选依林卡，索涅琦卡总是选塞饶沙，令我极为诧异的是，当塞饶沙对直地走来坐在她对面时，她一点也不怕羞。她笑着可爱的洪亮的笑声，并且向他点头表示他猜中了。没有人选我。极为损伤我的自尊心的是，我明白了我是多余的，剩下的，关于我每次都有人说：还剩下了谁？"是尼考林卡啊，那么你就选他吧。"因此，轮到我走出时，我对直地或是走到姐姐那里，或是走到丑陋的女公爵之一那里，但不幸，从来没有错过。索涅琦卡似乎是那么关心塞饶沙·伊文，以致我对于她是完全不存在的。我不知道，在什么立场上我心里称她为女奸人，因为她从未允许过选我而不选塞饶沙；但我坚决地相信她对待我是极卑鄙的。

游戏之后，我注意到，女奸人——我轻视她，却不能够让我的眼睛离开她——同塞饶沙和卡清卡一道走到角落里，神秘地谈着什么。我藏到钢琴的后边，以便发现他们的秘密，我看见了如下的事情：卡清卡拿着麻纱手帕的两角像屏幔一样，用它遮住塞饶沙和索涅琦卡的头。"不；您输了，现在算账吧！"塞饶沙说。索涅琦卡，垂着手，站在他面前，好像有罪，并且红着脸说："不，我没有输，我不是，Mlle Catherine？"卡清卡答回说："我爱真理，你输了赌注，ma chère！"

卡清卡刚说完这话，塞饶沙便弯腰吻了索涅琦卡。并且是那么对直吻了她的红唇。索涅琦卡笑起来了，好像这是无所谓的，好像这是很愉快的。可怕！！！哦，阴险的女奸人！

第十四章　暗晦

我忽然感到对于一般女性的轻视，特别是对于索涅琦卡；我开始使我自己相信，在这些游戏里面，没有任何有趣的地方，它们只宜于小女孩们，我极其想要胡闹，做一种教大家吃惊的勇敢的恶作剧。机会不久就有了。

圣·热罗姆和米米说了什么，走出房间；他的脚步声起初是在楼梯上，然后是在我们头上，向着课室去的。我想，米米向他说了，在上课时她在什么地方看见了我，而他是去看成绩簿。我那时候认为，圣·热罗姆除了要处罚我，在他的生活上没有别的目的了。我在什么地方看过的，从十二岁到十四岁的，即是在少年的转变期间的孩子，是特别倾向于纵火，甚至杀人。想到自己的少年，特别是我在那个不幸的日子里所有的心情，我极清楚地想起了最可怕的犯罪之可能，它没有目的，没有伤害之意，而不过是由于好奇，由于不自觉的需要活动。

有些时候，人觉得未来是那么暗晦，他不敢想到它，完全停止他的理智的活动，并且极力要使自己相信，未来是不会有的，过去是不曾有的。在这种时候，就是理智不预先考虑意志的每个决定，而生活的唯一的动力乃是肉体的本能——在这种时候，我明白，小孩子，由于没有经验，是特别倾向于这种情形，就是没有丝毫犹疑与恐惧，带着好奇的笑容，在他所钟爱的父母、弟兄们所睡的屋子里放起并煽动火灾。在这种暂时没有思想——几乎是没有脑筋的影响之下，一个十七岁左右的农家青年，看到他的老父俯伏着睡觉的凳子旁边刚刚磨快的斧头的刃，忽然挥动斧头，带着愚蠢的好奇心，看着血从破颈子上流到凳下；在这同

样的没有思想以及本能的好奇心的影响之下，一个人觉得这样是一种
乐趣，就是，站在悬崖的边上，想着："假如我跳下去，会怎样呢？"或
者把实弹的手枪放在额上，想着："假如我扳动枪机，会怎样呢？"或者
看着什么很重要的，是大家所屈意奉承的人，想着："假如我走到他面
前，抓住他的鼻子，说'好了，亲爱的，我们走吧'，会怎样呢？"

就是在这种内心激动与没有思考的影响之下，当圣·热罗姆下楼来
向我说，因为我的举止与读书是那么坏，我今天没有权利在这里，我要
立刻上楼去的时候，我向他伸了舌头，说我不离开这里。

在最初的时候，圣·热罗姆由于惊讶与愤怒，一个字也说不出来。

"C'est bien（好的），"他赶着我说，"我已经向您说过几次要处罚
您的，您的祖母却要饶您；但现在我看到，除了棍子，没有东西会使您
听话，您今天是应该挨打的。"

他这话说得那么高，大家都听见了。血液异常有力地流进了我的
心；我感觉到，我的心跳得很凶，红色离开了我的脸，我的嘴唇全然不
自觉地发抖了。我那时候一定是可怕的，因为圣·热罗姆避开着我的目
光，迅速走到我的面前，抓住我的手臂；但我刚刚感觉到他的手碰我，
我便是那么恼火，以致我愤怒忘形，抽出了我的手，用我全部的儿童力
量打他。

"你有了什么事情？"佛洛佳走到我面前，恐惧而惊讶地看着我的行为。

"不要管我！"我含着泪向他叫着，"你们没有一个人欢喜我，不知
道我是多么不幸！"我气得发狂地向所有的人添说，"你们都是恶劣的，
讨厌的。"

但正在这时候，圣·热罗姆带着坚决的发白的脸，又走到我面前，
我还不及准备防御，他已经用强力的动作，好像钳子一样，抓住我的两
臂，把我拖走了。我的头兴奋得发晕了；我只记得，我拼命地用头和膝
盖挣扎着，直到我精疲力竭的时候；我记得，我的鼻子几次碰到什么人
的大腿，有谁的礼服碰进了我的嘴里，我听到在我四周有谁的脚步，闻

到灰尘气味和圣·热罗姆所搽的紫罗兰香水。

五分钟后，我背后堆藏室的门关闭了。

"发西利！"他用可憎的胜利的声音说，"拿棍子来！……"

第十五章　幻想

难道我那时候能够想到，在我所遭受的这一切的不幸之后我还会活下去，并且会有一个时候我要心平气和地回想它们的吗？……

回想着我所做的事，我不能想象我会发生什么事；但我模糊地预感到，我是不可挽救地毁灭了。

起初在我下边和四周是完全的寂静，或者至少，由于我内心的太强烈的兴奋，我觉得是那样的，但渐渐地渐渐地，我开始辨得出各样的声音了。发西利从下面上来，丢了什么东西在窗台上，好像是笤帚，他打着呵欠，躺在箱子上了。楼下传来奥古斯特·安托内支的大声音（他一定是说道我），然后是孩子们的声音，然后是笑声，跑动声，几分钟后，家里的一切照旧进行着，好像没有人知道，也没有人想到，我是坐在黑暗的堆藏室里。

我没有哭，但有什么沉重的东西，好像石头一样，压在我的心里。思想与意象加速度地在我的混乱的想象中闪过；但关于我所遭受的不幸的回想，不停地打断它们的奇妙的链索，我重新陷入了没有出路的绝境：不知我当前命运如何，又失望，又恐惧。

时而我想，他们都不爱我，甚至恨我，必定有什么不可知的原因。（这时，我坚决地相信，从祖母到车夫非力卜，都恨我，并且以我的痛苦为乐。）"我一定不是我母亲和我父亲的儿子，不是佛洛佳的弟弟，而是不幸的孤儿，由于慈善而收养的弃儿。"我向自己这么说，这荒谬的思想不仅给予我一种悲惨的安慰，而且甚至显得是十分真实的。我高兴地想到，我不幸，不是因为我有罪，而是因为自我出世以来，我的命运就是如此的，我的命运类似不幸的卡尔勒·伊发内支的命运。

"但是我自己已经看穿了这个秘密，为什么还要保守它呢？"我向自己说："明天我要到父亲面前去向他说：'爸爸，你白白地对我隐瞒了我身世的秘密；这我晓得了。'他将要说：'有什么办法呢，我的朋友，这迟早你会知道的——你不是我的儿子，但我收了你做养子，假若你值得上我的爱，我就永不遗弃的。'我要向爸爸说：'爸爸，虽然我没有权利叫你这个名字，但我现在叫最后的一次，我一向爱你，要永远爱你，永不忘记你是我的恩人，但我不能够再留在你家里了。这里没有人爱我，圣·热罗姆立誓要我毁灭。他或者我，一定要离开你的家，因为，我不能替自己负责，我恨这个人到了那样的程度，我准备什么都干，我要杀死他。'就这么说吧：'爸爸，我要杀死他。'爸爸会开始求我，但我要摇手，向他说：'不，我的朋友，我的恩人，我们不能够住在一起，让我走吧。'于是我要抱他，向他说，因为某种缘故用法语：'Oh, mon père, oh, mon bienfaiteur, donne-moi pour la dernière fois ta bénédiction, et fque la volonté de Dieu soit faite! （噢，我的父亲，噢，我的恩人，最后一次把你的祝福给我吧，让上帝的意志实现吧！）'"我坐在黑暗的堆藏室的箱子上，想到这里便啜泣了。但忽然我想起那等着我的可耻的处罚，现实把真相呈现给我，幻想顿然飞散了。

时而我设想我自己是已经自由了，不在我们家里了。我当了骠骑兵，并且去打仗。敌人在各方面向我冲来，我挥动长刀，杀死了一个，又挥动一次，又杀死一个，又杀死第三个。最后因为创伤与疲倦，我累了，我跌倒在地上，喊叫："胜利！"将军来到我面前，问："我们的救主——他在哪里？"他们向他指示了我，他抱了我的颈子，带着快乐的眼泪喊叫："胜利！"我复原了，带着用黑布吊着的手，在特维尔树荫大道上散步。我是将军了！但此刻皇帝遇见我，问："这个受伤的青年是谁？"他们告诉他说，这是有名的英雄尼考拉。皇帝走到我面前说："谢谢你。你要我做什么，我就去做什么。"我恭敬地鞠躬，倚着长刀，说："伟大的皇帝，我庆幸我能够为我的祖国流血，我愿为它死；但假若你是那么仁慈，就让我求你，我只要求一件事——让我消灭我的敌人，外国人圣·热罗姆。"我严厉地站在圣·热罗姆的面前，向他说："你造成了我的不幸，á genoux!（跪下！）"但忽然我想到，真正的圣·热罗姆会随时带着棍子走进来，我又不把我自己看作拯救祖国的将军，而是最不幸而悲惨的人物了。

时而我想到上帝，我大胆地问他，为什么他要处罚我？"我觉得我没有忘记过早晚祈祷，为什么我受痛苦呢？"我能够肯定地说，在那时我有了曾在我少年时代烦扰过我的那宗教怀疑的第一步，不是因为不幸使我走向抱怨与不信仰，而是因为关于天意不公平的思想，在完全精神混乱与整日孤独的时候，进了我的脑子，好像罪恶的种子，在雨后落在疏松的土地上，迅速地开始长大并且生根。

时而我设想我一定要死，并且生动地想象着圣·热罗姆在堆藏室里发觉了不是我而是死尸时的惊讶。想起娜塔丽亚·萨维施娜的故事说道死人的魂灵要在家里留四十天，我幻想在死后，成了不可见的人，在祖母家的各房间里走动，听到琉宝琦卡的真诚的流泪，祖母的哀伤，爸爸和奥古斯特·安托内支的谈话。"他是出色的孩子。"爸爸在眼里含着泪说。"是的，"圣·热罗姆说，"但他是大顽童。""你应该尊重死人，"爸爸说，"您是他死的原因，您吓唬了他，他不能够忍受您为他所准备的侮辱……走开吧，坏蛋！"

于是圣·热罗姆跪下来，要哭了，并且求饶。四十天后，我的魂灵飞上了天；我在天上看到异常美丽的、白色的、透明的、长长的东西，我觉得那是我的母亲。这个白色的东西围绕着抚爱着我；但我觉得不安，好像不认识她。"假若这真是你，"我说，"你就向我显清楚一点，让我能够抱你。"于是她的声音回答我说："在这里我们都是这样的，我不能够抱你更紧了。你觉得这样不好吗？""不，我觉得很好，但你不能够搔我，我不能够吻你的手……""这是不需要的，在这里这样好极了。"她说。我觉得这真是好极了，于是我和她一同越飞越高了。这时候我似乎醒了，又发觉我是在黑暗的堆藏室的箱子上，带着泪湿的腮，毫无意义地老是说这话："我们越飞越高。"我很久地做了各样的努力，以便明白我的处境，但在现实中，我的精神视线只感觉到一个非常幽暗而不可穿透的距离。我力求重新回返到那安慰的、愉快的、被现实的意识所打断的幻想里去；但，令我惊异的是，我刚刚踏入先前的幻想的轨辙，我便发觉，它们的继续是不可能的，而最奇怪的是，这再也不给我丝毫的快乐了。

第十六章　终于无事

我在堆藏室中过了夜，没有人来看我；直到第二天，即是星期日，我才被移转到课室隔壁的小房间里，又被关闭起来。我开始希望我的处罚限于禁闭，并且在甜蜜酣沉的睡眠、照着窗上凝冻的霜花的明亮太阳，以及街道上昼间通常的喧嚣的影响之下，我的思想开始宁静了。但孤独仍然是很难受的：我想走动，向什么人说出我心中所集聚的一切，但在我四周没有一个活的人物。这种情况是更加不愉快了，因为，虽然我觉得讨厌，我却不能够不听到圣·热罗姆在他的房里走动着，十分安心地吹嘘着一些愉快的调子。我充分相信，他一点也不想吹嘘，但他做这个，只是为了折磨我。

两点钟圣·热罗姆和佛洛佳下楼了，尼考拉送了饭来给我，当我同他说道了我所做的和等待着我的事情，他说：

"哎，少爷！不要愁，事情就会了结的。"

虽然这个格言，后来多次支持了我的坚决精神，那时候给了我一点安慰，但他们不但送给我面包和水，而且是全餐，甚至有点心小圆糕，正是这件事使我用心地深思了。假使他们不送给我小圆糕，那意思便是，他们用禁闭处罚我，但现在却是，我还未受处罚，而只是把我当作一个有害的人和别人隔开了，处罚还在将来。当我注神地在解决这个问题时，在我的牢室的锁里有钥匙转动了，圣·热罗姆带着严厉的官派的脸走进了房。

"到祖母那里去吧。"他不看着我说。

在出房之前，我想擦干净我的沾了粉笔灰的上衣袖子，但圣·热罗姆向我说，这是完全不必要的，好像我已经是在那么可怜的精神状态中，我的外表是值不得关心的了。

卡清卡，琉宝琦卡，佛洛佳，在圣·热罗姆拉着我的手臂领我穿过大厅时，带着完全是我们通常看囚犯们在星期一从我们窗下走过时的那种表情看我。当我走到了祖母的圈椅那里，打算吻她的手时，她转过身去，把手藏到外套的下边。

"是的，我亲爱的，"她在很长久的沉默之后向我说，在沉默时，她用那样的目光从头到脚看我，以致我不知道要把我的眼睛和手向哪里放，"我可以说，您很重视我的爱，您是我真正的安慰。圣·热罗姆先生，应我的请求，"她添说，拖长着每个字，"担任您的教育，他现在不愿再留在我家里了。为什么？因为您，我亲爱的。我希望，您要知道感谢，"她稍停，又继续用那样的语调说，这语调证明她的话是预先准备的，"感谢他的照管和辛苦，您要能够重视他的功劳，但您，乳臭的孩子，小孩儿，竟敢向他动手。很好，好极了！！我也开始以为您不能明白高尚的待遇，对于您要用别的下等的办法了……你马上就求饶，"她指着圣·热罗姆，用严厉命令的口气说，"你听见了吗？"

我向祖母所指的方向看去，看见了圣·热罗姆的上衣，我转过身，没有离开站的地方，又开始觉得心神紧张了。

"怎么？您没有听见我向您说的话吗？"

我全身发抖，但没有离开站的地方。

"考考！"祖母说，想必注意到我所受的内心痛苦了，"考考，"她用与其说是命令的毋宁说是亲切的声音说，"你是这样的吗？"

"祖母！我无论怎样也不向他求饶……"我说，忽然停住，觉得，假如我再说一个字，我便不能约制那阻塞我的眼泪了。

"我命令你，我要求你。你为什么？"

"我……我……不愿……我不能够。"我说，于是集聚在我胸部的被约制的啜泣，忽然冲破了阻塞它的障碍，发为不顾一切的泪流了。

"C'est ainsi gue vous obéissez à votre seconde mère, c'est ainsi que vous reconnaissez ses bontés. （你便是这样顺从你的第二个母亲，你便是这样报答她的恩惠。）"圣·热罗姆用悲惨的声音说："a genoux！（跪下！）"

"我的上帝，假使她看到这个就好了！"祖母说，转过身去，擦着流出的泪，"假如她看见了……一切都更好了。是的，她忍受不了这种悲哀的，她忍受不了的啊！"

祖母哭得越来越凶了。我也哭了，但我不想求饶。

"Tranquillisez-vous au nom du ciel, m-me la comtesse. （为了上帝情分您平了气吧，伯爵夫人。）"圣·热罗姆说。

但祖母不再听他的话，她用手蒙了脸，她的啜泣很快地变成了呃噎和神经发作。米米和加莎带着惊惶的脸色跑进房来，发出什么酒精的气味，于是忽然全家有了跑动声和低语声。

"看看您干的事吧。"圣·热罗姆说，领着我上楼。

"我的上帝，我做了什么啦！我是多么可怕的罪犯呀！"

圣·热罗姆向我说了要我进自己的房，他刚刚下了楼，我没有让自己明白我在做什么，便从通达街道的宽楼梯上跑下去了。

我是想完全脱离家庭，抑是投水自尽，我记不得了；我只知道，为了谁也不看，我用手蒙了脸，顺楼梯越跑越远了。

"你到哪里去？"忽然一个熟识的声音问我，"我正要找你，亲爱的。"

我想从他身旁跑过去，但爸爸抓住我的手臂，严厉地说：

"同我一阵走，你这家伙，你怎么敢动我书房里的公文夹，"他说，领我跟他进了小起居室，"啊？为什么你不作声？啊？"他添说，拉了拉我的耳朵。

"别怪我，"我说，"我自己不知道我是怎么回事。"

"啊，你不知道是怎么回事，不知道，不知道，不知道，不知道，"他重复着，每说一句，拉一拉我的耳朵，"你以后要不要多事了？要不要？要不要？"

虽然我觉得耳朵上非常之痛，我并没有哭，却体验到愉快的道德的情绪。爸爸刚放了我的耳朵，我便抓住他的手，带着眼泪，开始接连吻他的手。

"再打我吧，"我含着泪说，"打凶一点，打痛一点，我是没有用的，我是恶劣的，我是不幸的人！"

"你有了什么事情？"他说，轻轻地推开我。

"不，无论怎样，我不走开了，"我说，抓住他的衣服，"大家都恨我，我知道这个，但为了上帝的缘故，你听我说吧，或者是保护我，或者是把我从家里赶出去。我不能够和他住在一起，他用各种方法尽力侮辱我，命令我跪在他面前，要鞭打我。我不能忍受这个，我不是小孩儿，我忍受不了这个，我要死了，我要自杀。他向祖母说我没有用；她现在病了，她因为我要死了，我……和……他……为了上帝的缘故，鞭打吧……为……什么……要折……磨……"

眼泪塞住了我，我坐在沙发上，不能够再说了，把头垂在他的膝上，那样地哭泣着，我觉得，我应该就在那一顷刻死掉。

"你说什么，孩子！"爸爸同情地向我弓着腰说。

"他是我的暴君……折磨者……我要死了……谁都不爱我！"我几乎不能说话，我发生痉挛了。

爸爸抱着我，把我送进了卧室。我睡着了。

当我醒来的时候，已经很迟了，有一支蜡烛点在我的床边，在房间里坐着我们的家庭医生、米米和琉宝琦卡。从他们的脸上看得出，他们因为我的健康而担心。我在十二小时的睡眠之后觉得自己是那么舒服而安适，假如不是我觉得，不让他们相信我的病很重乃是不愉快的事，我就马上要从床上跳起来了。

第十七章　憎恨

是的，这是真正的憎恨情绪，不是那种只在小说里写到而我所不相信的憎恨，那种好像要以损害他人为快事的憎恨，而是这样的憎恶，它引起您对于一个仍然受你尊敬的人的不可遏制的讨厌，令您觉得他的头发、颈子、步态、声音、他的四肢、他全部的动作是讨厌的，同时，一种不可理解的力量把您向他吸引，并且使您心神不安地注意他的最微细的行动。我对圣·热罗姆体验到这种情绪。

圣·热罗姆在我们家里已经住了一年半。现在冷静地批评这个人，我认为他是一个很好的法国人，而且是极端的法国人。他并不愚蠢，很有学问，诚挚地对我们尽着他的职责，但他具有法国人所共有的而与俄国人性格那么相反的显著特质——轻浮的自我主义，虚荣，傲慢，愚昧的自信。这一切我都很不欢喜。不用说，祖母向他说过她对于体罚的意见，他不敢打我们；虽然如此，他却常常用棍子威吓，尤其是对我，他那么可憎地带着那样的音调说fouetter（打）（近似fouatter），好像打我就会给他最大的快乐。

我一点也不怕处罚的痛苦，从来没有经验过，但圣·热罗姆或许打我，单是这个思想就把我引入郁郁失望与怨恨的痛苦情况中。

有时候，卡尔勒·伊发内支在发恼时，亲自用尺或吊裤带对付我们，但我想到这个，没有丝毫苦恼。甚至在我现在所说道的那时候（当我十四岁的时候），假如卡尔勒·伊发内支打我，我会冷静地忍受他的殴打。我爱卡尔勒·伊发内支，从我能记得自己的时候便记得他，我惯于把他看作自己家里的人；但圣·热罗姆是一个骄傲的自满的人，对于他我什么感觉也没有，除了所有的大人向我授意的那种非自愿的尊敬。卡尔勒·伊发内支是可笑的老助教师，我从心里爱他；但在我对于社会地位的幼稚概念中，我仍然认为他比我低。圣·热罗姆，相反，是有教养的漂亮的年轻的公子哥儿，极力想要和所有的人平等。

卡尔勒·伊发内支总是冷淡地斥责、处罚我们，显然是，他认为，这虽然是必要的，却是不愉快的职责。圣·热罗姆，相反，欢喜摆出教师的架子；显然是，当他处罚我们时，他是为了自己的高兴而不是为了我们的好处才这么做的。他自以为了不起。他在最末音缀上用重音，用accent circonflex（抑扬音）所说出的美丽的法语，在我看来，是不可言形地讨厌。卡尔勒·伊发内支，发火时，说"傀儡戏，顽皮孩子，香槟酒的苍蝇"。圣·热罗姆却叫我们mauvais sujet, vilain garnement（坏家伙，下流）等侮辱我的自尊心的称呼。

卡尔勒·伊发内支，使我们面向角落跪着，处罚乃是由于这种姿势所产生的身体疼痛；圣·热罗姆却挺起胸膛，用手做出威严的姿势，用悲惨的声音喊叫："à genoux, mauvais sujet！"（跪下，坏家伙！）命令我们面向他跪着并且求饶。处罚乃是侮辱。

他们没有处罚我，甚至没有人向我提起我所发生的事；但我不能够忘记我所体验的一切：在这两天的失望，羞耻，恐惧，憎恨。虽然从此以后圣·热罗姆似乎不管我，几乎不注意我，我却不惯于淡漠地看待他。每次我们的眼睛偶然相遇时，我觉得我的目光里表现了太明显的憎恶，于是我连忙做出淡漠的表情，但那时我觉得，他知道我的装假，我便脸红，掉转身了。

一言以蔽之，和他发生无论什么样的关系，我都觉得无法形容地难受。

第十八章　女仆房

我觉得自己是越来越孤独，而我的主要的乐趣是独自沉思和观察。关于我的沉思的对象，我要在下一章里说；我的观察的场所主要的是女仆房，在这里进行着一个对于我是极有趣而动人的恋爱事情。这个恋爱事件的女角，不用说，是玛莎。她爱上了发西利，当她还在自家的时候，他便认识她，并且那时候就答应了娶她。命运先前把他们分开了五年，又使他们在祖母家会合，但是又使尼考拉（玛莎的叔叔）做了他们互爱的障碍，他不愿听到自己侄女和发西利结婚，他认为他是不适当的不可管教的人。

这个障碍使得先前在态度上冷淡的粗心的发西利忽地爱上了玛莎，他爱得那样，只有穿粉红衬衣的、头发搽香油的、做裁缝的家奴才能够有这样的爱情。

虽然他的爱情的表示是极其奇怪而不合适（例如，他遇见玛莎时，总是极力使她痛苦，或是捏她，或是用手掌打她，或是那么用力地压她，使她几乎不能透气），但他的爱情是忠实的，并且有这件事证明，就是，当尼考拉毅然拒绝他的侄女嫁给他时，发西利开始喝酒浇愁，开始进酒店，不守规矩，总之，他的行为是那么恶劣，以致屡次受到警察局里的可耻的处罚。但这些行为和它们的后果，在玛莎的眼里，似乎是功绩，更增加了她对他的爱。当发西利关在警察局里时，玛莎整天眼泪不干地哭着，向加莎（她对于不幸的爱人们的事件是很开心）诉述她的苦命，并且不顾叔叔的责骂与殴打，暗自跑到警察局去会见安慰她的朋友。

读者，不要轻视我领您去看的这些人。假如在您心中，爱与同情的弦没有松弛，那么在女仆房里便会遇到他们所要反应的声音。无论您愿意或不愿意跟随我，我可正要到楼梯口去了，在那里我可以看到女仆房里所发生的一切。那里是火炉架，上面放着熨斗，破鼻子的硬纸玩偶，盆子，盆架；那里是窗子，上面凌乱地放着一块黑蜡，一卷绸子，一个吃过的青黄瓜和糖果盒；那里是大红桌子，在桌上，在未做完的针黹上放着一个罩了印花布的砖，她坐在桌前，穿着我所欢喜的粉红色麻布衣服，扎着蓝首巾，它特别引我注意。她在缝纫，时而停下来，用针搔头，或调理蜡烛，我看着并且想："她有明亮的蓝眼睛，浅黄色大发辫和高胸脯，为什么不生下来是小姐呢？好像是她应该坐在客厅里，戴着有粉红缎带的帽子，穿大红绸袍，不是米米所穿的那样的，而是我在特维尔树荫大道所见的那样的。她就在绣花架前做针线，我就在镜子里看她，无论她需要什么，我都替她去做：替她披斗篷，我亲自递送饮食给她……"

发西利在垂在裤腰外边的红色脏衬衫的上面穿着紧窄的礼服，他有多么醉态的脸和多么讨厌的身材呀！在他的每一身体动作中，每一脊背弯曲中，我觉得，我看见了他所受的讨厌的处罚之无疑的表征……

"怎么，发夏，又来了？"玛莎说，把针插在垫子上，没有抬头迎接进房的发西利。

"怎办呢？他哪里会做出好事，"发西利回答，"但愿他决定一个什么办法。不然，我要毁灭了，无缘无故的，全都因为他。"

"您要喝茶吗？"另一个女仆娜姣沙说。

"多谢多谢。可是那个贼，你的叔叔，为什么恨我，为什么？因为我有合适的衣服，因为我的漂亮，因为我的步子。总之，哎——吗？"发西利摇着手说。

"人应该顺从，"玛莎说，嚼着线，"但您总是……"

"我不能再忍受了，就这样了！"

这时候听到了祖母房里的门的响声，和走近楼梯口的加莎的埋怨声。

"当她自己也不知道她想要什么的时候，就会满意了……可咒的生活，囚犯的生活！但愿一桩，主饶恕我的罪恶吧。"她咕噜着，摇着手臂。

"我向阿加菲雅·米哈洛芙娜敬礼。"发西利说，起来迎她。

"您走开吧！哪有工夫看你的敬礼，"她威吓地望着他回答，"你为什么到这里来了？男的要到女仆房里来吗？……"

"我想知道你的健康。"发西利羞怯地说。

"就要死了，我的健康就是这样的！"阿加菲雅·米哈洛芙娜更加愤怒地大声地说。

发西利笑起来了。

"没有可笑的地方，我要你走的时候，你就走开！看吧，脏家伙，也要讨老婆，贱货！喂，走吧，走开吧！"

阿加菲雅·米哈洛芙娜跺着脚走进自己的房里，那么猛力地把门一推，连窗子上的玻璃也震动了。

在分壁那边，好久还可以听到，她继演咒骂一切的东西和一切的人，并且咒自己的生活，扔丢自己的东西，打她的爱猫的耳朵后边；最后，门开了一条缝，从门缝里跑出来了被拧起尾巴抛掉的可怜的喵喵叫着的猫。

"看来，我下次来吃茶吧，"发西利低声说，"愉快地再见吧。"

"没有关系，"娜姣沙映着眼睛说，"我正要去看茶炊。"

"但我总要作一个结束，"发西利继续说，娜姣沙刚刚走出房，他便更加靠近玛莎坐着！"或者我直接去到伯爵夫人那里，说出，'如此如此'，或者我抛弃一切，跑到世界的尽头，果真的。"

"我怎么样留下来呢……"

"只有你我舍不得，不然我早——早——已是自由了，果真的，果真的。"

"发夏，为什么你不把你的衬衣带给我洗？"稍停之后，玛莎说，

"你看哟，多么脏。"她添说，拉着他的衬衣的领子。

这时候楼下祖母的铃声响了，加莎从自己的房间里跑出去了。

"喂，下贱的家伙，你要从她那里得到什么？"她说，把看见了她便连忙站起的发西利向门口拖，"你把女孩子弄到这个地步，你还要缠她，看起来。你这个不要脸的，你要看到她的眼泪才快活。走开。这里不要你的魂来。"她转向玛莎，继续说，"你看出了他的什么好地方？你叔叔今天为他把你打少了吗？不，你总是自己的意思：除了发西利·格鲁斯考夫，什么人也不嫁。呆瓜！"

"是的，我什么人也不嫁，什么人也不爱，哪怕是为了他你把我杀死。"玛莎说，忽然落泪了。

我向玛莎看了很久，她躺在箱子上，用她的头巾拭眼泪，我极力要用种种方法改变我对发西利的看法，我想要找出一个观点，从这个观点上他可以在她看来是那么有吸引力的。但，虽然我由衷地同情玛莎的不幸，我怎样也不能明白，玛莎在我目光中是那么迷人的人物，她怎么会爱上发西利。

"当我长大时，"回到楼上自己房间时，我和自己谈论着，"彼得罗夫斯考田庄要归我，发西利和玛莎要成为我的家奴。我将坐在书房里抽烟斗，玛莎拿着熨斗往厨房里去。我要说：'把玛莎叫到我这里来。'她来了，没有任何人在房里……忽然发西利进来了，看见了玛莎时，他将说：'我毁灭了！'于是玛莎也哭了；我将说：'发西利，我知道，你爱她，她也爱你，这一千个卢布是给你的，娶了她，上帝给你幸福。'我自己将走进起居室。"

无数的思想与幻想，在理性与想象中，不留任何痕迹地通过了，其中有些留下了深深的、敏感的沟痕；因此，常常地，当你记不得思想的本质时，却想起了头脑里有什么好的东西，感觉到思想痕迹，极力使它再现。为玛莎的幸福——这幸福她只能够在她和发西利的结婚中才找得到——而牺牲我自己的情感，这个思想在我的心中留下了那种深深的痕迹。

第十九章　少年

我难以相信，在我少年时期，我最心爱的、经常的思考对象是那么样的——它们是那么不合乎我的年纪和地位。但在我看来，一个人的地位和道德活动之间的矛盾，乃是真理的最可靠的标志。

我过了一年孤独的、对自己集中注意的、道德的生活，在这一年中，一切关于人类使命，未来的生活，魂灵不朽的抽象问题已经向我出现了；我的幼稚的、脆弱的智慧，带着没有经验的热情，极力想要明了这些问题，它们的提出乃是人类智慧可能达到的最高阶段，但它们的解决却没有给予人类。

我觉得，人类智慧，在每个人心中，是按照它在许多世代中的发展途径而发展的；思想，作为各种哲学理论的基础，乃是智慧的不可分的部分；但每个人，在知道哲学理论的存在之前，便多多少少明白地意识到了思想。

这些思想那么明白显著地向我的智能呈现，我甚至极力要把它们应用在生活中，以为我首先发现了这种伟大而有用的真理。

有一次，我想，快乐并不依靠外因，而是要看我们和那些外因的关系，惯于忍受痛苦的人不会是不幸福的，并且为了使自己惯于受苦，我不顾异常的疼痛，把搭齐施切夫的字典在伸直的手里拿五分钟，或者走到堆藏室，用绳子抽打自己的光脊背，痛得泪水不觉地涌在眼里。

又有一次，我忽然想起了，死亡在每一小时在每一分钟等待着我，我不明白，怎么人们直到此时还不明白这个，我认定了，人除了享受现在而不想到未来，便不会是幸福的——于是，有三天，我在这种思想的影响之下，抛弃了功课，只干这样的事，就是躺在床上，拿看小说与吃蜜糖姜饼作享乐，我把钱都买光了。

又有一次，我站在黑板前，用粉笔画各种图形，忽然想到："为什么对称令眼睛舒服？什么是对称？""这是生来的感觉。"我回答自己。"它是建立在什么东西上的？在生活的一切之中都有对称吗？""相反，这就是生活。"于是我在黑板上画了一个椭圆图形。"死后魂灵进入永恒；这就是永恒。"于是我从椭圆图形的一边引了一条线到黑板边。"为什么在另外一边没有同样的线条呢？是的，确实，怎么能够只有一边有永恒呢？我们一定是在这个生命之前曾经存在，不过我们忘记了它。"

这种思考，我觉得是极新颖而明白的，它的线索我现在难以捉摸了，它使我极为满意，于是我拿了一张纸，想把它写下来；但在这时候，我脑子里忽然集聚了那么一堆思想，使我不得不站起来，在房中走动。当我走到窗前时，运水的马引去我的注意，马夫正在上马具，我的全部思想集中于解决这个问题：这匹运水的马死了时，它的魂将变为什么动物或人呢？这时候，佛洛佳从房里走过，看到我在想什么，便微笑了一下，这笑容足够使我明白，我所想的一切乃是可怕的妄诞。

我说了这个由于某种缘故对我是可纪念的事件，只是为了要读者明白我的思想是什么样的。

但是在一切哲学流派中，我不曾对于任何一种像对于怀疑主义那么迷惑过，它有一个时候使我近于疯狂状态。我以为，在我以外，在全世界上没有任何人和任何东西，物体并非物体，而是意象在我注意它们时才显现的，在我一不想到它们时，这些意象就立刻消失了。总之，我和谢林①的信念相合，即是，存在的不是物体，而是我和它们的关系。有些时候，在这种固定观念的影响之下，我达到了那样的疯狂程度，我有时迅速地同看相反的一边，希望突然在我不存在的地方找到空虚

①　德国哲学家，一七七五——一八五四。

（néant）。

可怜的、毫无价值的、精神活动的动力，就是人的智慧！

我的脆弱的智慧不能理解那不可洞察的东西，在力不胜任的劳作中，我一个一个地失去了那些信念，它们是我应该为了我生活的幸福从来不敢触动的。

在这一切繁重的精神活动中，我什么也未得到，只除了那削弱我意志力的思想敏捷，和那毁坏情绪新鲜与理性明朗的经常精神分析的习惯。

抽象思想之形成，是由于人能够在一定时间，意识到他的精神状态，并将它移入记忆之中。我对于抽象思考的爱好，那么不自然地发展了我心中的意识，以致我常常一开始想到最简单的东西，便陷入了分析自己思想的无出路的圈套，我不复想到那令我注意的问题，而只想到我在想什么。我问我自己：我在想什么？我回答说：我在想我是在想什么。现在我在想什么呢？我在想，我是在想我在想什么：这么一直下去。我想不通了……

然而我所作的哲学发现极为满足了我的自尊心：我常常以为我是伟人，为了一切人类的幸福而发现新的真理，带着对于自身价值的骄傲的自觉，看一切其余的凡人；但，奇怪，当我和这些凡人接触时，我对每一个人羞怯，并且，愈是在自己心目中提高自己，愈是不但不能向别人表现我对于自身价值的自觉，而且甚至不能惯于不为自己的最简单的言语与行动而羞惭。

第二十章　佛洛佳

是的，我愈向下描写我这时期的生活，这对我是愈苦恼愈困难了。我在关于这个时期的回忆中，很少很少发现到那种真正温暖情感的时刻，这情感曾经那么明亮地经常地照耀着我生活的初期。我不觉地想要赶快地越过少年的沙漠，而达到那个幸福的时期，这时候，真正亲切高贵的友情又以明亮的光辉照耀了这段时期的结束，并安置了新的、充满着美与诗的青年时期的开始。

我不要一小时一小时地追随着我的那些回忆，我要迅速地看一下它们当中的最主要的地方，从我的故事所说道的时候，直到我同一个异常的人相接触的时候，这人对我的性格与倾向发生过决定性的良好的影响。

佛洛佳几天之内就要进大学了，教师们已经分别地到他这里来，我带着羡慕与不自觉的敬意，听着他敏捷地用粉笔碰响着黑板，说道函数、正弦、坐标等，我觉得这些乃是不可及的大智的表现。但是有一个星期日，在饭后，全体教师，两个教授，聚集在祖母的房间里，当爸爸和几个客人的面，作大学考试的演习，在演习中，令祖母大为欢喜，佛洛佳表现了异常的学问。他们也在若干门学科中问了我几个问题，但我表现得极坏，教授们，显然的，极力要在祖母面前隐瞒我的无知，这更使我害臊了。然而他们很少注意我：我只有十五岁，因此离考试还有一年。佛洛佳只下了楼来吃饭，他许多整日甚至整晚都在楼上读书，不是出于强迫，而是由于自愿。他是极其自尊的，不愿考取中等，却要优等。

但是初试的日子来到了。佛洛佳穿了青铜纽扣的蓝礼服，戴了金手表，穿了漆皮靴；爸爸的小马车赶到阶台前，尼考拉开车帷，于是佛洛佳和圣·热罗姆往大学去了。女孩们，尤其是卡清卡，带着高兴的欢乐的面孔，从窗子里看着坐在车里的佛洛佳的匀称的身材，爸爸说："上帝保佑，上帝保佑。"祖母也挨到窗前，眼中含泪，向佛洛佳画着十字，并且低语着，直到小马车在街角那边不见了的时候。佛洛佳回来了。都不耐烦地问他："怎样？好吗？多少分？"但是从他的快乐的脸上已经可看出是好了。佛洛佳得了五分。第二天，他们带着同样的胜利愿望与恐惧心情送他，带着同样的不耐烦与高兴迎接他。如是地过了九天。在第十天是最后的最困难的考试——圣典，大家都站在窗前，更不耐烦地等着他。已经两点钟了。佛洛佳还没有来。

"我的上帝，啊哟！！！他们来了！！他们来了！！"琉宝琦卡贴着窗子玻璃喊叫着。

果然，佛洛佳是和圣·热罗姆并坐在小马车里，但已经不是穿蓝礼服，戴灰帽子，而是穿绣花淡青领子的大学生制服，戴三角帽，腰上挂着镶金的刀了。

"假如你活着，就好了！①"看见了穿制服的佛洛佳，祖母喊叫一声，便昏倒了。

佛洛佳带着粲然的面孔跑进前厅又吻又抱我和琉宝琦卡、米米、卡清卡，卡清卡脸红到耳朵边。佛洛佳乐而忘形了。他穿了这种制服多么好看啊！淡青领子多么适合他的刚刚出现的黑胡髭啊！他有多么好的细长的腰和高贵的步伐啊！在那个可纪念的日子，大家都在祖母的房里吃饭，人人脸上映出了喜悦，在吃甜点心的时候，仆役长，带着彬然庄严而又愉快的面色，拿来一瓶裹了布的香槟酒。祖母是在妈妈死后第一次喝香槟，喝干了一整杯，贺着佛洛佳，然后望着他，又欢喜得流泪了。

佛洛佳已经单独坐自己的马车出门，招待自己的熟人，抽烟，赴跳舞会，我甚至亲自看见，有一次他在自己的房里和他的熟人喝了两瓶

---

① 此处系指女性，意即佛洛佳的母亲。

香槟，他们喝每杯酒时祝一些神秘的人健康，并且争论着，谁要得到le fond de la bouteille（瓶底）。不过，他是经常地在家吃饭，饭后如旧地在起居室里坐坐，并且永远神秘地和卡清卡谈着什么；但按照我所听到的——因为我不参与他们的谈话——他们只谈到所读过的小说里的男女主人公、嫉妒、爱情，我怎样也不明白，他们会在这种谈话中找到有趣的东西，为什么他们笑得那么声音尖，争得那么热烈。

在大体上，我注意到，在卡清卡与佛洛佳之间，在幼年友伴的可以了解的友谊之外，还存在着某些奇怪的关系，这把他们和我们分开，并且神秘地把他们俩联系起来。

第二十一章　卡清卡与琉宝琦卡

卡清卡十六岁；她长大了；转变期间的少女所特有的身体消瘦、羞涩、行动笨拙，让位于初放的花朵之和谐的鲜艳与娇媚了；但她没有变。同样的浅蓝色的眼睛和含笑的目光，同样的几乎和额头成一线的直鼻子和结实的鼻孔，同样的有鲜明笑容的小嘴，同样的在粉红透明的腮上的小靥窝，同样的白白的小手……清洁小姑娘这个称呼，仍旧因为什么缘故，对于她是极其相合的。她的新东西只是她的像大人那样的密密的浅黄色的发辫，和小乳房，它的出现显然使她又高兴又羞涩。

虽然琉宝琦卡一向是和她在一起长大受教育的，她在各方面是一个全然不同的姑娘。

琉宝琦卡身材不高，由于佝偻病，她的脚直到此刻还是向内弯，她的身腰是丑陋的。她全身最好的地方只有眼睛，眼睛真是漂亮极了，又大又黑，并且有那种不可抵抗的、愉快的、庄重与单纯之表情，它们不能不引人注意。琉宝琦卡在一切的方面简单，自然；卡清卡却似乎想要像什么人。琉宝琦卡总是对直看人，有时把她的大黑眼睛看着什么人，直到别人责备她说这是无礼时，才把眼睛转开；卡清卡，却相反，垂着睫毛，迷着眼睛，肯定说她是近视，我却很知道，她看东西是很清楚的。琉宝琦卡不欢喜在生人面前装腔作势，当谁在客人面前开始吻她时，她便呶嘴，说她不能忍受温情。卡清卡，相反，在客人面前总是显得对于米米特别温柔，喜欢抱着别的女孩子在大厅里走动。琉宝琦卡非常爱笑，有时，在发笑的时候，摇着胛臂在房里跑；卡清卡，相反，在开始笑时，便用帕子或手蒙着嘴。琉宝琦卡总是坐得笔直，垂手走路；

卡清卡却微微地偏着头，交折着手臂走路。琉宝琦卡在她能够和成年男子说话时，总是非常高兴，说她一定要嫁骠骑兵；卡清卡却说她觉得一切男子都是讨厌的，她永不嫁人，当男人和她说话时，她便变成全然不同的样子，好像她怕什么。琉宝琦卡总是因为把她的胸衣穿得太紧，"不能透气"，而向米米发火，并且欢喜吃东西；卡清卡，相反，常常把手指伸在胸衣的边底下，向我们指明它太宽，并且她吃得极少。琉宝琦卡欢喜画人头；卡清卡则只画花蝶。琉宝琦卡很清晰地弹奏裴尔德的合奏曲，贝多芬的若干奏鸣曲，卡清卡却奏变调与旋舞曲，延缓拍子，踏脚，不断地用脚踏板，在开始奏什么之前，先动情地弹三个arpeggio（急奏音）……

但卡清卡，按照我当时的看法，是更像成年的妇女，因此我欢喜她更多些了。

第二十二章　爸爸

　　自从佛洛佳进了大学之后，爸爸是特别愉快，到祖母那里吃饭的次数也比寻常频繁了。然而他愉快的原因，我从尼考拉那里打听到的，乃是他近来赢了很多钱。甚至有一次晚上，在到俱乐部去之前，他来到我们这里，坐在钢琴前，把我们集合在他身边，用他的软靴（他不欢喜有跟的鞋，从来没有穿过）踏着拍子，唱茨岗人歌曲。那时候应该看看他所钟爱的琉宝琦卡的可笑的狂喜，琉宝琦卡是崇拜他的。有时他走进课室，带着严厉的面孔听我讲功课，但是按照他想要用来改正我的一些言语看来，我注意到，他不大知道他们教我的东西。有时当祖母开始埋怨并且无故地向大家发火时，他偷偷地向我们使眼色、做手势。事后他向我们说："哦，孩子们，我们挨了骂了。"总之，在我的目光中，他从不可及的高处渐渐下降了，我的幼年的想象曾经把他摆在那个高处。我带着同样的由衷的敬爱的心情，吻他的又大又白的手，但我已经敢想到他，批评他的行为，我不觉地有了关于他的那些思想，这些思想的存在使我惊恐了。我永远不会忘记一件事，它曾经引起我许多这样的思想，并且带给我许多精神痛苦。

　　有一次晚上很迟的时候，他穿着黑礼服、白背心，走进客室，要带佛洛佳赴跳舞会，这时候，佛洛佳在自己房里穿衣服。祖母在卧室里等候佛洛佳去给她看一看（她有了这个习惯，要在每次跳舞会之前叫他到她面前去，祝福他，看看他，并且给他指示）。在只有一盏灯照亮着的大厅里，米米和卡清卡来回走着，琉宝琦卡坐在大钢琴前练习妈妈所喜欢的裴尔德的第二合奏曲。

我从来没有在谁的身上看到过我的姐姐和母亲之间的那种家属的相似。这种相似既不是在面貌上，也不是在体格上，而是在某种不可捉摸的地方：在手上，在走路的姿态上，尤其是在声音与若干表情上。当琉宝琦卡生气并且说"一辈子不放人走"时，她那样地说着也是妈妈所惯说的这话"一辈子"，以致我好像听见了妈妈的拖长的"一——辈——子"；但最特殊的是她在钢琴演奏上的和在演奏时一切举动上的相似：她同样地理理衣服，同样地用左手从上边翻乐谱，在好久还不能弹出困难的乐节时，同样苦恼地用拳头打琴键，并且说："啊，我的上帝！"以及同样的不可捉摸的弹奏得温柔和清楚，那种极好的裴尔德乐曲的弹奏，叫得那么适当的jeu porlè（珠玉之音），它的魔力是最新的钢琴家们的一切手法都不能够使我忘记的。

爸爸用迅速的小步子走进房，走到琉宝琦卡面前，她看见了他，便停止弹奏了。

"不，弹吧，琉卡，弹吧，"他说，要她坐下，"你知道，我多么欢喜听你……"

琉宝琦卡继续弹奏，爸爸用手托着头，在她对面坐了好久；然后，迅速地耸了耸肩膀，他站起来，开始在房里踱着。走到大钢琴那里，他每次都停下来，久久地注意地看着琉宝琦卡。凭他的动作与步伐，我看出他是心神不安了。在大厅里来回走了几趟，他停在琉宝琦卡椅子的后边，吻了她的黑发，然后又迅速地转过身来，继续走动着。当琉宝琦卡弹完了一个曲子走到他面前问"好不好"时，他沉默着抱住她的头，那么亲爱地开始吻她的额头和眼睛，那是我从来没有看见他有过的。

"啊，我的上帝，你哭了！"忽然琉宝琦卡说，放掉他的表链，把惊讶的大眼盯在他的脸上。"原谅我，亲爱的爸爸，我根本忘记了，这是妈妈的曲子。"

"不，我亲爱的，要更加常常弹，"他用兴奋得打颤的声音说，"但愿你知道，我和你在一起淌眼泪是多么痛快啊……"

他又吻了她一下，极力约制内心的兴奋，颤动着肩膀，走出了从走廊上通往佛洛佳房间的门。

"佛尔皆马尔！你快好了吗？"他停在走廊的当中喊叫着。正在这时候女仆玛莎从他身边走过，看见了主人，便垂下眼睛，想要绕过他。他止住了她。

"你更加漂亮了。"他说，向她俯着头。

玛莎脸红了，把头垂得更低。

"对不起……"她低语着。

"佛尔皆马尔，怎么，快好了吗？"爸爸又喊，当玛莎从他身边走过并且他看见我的时候，他耸动着肩膀并且咳嗽着……

我爱父亲，但人的理性是离他的心情而独立生活的，并且常常含有损伤情绪的、对于心情是不可理解的、残忍的思想。这种思想，虽然我极力疏远它们，却来到我心中……

第二十三章　祖母

　　祖母一天一天地衰弱了；她的小铃子的声音，怨诉的加莎的声音，砰的闭门声，从她房里更频繁地传出来，她已经不在书房里的躺椅上，而是在卧室里，在有镶花边的枕头的高床上接见我们了。向她问安时，我在她手上注意到发白、发黄、明亮的浮肿，在房间里有了五年前我在母亲房间里闻过的、难受的气味。医生每天到她这里来三次，已经举行了几次会诊。但她的性格，她对全家人的，尤其是对爸爸的，骄傲的客气的态度，一点也没有变；她完全照旧地拖长字音，抬起眉毛，说："我亲爱的。"

　　但已经有好几天他们不让我们去见她，有一天早晨，圣·热罗姆在上课的时候，提议我同琉宝琦卡和卡清卡去溜车。虽然我坐上橇车时，注意到，在祖母窗外的街道上铺了草秸，几个穿蓝褂子的人站在我们的大门口，我怎么也不明白，为什么在这样不适当的时候要我们去溜车。在这天全部溜车的时间里，我和琉宝琦卡，因为什么缘故，是在特别的愉快的心情中，每个简单的事件，每个字，每个动作，都使我们发笑。

　　小贩子捧着摊子快步地跑着过路，我们发笑。褴褛的凡卡抖着缰绳的端，让马奔驰着追赶我们的橇车，我们哈哈笑。非力卜的鞭子绊上了橇车的滑木，他转过身说："哎——哟。"我们笑得要死。米米带着不满意的神情说，只有笨人才无故地发笑，琉宝琦卡，因为压制笑声的紧张而脸红，低着头看我。我们的眼睛相遇了，我们发出那样的哄笑，以致我们的眼里出泪，我们不能够约制那使我们阻气的笑声。我们刚刚稍微安静一点，我便看着琉宝琦卡，说了一个心里的字眼，这字眼在我们当中流行了相当时间并且总是引起笑声，于是我们又笑了。

回到家时，我刚要张嘴向琉宝琦卡做一个优美的嘴脸，靠在我家一扇门上的黑棺材盖使我的眼睛吃惊了，我的嘴便留在那歪扭的样子里了。

"Votre grana-mère est morte！（你们祖母死了！）"圣·热罗姆说，带着苍白的脸出来迎我们。

在祖母的尸体停在家里的全部时间里，我感觉到死亡恐怖的痛苦情绪，即是，死尸强烈地不愉快地使我想起我有一天要死，这情绪，因为什么缘故，惯常和悲哀混在一起的。我不哀怜祖母，而且未必有人真心哀怜她。虽然家里满是吊丧的人，却没有人哀怜她的死，只除了一个人，她的强烈的悲哀不可言表地使我吃惊。这个人就是女仆加莎。她去到顶楼上，把自己锁在里面，不断地哭，咒骂自己，扯自己的头发，不愿听从任何劝告，她说，在心爱的女主人死了以后，死是她的唯一的安慰了。

我再重复说，情绪问题中的未必然，乃是真理的最可靠的标志。

祖母不在了，但我们家里仍然有关于她的回忆和各种谈论。这些谈论主要的是关于她在死前所立的遗嘱，这，除了她的遗嘱执行人伊凡·伊发内支公爵，谁也不知道。在祖母的奴仆中我注意到若干的激动，我常常听他们谈到谁将属于谁，并且我承认，我不觉地并且高兴地想到，我们要得到遗产了。

六星斯后，尼考拉，我们家里一向传报新闻的人，向我说，祖母把全部田产遗留给了琉宝琦卡，把她婚前的监护权托给了伊凡·伊发内支公爵，而不是爸爸。

第二十四章　我

只有几个月我就要进大学了。我读书好。我不但没有恐惧地等待我的教师们，而且甚至在课室里觉得相当的满意。

明白地清楚地说出我读熟的功课，我觉得愉快。我准备入算学系，说实话，我作了这个选择只是因为这些字：正弦、切线、微分、积分、等等，使我极为欢喜。

我比佛洛佳低得多，宽肩、肥胖、照旧地丑陋，也照旧地因此而苦恼。我极力想要显得是一个古怪的人。有一件事给我安慰：这就是，爸爸有一次说道我，说我有聪明的丑相，我十分相信这话。

圣·热罗姆满意我，称赞我，他有时说道，以我的才能、我的聪明，而不做出什么来，是可耻的，这时，我不但不恨他，而且，甚至我觉得我欢喜他了。

我对女仆房里的观察早已停止了，我觉得藏在门后是可羞的，此外，我承认，我确信玛莎爱发西利，这件事有些使我冷淡了。发西利的结婚最后治好了我这不幸的热情，为这婚事，由于他的请求，我求得了爸爸的许可。

新夫妇在盘子里带着糖果，来到爸爸那里感谢他，玛莎戴着有浅蓝缎带的帽子，也为了什么事情感谢我们大家，吻每人的肩头，这时候，我只闻到她头发上蔷薇香油的气味，但是没有丝毫的兴奋。

总之，我开始渐渐治好了我的少年时期的缺点，然而却除了那主要的、注定了还要在我的生活中做出许多损害的——对思考的嗜好。

第二十五章　佛洛佳的朋友

虽然在佛洛佳的熟人当中，我做了损伤我的自尊心的角色，我却欢喜在他有客人的时候，坐在他的房间里，沉默地注意着那里所发生的一切。

副官杜不考夫和大学生聂黑流道夫公爵到佛洛佳这里来的次数最勤。杜不考夫是矮小的、露筋的、黑头发的人，已经不在青年初期，腿有点短，人却不丑，并且总是高兴。他是一个那种眼光狭窄的人，他们正因为窄狭而特别可喜，他们不能够从各方面察看事物，他们永远地迷惑。这种人的判断是片面的、错误的，但总是坦白的、动人的。甚至他们的窄狭的自我主义也因为什么缘故好像是可恕的、可爱的。此外，对于佛洛佳和我，杜不考夫有双重的魔力——军人的外表和年纪，尤其是年纪——年轻人因为什么缘故，惯于把年纪和在这种年纪很受重视的正派（comme il faut）的概念混在一起。此外，杜不考夫确实是所谓un homme comme il faut（一个正派的人）。有一件事我觉得不愉快的——就是，佛洛佳似乎有时因为我的最天真的行为，尤其是因为我的年轻，而对他们感到羞耻。

聂黑流道夫是个不好看的人：小灰眼睛，又低又直的额头，手脚长得不相称，都不能说是漂亮的地方。他的好看的地方只有——异常高大的身材，温柔的面色，漂亮的牙齿。但是他的脸，由于狭小明亮的眼睛和变化无常的、时而严厉、时而幼稚不确定的笑容，得到了那么特具的、有力的性质，教人不能不注意它。

他似乎很害羞，因为每件小事都使他脸红到耳边；但他的羞涩和我的不同。他愈脸红，他脸上愈表现出坚决。好像他为了自己的软弱对自己发火。

虽然他似乎和杜不考夫及佛洛佳是很友好，却可以看出，只是机会把他们结合在一起。他们的性向是全然不同的：佛洛佳和杜不考夫似乎惧怕一切类似严肃讨论和敏感的事情；聂黑流道夫，相反，是最高度的热情者，常常不顾嘲笑，从事哲学问题与情绪的讨论。佛洛佳和杜不考夫欢喜说道他们的恋爱对象（都同时爱几个女子，并且两人爱同一个女子）；聂黑流道夫，相反，当别人向他暗示到他对于某一棕黄头发女子的爱情时，他总是认真地发火。

佛洛佳和杜不考夫常常敢于亲爱地取笑他们的亲戚，聂黑流道夫，相反，对于他的姑母怀着一种热烈的崇拜，在不利的方面暗示到他的姑母时，便会大怒。佛洛佳和杜不考夫晚饭后常常到什么地方去，不邀聂黑流道夫，并且叫他美丽的姑娘……

聂黑流道夫公爵一开始就以他的谈话和外表使我吃惊。但虽然在他的性向上我发现了许多和我共同的地方——或者，也许，正因此——当我初次看见他时，他所引起的我的情绪却远非不友好的。

我不欢喜他的迅速的目光，坚决的声音，傲慢的神情，尤其是他对我所表现的完全淡漠。在谈话时，我常常极其想要反对他；为处罚他的骄傲，我想要争论胜过他，向他证明，虽然他不愿对我有任何的注意，我却是聪明的。我的羞涩阻止了我。

第二十六章　讨论

　　当我在晚课之后，照常走进佛洛佳的房间时，他连腿躺在沙发上，手托着头，在读一本法国小说。他抬头向我看了一下，又开始阅读——这个动作是最简单而自然的，却使我脸红了。我觉得，他的目光里表现了一个问题，为什么我来到这里，而在迅速低头中表现了要向我隐瞒那目光的意义。对最简单的动作赋予意义，这癖性是我在那个年纪的特性。我走到桌前，也拿了书；但在开始阅读以前，我想到，我们整天未见，彼此不说话，是有点可笑的。

　　"怎么，你今天晚上在家里吗？"

　　"我不知道。有什么？"

　　"没有什么。"我说，注意到话不投机，我便拿了书，开始阅读。

　　奇怪，我和佛洛佳面对面无言地过了好几小时，但是甚至只要有一个无言的第三者在场，即足以在我们之间展开最有兴趣的各种各样的谈话。我们觉得，我们彼此太了解了。彼此了解太多或太少，同样地妨碍彼此的接近。

　　"佛洛佳在家吗？"从前厅里传来了杜不考夫的声音。

　　"在家。"佛洛佳说，放下腿子，把书放在桌上。

　　杜不考夫和聂黑流道夫，穿着大衣，戴着帽子，走进了房。

　　"佛洛佳，我们去看戏吧，怎样？"

　　"不，我没有工夫。"佛洛佳红着脸说。

　　"哦，当真的！——劳驾，我们去吧！"

　　"但是我没有票。"

"票在门口，随便你要多少。"

"等一下，我就来。"佛洛佳推诿地回答，耸着肩膀，走出房间。

我知道，佛洛佳很想到杜不考夫要他去的戏院里去；他拒绝了，只是因为他没有钱，他走出去是为了向仆役长借五个卢布，以下次发学费时为期。

"您好吗，外交家！"杜不考夫说，向我伸手。

佛洛佳的朋友们称我外交家，因为有一次饭后，在先祖母家里，她不知怎么当他们面说道我们的未来，她说，佛洛佳将做军人，她希望看到我是一个外交家，穿黑礼服，头发á la coq（做鸡式），这在她看来，是外交职务的不可少的条件。

"佛洛佳到哪里去了？"聂黑流道夫问我。

"不知道。"我回答，想到他们一定会猜出佛洛佳为什么出去，我便脸红。

"一定是，他没有钱了！对吗？噢，外交家！"他肯定地添说，说明着我的笑容，"我也没有钱。你有吗，杜不考夫？"

"我来看看，"杜不考夫说，掏出钱袋，用他的短手指极小心地摸着里面的几个小钱币，"这是五分的，这是两角的，还有呋呋呋否！"他说，用手做出可笑的姿势。

这时，佛洛佳进房来了。

"呶，怎么样，我们去吗？"

"不去。"

"你多么可笑！"聂黑流道夫说，"为什么你不说你没有钱。要是愿意，就拿着我的票吧。"

"你怎么办呢？"

"他到老表的包厢里去。"杜不考夫说。

"不，我根本不想去。"

"为什么？"

"因为，你知道，我不欢喜坐包厢。"

"为什么？"

"我不欢喜。我觉得不舒服。"

"又是旧话！我不明白，为什么在大家很欢迎你的地方你会不舒服的。这是好笑的，mon cher（我亲爱的）。"

"有什么办法呢，si je suis timide！（假如我害羞！）我相信，你有生以来没有红过脸，但我会随时为了最微细的琐事脸红的！"他说，同时他脸红了。

"Savez-vous, d'où vient votre timidité? …… d'un excès d'amour propre, mon cher.（你知道，你的害羞是怎么来的吗？……是由于过分的自尊，我亲爱的。）"杜不考夫用谦逊的声音说。

"什么excès d'amour propre！（过分的自尊！）"被刺痛了心的聂黑流道夫回答，"相反，我害羞是因为我的amour propre（自尊）太少了：相反，我总是觉得，和我在一起是不愉快的，无趣的……因此……"

"换衣服吧，佛洛佳！"杜不考夫说，抓住他的肩头，脱着他的大衣，"伊格那特，主人要换衣服！"

"因此我常常是……"聂黑流道夫继续说。

但杜不考夫已经不听他说了。"特啦啦——嗒——啦——啦——啦"，他开始哼一个调子。

"你没有走开，"聂黑流道夫说，"我要向你说明，害羞完全不是由于自爱。"

"假如你同我们去，你就证明。"

"我说过，我不去。"

"喏，那么你就留在这里，向外交家证明；我们来了，他会向我们说的。"

"我证明，"聂黑流道夫带着小孩的任性反驳，"可是您要赶快回来。"

"您觉得怎样，我自尊吗？"他说，靠着我坐下。

虽然对于这个我已经有了现成的意见，我却因为这个意外的问题而害羞得不能够立刻回答他。

"我想，是的，"我说，想到向他证明我聪明的时间到了，便觉得我的声音打颤，脸上发红，"我想，每个人都是自尊的，人所做的任何的事，一切都是由于自尊。"

"那么照您的意思，自尊是什么呢？"聂黑流道夫说，并且我觉得他有点轻视地微笑着。

"自尊，"我说，"就是相信我比一切的人好，比一切的人聪明。"

"但怎么都会相信这个呢？"

"我可不知道，对呢还是不对，但是除了我，谁也不会承认的；我相信，我比世上一切的人都聪明，并且我相信，您也相信这个。"

"不，我要先说道我自己，我遇见过一些人，我认为他们比我聪明。"聂黑流道夫说。

"不可能的。"我确信地回答。

"难道您真这样想吗？"聂黑流道夫说，注意地看我。

"当真的。"我回答。

这时我忽然有了一个思想，我立刻说了出来。

"我要向您证明这个。为什么我们爱自己超过了爱别人？……因为我们认为我们自己比别人好，更值得爱。假如我们发觉了别人比我们自己好，我们便会爱他们超过爱自己了。但这是绝不会有的。即使是有，我仍然是对的。"我带着不觉的自满的笑容添说。

聂黑流道夫沉默了片刻。

"噢，我怎样也没有想到，你是这么聪明！"他带着那样好意的亲爱的笑容向我说，以致我顿然觉得，我是极其幸福的。

夸奖那么强力地影响了不仅人的情感，还有人的理智，以致在它的愉快的影响之下，我觉得，我变得聪明得多了，思想——相连地异常迅速地集聚在我的脑子里。我们不觉地从自尊转到爱情上，在这个话题上，话似乎是说不尽的。虽然我们的讨论对于旁听者也许会显得完全没有意义——因为它们是模糊的，片面的——对于我们，它们却有重大的意义。我们的心灵调得那么十分和谐，在任何一条弦上极轻微的触动便会得到别的弦上的反应。我们就是在这种各弦和鸣中得到乐趣，这些弦是我们在谈话中所触动的。我们觉得，没有足够的言语和时间让我们互相表现那些要求表达的思想。

第二十七章　　友谊的开端

　　从此以后在我与德米特锐·聂黑流道夫之间建立了很奇怪的、然而极愉快的关系。在别人面前他几乎丝毫也不注意我；但一旦我们单独在一起时，我们便坐到舒适的角落上开始讨论，忘掉一切，不注意时间飞逝。

　　我们谈到未来的生活，谈到艺术、服务、婚姻与儿童教育，我们从来没有想到过，我们所谈的一切都是可怕的废话。我们没有想到这个，因为我们所说的废话是聪明的可爱的废话；而在青年时代你仍然重视智慧，相信智慧。在青年时代，我们的一切精神力量都是对着未来的，而这个未来，在希望的影响之下，具有那么多各种各样的、生动的、迷惑的形式，那希望不是建立在过去经验上，却是在相像的幸福之可能上，因而单是已了解的、同感的、关于未来幸福的幻想就是这个年纪的真正幸福。在玄想的讨论中——这是我们谈话的主要题材之一——我爱那样的时候，就是，思想越来越迅速地一个跟随着一个，并且变得越来越抽象，最后达到了那样模糊的程度，以致你不能够表达它们，并且，你以为你说了你所想的东西，却说了全然不同的东西。我爱那样的时候，就是，在思想的境界里你越升越高，忽然你了解了它的无边无际，并且你知道了再向前走的不可能。

　　有一次在谢肉节，聂黑流道夫是那样地忙着各种乐事，虽然白天里他到我们这里转了几次，却没有一次和我谈话，这是那样地令我痛心，以致我觉得他是骄傲的可厌的人了。我只等候着机会向他表示，我一点也不重视他的友谊，对于他并没有任何特殊的依恋。

　　在谢肉节后他又想要和我谈话时，我第一次向他说，我需要准备功课，并且走上了楼；但是过了一刻钟，有谁开了课室的门，于是聂黑流道夫走到了我面前。

"我打搅您了吗？"他说。

"不。"我回答，虽然我想要说，我真有事情。

"那么您为什么离开了佛洛佳的房间呢？您晓得我好久没有和您讨论了。我已经是那样地弄惯了，我好像是缺少了什么。"

我的恼闷顿然消失了，德米特锐在我的目光中又成了那样善良的可爱的人。

"您大概知道，为什么我走开吗？"我说。

"也许，"他回答，靠近我坐下来，"但即使我猜中了，我也不能说是为什么，但您可以说。"他说。

"我要说：我走开了，是因为我对您生气……不是生气，而是我觉得恼闷。简单地说：我总是怕您因为我还很年轻而轻视我。"

"您知道，为什么我们这么要好，"他说，用善意的聪明的目光回答我的自白，"为什么我欢喜您超过了我更熟悉的更有共同之处的那些人呢？我刚才解答过了。您有极好的、少有的质量——坦白。"

"是的，我总是说出我羞于承认的那些事情，"我证实着，"但只是对于我所相信的人。"

"是的，但是要相信一个人，就必须和他十分友好，但我和您还不友好，尼考拉；你记得，我们会说道友谊吗，要做真正的朋友，就必须互相信任。"

"要相信，我要向您所说的话，您绝不向任何人说，"我说，"要知道最重要的最有趣的思想，就是我们无论如何也不互相说出的那些思想。"

"多么恶劣的思想啊！这么卑鄙的思想，假如我们知道，我们就应该承认它们，它们绝不敢来到我们的头脑里。"

"你知道，我有什么思想，尼考拉？"他添说，从椅子上站起来，微笑着搓手。"我们来这么办吧，您会知道，这对于我们俩是多么有用：

我们要立誓互相承认一切。我们要互相了解，我们不要害羞；为了不怕别人，我们要立誓绝不向任何人说道彼此的任何事情。我们来这么办吧。"

"来吧。"我说。

我们真这么办了。这有了什么后果，我以后再说。

卡尔说过，在每个眷恋中有两方面：一方面爱，另一方面准许自己被爱，一方面吻，另一方面伸腮。这是完全正确的；在我们的友谊中，我吻，德米特锐伸腮；但他也准备吻我。我们平等地爱，因为我们互相了解，互相尊重；但这并不妨碍他对我有影响，我顺从他。

不用说，在聂黑流道夫的影响之下，我不觉地学得了他的性向，它的本质乃是对于美德模范的热烈崇拜，以及相信人类的使命是继续地改善自己。当改善全体人类，消灭人类的一切罪恶与不幸，似乎是容易实现的事情时的时候——改善自己，取得一切美德，成为幸福的人……也似乎很容易很简单了。

此外，只有上帝知道，青年的这些高贵的幻想是否真正可笑，而它们没有实现是要怪谁？……

一八五四

青　年

第一章　我认为是青年时代
开始的时候

　　我说过，我和德米特锐的友谊，向我打开了对于生活和生活目的与关系的新见解。这个见解的要点就是相信人类的使命是力求道德的改进，而这种改进是容易的、可能的、永久的。但直到此刻，我只欢喜发现从这个信念里面所得出的新思想，并为道德的、积极的未来拟定辉煌的计划；但我的生活仍旧走着小气、混乱、懒惰的途径。

　　我和我所崇拜的朋友德米特锐——有时我向自己低声地称他为奇异的米恰——在谈话中所提起的那些善良的思想，还是我的理性、而不是我的情感所喜欢的。但这样的时候来到了，就是，这些思想，带着道德发现的那么新鲜的力量，来到我的心中，以致我想到我白白地浪费了多少时间便觉得吃惊，并且马上就想要把这些思想立即用在生活上，怀着坚决的心愿，永不改变它们。

　　我认为我的青年时代的开始就是从这个时候起。

　　我那时快满十六岁了。教师们继续到我这里来，圣·热罗姆监督我的学业，我不得已勉强地准备进大学了。在功课之外，我的事情是：孤独的、不相连贯的幻想与思索；做运动，以便成为天下第一大力士；没有任何确定目的与思想，在所有的房间里闲混，特别是在女仆房的过道上；照镜子细看自己，可是，我总是带着痛苦的丧气甚至厌恶的情绪离开镜子。我相信，我的外表不仅是丑陋的，而且我甚至不能够用类似情况中的通常的慰藉来安慰自己。我不能够说，我有善于表情的、聪明的或高贵的面孔。并没有任何善于表情的地方——而是最寻常的、粗鲁的、丑陋的容貌；眼睛小小的、灰色的，特别是在我照镜子的时候，是愚笨而不聪明的。男子气概是更少了：虽然我身材不矮，并且按照年龄是很强的，但脸上的容貌却是柔软、委靡、不分明的。甚至也没有任何高贵的地方，相反，我的脸好像是普通农民的那样的脸，并且是那样的大手大脚；在那时我觉得这是很可羞的。

第二章　春天

　　我进大学的这一年，复活节不知怎的要迟到四月里，因此考试被指定在复活节后一周内，而在复活节前一周我必须斋戒并作最后的准备。

　　在卡尔勒·伊发内支通常叫它"子随父到"的水雪之后，有了三天平静、温和、明朗的天气。街上看不到雪块，淤泥被潮湿明亮的路面与急流所代替了。屋顶在阳光中落下最后的水滴，花园里的树上胀起了蓓蕾，院子里有一条干路经过冻结的肥料堆通达马厩，大门口石头中间苔草发绿了。那是春天的特别的一段时候，它最感动人的心灵：明亮的、照耀一切的但不炎热的太阳，细流与融雪的湿地，芬芳的新鲜的空气，淡蓝色天空和长条的透明的云，我不知道为什么，但是我觉得，在大城市里，初春的这段时期对于心灵的影响是更可以感觉到的，是更强烈的——看见的少，却感觉的多。我站在窗子旁边，早晨的太阳，穿过双层窗框，把灰尘的光线照在那使我讨厌得不可忍受的课室的地板上，我在黑板上解算一个长长的代数方程式。我一手拿着破旧的、软面的佛兰克尔的代数，一手拿着一小块粉笔，我的双手、脸上和上衣的肘都沾了粉笔灰。尼考拉，罩了胸帷，卷了袖子，用钳子敲破油灰，在扭转朝着花园的窗上的钉。他做的事和他所发出的声音，引去了我的注意。此外，我是在极恶劣的、不满的心情中。不知怎的，我什么都没有做成功：我在演算的开始就犯了错误，因此必须一切从头开始，我把粉笔落掉了两次，觉得我的脸和手都沾了灰，海绵丢到什么地方去了，尼考拉所发出的声音不知怎的痛苦地震动了我的神经。我想要发火，埋怨，我抛了粉笔，代数，开始在房间里踱着。但我想起来了，今天是复活节前周的星期三，我们还须去忏悔，并且应该避免一切不好的事；于是忽然我转入一种特别的、温和的心情，走到尼考拉面前去了。

"让我来帮你忙，尼考拉。"我说，极力要使我的声音有最温和的表情；我压制了自己的苦恼，帮助他，我做得对——这思想更其加强了我心中的这种温和的心情。

泥灰敲碎了，钉子扭转了；但，虽然尼考拉用了全部的力量在扳横木，窗框却没有动。

"当我和他一起拖的时候，假若窗框立刻下来，"我想，"意思便是罪过，今天不应该再读书了。"窗框歪了，下来了。

"把它放到哪里去呢？"我说。

"让我自己去处理吧，"尼考拉回答，显然是诧异了，并且似乎不满意我的热心，"不能弄乱的，不然就放在那里，在堆藏室里，我要把它们上号数的。"

"我来上这个号数。"我说，举着窗框。

我觉得，即使堆藏室是在两里之外，窗框有两倍重，我也是很满意的。我替尼考拉帮忙，想要消耗自己的精力。当我回到房间时，小砖与盐堆①已经移到窗台上了，尼考拉用羽翼把沙粒与睡眠的苍蝇扫出了打开的窗子。新鲜香馥的空气已透进来，充满了房间。窗外传来城市的喧嚣和花园中麻雀的唧喳。

所有的东西都被照明亮了，房间里愉快了，微微的春风吹动了我的代数的书叶和尼考拉头上的发。我走到窗前，坐在窗台上，转身对着花园，沉思着。

一个对于我是新的、极有力量的、愉快的情绪，忽然闯入了我的心灵。湿的土地，有些地方长出鲜绿的草叶和黄茎；在阳光下发亮的细流，上面有泥块与木片打旋着；紫丁香的发红的枝子和胀起的蓓蕾正在

---

① 盐、沙及其他物品是放在内外两窗之间吸收潮湿的。——英译本注

窗下摆动；在那个灌木中跳动着的鸟雀的忙碌的啼叫；因为融化的雪而潮湿的发黑的围墙；尤其是——那馨香潮湿的空气和愉快的太阳——向我分明清楚地说道什么新的美丽的东西，这我虽然不能够像它向我展示的那样地表达出来，我却极力要像我所领会的那样地表达出来——一切向我说道美、幸福、美德，说道无论哪一个对于我都是容易而可能的，没有那个就不会有这个，甚至美、幸福和美德是同一东西。"我怎么会不曾了解这个，我从前是多么恶劣，将来可能是、也许是多么善良而幸福啊！"我向自己说，"应该赶快，赶快，从这时候起，变成另外一个人，开始过不同的生活。"虽然如此，我却还在窗台上坐了好久，幻想着，什么也不干。你有过这样的事吗？就是，在夏间白昼里阴暗下雨的天气躺下睡觉，在日落时醒来，睁开眼睛，在窗子的扩大的四方形里，从被吹起的有横棒碰着窗台的麻布窗帘下边，看见被雨打湿的菩提树道的阴影的紫色的一边，和潮湿的、被明亮斜射的光线所照耀的花园道路，忽然听见花园里鸟雀的快乐生活，看见昆虫在阳光里穿梭着在窗口旋飞，闻到雨后空气的香味，想到"我睡觉错过了这样的黄昏，怎么不觉得羞耻呢"，于是，连忙跳起，走到花园里去乐赏生活。假如有过，则这就是我在那时候所体验的强烈情绪的例子。

第三章　幻想

"今天我要忏悔，清除一切的罪过，"我想，"我永不再……"（在这里我想起了一切最使我痛苦的罪过。）"我每个星期日一定要到教堂里去，然后读《福音书》一小时，然后在我进大学时每月所要领到的二十五卢布之中，我一定要把两卢布半（十分之一）给穷人，并且是不要让任何人知道，并且不是给乞丐，我要寻找谁也不知道的穷人，孤儿和老妇。"

"我要有一个自己的房间（大概是圣·热罗姆的），我要自己收拾它，保持异常的清洁；我不要用人替我做任何事情。他本来是和我一样的。然后我每天要步行到大学去（假如他们给我车子，我要把它卖掉，把这笔钱也留给穷人），并且要严格地执行一切（但这'一切'是什么，我那时怎样也说不出的，但是我深刻地了解并且觉得这'一切'就是理智的、道德的、不可指责的生活）。我要整理讲演，甚至预先阅读各门功课，这样我将是第一学年的第一名，并且我要写论文；在第二学年我已预先知道一切，我可以直接升入第三学年，这样我十八岁便毕业，得第一名学士学位，得两个金奖章，然后我要通过硕士考试和博士考试，成为俄国的第一个学者……甚至在欧洲我也能成为第一个学者。"我问自己："那么，以后呢？"但在这里我想起了，这些幻想是骄傲，是罪过，我当天晚上就要向神甫忏悔，于是我回到我的思索的开头。"为了预备讲演，我要步行到麻雀山；我要在那里的树下选一个地方，我要读讲演；我有时要带点吃的东西：干酪，或者彼道蒂的包子，或者什么别的。我要休息一下，然后开始阅读什么好书，或者画风景，或者奏什么乐器（我一定要学会了吹笛子）。然后她也要到麻雀山去散步，有一天她要走到我这里来，问我是谁。我要这样悲愁地看她，我要说，我是一个神甫的儿子，我只是在这里，当我是孤独的、完全孤孤独独的时候，才幸福。她要把手伸给我，要说什么，要坐在我旁边。我们要这样地每天来到这里，要成为朋友，我要吻她……不，这样不好。相反，从今天起，我再也不看女人了。我绝不，绝不再到女仆房里去了，甚至我极力不要走过那里；三年之后，我便不受监护，我一定要结婚——我要特意尽可能地多做运动，每天做体操，这样，当我到了二十五岁时，我将要比拉波还有力气了。我要在第一天‘用伸直的手臂’举半普特①五分钟，第二天举二十一斤，第三天二十二斤，一直下去，这样，最后，每手可以举四甫特，因此，我要比所有奴仆都有力气了；有谁忽然想要侮辱我或者不敬地说道她时，我要那样地抓住他，只是抓住胸口，我要用一只手把他从地上举起两阿尔申②，我只是把他举着，让他觉得我的力气，然后把他放下来；但这也是不好的——不，没有关系，要知道我不会伤害他的，只是证明我是……”

　　但愿他们不要责备我，说我青年时期的幻想是和幼年时期少年时期的幻想同样的幼稚。我相信，假如我注定了活到高年而我的故事能够赶上我的年纪，我到了七十岁也要完全像现在这样做着幼稚得令人难受的幻想。我将要幻想一个绝妙的玛丽亚爱我这个没有牙齿的老人，正如她爱过马塞卜，幻想我的愚笨的儿子忽然由于什么非常的机会做了大臣，或者，幻想到我忽然有了无数百万的金钱。我相信，失掉这种有益的安慰的幻想力的人和年纪是没有的。但除了一般的特质——幻想的不可能性与魔术性，每个人和每种年纪的幻想都有它们的特性。在我认为是

---

① 一普特合一六.三八公斤，四十俄斤，半普特八.一九公斤，二十俄斤。
② 一阿尔申合〇.七一一公尺。

少年的结束与青年的开始那一段时期，我的幻想的基础是四种情绪：第一是对她、对一个想象的妇人的爱，关于她我总是按照同一的意思去幻想，我总是期望在什么地方遇见她。这个她有一点儿是索涅琦卡，有一点儿是在盆里洗衬衣时的玛莎——发西利的妻子，有一点儿是很早的时候我在戏院里我们旁边的包厢里所看见的在白颈项上戴着珍珠的妇人。第二种情绪是想要被爱。我想要所有的人都知道我，爱我。我想要说出我的名字：尼考拉·伊尔切恩也夫，使大家被这个消息所惊动，包围着我，为了什么事感谢我。第三种情绪是——希望得到异常虚荣的幸运，这希望是那么强力而坚决，以致它变成了疯狂。我是那么相信，由于一种非常的机会，我很快地就要忽然变成世界上最有钱的、最有名的人，因而我不断地对于一种魔术的幸福的东西怀着不安的期望。我总是期望着，它就开始，而我会得到人所能希望的一切，我总是在各处奔忙，以为它已经是在我所不在的地方开始了。第四种和最主要的情绪是自我厌恶与懊悔，但懊悔是和对幸福的希望混合到那样的程度，以致它没有了任何悲哀的地方。我觉得，脱离全部的过去，改变并遗忘过去的一切，完全重新开始自己的生活和它的一切关系，使得过去不拖累我不拘束我，是那么容易而自然的。我甚至乐于厌恶过去，并且极力把它看得比实在的情形更阴暗。过去的回忆范围愈黑暗，明亮的清朗的现在便突出得愈清朗愈明亮，而未来的虹彩也开展得愈清朗愈明亮。那懊悔的声音和要求完善的热切愿望的声音，是在我的发展的这段时期中我的主要的、新的、心灵的感觉，它替我对于自己、对于人们、对于上帝的世界的见解建立了新的基础。

幸福的、快乐的声音，从那时候起，在那些悲哀的时候，当我的心灵沉默地顺从了尘世虚伪与堕落的势力的时候，有那么多次忽然勇敢地起来反对任何虚伪，无情地暴露过去，向我指示并使我爱光明的现在，并允许将来的福利与幸福——幸福的、快乐的声音啊！难道你将有一天停止响声了吗？

第四章　我的家庭团体

爸爸这个春天很少在家。但他在家的时候，他是极为愉快，在钢琴上乱弹他的心爱的把戏，做着甜蜜的眼色，捏造关于我们大家及米米的笑话，类如，说格如治亚的太子看见了米米坐车子，并且是那么钟情，以致他向宗教院请求离婚，说我被任命为维也纳大使馆的助理——并且是带着严肃的面孔向我们说这些新闻；他用卡清卡所怕的蜘蛛去吓她；他对于我们的朋友杜不考夫和聂黑流道夫很是和蔼，不断地向我们及客人们说他来年的计划。虽然这些计划几乎是每天变更，并且互相矛盾，但它们却是那么动人，使我们听得入神，而琉宝琦卡不眨眼地对直地看爸爸的嘴，一个字也不出口。有时计划是把我们留在莫斯科进大学，他自己和琉宝琦卡到意大利去两年；有时是在克里米的南边海岸购买田产，每年夏季到那里去；有时是带全家迁移到彼得堡去，等等。但在特别快乐之外，爸爸新近还发生了一个改变，很使我惊讶。他替自己做时髦的衣服——橄榄色的礼服，时髦的有皮脚带的裤子，和很合身的长上衣，当他出去作客时，他常常发出极好的香气，尤其是在访一个妇女时，关于她米米说道时总是叹气，并且带着那样的面色，在面色上看得出这样的话："可怜的孤儿们！不幸的情欲！好，她已经不在了！"等等。我从尼考拉那里知道爸爸这个冬天赌博特别幸运，因为爸爸关于他的赌博什么也没有向我们说过；他赢得异常多，把钱存在当铺里，春天不想再赌了。大概是因为怕不能约制自己，他是那样地想要赶快下乡。他甚至决定了，不等我进了大学，在复活节之后就带女孩们立即到彼得罗夫斯考去，我同佛洛佳后去。

佛洛佳在整个冬季直到春天和杜不考夫是分不开的（对于德米特锐他已开始冷淡了）。他们主要的乐事，按照我听到的谈话所能下的结论，总是在这方面，就是他们不断地喝香槟，乘雪车走过似乎是他们俩一同爱着的小姐的窗下，不在儿童的却在真正的跳舞会中面对面地跳舞。虽然我和佛洛佳是彼此相爱，这最后的一点却把我们分开很远了。我们觉得，在有教师来督教的男孩与在大跳舞会中跳舞的男子之间，差异是太大了，以致不敢互相传达各人的思想。卡清卡已经完全长大了，读了很多小说，而她不久即可出嫁，这思想我觉得已经不是笑话了；但，虽然佛洛佳也是大人，他们却不和好，而且甚至似乎互相轻视。大概，卡清卡独自在家，除了读小说，无事可做时，她多半感到无聊；在有外面的男子时，她便变得很活泼，可爱，用眼睛传情，我怎样也不明白她想要借此表示什么。直到后来，在谈话中听她说，女孩子的唯一的可以准许的媚态，就是眼睛的媚态，我才能够向自己说明别人似乎一点也不奇怪的那些不自然的眼睛做态。琉宝琦卡也开始穿长衣服了，因此她的弯曲的腿几乎看不见了，但她还是一个好哭宝，和从前一样。现在她已经不幻想嫁给骠骑兵了，而是嫁给唱歌家或音乐家，她就是带着这个目的热心地学习音乐。圣·热罗姆知道他在我们家里只要留到我的考试的完结，已经在一个伯爵家里替他自己找到了一个位置，此后便有点轻视我们家里的人了。他很少在家，开始抽烟卷，这是当时的大豪举了，他并且不断地在纸片上吹一些快乐的调子。米米变得一天比一天愁闷了，并且似乎自从我们都开始长大时，她便对谁也不、对任何事情也不作好的指望了。

当我去吃饭时，我在饭厅里只看到米米、卡清卡、琉宝琦卡、圣·熟罗姆；爸爸不在家，佛洛佳和同学在自己房里准备考试，要求把饭送到自己房里去。近来桌上的首座大都是米米坐着，我们谁都不尊敬她，而午餐也失去了很多的趣味。午餐已经不像在妈妈或祖母时候那样了，那是一种仪式，在一定的钟点把全家集合在一起，把一天分

为两半。我们现在敢于迟到了，上第二道菜时才来，在大杯子里喝酒
（圣·热罗姆自己做了榜样），在椅子上斜倚着，不终餐就站起，以及
类似的自由行动。从此午餐便不像从前那样是每天的、家庭的、快乐的
仪式了。在彼得罗夫斯考的情形是多么不同哦，在两点钟的时候，我们
就都洗了脸、穿好衣服去用餐，坐在客厅里，愉快地谈着，等候规定
的时间。正在侍从房里的钟呼呼响着要敲两点的时候，福卡便在手臂
上搭着餐巾，带着庄重而且有点严峻的面色，轻步地走进来。"饭准备
好了！"——他用响亮的拖长的声音报告，于是都带着愉快的、满意的
脸，年大的在前，年小的在后，摆响着上浆的裙子，踏响着靴子与鞋
子，走进餐厅，低声交谈着，就坐在固定的位子上。或者，在莫斯科时
的情形也是多么不同哦，我们低声交谈着，站在大厅里铺了布的桌子
前，等候着祖母，加夫锐洛已经去向她报告饭摆好了——这时，忽然门
打开了，听到了衣服摆动声与拖脚声，于是祖母戴着有特别紫色花结的
帽子，微笑着，或者忧闷地斜视着（要看健康情形如何），从她的房里
侧面地缓步走出。加夫锐洛把圈椅送到她那里，椅子都响动了，于是，
你觉得，一阵寒冷在脊背上穿过——这是食欲的预兆，便拿潮湿的上浆
的餐巾，吃一小块面包，带着不耐烦的快乐的馋欲在桌下搓手，看着冒
热气的汤碟，这是仆役长按照阶级、年龄与祖母的厚爱在舀着的。

现在我去吃饭时，不再感觉到任何的欢喜和兴奋了。

米米、圣·热罗姆、女孩们谈到俄国教师穿着多么可怕的靴子，考
尔娜考发家公爵小姐们皱边的衣服是怎样的，等等——他们的谈论，从
前引起我的衷心的轻视，特别是对于琉宝琦卡与卡清卡，我并不设法隐
瞒我的轻视，现在却不会使我脱离我的新的善良的心情了。我是异常
的温顺；特别亲善地微笑着听他们说，恭敬地请他们把克法斯酒递给
我，同意圣·热罗姆改正我在吃饭时所说的话，他说，说je puis要比说

je peux优美。①但是应该承认，我觉得有些不愉快，因为没有人特别注意我的温顺和善良。琉宝琦卡在饭后给我看了一张纸，她在纸上写下了她的一切难过，我认为这是很好的，但把自己的一切罪过写在自己心中是更好了，并且"这一切都是不对的"。

"为什么是不对的？"琉宝琦卡问。

"唉，这也是好的；你不了解我。"——于是我向圣·热罗姆说了我要去读书，便上楼到自己房里去了，但实际上是在忏悔之前还有一个半小时，我要为全部的生活写一个责任与事务表，在纸上写出我的生活的目的，和我要永久遵守不渝的规条。

---

① 两处法文都是我能够的意思。

第五章 规条

我拿了一张纸，最先我想要写出下一年的责任与事务表。需要在纸上画线。但因为我的尺没有找到，我便用拉丁文字典做这件事。我用笔顺着字典画线，然后把字典移开，哪知道，代替线条的，是我在纸上画了细长的墨水迹子，除此之外，字典没有纸长，线条在字典的软角上弯曲了。我又拿了一张纸，移动着字典，设法画了线。我把我的责任分为三类——对自己的、对邻人的、对上帝的责任，我开始写第一类的，但它们数目是那么多，种类与分类是那么多，以致必须先写出"生活规条"，而后列表。我拿了六张纸，订成册子，在面上写了"生活规条"。这几个字写得那么歪曲而不平，我想了好久，要不要重写，并且看着被撕破的表和丑陋的标题，苦恼了很久。为什么一切在我的心灵中是那么美好光明，而当我想要把我所想的东西应用到生活上时，却在纸上，并且总是在生活上变得那么丑陋呢？……

"忏悔神甫来了，请下来听训戒吧。"尼考拉来报告。

我把纸册子收在桌子里，照了照镜子，把头发向后梳，我相信，这样便给了我一种沉思的神情，于是我走进起居室，这里已经摆好铺了布的台子和圣像和点着的蜡烛。爸爸从另外一道门里和我同时走进来。忏悔神甫，白发僧人，有严厉的老迈的脸，祝福了爸爸。爸爸吻了他的又小又宽的干瘦的手；我同样地做了。

"叫佛尔皆马尔，"爸爸说，"他在哪里？不用想，他是在大学里斋戒了。"

"他为了公爵小姐在忙。"卡清卡说，看了一下琉宝琦卡。琉宝琦卡因为什么缘故忽然脸红了，皱眉了，装作她有什么地方疼痛，便离开了房间。我跟她走了出去。她停在客室里，又用铅笔在纸上写什么。

"怎么，你又犯了罪过吗？"我问。

"不是，没有什么，没有什么。"她红着脸回答。

这时候听到了前厅里德米特锐的声音，他在和佛洛佳告别。

"你看，对于你一切都是诱惑。"卡清卡走进房对着琉宝琦卡说。

我不能了解，姐姐发生了什么事情：她是那么难为情，以致泪水涌入她的眼眶，而她的难为情达到了极点，变成了对于她自己、对于显然是惹了她生气的卡清卡的恼怒。

"一看就知道你是外国人（对于卡清卡，没有别的话能比外国人这个称呼更伤心的了，琉宝琦卡就是为了这个目的才用它的）：在这样的圣礼之前，"她在声音里严肃地继续说，"你有意打搅我……你应该明白……这一点不是儿戏……"

"尼考林卡，你知道她写了什么吗？"卡清卡说，被外国人这称呼激怒了，"她写了……"

"我没有料到你是这样的阴险，"琉宝琦卡说，索性哭泣地离开了我们，"在这样的时候，并且故意的，总是引人犯罪。我并不用你的情绪和痛苦打搅你！"

第六章　忏悔

我带着这些和类似的漫不经心的思考回到了起居室，这时大家都聚在这里，忏悔神甫站了起来，准备在忏悔礼之前读祷文，但是读祷文的僧人的富于表情的严厉的声音刚刚在一般的静穆中发出来的，特别是向我们说道"暴露您一切的罪恶，不要羞耻，不要隐瞒，不要辩护，您的心灵将在上帝的面前涤清，假如您有所隐瞒，您将有更大的罪过"时，我早晨想到目前的圣礼时所感觉到的那种虔敬的畏惧情绪又回到我心里来了。我甚至为了感觉到这种情形而觉得快乐，我极力想要保持它，停止一切来到我心中的思想，并且更加害怕着什么。

爸爸最先去忏悔。他在祖母的房里待了很久，在这全部的时间里，我们都在起居室里沉默着或者低声说道谁先去。最后又听到门那边读祷文的僧人的声音和爸爸的脚步。门咿哑地开了，爸爸走了出去，习惯地咳着，颤动着肩膀，对我们谁也不望。

"好，现在你去吧，琉芭，要注意，说出一切。要晓得你是我的大罪人。"爸爸愉快地捏了捏她的腮。

琉宝琦卡脸发白又发红，从帷裙里掏出字条又放进去，垂下了头，不知怎的把颈子缩短，好像等待着上面下来的打击，走进了门。她在那里停了不久，但从里面出来时，她的肩膀因为啜泣而颤抖了。

最后，在漂亮的卡清卡微笑着走出房门之后，我的轮次到了。我带着同样的愚钝的恐惧，并且有意要愈益唤起心中的这种恐惧，走进了半明半暗的房间。忏悔神甫站在经台前，慢慢地把脸转对我。

我在祖母房里不过五分钟，但是我走出来时，是幸福的，并且按照我当时的信念，是完全清洁的、精神上再生的、新的人。虽然一切旧有的生活环境，同样的房间、同样的家具、我的同样的身材（我想要一切外表都改变，就像我觉得我内心所改变的那样）令我觉得不愉快，虽然如此，我却是在那种快乐的心情中，直到我上了床的时候。

　　我在想象中检讨着我所清除的一切罪过，已经要睡着了，却忽然想起了在忏悔时所隐瞒的一件可耻的罪过。忏悔礼前的祷文又令我想起来了，它不断地在我的耳朵里响着。我一切的宁静顿然消失了。"但假如您隐瞒，您将有大罪……"不断地使我听到，于是我把自己看作那样可怕的罪人，连我所应得的处罚都没有的了。我辗转反侧了好久，想着自己的境况，每分钟都等待着上帝的处罚，甚至突然的死亡——这思想把我引入不可形容的恐怖中。但忽然我感觉到一个幸福的思想：天刚亮时我就走到或坐车到僧院去看神甫，重新忏悔——于是我安心了。

第七章　僧院之行

我夜间醒了几次，怕早上睡得太迟，六点钟前就起来了。窗外天刚发白。我穿了衣服和皮靴，皮靴皱了未擦，放在床前，因为尼考拉还没有来拿，我没有祈祷上帝，没有洗脸，平生第一次单独走上街了。[①]

在对面，在大房子的绿顶那边，朦胧的寒冷的朝霞发红了。很厉害的春天早晨的严寒把泥土和细流都冻结起来了，刺痛我的脚底，并且刺痛我的脸和手。在我们的横街上还没有马车，我本打算赶快地坐马车往返的。在阿尔巴特街上只伸展着一些载运车，有两个泥水匠交谈着在步道上走过。走了一千步光景，我开始遇见了男人和带着篮子到市场的妇女；去装水的桶；在十字路口走出一个卖包子的人；有一个面包店开门了；在阿尔巴特门我遇到一个车夫，老头儿，他在破旧、缝补、浅蓝、狭长的马车上颠簸着打盹。他一定是半醒半睡的，只向我要了两角钱到僧院来回，但后来他忽然清醒了，当我刚要上车时，他开始用缰端打马，根本从我身边赶过去了。"应该喂马了！不行的，先生。"他低语着。

我好容易劝他停了下来，提议给他四角钱。他停住了马，注意地看我，说："坐下吧，先生。"我承认，我那时有点害怕，怕他把我带到僻静的街道里去抢我。我抓住他的破外套的领子——因此他的打皱的颈项，在用力地弯曲着的背上，那么可怜地显露出来——上了波浪式的、浅篮色的、摇晃的座位，于是我们在佛斯德维任卡街上颠簸着。在途中我注意到车子背后藏着一块和车夫外套料子相同的绿布，这情形不知什么

---

① 贵家子弟须严格监督，直至成年。——英译本注

缘故使我心安了一点，我不再怕车夫把我带到僻静的街道里去抢我了。

当我们到达僧院时，太阳已经升得很高，金光灿烂地照亮了教堂的圆顶。阴暗处还很寒冷，但在所有的路面上都淌着又急又浊的细流，马在化冻的泥淖中践踏着。进了僧院的围墙，我问了我所看到的第一个人，我要怎样去找忏悔神甫。

"他的僧房在那里。"经过的僧人向我说，停了片刻，向我指示一个有阶台的小房子。

"多谢多谢。"我说……

僧侣们从教堂里先后地走出来，都看着我，但是他们对我会想到什么呢？我即不是大人，也不是小孩；我的脸没有洗，头须没有梳，衣服上有绒毛，皮靴没有擦并且还有泥。僧侣们看着我，在内心里把我当作哪一类的人呢？他们注意地看我。但我仍然按照年轻的僧人给我指示的方向走去。

一个穿黑道袍的白色浓眉的老人在通往僧室的窄路上遇到我，问我需要什么。

有片刻的辰光，我想说"没有什么"，跑回车子那里，坐车回家，但虽然有垂下的眉毛，老人的脸却引起了信任。我说我要见忏悔神甫，说出了他的名字。

"来吧，小少爷，我领您去，"他说，转回身，显然是立刻猜出了我的情况，"神甫在做早祷，他马上就来了。"

他打开了门，领我穿过整洁的门廊与前厅，从清洁的麻布的地毡上走到僧室。

"就在这里等一下吧。"他带着善意安慰的表情向我说，然后走了出去。

我所在的这个房间是很小的，收拾得极其整洁。全部的家具是：一个铺了油布的小桌子摆在两扇小折窗之间，窗台上有两盆天竺葵，一个有圣像的架子，架子前面悬着灯；一张圈椅，两张坐椅。角落上挂着一个壁钟，它的字盘上画了花，它的铜摆挂在链子上；在有刷过石灰的柱子连接天板的分壁上，有两件道袍挂在钉上，分壁那边大概是床了。

窗子对着两阿尔申外的白墙。在窗子与墙之间有小丛的紫丁香。外边没有任何声音传进房来，因此，在这寂静中，钟摆的均匀的愉快的滴答声似乎是响亮的声音了。

刚刚剩下我一个人在这个安静的角落里时，我所有的过去的思想与回忆都忽然跳出了我的脑子，似乎它们从来不曾有过，我完全浸沉在一种难以表达的愉快的冥想中了。那件衬里破旧的紫花布的发黄的道袍，书的损破的黑皮封面与铜扣，那些暗绿色的花与小心地灌过水的泥土与洗过的叶子，特别是钟摆的单调的若断若续的声音，向我分明地说道一种新的、我直到现在还不知道的生活，一种孤独、祈祷、宁静和平幸福的生活。

"过去了许多月，过去了许多年，"我想，"他总是孤独的，他总是宁静的，他总是觉得，他的良心在上帝面前是纯洁的，他的祈祷能被上帝听得到。"我在椅子上坐了半小时，极力想要不动，不出声呼吸，以免破坏那向我说了那许多事情的众音之和谐。钟摆仍旧滴答着，向右边时，声音稍高，向左边时，声音稍低。

第八章　第二次忏悔

忏悔神甫的脚步把我引出了这种冥想。

"您好，"他说，用手理着他的白发，"您要什么？"

我求他祝福我，特别高兴地吻了他的黄色的小手。

当我向他说明我的要求时，他什么也没有向我说，走到圣像前，开始行忏悔礼。

在忏悔礼完结时。我抑制着羞耻，说出了我心中的一切；他把手放在我的头上，用响亮的平静的声音说："我的孩子，愿天父的恩泽加诸你，愿他永远保持你的信仰、温顺、谦卑。阿门。"

我是十分幸辐；幸福之泪涌上了我的喉咙，我吻了他的毛布道袍的褶襞，抬起了头。神甫的脸是十分宁静。

我觉得，我是在享受感动的情绪，并且怕驱散了这种情绪，连忙和忏悔神甫告了别，我眼不旁视以免精神涣散，我走出围墙，重新坐上颠簸的条纹的车子。但车子的颠动，在眼前闪过的五光十色的东西，很快地驱散了这种情绪；我已经想到，此刻忏悔神甫大概在想他平生从未遇见过，并且也不会遇见像我这样好心肠的年轻人，甚至也没有和我类似的人。我相信这个；并且这个信念在我心中引起了那样一种快乐的情绪，它需要我向谁说道它。

我非常想要同谁谈谈；但除了车夫，我身边什么人也没有，我便转向他。

"喂，我去得很久吗？"我问。

"没有关系，很久了，马早该喂料了，你晓得，我是赶夜车的。"老头儿车夫回答，他现在，显然是由于太阳，比先前愉快了。

"但我觉得，只有一会儿，"我说，"你知道，为什么我到僧院里去的吗？"我添说，移坐到车上靠近老头儿车夫的深凹处。

"什么是我们的事？坐车的说道哪里去，我们就把车赶到哪里去。"他回答。

"但到底，你是怎么想法的？"我继续问着。

"大概是，要埋什么人，来买坟地。"他说。

"不是，老兄，你知道，为什么我坐车的吗？"

"不知道，少爷。"他重述。

我觉得车夫的声音是那么善良，我决定了教导他，向他说出我出门的理由，甚至我所体验的心情。

"要我向你说吗？你知道吗……"

于是我向他说了一切，叙述了我的一切美妙的心情。我甚至现在想到这个就要脸红。

"这样的哦。"车夫不相信地说。

然后他沉默了很久，不动地坐着，只是偶尔理理从条纹布的腿子下边不断地脱出的外套襟，他的穿大皮靴的腿在车踏板上颤动着。我已经想到，他是和忏悔神甫同样地在想到我，就是，像我这样极好的青年在世界上找不出第二个的；但他忽然转向我。

"那么，少爷，你是绅士人家的吧。"

"什么？"我问。

"绅士人家的吧。"他重复说，用无牙的嘴咕噜着。

"可是，他没有了解我。"我想，但一直到家，我没有再和他说了。

并不是感动与虔敬这情绪本身，而是对于我体验了这情绪的满意，一路上保留在我的心中，虽然是人们在明亮的太阳光下在街道各处显得五光十色；但我刚刚到家，这情绪便完全消失了。我没有四角钱付车夫。仆役长加夫锐洛，我已欠他的债，不再借钱给我。车夫看到我在院子里跑了两次找钱，大概是猜中了我为什么跑，便从车子上爬下来，虽然他在我看来是那么善良，却显然是要刺痛我的心，开始大声地说，常常有许多骗子坐车不给钱。

家里都还在睡觉，因此，除了向仆人们，我向谁也借不到四角钱。最后，发西利，经我说了最真实的、真实的话——我从他脸上看出来，他一点也不相信，但因为他欢喜我，记得我对他帮过忙，替我付了车钱。我的那种情绪如烟飞散了。当我开始穿衣服到教堂去以便和大家一同去领受圣餐时，哪知道，我的衣服没有改好，它不能够穿，我犯了无数的罪。穿了另外一件衣服，我在一种奇怪的心情着急的情况中去领受圣餐，完全不相信我的极好的倾向了。

第九章　我如何准备考试

在复活周的星期四，爸爸、姐姐、米米和卡清卡下乡去了。因此在祖母的大房子里只剩下佛洛佳、我和圣·热罗姆了。我在忏悔日和赴僧院时所有的心情完全过去了，只留下模糊然而愉快的回忆，它越来越被自由生活的新印象盖住了。

有《生活规条》这标题的纸本也和草稿练习本一同收藏起来了。我能够对于一切的生活情况制定规条并永远受它领导，这思想虽然使我高兴，并且似乎极其简单而又伟大，而且我仍然企望把这思想应用在生活上，但是我又似乎忘记了这是需要立即实行的，总是把它推延到什么什么时候。然而使我安慰的，是当时来到我头脑里的每种思想，都恰恰适合我的规条与责任的某一子目；或是适合有关于邻人的规条，或是有关于自己的，或是有关于上帝的。"那时候我要把这个带到那里去，关于这个题目那时还要有许多许多思想来到我面前。"我向自己说。现在我常常问自己：什么时候我是更好更对的：是那时，当我相信人类智慧万能时，抑是现在，我失去了发展的能力而怀疑人类智慧之能力与作用时——我不能够给自己肯定的回答。

自由的意识，和我已经说过的有所期待的春天的情绪，使我兴奋到那样的程度，以致我全然不能主持我自己，而把考试准备得很坏。有时早晨，我在课室里看书，并且知道必须工作，因为第二天有一门功课要考试，我还有两个全部的问题没有看完，但忽然从窗外吹来了一种春天的气息——看来，我似乎极需立刻回想什么，我的手自动地放下了书，脚自动地开始运动，来回走着。头脑里好像是有谁开紧了发条，使机器开动，在头脑里各种五光十色的快乐的幻想开始那么轻易而自然地并且那么迅速地跑过去，以致我只来得及注意它们的光芒。一小时，两小时不觉地就过去了。或者是我坐着看书，并设法集中全部注意力在所读的东西上，忽然在走廊上传来了妇女的脚步与衣服的响声——于是一切都从头脑里跳出，在位子上坐不住了，虽然我知道，除了祖母的老女仆加莎，没有人会从走廊上走过的。"唉，假如这是她呢？"我想起来了，"唉，假如现在它开始了，而我会错过机会吗？"于是我跑到走廊上，看到，果真是加莎；但事后我好久不能控制我的脑子。发条被开紧了，又发生了可怕的紊乱。或者是晚上在蜡烛光下我独自坐在自己房间里，为了修剪蜡烛或者在椅子上改正姿势，我忽然离开书本一会儿，看到门口和角落里各处是黑暗的，听到家里各处是安静的——又不能不停下来，不能不听着这寂静，不能不看着对黑暗房间打开的门外黑暗，不能不是动也不动地过了好久好久，或者不能不走下楼或者走过所有的空房间。我还常常晚间不被察觉地在大厅里坐很久，听着加莎在蜡烛光下独自坐在大厅里用两只手指在铜琴上所弹的《夜莺曲》的调子。甚至在月光之下我简直不能不从床上起来、躺在对着花园的窗台上，看着沙波示民考夫家被月光照亮的屋顶，我们教区的庄严的钟楼，映在花园路径上的围墙与灌木的夜影；我不能不在那里坐得那么久，以致后来，直到第二天早晨十点钟才困难地醒来。

因此，假如不是教师们还继续到我这里来，不是圣·热罗姆时常勉强地激起我的自尊心，尤其是，假如不是我要在我朋友聂黑流道夫的眼里显得是能干的青年，即是，出色地通过考试，这在他看来是很重要的事情——假如不是因为这些，则春天与自由便会使我忘掉从前我所知道的一切，而且无论怎样也不能通过考试了。

第十章　历史考试

　　四月十六日，我在圣·热罗姆的保护之下第一次走进大学的大厅。我们是坐很漂亮的轻快马车来的。我平生第一次穿礼服，我全身的衣服，甚至衬衫，袜子，都是最新的，最好的。当司阍在楼下脱掉我身上的大衣而我带着全身衣服的美观站在他面前时，我竟因为我是那么闪眼耀目而觉得有点难为情。但我刚刚走进了明亮的、满是人的、镶木地板的大厅，看见了成百的穿中学制服与礼服的青年（其中有些淡漠地看了看我），看见了庄严的教授们在远处的角落上或自由地在桌旁走动或坐在大圈椅里，我立刻就失去了引人对我注意的希望，而我脸上的表情，在家里甚至在门廊上还表示着可惜我并非有意地显出那种高贵重要的样子，却变成了非常胆怯和有些丧气的表情。我甚至走入相反的极端，很高兴地在附近的凳子上看到一个衣服极坏极不清洁的绅士，他还未老，却几乎头发全白了，他为了离开大家，坐在后面的凳子上。我立刻坐到他旁边，开始观看投考的人，作着关于他们的结论。那里有许多各种各样的身材与面貌，但按照我当时的意见，他们全都可以容易地分为三类。

　　有的像我，是同教师或父母来投考的，其中有最小的伊文和我所认识的福罗斯特，依林卡·格拉卜和他的老父。所有的这些人都有毛茸茸的下巴，有露出的衬衫，安静地坐着，没有打开带在身边的书本和笔记本，显然胆怯地看着教授们和考试桌。第二种考生是穿中学制服的青年，其中许多已经剃胡子了。他们大部分是彼此相识的，大声地说话，用教名与父名称呼教授们，当场准备问题，互相传递笔记本，跨过凳子，从门廊里拿来包子与夹肉面包，他们就在那里吃着，只是把头低到凳子。最后第三种考生为数不多，可是年纪很大，有的穿燕尾服，但大部分穿长礼服，没有露出的衬衫。他们举止极其庄严，单独地坐着，具有很忧郁的样子。

那个由于穿得确实比我坏而使我感到安慰的考生属于最后的一种。他用双手托着头、从手指缝间伸出散乱的半白的头发，他在读一本书，只偶尔用他的不全然善意的明亮的眼睛看我一下，愁闷地皱一下眉，把发亮的胳肘更向我这边伸着，使我不能够更靠近他。相反，中学生们是太好交际了，我有点儿怕他们。有一个把书递到我手里，说："递到那边给他吧。"另一个，从我身边走过时，说："让一下吧，老兄。"第三个，撑着我的肩头，好像撑着凳子一样，跨过凳子，这一切我觉得是粗野而不愉快的；我认为自己比这些中学生高得多，以为他们不该让他们自己和我这么熟。最后开始点名了；中学生们勇敢地走上前，大都回答得很好，愉快地走回来；我们的同伴胆怯得多，并且似乎回答得也坏些。在年纪大的当中，有的回答极好，有的极坏。

在叫塞妙诺夫时，我旁边那白发亮眼的人粗鲁地碰了我一下，跨过我的腿，向桌子走去。从教授的神情上似乎可以看出来，他回答极好而勇敢。回到了他自己的地方，他不知道他得了几分，便安静地拿了他的笔记本走出去了。听着喊叫名字的声音我已经颤抖了几次，但按照字母次序的轮次还没有到我，虽然以K字母开头的名字已经在叫了。在教授的角落里忽然有人在喊："伊考宁和切恩也夫。"一阵寒冷穿过我的脊背和头发。

"在叫谁？谁是巴尔切恩也夫？"我旁边的人说。

"伊考宁，去吧，在叫你；但谁是巴尔切恩也夫，毛尔皆恩也夫？——我不知道，答应吧。"站在我旁边的高大红脸的中学生说。

"您。"圣·热罗姆说。

"我的名字是伊尔切恩也夫，"我向红脸的中学生说，"是叫伊尔切恩也夫吗？"

"是呀，为什么您不去？……你看，他是什么样的公子哥儿啊！"他说得声音不高。却能让我从凳子后边走出时听得见。伊考宁走在我面前，他是高大的大约二十五岁的青年，属于第三类年长的。他身穿橄榄色的窄燕尾服，打着蓝缎领带，长长的金发小心地在后边梳成农民式。在凳子上的时候我就注意到他的外表了。他相貌不丑，好说话；最使我吃惊的是他留在喉咙上的奇怪的棕黄的毛，和他所有的更奇怪的习惯——就是不断地解开背心的扣子，在衬衣下抓自己的胸脯。

有三个教授坐在我和伊考宁所一同走去的那张桌子前；他们没有一个回答我们的鞠躬。年轻的教授洗着好像一副纸牌的字条；礼服上挂星章的另一个教授看着那个很快地说道关于查理大帝的话并在每句话后加上"最后"的中学生；第三个戴眼镜的老教授，低着头，从眼镜上边看我们，并且指示字条。我觉得，他的目光是同时对着我和伊考宁的，我们有什么地方令他不高兴（也许是伊考宁的棕黄的头发），因为他又在一起看着我们俩，用头做出不耐烦的姿势，要我们赶快抽字条。我又恼闷又愤慨，因为第一，没有人回我们的礼，第二，显然把我和伊考宁看作一类的考生，并且因为伊考宁的棕黄的头发已经对我有了偏见。我毫不胆怯地抽了字条并准备回答；但教授用眼睛指示了伊考宁。我阅读了我的字条，这是我所知道的，于是我，安静地等着我的轮次，注意着在我之前所发生的事。伊考宁一点也不胆怯，甚至太勇敢地侧着身子动了一下去抽取字条，摆了一下头发，敏捷地阅读了字条上所写的东西。当挂星章的教授带着称赞放走一个中学生而忽然看他时，他张开了口，我似乎觉得，他要开始回答了。伊考宁似乎想起了什么，停住了。全体的沉默继续了大约两分钟。

"咳。"戴眼镜的教授说。

伊考宁张开嘴，又沉默了。

"要晓得不是您一个人；请您回答吧，还是不呢？"年轻的教授说，但伊考宁看也不看他。他注神地看着字条，一个字也说不出来。戴眼镜的教授从眼镜里边、从眼镜上边看他，又摘下了眼镜看他，因为现在来得及把它们取下来，小心地擦了玻璃，再戴上。伊考宁一个字也没有说出来。忽然笑容在他脸上闪过，他摆了摆头发，又侧身转向桌子，放下字条，轮流地看看每个教授，然后看我，转过身，摇着手，用健捷的步伐回到凳子那里。教授们彼此交换了目光。

"好孩子，"年轻的教授说，"自费生！"[①]

我向桌子靠近了些，但教授们继续在互相几乎低声地说话，好像他们谁也没有猜疑到我的在场。我那时坚决相信，这三个教授都对于这个问题极感兴趣，就是，我是否会通过考试以及我是否会考得好，但只是为了尊严，他们装作这对于他们是全然无所谓的，而他们似乎没有注意到我。

当戴眼镜的教授淡漠地转向我，要我回答问题时，我看了看他的眼睛，替他觉得有些儿难为情，因为他在我面前是那么伪善，并且在回答的开始我有点儿口吃；但后来便越来越容易了，且因为问题是我所熟知的俄国史里面的，我光辉地结束了，甚至兴奋到那样的程度，我想让教授们觉得我不是伊考宁，把我和他相混是不行的，我提议再抽一个字条；但教授点了头说"好了"，并且在分数本里写下了什么。回到凳子那里，我立刻便听中学生们说我得了"五"，上帝晓得他们怎么会知道一切的。

---

① 大部分大学生之学费、食宿费均由学校担任。亦有少数自费生。——英译本注

第十一章　数学考试

在以后的考试中，除了我认为不值得和我做朋友的格拉卜和因为什么缘故而见我害羞的伊文，我已经有了许多新相识。有几个已经和我打招呼了。伊考宁看见了我，甚至觉得高兴，并且向我说，他要重新考试历史，说历史教授在上次考试之后就愤恨他，在那次考试中他似乎还打击了他。塞妙诺夫和我进一个系，进数学系，直到考试结束，他还是怕见所有的人，独自无言地坐着，用手托着头，手指插在白发里，他考得极好。他是第二名；第一名是第一中学的学生。他是又高又瘦的黑发的人，面色极为苍白，颈子上打着黑领带，额上有粉刺。他的手又瘦又红，手指极长，指甲咬得好像手指头上缠了线。我觉得这一切是极好的，是第一名中学生应该有的样子。他和所有的人一样同大家说话，连我也和他相识了。但我仍然觉得，在他的步态上，在嘴唇的动作上，在黑眼睛里，可以看到某种非常的、有磁力的东西。

在数学考试中我到得比平常早。我对这一学科懂得很多，但有两个代数问题我瞒了教师，我完全不知道。我现在还记得，它们是：组合定理与二项式定理。我坐在后边的凳子上，看这两个不熟悉的问题；但是在嘈杂的房间里读书的不习惯，时间的不够，使我不能深入我所阅读的东西。

"他在这里，来吧，聂黑流道夫。"佛洛佳的熟识的声音在我背后说。

我转头看见了哥哥同德米特锐，他们穿着未扣的大礼服，摇着手臂，在凳子当中向我走来。立刻便看得出他们是二年级生，在大学里就像在家里一样。单是他们未扣的大礼服的样子便表示了对于我们要入学的人的轻视，并且引起我们要入学的人的羡慕与尊敬。想到我四周的人能够看我认识两个二年级生，我觉得极其有面子，我赶快站起来迎接他们。

佛洛佳甚至不能约制他自己不表现优越之感。

"啊，你这倒霉的人！"他说，"怎么，还没有考完吗？"

"没有。"

"你在看什么，你没有准备吗？"

"是的，有两个问题根本没有准备。这里我不懂。"

"什么？是这个吗？"佛洛佳说，开始向我说明二项式定理，但是说得那么快而不清楚，以致他在我眼睛里看到了我不相信他的学问，他看了看德米特锐，在他的眼睛里，大概是看见了同样的东西，便脸红了，但他仍然继续说着我所不懂的东西。

"啊，停止吧，佛洛佳，若是来得及，让我和他研究吧。"德米特锐说，看了教授的角落，在我身边坐下了。

我立刻注意到，我的朋友是在那么自满而温和的心情中，这是在他满意自己时一向所有的，是我所特别欢喜的。因为他精通数学，说得清楚，他和我把问题研究得那么好，直到现在我还记得。但他刚说完，圣·热罗姆便用响亮的低语说：a vous, Nicolas！（轮到你了，尼考拉！）于是我来不及研究另一个不懂的题目，便跟伊考宁从凳子后边走出去了。我走到桌子那里，有两个教授坐在桌前，有一个中学生站在黑板前面。中学生敏捷地演出一个公式，喳喳地在黑板上碰碎着粉笔，仍旧向下写着，虽然教授已向他说"好了"，并命令我们抽字条，"啊，假如碰到组合定理，怎办呢！"我想，用发抖的手指从软柔的纸束里抽出一个字条。伊考宁带着和先前的考试中同样的勇敢姿势，侧身摇摆看，不加选择，抽了顶上面的字条，看了看它，生气地皱了皱眉。

"总是碰到这样的鬼！"他低语着。

我看了我的。哟，糟了！它是组合定理！……

"你的是什么？"伊考宁问。

我给他看了。

"我知道这个。"他说。

"你要换吗？"

"不，反正一样，我觉得，我心情不好。"伊考宁还不及低声说完，教授便叫我们走近黑板了。

"啊，什么都完了，"我想，"没有了我想要做到的光辉的考试，我将要永远蒙受耻辱，此伊考宁还坏。"但忽然伊考宁，当教授的面，转身向我，夺去了我手里的字条，把他的给了我。我看了字条。它是二项式定理。

教授不是老人，有愉快的聪明的表情，他的极为突出的额头下部特别给了他这个表情。

"这是怎么回事？诸位，你们交换字条吗？"他问。

"不，他不过是把他的给我看了一下，教授先生。"伊考宁迅速地回答，而"教授先生"又是他在这里所说的最后的话；从我身边回去时，他又看了看教授们和我，微笑了一下，耸了耸肩膀，他的表情似乎是说："没有关系，老兄！"（我后来知道伊考宁已是第三次参加入学考试了。）

我把刚刚研究过的问题回答得极好，教授甚至向我说，比可能要求的还要好，打了——五。

第十二章　拉丁文考试

一切经过良好，直到拉丁文考试。打领巾的中学生是第一名。塞妙诺夫第二名，我第三名。我甚至开始骄傲并且严肃地想到，虽然我年轻，我一点也不儿戏。

从第一场考试时，大家就畏惧地说道拉丁文教授，他好像是一只野兽，欢喜毁灭青年，特别是自费生，似乎他只说拉丁语或希腊语。圣·热罗姆是我的拉丁文教师，鼓励了我，并且我觉得，我能不用字典翻译西塞罗①的作品和贺拉西②的若干颂歌，并精通楚姆卜特的文法，我准备得不亚于别人；但结果并不然。整个的早晨只听见说道在我之前的那些人的失败，有的得零，有的得一，又有的被斥责并且要被赶出去，云云，云云。只有塞妙诺夫和第一名中学生，照常地沉着地走出去走回来，都得了五。当我和伊考宁一同被叫到可怕的教授独自坐着的小桌子那里时，我已经预感到不幸。可怕的教授是矮小的又瘦又黄的人，有长长的油腻的头发和极沉思的相貌。

他给了伊考宁一册西塞罗演说，要他翻译。

令我大为惊异，伊考宁不仅读了，而且借了向他指示的教授的帮助，翻译了几行。在分析时，伊考宁照旧地陷于显然无可奈何的沉默中，我感觉到我在这样弱的竞争者面前的优越，不能不笑了，甚至笑得有几分轻视。我想要用这个聪明的微带轻视的笑容讨好教授，但结果适

---

① 公元前一〇六——四五，罗马作家。
② 公元前六五—六八，拉丁诗人。

得其反。

"想必您懂得更多了，所以您笑，"教授用恶劣的俄语向我说，"我们来看一看。好，你说。"

后来我知道了，拉丁文教授庇护伊考宁，甚至伊考宁住在他那里。我立即回答了问过伊考宁的那个造句法问题，但教授做出愁闷的面色，背转身对着我。

"好的，您的轮次要到的，我们要看看，您懂得怎样。"他说，没有看着我，然后他开始向伊考宁说明那向他问到的问题。

"去吧。"他添说；我看到他在分数本上给了伊考宁四分。"嗬，"我想，"他根本不像他们说的那么严格。"在伊考宁走后，他放书和字条，嗅鼻子，调整椅子，在椅子上躺靠着，看大厅，看各方面，看所有的地方，但只是不看我，这足有五分钟之久，我仿佛觉得有五小时。然而他似乎觉得，这一切的作假还不够，他打开一本书，假装阅读，好像那里根本没我。我靠近了一点，咳嗽了一声。

"啊，对啦！还有您？好，翻译一点什么吧，"他说，给了我一本书，"啊，不行，这一本好些，"他翻着一本贺拉西的著作，向我铺开一个地方，在我看来，这是从来谁也翻译不出的。

"我没有准备这个。"我说。

"您想回答您读熟了的东西——好，可是，就翻译这个吧。"

我开始费劲地力求说出意思，但教授对着我的每一次的疑问的目光摇头，并且叹着气，只回答着"不"。最后他那么神经质地迅速地合书，以致用书页砰地夹了他的手指；他愤怒地抽出手指，给了我一个文法问题的字条，在椅子上仰身向后，带着最不祥的样子沉默着。我本来要开始回答，但他脸上的表情锁住了我的舌头，无论我说了什么，我觉得全不对。

"不对，不对，根本不对，"他忽然用恶劣的声音说，迅速地改变着姿势，把胳肘搭在桌上，玩着左手瘦指上松松地戴着的指环，"诸位，这样地准备进大学是不行的；你们都只想穿蓝领子的制服，一知半解，以为你们能够做大学生；不行的，诸位，应该认真地研究学科。"云云，云云。

在他用牵强附会的言语所说的这些话的全部时间里，我愚钝地注意地看他的下垂的眼睛。起初，使我苦恼的，是未得第三的失望，后来，是根本不得通过考试的恐惧，最后，又加上这种心情，就是感觉到不公正、自尊心受损伤与不应得的屈辱；此外，对于教授的轻视——因为在我看来，他不是那种comme il faut（正派的）人，这是我看到他的又短又硬的圆指甲时所发现的——更在我心中煽起了这一切的情绪，并且使它们变得有毒。他看了看我，注意到我的打颤的嘴唇与含泪的眼睛，大概是把我的兴奋当作了加分数的要求，似乎是可怜我，他说（并且是当着在这时走来的另一个教授的面）：

"好吧，我给您及格的分数（这意思是二），不过你是不应得的，但这只是为了您年轻，并且希望您在大学里不要再这样轻浮了。"

他最后的一句话彻底地使我难受了，那是当别的教授的面说的，那教授看着我，仿佛也在说："是的，您明白了，年轻人！"有好一会儿我的眼睛昏花模糊了：我觉得可怕的教授和他的桌子是在遥远的地方，一个奇怪的念头带着可怕的片面的明朗性来到我的头脑里："假若是……会怎样呢？会发生什么呢？"但我因为什么缘故没有做这件事，而且相反，我不自觉地、特别恭敬地向两个教授行了礼，并且微笑了一下，似乎是和伊考宁所笑的笑容一样，离开了桌子。

这个不公平当时强烈地影响我到那样的程度，假如我对于我的行为是自由的，我便不再去受考试了。我失去了一切自尊心（要想得第三名已经是不行的了），我混过了其余的考试，没有任何痛苦，甚至没有任何兴奋。然而我的平均分数是在四以上，但这已经一点也不令我发生兴趣了；我自己认定，并且极其明白地向自己证明，力求取得第一，是极愚蠢的事，甚且是mauvais genre（坏作风），应该是，也不太坏也不太好，就像佛洛佳。我打算将来在大学里便抱着这个态度；虽然在这方面，我第一次和我的朋友意见分歧。

我已经只想到制服、三角帽、自己的马车、自己的房间，尤其是，自己的自由了。

第十三章   我长大了

但是，这些思想也有它们的美妙之处。

五月八日，在最后的经典考试之后回来时，我在家里看到我所认识的罗萨诺夫店里的工匠，他前次曾经送来用暂时针线假缝的光滑的闪光的黑布的制服与礼服，用粉笔画衣襟，现在送来了全部做好的有光辉的裹了纸的扣子的衣服。

穿上了衣服，虽然圣·热罗姆向我确说礼服的背后皱了，我却觉得极好，带着完全不自觉地露在脸上的自足的笑容，走下楼，走到佛洛佳那里，我感觉到却似乎未注意到家奴们从前厅与走廊上来向我眼馋地注视着的目光。仆役长加夫锐洛在大厅里赶上了我，贺我进了学校，奉爸爸的命令，给了我四张二十五卢布的白钞票，说，也是奉爸爸的命令，从今天起，车夫库倚马，快车和栗色马美儿都完全听我指挥。我为了这个几乎是意外的幸福而那么高兴，怎样也不能够对加夫锐洛装作冷淡了，并且有点儿慌乱、喘息，说了最先来到我头脑里的话——似乎是："美儿是极好的跑马。"看了看前厅与走廊的门里伸出的人头，我再也不能够约制我自己了，我穿着有光辉的金扣子的崭新的礼服跑步穿过了大厅。当我走进佛洛佳房里时，在我背后传来了杜不考夫与聂黑流道夫的声音，他们是来贺我的，提议到什么地方去吃饭喝香槟酒贺我入学。德米特锐向我说，他虽然不欢喜喝香槟酒，今天却要同我们去，饮酒祝我们的友谊。杜不考夫说，我因为什么缘故好像一个上校，佛洛佳没有贺我，只是极其冷淡地说，我们现在可以后天下乡去了。似乎他虽然高兴我进了学校，却有点儿不愿意现在我是和他一样地长大了。圣·热罗姆也到我们这里来了，很傲慢地说，他的责任完了，他不知道，他的责任尽得好还是坏，但他是做了他所能做的一切，他明天就要搬到他的伯爵家去了。在回答他们问我的一切时，我觉得，在我脸上违反本意地显出了甜蜜的、快乐的、有点儿愚笨而自满的笑容，我注意到，这个笑容甚至传给了所有的和我说话的人。

现在我没有教师了，我有自己的马车了，我的名字印在大学生名表上，我的腰带上有了剑，值勤警察会有时向我行礼了！我长大了，我似乎是幸福的。

我们决定了五点钟以前在雅尔吃饭，但因为佛洛佳到杜不考夫那里去了，德米特锐也习惯地到什么地方去了，说他在吃饭之前还有一件事要做，所以我能够随意地利用两个钟头的时间。我在所有的房间里走了很久，照了所有的镜子，时而礼服扣着，时而完全不扣，时而只扣最上边的一个扣子，我觉得都是极好的。后来，我虽然觉得表现了太多的高兴是难为情；我却不能够约制自己，走到马厩与车房，看了看美儿、库倚马与马车。然后我又回来，开始在各个房间里走着，照着镜子，数着荷包里的钱，仍旧那么幸福地微笑着。然而一小时还没有过去，我已经觉得有点无聊，并且可惜没有任何人看见我在这么辉煌的情况中，于是我想有动作和活动了。因此我命令套马车，决定了最好是先到铁匠桥街去买点东西。

我想起了，佛洛佳进大学时买过维克托·阿当姆的石印的马、烟草、烟斗，我觉得我必须做同样的事情。

在各方面向我注视的目光中，在照看我的纽扣、帽章、佩剑的明亮的太阳光中，我乘车到了铁匠桥街，停在大崔阿罗的图画店旁。环顾着各方面，我走了进去。我不想买阿当姆的马，为了免得别人责备我仿效佛洛佳，但因为我给予殷勤的店员的麻烦而羞耻，便急忙着，赶快地选择着，我要了一个摆在窗子上的水彩画女人头，付了二十卢布。但是在店里付了二十卢布之后，我仍旧觉得难为情，因为我用这样的琐事麻烦了两个衣服漂亮的店员，同时，好像他们还是太不经心地看着我。我想让他们知道我是什么人，我注意到玻璃下边的银器，知道了这是值十八卢布的porte-crayon（铅笔夹），我要他们用纸包了起来，付了钱，又知道了好烟斗和烟草可以在隔壁的烟店里买到，便恭敬地向两个店员鞠躬，在腋下挟着图画走上街。在邻近的店里，它的招牌上画着一个抽雪茄的黑人，也是为了不愿模仿任何人，我买了不是茄考夫烟，而是苏丹烟，有土耳其烟嘴的烟斗，两个菩提树与蔷薇木的烟管。出店上车时，我看见了塞妙诺夫，他穿着普通礼服，垂着头，快步地在步道上走。我因为他没有认出我而发恼。我很大声地说了"赶到这里来"，坐上车，赶上了塞妙诺夫。

"您好。"我向他说。

"好哇。"他回答，继续向前走。

"为什么您不穿制服？"我问。

塞妙诺夫停住了，皱起眼睛，露出白牙，似乎他看到太阳觉得难受，但事实上是为了对我的马车和制服表示漠不关心，无言地看了看我，又向前走。

从铁匠桥我坐车到了特维尔斯卡街的糖果店，虽然我要装作，在糖果店里我的兴趣主要的是看报纸，我却不能约制自己，开始接连地吃甜包子。虽然我因为一个绅士从报纸后边好奇地看我而觉得羞耻，我却极快地吃了店里所有的八种包子。

回到家里，我觉得微微的胃痛；但一点也不注意它，着手检查我的购买品，其中的图画是那么不合我的意，我不仅不把它放在框子里，不像佛洛佳那样挂在自己的房里，而且小心地把它藏在抽屉橱后边谁也看不见的地方。到了家铅笔夹也不令我满意了，我把它放在桌子里，却用这样的思想安慰着自己，就是，这东西是银的，重要的，对于大学生是有用的。不过烟具我决定立刻使用并试用。

拆开了四分之一斤的纸包，把红黄色细切的苏丹烟小心地放进土耳其烟嘴，把燃烧的火绒放在上边，把烟管拿在中指与无名指之间（手的姿势特别令我满意），开始吸烟。

烟味是很愉快的，但嘴里觉得苦，呼吸困难了。然而我勉强着，吸了很久，试着吐出烟圈又吸进来。不久全房充满了蓝色的烟气，烟斗开始响了，燃烧的烟冒火了，我觉得嘴里发苦，头有点发晕了。我正想要停止，只带着烟斗去照镜子，可是，令我惊异的，我的腿站不稳了；房间打旋了，我费力地走到镜前照了一下，我看到我的脸白得像布了。我刚刚躺到沙发上，我便感觉到那样的作呕，那样的软弱，我设想，我的烟斗对于我是致命的，我觉得我要死了。我认真地惊慌了，已经想要叫人救助、去找医生。

但这惊慌没有经过多久。我立即明白了是什么回事，非常头痛地、软弱地在沙发上躺了很久，迟钝地注视纸包上的波士顿饶格洛的商标，落在地板上的烟斗，烟渣和包子残屑，失望地愁闷地想道："对了，假如我不能够像别人那样地吸烟，我便还是没有完全长大，显然，我没有这个幸运，像别人那样，把烟管挟在中指与无名指之间，吸进了烟，把烟从淡黄胡髭里吐出来。"

德米特锐，在五点钟前来找我，碰见我在这种不痛快的情况中。但是，喝了一杯水，我几乎复原了，并且准备和他去了。

"您何必要吸烟呢，"他说，看着我吸烟的痕迹，"这完全是愚蠢，白白地浪费钱。我立了誓不吸烟……可是，我们赶快走吧，还要去找杜不考夫。"

第十四章　佛洛佳和杜不考夫所做的事情

　　德来特锐一进我的房间，从他的脸上、步态上、他在情绪不好时所特有的姿势上——眯眼，怪相地向一边仰着头，似乎是要整理领带——我便看出，他是在那种冷淡固执的心情中，这是他在不满意他自己时所有的，并且这总在我对他的感情上引起冷淡的效果。近来我已经开始观察并且批评我的朋友的性格，但我们的友谊并未因此有丝毫变化：这友谊还是那么年轻而强壮，无论我从哪方面看德米特锐，我不能不看到他的完善。在他身上有两个不同的人，在我看来，两个都是极好的。一个是我所热烈地爱着的，是善良的、亲切的、温顺的、快乐的，并且他自己知道这些可爱的品质。当他是在这种心情中的时候，他全部的外表、声音、全部的动作似乎是说："我温顺、善良，并且我为了我是温顺善良而乐意，这你们都可以看到。"另一个，我直到此刻才开始认识并且我崇拜他的伟大，是冷淡的、对己对人严格的、高傲的、信教到狂信程度、迂腐的道德的人。现在他是这个第二种的人。

　　当我们坐上车时，我坦白地向他说（坦白是我们的关系中必要的条件），在今天这个对于我是幸福的日子里，我看到他在这种愁闷的、令我不愉快的心情中，我觉得悲伤而痛苦。

　　"大概是有什么事使您苦恼，为什么您不向我说呢？"我问他。

　　"尼考林卡！"他从容地回答，神经质地把头转向一边，眯着眼，"既然我向您发誓过，什么事情不瞒您，那么，你也没有理由怀疑我的秘密了。要永远是一种心情是不行的，假使有什么东西使我苦恼，我自己也弄不明白。”

“这是多么异常坦白诚实的性格啊。”我想，没有再和他说话。

我们无言地到了杜不考夫那里。杜不考夫的住处是非常之好，或者我觉得是这样的。处处有地毯，图画，帷帘，花壁纸，画像，弯曲的圈椅，躺椅，墙上挂着步枪，手枪，烟口袋，一些纸板的兽头。看到这间书房，我明白了，佛洛佳布置房间是模仿谁的。我们看到杜不考夫和佛洛佳在玩牌。一个我不认识的绅士（从他的谦卑的态度上看来，想必是不重要的人）坐在桌旁，很注意地看牌戏。杜不考夫自己穿了绸换装服和软鞋。佛洛佳未穿礼服，坐在他对面的沙发上，凭他的发红的脸，和他偶尔从牌上拿开向我们投视的不满的一瞥的目光看来，他是很专心在玩牌。看见了我，他更加脸红。

“呶，你发牌。”他向杜不考夫说。我明白了，他不高兴我看见了他玩牌。但在他的表情中却看不见窘迫，它似乎是向我说：“是的，我玩，你诧异这个，只因为你还年轻。这不但不是坏事，而且是在我们这年纪所应该有的。”

我立即感觉到并且明白了这个。

然而杜不考夫并未开始发牌，却站起来，和我们握手，让我们坐下，拿烟斗给我们，我们拒绝了。

“他来了，我们的外交家，祝贺的对象，”杜不考夫说，“哎哟，他太像一个上校了。”

“哼！”我低语着，又觉得自己脸上显出愚笨自满的笑容。

我尊敬杜不考夫，只有十六岁的青年才会尊敬二十七岁的副官，所有的人都说道他，说他是极其规矩的年轻人，他很会跳舞，说法语，他心中轻视我的年轻，显然极力隐瞒着这个。

虽然我尊敬他，但在我和他相识的全部时间，上帝知道为什么，我看到他的眼便觉得难受而不自如。我后来注意到，我看到三种人的眼就觉得不自如——那些比我坏得多的人，那些比我好得多的人，那些我不敢和他们互相说道我们双方所知道的事情的人。杜不考夫也许比我好，也许比我坏，但确实是，他常常说谎却不承认，并且我注意到了他这个弱点，但不用说，我不敢向他说道这个。

"让我们再打一次王牌。"佛洛佳说，像爸爸那样颤动着肩膀，洗着牌。

"他硬要干！"杜不考夫说，"我们以后再玩完吧。啊，只玩一次了——发牌吧。"

在他们玩牌的时候，我注意着他们的手。佛洛佳的手又大又好看，当他拿牌时，拇指的部位，和其余手指的弯曲，是那么像爸爸的手，我甚至有一个时候觉得，佛洛佳是为了要像大人，故意要他的手那样；但是看到他的脸，立即就看得出，除了玩牌，他什么也不想。反之，杜不考夫的手又小又肥，向内弯曲，极其灵活，并且有柔软的手指，正是这样的手，它们戴着指环，它们属于爱做手工，爱有美丽的东西的人。

大概是佛洛佳输了，因为那个看他的牌的绅士说道佛拉济米尔·彼得罗维支①的运气非常不好，并且杜不考夫掏出记事册，在上面写了什么，把写的递给佛洛佳看，说："对吗？"

"对！"佛洛佳说，装作不开心地看了看记事册，"现在我们去吧。"

佛洛佳带杜不考夫同车，德米特锐带我坐他的轻快车。

"他们玩的是什么？"我问德米特锐。

"匹开特。愚笨的赌。总之，赌是愚笨的事。"

"他们赌得大吗？"

"不大，但是不好的。"

"你不赌吗？"

"不赌，我发誓过不赌；但杜不考夫不赢人的钱是不行的。"

---

① 即佛洛佳。

"要知道，这在他那方面是不对的，"我说，"佛洛佳，大概玩得比他坏了。"

"当然，这是不好的；但那也没有特别坏的地方。杜不考夫欢喜玩，并且会玩，但他仍然是很好的人。"

"但我根本也不以为……"我说。

"但是要想到他有什么坏处，也是不行的，因为他确实是很好的人。我很欢喜他，并且要永远欢喜他，不管他的弱点。"

我因为什么缘故觉得，正因为德米特锐太热心地替杜不考夫说话，他已经不再欢喜他不再尊敬他了，但他不承认这个，是由于执拗、由于要让谁也不能指责他无恒。他是一个那样的人，他们终生欢喜他们的朋友，与其说是，因为他们觉得这些朋友永远是可爱的，毋宁说是，因为一旦，即使是由于错误欢喜了什么人，他们便认为不欢喜这个人是不光荣的。

第十五章　我受祝贺

杜不考夫和佛洛佳知道雅尔这里一切人的名字，从司阍到老板，都对他们表示巨大的尊敬。他们立刻领我们进了特别的房间，开来了杜不考夫按照法文菜单所点的一种奇异的餐宴。一瓶冰过的香槟酒已经预备好了。我极力想要尽可能漠不关心地看着它。虽然杜不考夫习惯地说些最奇怪的，似乎是真的事情，其中，例如他祖母用毛瑟枪打死了三个向她袭击的强盗（听到这话我脸红了，并且垂下眼睛，对他掉转了头），虽然，每次当我开始说什么时，佛洛佳都显然地怕羞（这是完全徒劳的，因为凭我所记忆的，我没有说出特别可羞的话），虽然如此，这个餐宴却进行得很欢乐而愉快。在斟了香槟酒之后，大家都贺我，我和杜不考夫及德米特锐亲密地挽着手臂喝酒，并且和他们接吻。因为我不知道这瓶香槟酒是谁的（我后来听说这是大家的），我想要用我不断地在口袋中摸着的自己的钱款待朋友，我偷偷地拿出一张十卢布钞票，把侍者叫到身边，给了他钱，低声向他说，请他再拿半瓶香槟酒来。但大家都听见了，因为他们无言地看着我。佛洛佳那么脸红，开始那么发抖，恐怖地看我和大家，使我觉得我做错了事，但半瓶酒已经带来了，我们很高兴地喝了酒。仍然似乎是很愉快。杜不考夫不停地胡说，佛洛佳也说了那么可笑的笑话，并且说得那么好，是我怎样也没有料到的，我们笑了很久。他们——佛洛佳和杜不考夫——的笑话的性质，乃是模仿并夸张一个有名的笑话：一个问，"您到过外国吗？"另一个回答，"我没去过，但我的哥哥奏提琴。"他们把这种无意义的笑话说得那么好，他们把原来的笑话说成了："我的哥哥也从来不奏提琴。"对于每个问题他们是这样地互相回答，有时并无问题，他们只是极力要把两件最不调和的事连在一起，带着严肃的脸色说这无意义的话——结果是很可笑。我开始明白这是什么回事，也想要说出可笑的话，但在我说话时，大家害羞地看我或极力不要看我，于是我的笑话没有说成。杜不考夫说："胡说了，老兄，外交家。"但是我因为所喝的香槟以及我同大人做朋友而觉得那么愉快，他这话只微微刺痛了我。德米特锐虽然喝得和我们一样多，却独自继续处在严厉庄重的心情中，这有点儿阻碍了大家的高兴。

"喏，听着，诸位，"杜不考夫说，"饭后我们要把外交家带在手边。我们要不要到姑母家去？我们到那里去处置他。"

"可是聂黑流道夫不去。"佛洛佳说。

"讨厌的好人！你，讨厌的好人！"杜不考夫对着他说，"和我们去吧，你会看到，姑母是顶好的人。"

"不但我不去，而且我也不让他同你们去。"德米特锐红着脸回答。

"谁呀？外交家吗？你要去吗，外交家？看吧，我们刚说道姑母，他便满脸光辉了。"

"不是我不放他去，"德米特锐继续说，从座位上站立起来，开始在房中走着，不看着我，"但是我不劝他去，也不希望他去。他现在不是小孩子了。假若他要去，他可以不和你们一道单独去的。但杜不考夫，你应该觉得这是可羞的；你自己做不好的事，因此你想要别人也做同样的事情。"

杜不考夫向佛洛佳眨着眼，说："我请你们大家到姑母那里去喝杯茶，有什么坏处呢？啊，假如你不高兴我们一道去，那么好吧：我同佛洛佳去，佛洛佳，你去吗？"

"嗯，嗯！"佛洛佳肯定地说，"我们到那里去，然后回到我那里，我们再玩匹开特。"

"怎么样，你想不想同他们去呢？"德米特锐走到我面前说。

"不去，"我回答，在沙发上移动着，让出我身边的地方给他，他坐下来了，"我只是不想去，假如你不劝我去，我无论怎样也不去。"我后来又添说："不，我不想和他们去，我不是说真话；但我高兴，我不去。"

"好极了，"他说，"按照自己的意思生活，不要随着别人的笛子跳舞，这最好了。"

这小小的争吵不但没有损害我们的乐趣，而且把它加强了。德米特锐立刻也有了我的可爱的温顺的心情。良好行为的自觉，像我后来不止一次所注意到的，对他有了这样的影响。他现在满意他自己，因为他保卫了我。他非常高兴，又要了一瓶香槟（这是违反他的规条的），邀了一个不相识的绅士来到我们房间里，给他酒喝，唱了Gaudeamus igitur（大学生行乐歌），要求大家随着他唱，并且提议乘车到索考尔尼基去玩，杜不考夫说，这是太情感用事了。

"让我们今天快乐吧，"德米特锐微笑着说，"为了贺他进大学，我要第一次喝酒，让我醉吧。"

这种高兴对于德米特锐似乎是奇怪的。他好像一个教师或者慈善的父亲——他满意自己的孩子们，自己开心，并且想要使孩子们高兴，又同时证明真诚地适当地开心一下是可能的；但虽然如此，这意外的快乐却似乎传染地影响了我和别人，尤其是因为我们每人几乎喝了半瓶香槟。

在这种愉快的心情中，我走进了大房间，去吸杜不考夫给我的烟卷。

当我从位子上站起时，我注意到我的头有点儿晕眩了，我的手和脚只在我密切注意时才保持着自然的姿势。不然，我的脚便向旁边溜，我的手便做着什么手势。我把全部注意力集中在我的四肢上，命令我的手举起来扣外套、抹头发（这时我的胳肘不知怎的举得异常高），命令我的脚走到门那里去，它们执行了，但不知怎的走得很坚定，或者太轻，特别是左脚总是落在脚尖上。有个声音向我喊叫："你到哪里去？他们要拿蜡烛来了。"我猜想这声音是佛洛佳的，并且想到我到底猜中了而觉得高兴，但我只微笑了一下作为回答他，并且向前走着。

第十六章　争吵

　　在大房间的小桌子旁边坐着一个矮小、肥胖、穿便服、有棕黄胡髭的人在吃东西。一个没有胡髭的高大黑发的人和他并排坐着。他们在说法语。他们的目光困惑了我，但我仍然决定了在他们面前的燃烧的蜡烛上吸着我的卷烟。我看着旁边以免遇到他们的目光，我走到桌前，开始吸着我的卷烟。当卷烟吸着时，我忍不住了，看了看吃饭的绅士。他的灰眼睛注意地恶意地盯着我。我刚要转身时，他的棕黄胡髭翘动了，他用法语说："阁下，我吃饭时，我不欢喜人吸烟。"

　　我低声说出不可了解的话。

　　"是的，我不欢喜，"有胡髭的绅士严厉地说，眼一瞥地向没有胡髭的人看了一下，似乎要那人注意他将如何说服我，"阁下，我也不欢喜那些粗鲁的在您面前吸烟的人，我也不欢喜他们。"

　　我立即觉得，这个绅士是在斥责我，但在最初的一会儿，我似乎觉得，我是很对不起他。

　　"我没有想到，这妨碍了您。"我说。

　　"嘀，您没有想到您是粗人，但我想到了。"这个绅士大叫着。

　　"你有什么权利大叫？"我说，觉得他在侮辱我，我自己开始发怒了。

　　"是这个权利，就是我从来不许任何人忽视我，并且要永远地教训像这样大胆的人。您姓什么，阁下？你住在什么地方？"

　　我很愤怒，我的嘴唇发抖，呼吸困难，但我仍然觉得自己不对，大概是因为我喝了很多的香槟，我没有向这个人说任何粗野的话，而且相反，我的嘴唇极恭顺地向他说了我的姓和地址。

"我的姓是考尔匹考夫，阁下，你以后要更加有礼貌些。我还会和你见面的，您会得到我的消息（Vous aurez de mes novelles）。"他结束了，因为全部的谈话是用法语说的。

我只说了："很欢迎。"极力要使我的声音尽可能更加坚决，我带着业已熄灭的卷烟掉转身，回到我们的房间去了。

我没有向哥哥、也没有向朋友们说出我所发生的事情，尤其是因为，他们在作热烈的争论，我独自坐在角落上，思量着这个奇怪的事情。"阁下，你是粗人（un mal élevé）。"这话还在我的耳朵里响着，越来越使我愤慨。我的醉意全没有了。当我想到我在这件事中的行动时，我忽然发生了可怕的思想，我的行动像懦夫。他有什么权利攻击我？为什么他不索性向我说这妨碍他？所以是他不对吗？当他向我说我是粗人时，为什么我不向他说"阁下，粗人就是准许自己粗鲁的人"呢？或者，为什么我不索性向他大声说"住口"，那就好极了；为什么我不向他挑斗呢？啊！这个我什么也没有做，却像卑鄙的懦夫吞下了侮辱。在我的耳朵里不断地激怒地响着："阁下，你是粗人！"我想，"不行，是不能听它如此的。"我站起来，坚决地想再到那个绅士那里去，向他说出一点可怕的话，也许甚至用烛台打他的头，假若行的话。我极快乐地幻想到这最后的意向，但也带着强烈的恐怖重新走进大房间。侥幸，考尔匹考夫已经不在了，只有一个茶房在大房间里收拾桌子。我想要向茶房说出所发生的事，并且向他说明，我是一点也没有错，但是因为什么缘故我改变了主意，在最愁闷的心情中重新回到了我们的房间。

"我们的外交家发生了什么事情吗？"杜不考夫说，"他此刻，大概是在决定欧洲的命运了。"

"啊，让我安静吧，"我掉转身不乐地说。然后我在房里踱着，因为什么缘故开始想到杜不考夫完全不是一个好人，"永远的笑话，'外交家'的称号，是什么意思——这里面没有一点好意。他只要赢佛洛佳的钱，到什么姑母那里去……他没有一点令人愉快的地方。他所说的都是谎话，或是庸俗的话，还总是想要取笑我。我似乎觉得，他简直是一个呆瓜，并且是坏人。"我在这样的思索中过了五分钟光景，因为什么缘故越来越感觉到对于杜不考夫的敌意。杜不考夫不注意我了，这更使我愤慨。我甚至对佛洛佳和德米特锐发火了，因为他们和他说话。

"诸位，知道是什么吗？——我们应该向这个外交家浇水了，"杜不考夫忽然说，带着笑容向我看了一下，我觉得这笑容是嘲笑的甚至是背叛的，"真的，他不好！呀，他不好！"

"我们也要向您浇水，您自己也不好。"我回答，恶意地微笑着，甚至忘了我曾对他称"你"。

这回答大概使杜不考夫诧异了，但他漠不开心地避开我，继续和佛洛佳及德米特锐谈话。

我正要试行参加他们的谈话，但我觉得，我完全不能作假，我又到了自己的角落里，在那里一直待到离开。

当我们付了账并开始穿大衣时，杜不考夫向德米特锐说：

"啊，奥来斯特和匹拉德①到哪里去呢？大概是回家谈论爱情了；我们是大不相同的，我们要去拜望亲爱的姑母——比你们的酸溜溜的友谊好些。"

"您怎敢说话嘲笑我们？"我忽然地说，走得很靠近他，摆着手臂，"您怎敢嘲笑您所不懂的情感？我不许您这样。住口！"我大叫着，自己也沉默了，不知道要再说什么，因为兴奋而喘气了。杜不考夫起初诧异；后来想要笑一下并且把这当作笑话，但最后，令我大大惊讶，他害怕了，垂下眼睛了。

"我完全不是嘲笑你们和你们的情感，我只是说……"他搪塞地说。

"那就是了！"我喊叫起来，但正在这时候，我替自己觉得难为情并且可怜杜不考夫，他的发红的窘迫的脸表现了真正的痛苦。

①　希腊神话中金石之交的英雄人物。

"你有了什么事？"佛洛佳和德米特锐一同说，"并没有人想要欺负你。"

"不，他想要侮辱我。"

"你弟弟是一个不顾一切的人。"杜不考夫正在他走出房门时说，这样他便不能听到我所说的话了。

我也许会纵身追上他，还向他说些粗话，但在这时候，那个看到我和考尔匹考夫的事件的茶房给了我大衣，我立即安静下来了，只在德米特锐面前装作生气到必要的程度，以便我的忽然的安静不显得奇怪。第三天我在佛洛佳那里遇见了杜不考夫，没有提起这件事，但还是称"您"，并且我们感到彼此面对面地看是更加困难了。

和考尔匹考夫争吵的回忆，有许多年，对我是异常清楚而痛苦的，然而他在第二天，在以后，一直没有给我de ses nouvelles（他的消息）。此后五年光景，每当我想起未报复的侮辱，我便发抖、大叫，并且我满意地想到在我和杜不考夫的事件中我却表显了是怎样的好汉，安慰着我自己。直到很久以后，我才全然不同地看这件事，带着可笑的乐趣回想我和考尔匹考夫的争吵，并且懊悔我使"好人"杜不考夫受到不该有的侮辱。

我当天晚上向德米特锐说了我和考尔匹考夫的事件时（我向他详细地形容了他的外表），他非常惊异。

"他就是那个人！"他说，"你可以想象的，这个考尔匹考夫是著名的恶棍，骗子，尤其是懦夫，他因为被人打耳光，不愿决斗，被同事们从团里赶出来了。他从哪里弄来了胆量？"他带着善意的笑容看着我说，"可是他没有说过比'粗人'更坏的话吗？"

"是的。"我红着脸回答。

"这不好，但还不算倒霉！"德米特锐安慰着我。

直到很久以后，我安静地思索着这件事，才作了颇似真实的假定，就是，考尔匹考夫在许多年以后，觉得攻击我是可能的，在没有胡髭的黑汉子的面前，向我报复他所受的耳光，正如同我立刻向无辜的杜不考夫报复他称我"粗人"。

第十七章　　我准备拜访

第二天醒来时，我的第一个思想是我和考尔匹考夫的事情；我又咕噜着，在房间里跑着，但是没有事可做；此外，这天是我住在莫斯科的最后一天，应该按照爸爸的吩咐，到各处拜访，这都由他替我在一张纸上开列了出来。

爸爸对于我们所关心的事，与其说是道德与教育，毋宁说是社会关系。他的断续迅速的笔迹在纸上写了：（一）访伊凡·伊发诺维支公爵，务必；（二）访伊文家，务必；（三）访米哈益公爵；（四）访聂黑流道发公爵夫人与发拉黑娜，假如来得及。当然也要访监护人，校长，教授们了。

德米特锐劝我不要作后面的一些拜访，说这不但是不必要，而且是不适宜的；但其余的应该全在今天去作。其中最使我害怕的是头两个访拜，就是在后边注了"务必"的。伊凡·伊发诺维支公爵是将军，是老头，富翁，独居；所以，我，十六岁的大学生，应该和他有直接关系，这，我预感到，对于我不会是荣幸的。伊文家也有钱，他们的父亲是一个什么显要的文职的将军，他在祖母活着时只到我们家来过一次。在祖母死后，我注意到，最小的伊文怕见我们，并且似乎摆架子了。顶大的，我听说，已经读完了法学课程，在彼得堡服务了；第二个，我曾经崇拜的塞尔基，也在彼得堡，是陆军幼年学校里高大肥胖的学生了。

我在青年时期不但不欢喜和自认高过我的人来往，而且，由于经常地对侮辱的恐惧，并且使我全部的精神紧张起来，以便向他们证明我的独立性，我觉得这种关系对于我是痛苦得不可忍受的。然而，不执行爸爸的最后的吩咐，我应该执行前面的来赎罪。我在房间里徘徊着，看着放在椅上的衣服，佩剑和帽子，正准备出门，这时候，格拉卜老头子带了依林卡来贺我。老格拉卜是归化的德国人，口甜得令人难受，专好阿谀，时常喝醉酒；他到我们这里来，多半只是为了求乞什么东西，爸爸有时要他坐在书房里，但从来没有要他和我们坐在一起吃饭。他的卑逊与强求是那么混合着一种外表的善良与他对我们家的惯熟，以致大家认为他似乎对我们全家的眷恋就是他的大功绩，但我却因为什么缘故不欢喜他，并且，当他说话时，我总是为他羞耻。

我很不满意这些客人的来访，也不极力隐瞒自己的不满。我是那么惯于看不起依林卡，他是那么惯于认为我们有权利这么做，以致我有点儿不乐意他也是和我一样的大学生。我觉得，他因为这种平等，在我面前有点难为情。我冷淡地和他们打招呼，不请他们坐，因为这么做我觉得难为情，以为他们不用我请便会坐下的，我吩咐了备车。依林卡是善良的，很诚实的，极不愚笨的青年，但他是所谓思想愚妄的少年；似乎是，没有任何原因，他不断地发生极端的心情——为了任何小事，时而好哭，时而爱笑，时而易怒；现在，他是在后种心情中。他什么也没有说，怨恨地看我和他父亲，只在问他话时，才笑着顺从的勉强的笑容，他已经惯于在这种笑容下边隐藏他的情绪，特别是他为他父亲的羞耻的情绪，这是他在我们面前不能不感觉到的。

"正是那样啊，少爷，尼考拉·彼得罗维支，"老头儿向我说，在我穿衣服时，在房里跟着我走，恭敬地慢慢地在他的粗手指间转动着祖母给他的银鼻烟壶，"我刚刚听儿子说，你那么优越地通过了考试——本来，你的聪明是大家知道的——我马上就赶来道贺了，少爷；要晓得，我常把您扛在肩上，上帝知道，我爱你们全体，就像亲人一样，我的依林卡总是要来看您，他也已经对您习惯了。"

依林卡这时无言地坐在窗前，似乎是看着我的三角帽，几乎察觉不出地、低声地愤怒地叽咕着什么。

"啊，我还要问您，尼考拉·彼得罗维支，"老头儿继续说，"我的伊牛沙怎么样，考得好吗？他说，他将和您在一起，那么，您不要丢弃他，您照顾他，指示他。"

"是呀，他考得好极了。"我回答，看了看依林卡，他觉得我看他，便红了脸，停止了动嘴唇。

"他今天可以在您这里过一天吗？"老头儿带着那种羞怯的笑容说，好像他很怕我，无论我走到什么地方，他总是和我隔得那么近，而他全身所浸透的烟酒气味没有一秒钟不让我闻到。我觉得苦恼，因为他使我处在那种对他儿子的虚伪的地位上，因为他使我的注意力不能放在那时对于我是极重要的事情上——穿衣服；尤其是，那种跟着我的烈酒气味那么打搅我，以致我很冷淡地向他说，我不能够和依林卡在一起，因为我整天都不得在家。

"但是，爸爸，你想要到姐姐那里去的，"依林卡微笑着，没有看着我说，"我也有事情。"

我觉得更苦恼更难为情了，为了设法缓和我的拒绝，我连忙说，我不得在家，因为我要到伊凡·伊发内支公爵家、考尔娜考发公爵夫人家、伊文家去，就是那有那么重要地位的人家去，并且大概会在聂黑流道发公爵夫人家吃饭。我觉得，他们知道了我要到什么重要的人家去；他们便不强求我了。当他们准备要走时，我邀了依林卡下次到我这里来；但依林卡只低语着什么，勉强地笑了一下。显然，他的脚绝不会再到我这里来了。

我在他们之后出去拜访。我早上就要求佛洛佳和我一同出去，免得我单独一个人那么不自如，他拒绝了，借口是，两弟兄同坐一辆轻快车是太情感用事了。

·

第十八章 发拉亨家

因此我单独出门了。第一个拜访，按照地区，是到西夫采维·佛拉绍克街的发拉亨家。我有三年光景未见索涅琦卡。我对她的爱情，不用说，早已过去了，但在我心中还有过去幼年爱情的生动而感人的回忆。在过去三年中我有时那么强烈而清楚地想到她，以致我流泪并且觉得我又在恋爱了，但这只继续了几秒钟，没有立刻重新恢复。

我知道，索涅琦卡跟母亲在国外住过二年，并且听说她们从驿车里跌了出来，索涅琦卡的脸被马车的玻璃划破，因此她的相貌似乎很丑了。我在途中清楚地想起过去的索涅琦卡，并且想到我现在和她会面是什么样子。由于她在国外二年，我因而设想她是极高的，有优美的腰身，严肃，自尊，但异常动人。我的想象拒绝了想象她的有伤疤破相的脸；相反，我在什么地方听说过一个热情的爱人，始终忠实于他的恋爱对象，不管那破相的麻子，我极力想到我爱上了索涅琦卡，为了要有始终对她忠实的美德，不管她的疤痕。总之，临近发拉亨家时，我并不在恋爱，而是唤起了自己过去的爱情的回忆，准备好了去恋爱并且很希望这样；尤其是因为，看到我所有的在恋爱的朋友，而我是那么落后，我早就觉得羞惭了。

发拉亨家是住在小小的清洁的木房子里，入口的前面是院子。听到铃子（这在莫斯科当时还是极少有的）的声音，一个矮小的、衣服清洁的孩子把门替我打开了。他不能够或者不愿意向我说，主人是否在家，于是让我独自留在黑暗的前厅，跑到更黑暗的过道上去了。

我独自在这黑暗的房间里留了好久，房里除了入口与过道，还有一个关着的门，我有几分诧异这房子的阴惨的情形，又有几分以为屋主在国外的人家是应该如此的。过了大约五分钟，大厅的门还是由那个孩子从里边打开了，他领我进了清洁而不华丽的客室，索涅琦卡跟我后边进来了。

她十七岁了。她身材很小，很瘦，有发黄而不健康的面色。脸上的疤痕一点也看不见了，但她的漂亮的凸出的眼睛和明亮的、善良愉快的笑容，还是我在幼年时期所知道所爱过的那样。我根本没有料到她是这样的，因此我怎样也不能立即向她吐露我在途中所准备的情感。她把手伸给我，按照英国习惯（这在当时是和门铃同样的稀少）诚恳地握我的手，让我坐在沙发上她的身边。

"啊，我多么高兴看见您哟，亲爱的尼考拉。"她说，带着那么诚恳的乐意的表情，看着我的脸，以致我在"亲爱的尼考拉"这话里，注意到友谊的而非赏光的口气。令我诧异，她在国外旅行之后，比从前更简单，更可爱，更显出亲戚的态度。我注意到有两个疤痕在鼻子附近和眉毛上，但奇妙的眼睛与笑容，和我的记忆完全相合，并且闪耀如旧。

"您变化多大啊！"她说，"完全成了大人了。啊，我呢——您觉得是怎样了？"

"啊，我会认不出您了。"我回答，然而同时我想，我在所有的地方都会认出她的。我又觉得自己是在那种无忧无虑的快乐的心情中、就像五年前我和她在祖母的大厅里跳"祖父舞"时那样的。

"怎么样，我很丑了吗？"她震动着小头问。

"不是，一点也不是，你长高了一点，长大了一点，"我连忙地回答，"但相反……甚至……"

"啊，都无所谓了；您记得我们的跳舞，游戏，圣·热罗姆，道娅夫人吗？"（我不记得什么道娅夫人；她显然是忘神在幼年记忆的快乐中，把它们弄混了。）

"啊，那是多么好的时候哦。"她继续说，同样的笑容，甚至比我留在记忆中的还好的笑容，和同样的眼睛，在我面前闪耀着。在她说话的时候，我有时间考虑我在当时所处的地位，并且认定了，我当时就在恋爱了。我刚刚认定了这个，我的快乐的无忧无虑的心情立即消失了，一种烟雾遮盖了我面前的一切——甚至她的眼睛与笑容，我因为什么而觉得羞耻，我脸红，失去了说话的能力。

"现在时候不同了，"她叹了一口气，稍微抬起眉毛，继续说，"一切是坏得多了，我们也更加不好了，是不是，尼考拉？"

我不能够回答，无言地看着她。

"那时的伊文家和考尔那考夫家的人，现在都到哪里去了？您记得吗？"她继续说，有几分好奇地看着我的发红的惊惶的脸，"那时候是多么好啊！"

我仍然不能够回答。

老发拉黑娜夫人的进房，使我暂时脱离了这困难的地位。我站起来，行了礼，又有了说话的能力；但是，由于母亲进房，索涅琦卡却发生了奇怪的改变。她全部的愉快与亲戚态度顿然消失了，甚至笑容也变得不同了，除了高大身材，她顿然成了我在想象中所遇到的那种从国外回来的小姐。似乎这种改变并没有任何理由，因为她母亲笑得同样的愉快，在一切动作中表现了老年人的所有的那种温和。

发拉黑娜夫人坐在大圈椅里，向我指示了她旁边的座位。她向女儿用英语说了什么，索涅琦卡立即走出，这使我更加轻松了。发拉黑娜夫人问到我的家属，我哥哥，我父亲，然后向我说道她自己的悲哀——丈夫的丧失，最后，觉得和我没有了什么可说的，便无言地看着我，似乎是说："假如你现在站起来，行了礼，走开，你就做得很好了，我亲爱的。"但是我发生了奇怪的事情。索涅琦卡带着针黹回到房里，坐在客厅的另一个角落里，因此我感觉她的目光在我身上。在发拉黑娜夫人说道她丈夫的丧失时，我又想起了我是在恋爱，并且还以为她母亲也许已经猜到了这件事，于是我又受到害羞的侵袭，它是那么强烈，以致我觉得自己连一只手脚也不能够自然地动一动了。我知道，为了站起身走开，我应该想到，把我的脚放在哪里，头要怎么动，手要怎么动，总之，我几乎感觉到我昨天喝了半瓶香槟酒时那同样的情形了。我预感到，我不能控制它们，因此我不能够站起来，并且确实我不能够站起。发拉黑娜夫人，看到我的红得像红布的脸和完全不动的样子，大概是吃惊了；但我决定了，在这种愚笨的姿势中坐着，胜于冒险不像样子地站起身走出去。我便那样地坐了很久，期望着一个意外的机会使我脱离这个处境。这个机会在一个不好看的年轻人的身上出现了，他带着家人的态度，走进房来，恭敬地向我鞠躬。发拉黑娜夫人站起来，道歉说，她需要和她的homme d'affaires（管事务的人）谈话，用踌躇的表情看我，似乎是说：假使您想要永远坐在这里，我不会赶您走的。我费劲地向自己作了异常的努力，站起来了，但是不能鞠躬，由母女的同情目光陪送着，走出去时，我碰了并不挡我道路的椅子，但是我碰了，因为我的全部注意力集中在这上面，就是不要碰到我脚下的地毯。然而在清洁的空气中——我震动了身体，并且咕噜得那么高，以致库倚马好几次问我："要什么"——这个情绪消失了，我开始很宁静地思索我对索涅琦卡的爱情，以及她和母亲的关系，那在我看来是很奇怪的。当我后来向父亲说道我看出发拉黑娜夫人和女儿的关系不好时，他说：

"是的，她用异常的吝啬来苦恼她的可怜的女儿，奇怪啊，"他带着一种超过了只是对于女性亲戚所能有的情感说，"她从前是多么漂亮、可爱，美妙的妇人啊！我不能够明白，为什么她变得这样了。你没有在她那里看见什么秘书吧，俄国太太有秘书，成什么样子啊！"他说，愤怒地离开我。

"看见了。"我回答。

"那么，至少，他本人还好看吗？"

"不，一点也不好看。"

"不可了解。"爸爸说，愤怒地耸着肩膀，并且咳嗽着。

"我现在也在恋爱了。"我这么想，我坐在马车里走得更远了。

第十九章　考尔那考夫家

第二个拜访按照路线是到考尔那考夫家。他们住在阿尔巴特街上大房子的第一层。楼梯是异常好看、整洁，却不华丽。处处有地毯，压着擦得辉煌明亮的铜柱，但是没有花，没有镜子。我从大厅的明亮的嵌木地板上走进客厅，大厅里布置得同样庄严、冷静而清洁；一切都光辉明亮，虽然不十分新，却似乎坚牢，但没有一处可以看到画图、帷帘或装饰。有几个公爵小姐在客厅里。她们坐得那么端正而闲逸，立刻便可以看出：她们家没有客人时，她们不那么坐着的。

"妈妈马上就出来，"其中最大的向我说，坐得更靠近我。这个公爵小姐和我极其大方地谈了一刻钟，并且谈得那么巧妙，没有一秒钟的停顿。但已经很明显，她是在接待我，因此我不满意她。她顺便地向我说道她的哥哥斯切班——她们叫他爱提恩——在两年前进了军官学校，已经升为军官了。当她说道哥哥，特别是当她说道，他违反母亲的意思，进骠骑兵部队时，她做出惊恐的面色，其余的无言地坐着的年小的公爵小姐也做出惊恐的面色；当她说道我祖母的逝世时，她做出悲哀的面色，其余的年小的公爵也照样地做了；当她提起我打圣·热罗姆以及我被送出时，她笑起来了，露出了不好看的牙齿，其余的公爵小姐也笑起来了，露出了不好看的牙齿。

公爵夫人进来了——仍旧是矮小干瘦的妇人，有活动不停的眼睛，当她和您说话时，有回头看别人的习惯，她抓着我的手，把她的手举到我的唇前让我吻它，不然我就不会做了，我并不认为这是必要的。

"我多么高兴看见您啊，"她带着惯有的口才说，回顾着女儿们，

"啊，他多么像他的妈妈啊！是不是，莉丝？"

莉丝说是的，然而我确实知道，我没有丝毫像我母亲的地方。

"您是这样的了，已经是大人了！我的爱提恩，您可记得他，你晓得，他是你的从表弟兄……不是，不是从表，是什么，莉丝？我的母亲是发尔发拉·德米特锐叶芙娜，德米特锐·尼考拉益支的女儿，您的祖母是娜塔丽·尼考拉叶芙娜。"

"这是再从表弟兄，妈妈。"最大的公爵小姐说。

"啊，你总是弄不清了，"母亲愤怒地向女儿大声说，"根本不是从表弟兄，却是issus de germains（从表弟兄的子女）——您和我的爱提恩就是这个关系。他已经做了军官，您知道吗？但不好的，是他太自由了。你们年轻人还应该受管束，就是要这样！……您不要因为我向您说实话，便对我、对你的老表姑妈发火；我管爱提恩很严格。我认为应该如此的。"

"是的，我们就是这样的亲，"她继续说，"伊凡·伊发内支公爵是我的亲表叔，是您母亲的表叔。因此我和您的母亲是表姐妹，不是，是从表，是的，对了。哦，你说吧，我亲爱的，您到过伊凡公爵那里吗？"

我说，还没有去，但今天要去。

"啊，怎么能够这样！"她大声说，"这是您应该做的第一个拜访。您要晓得，伊凡公爵对于您就同父亲一样。他没有孩子，因此，他的继承人只有您和我的孩子们。您应该尊重他的年龄，社会地位，和一切。我知道，你们，今天的年轻人，已经不认亲戚，不欢喜老人们了；但您听我、您的老表姑妈的话吧，因为我欢喜您，欢喜您的妈妈，也很、很欢喜并且尊重您的祖母。不，您要去，您一定、一定要去。"

我说了，我一定要去，并且我觉得，这个拜访已经够久的了，我便站起来要走，但她阻住了我。

"不，等一下吧。莉丝，你的父亲呢？叫他到这里来；他是那么高兴看见您。"她向我继续说。

过了大约两分钟，米哈益洛公爵果真进来了。他是又矮又胖的绅士，穿得极其马虎，未刮胡须，脸上带着一种淡漠的表情，甚至好像是愚笨的表情。他一点也不高兴看见我，至少他没有表示他高兴看见我。但显然是他很怕的公爵夫人向他说：

"佛尔皆马尔（她大概是忘了我的名字）很像他的妈妈，是不是？"并且用眼睛做出了那样的暗号，而公爵想必是猜中了她所要求的事，走到我面前，带着最无感情的、甚至不满意的面色，把未刮的腮伸给我，我是不得不吻的。

"但你还没有穿衣服，你该去了，"然后公爵夫人立刻开始用愤怒的语气向他说。这显然是她对待家里人的习惯，"又要他们对你发火，又想要他们反对你了。"

"就走，就走，亲爱的。"米哈益洛公爵说，走了出去。我鞠了躬，也走出去了。

我第一次听说我们是伊凡·伊发内支公爵的继承人，这消息使我感到不愉快。

第二十章　伊文家

想到目前必要的拜访我觉得更不舒服。但在拜访公爵之前，按照路线，应该先到伊文家。他们住在特维尔斯卡街的又大又漂亮的房子里。我不无恐惧地走上了有执杖的司阍守卫着的大门台阶。

我问他："在家吗？"

"您要看谁？将军的儿子在家。"司阍向我说。

"将军自己呢？"我勇敢地说。

"必须通报。要怎么说呢？"司阍问并且摇响了铃子。听差的穿长靴的脚在楼梯上出现了。我自己不知道为什么，那么胆怯，我向听差说，他不要通报将军，我要先去见将军的儿子。我上楼时，在大楼梯上我觉得，我变得非常小（不是按照这字的转用的意义，而是实在的意义）。当我的马车驶到大门口时，我曾感到同样的情绪，我觉得马车、马和车夫都变小了。当我进去看他时，将军的儿子躺在沙发上睡觉，面前有一本打开的书。他的教师福劳斯特，仍旧留在他家里，跟在我后边用英勇的步子走进房，唤醒了他的学生。伊文看到我，并且表示特别的欢喜，我注意到，他同我说话时，看着我的眉毛。他虽然很客气，我却觉得，他是像公爵小姐那样在接待我，他既不觉得对我有特别的倾慕，也不需要和我结交，因为他大概有他的别的交际团体。我设想这一切，主要因为他看我的眉毛。总之，虽然我觉得承认这个是不愉快的，他对我的态度几乎就像我对依林卡的态度。我开始有了愤慨的心情，注意伊文看人时的每个目光，当它和福劳斯特的眼睛交遇时，我认为那是问："为什么他来看我们呢？"

和我谈了一会，伊文说，他的父亲和母亲都在家，我是否想要一道去见他们。

"我马上就穿好衣服了。"他添说，走进另一个房间，虽然在他的房间里他是穿得好好的——新礼服与白背心。过了几分钟，他穿了全扣了扣子的制服走进来，于是我们一同下楼了。我们所穿过的客厅是极大极高的，并且似乎装饰得华丽，那里有大理石的、金的、裹了纱布的东西和镜子，伊文娜夫人从另一道门和我们同时走进客厅旁边的小房间。她用很友好的亲戚的态度接待我，要我坐在她旁边，同情地向我问到我全家。

我从前一眼看见过伊文娜夫人大约两次，现在注意地看她，很欢喜她。她身材高大，清瘦，很白，似乎总是忧愁而憔悴。她的笑容是悲哀然而极其善良的；眼睛是大大的、疲倦的、有点斜视的，这给了她更多的悲哀而动人的表情。她没有弯腰坐着，却不知怎的全身软弱，她所有的动作都是衰颓的。她说话没有精神，但她的声音，和p与л的发音不清，是很可喜的。她没有招待我。我的关于家属的回答，显然，给了她忧愁的兴趣，似乎她听我说话时，悲哀地想起了最好的时光。她的儿子出去了，她向我无言地看了大约两分钟，忽然哭起来了。我坐在她面前，怎样也不能够想出来，我该说什么或做什么。她没有望着我，继续哭着。起初我可怜她，后来我想："要不要安慰她，并且应该怎么做？"最后我恼怒了，因为她使我处在那么不舒服的地位上。"难道我有这种可怜的样子吗？"我想，"或者她不是故意这么做，为了要知道，我在这种情况里要如何举动吗？"

"现在走开是不合适的，好像我是要逃避她的眼泪。"我继续想着。我在椅子上转过身，至少是要向她提醒我的在场。

"啊，我多么愚蠢啊！"她看了看我，并且极力想笑一下，"常有这样的日子，无缘无故的，就哭起来。"

她开始在沙发上她的身边找手帕，忽然哭得更凶了。

"啊，我的上帝！我总是哭，多么可笑啊。我是那么欢喜您的母亲，我们是那么要好……并且……"

她找到了手帕，用它蒙了脸，继续哭着。我的不舒服的处境又来了，并且继续了好久。我觉得恼怒，更可怜她了。她的眼泪似乎是真诚的，但我总以为，与其说她是哭我的母亲，毋宁说她是哭她自己现在不好了，而在过去的那些时候好得多。假如不是年轻的伊文进来说，老伊文在找她，我不知道这将如何结束。她站起来正想要走出去，这时伊文自己走进房来。他是矮小、结实、白发的绅士，有浓厚的黑眉毛，有全白的剪短的头发，极其严厉而坚决的面部表情。

我站起来，向他鞠躬，但伊文——他的绿燕尾服上有三颗明星勋章——不仅不回答我的鞠躬，而且几乎也不看我一眼，因此我忽然觉得，我不是人，而是什么不值得注意的对象——椅子或窗子，或者即使是人，也是和椅子或窗子没有一点分别的人。

"您还没有写信给伯爵夫人，我亲爱的。"他带着冷淡然而坚决的面色，用法语向妻子说。

"再见，伊尔切恩也夫先生。"伊文娜夫人向我说，忽然有些傲慢地向我点了一点头，并且像她儿子那样地看我的眉毛。我又向她和她的丈夫鞠躬，而我的鞠躬对于老伊文的作用就好像是开窗子或关窗子那样。然而大学生伊文却送我到门口，在路上他向我说，他要转彼得堡大学，因为他的父亲在那里有了官职（他向我提起一个很重要的官职）。

"嗯，无论爸爸想要怎样，"坐上车时，我向自己低语，"我的脚永远不再到这里来了；那个泪人向我看着哭，好像我是什么不幸的东西，而伊文，那个猪，不鞠躬；我要教训他……"我要教训他什么，我确实不知道，但这话却是随口说的。

后来必须常常忍受父亲的训诫；他说，"培养"这个友谊是必要的，并且我不能够要求像伊文那样有地位的人注意像我这样的小孩子；但我却把我的性格维持得很久。

第二十一章　伊凡·伊发内支公爵

"啊，这是尼基兹卡街上最后的拜访了。"我向库倚马说，于是我们赶车到伊凡·伊发内支公爵家去。

经过了几次拜访的考验，我照例地获得了自信，现在我带着很宁静的心情到达公爵家了，忽然我想起了考尔娜考发公爵夫人的话，说我是他的继承人；此外，我在门口看见两辆马车，又感觉到先前的胆怯了。

我觉得，替我开门的老司阍，替我脱下大衣的听差，我在客室里看到的三个太太和两个绅士，特别是，穿普通礼服坐在沙发上的伊凡·伊发内支公爵自己——我觉得，所有的人都看我，好像是看继承人，因此是有恶意的。公爵对我很亲切，吻了我，即是，把又软又干的冷嘴唇在我的腮上亲了一下，问到我的功课、计划，和我说笑话，问我是否还写像在祖母命名日所写的诗，并且说了，要我当天到他那里去吃饭。但他对我愈是亲切，我愈觉得，他待我亲切，只是为了不让人注意到，他是多么不愿意想到我是他的继承人。由于他满口是假牙齿，他有了一种习惯，就是在说话之后，把上唇向鼻子翘着，并且发出轻微的鼻息声，似乎要把这个上唇吸进他的鼻孔；当他现在做着这个时，我觉得，他是自语着："小孩子，小孩子，没有您我也知道您是继承人，继承人。"云云。

当我们是小孩的时候，我们称伊凡·伊发内支为祖父；但现在，在继承人的身份上，我的舌头不向他转动着说出"祖父"，但说"大人"，如同在座的绅士之一所说的，我觉得是屈辱的，因此，在谈话的全部时间里，我力求怎样也不称呼他。但最使我发窘的是一个年老的公爵小姐，她也是公爵的继承人，住在他家里。在全部吃饭时间，我和公爵小姐并排坐着，我以为，公爵小姐不同我说话，是因为嫉妒我也是公爵的继承人，和她一样，我以为，公爵不注意桌子上我们这边，是因为我们——我和公爵小姐——是继承人，他同样地觉得讨厌。

"是的，你不会相信，我觉得多么不愉快，"当天晚上我向德米特锐说，打算向他自夸，想到我是继承人，我便有憎恶的情绪（我觉得这情绪是很好的），"今天在公爵那里过了整整两小时，我觉得多么不愉快。他是极好的人，对我很亲切，"我说，想顺便使我的朋友觉得，我所说的这一切，不是因为我觉得自己在公爵面前是屈辱的，"但是，"我继续说，"要想到，他们会看我就像那个住在他家的、在他面前行为卑鄙的公爵小姐一样——这个想法是可怕的。他是一个极好的老人，对所有的人是极其仁慈、客气的，但是看他虐待这个公爵小姐，要觉得痛苦的。那些可恨的金钱损害了一切的关系！"

"你知道，我想，和公爵直截了当地说明，要好得多，"我说，"向他说，我尊重他，像一个普通人，但我并不想得到他的遗产，并且请求他，什么也不要留给我，并且说，只在这种情形之下，我才去看他。"

当我说这话时，德米特锐没有哈哈大笑；相反，他沉默了一会，想了一下，向我说：

"你知道吗？你是不对的。或者是，你根本不应该推测，别人会想到你就像想到你的什么公爵小姐一样，或者是，假如你推测这个，就应该推测得更远，就是，你知道，他们会把你想作什么，但是这些思想离你是那么远，你轻视它们，并且在这些思想的基础上，你什么也做不出来的。你推测，他们推测你推测……但总之，"他添说，觉得他的理论混乱了，"最好是不推测这个。"

我的朋友是完全对的；直到很久很久以后，我凭生活经验，才相信了，有许多东西，似乎很高贵，却应该永远藏在每个人的心中，瞒着所有的人，想到这些东西是有害的；说道它们是更加有害；并且相信了，高贵的话很少是和高贵的行为一致的，单凭这一点，我相信，说出一个好意向是不难的，要实行这个好意向，却是困难的，甚至多半是不可能的。但如何约制自己不表现青年的高贵而自满的热情冲动呢？直到很久以后，我才想起它们并且惋惜它们，好像惋惜一朵花一样——我不能约制自己，采下了这朵未开的花，后来看见它在地上枯萎并被践踏。

我刚才向我的朋友德米特锐说道金钱损害人的关系，第二天早晨，我在下乡之前，我发现了，我把所有的钱都挥霍在各种画图与烟斗上了，我接受了他提议借给我的二十五卢布钞票作为路费，后来做了他的债户很久。

第二十二章　和我的朋友的知心谈话

　　此刻的谈话是在赴库恩采夫的途中的轻快马车上进行的。德米特锐早晨劝我不要去拜访他的母亲，饭后来找我，要带我去玩一整个晚上，甚至在他家所住的别墅里去过夜。直到我们出城以后，污秽的杂色的街道和街心的难受的震耳的噪声，换了广大的田野景色和灰尘道路上车轮的轻轻转动声，而春天的芬芳的空气与旷野在各方面包围着我，直到这个时候，我才从各种新的印象与自由意识中稍微清醒过来，它们在这两天把我完全弄糊涂了。德米特锐善交际，温顺，不摆头整理颈巾，不神经质地眨眼，也不眯眼；我很满意我向他所表示的那些高贵情绪，认为，因此他完全原谅了我和考尔匹考夫的可羞的事件，并且不因为那件事而轻视我了，于是我们友好地谈到许多那样的，是在任何情况之下彼此不说的知心话。德米特锐向我说道他的是我还不认识的家庭，他的母亲、姨母、妹妹，和佛洛佳与杜不考夫认为是我朋友的情人而称作"棕黄头发"的女子。他带着一些冷淡而严肃的称赞说道他的母亲，似乎目的是在防止对于这个题目的任何反驳；他带着喜悦然而也带着一些宽厚说道他的姨母；关于他的妹妹他说的很少，似乎是羞于和我说道她；但他却兴奋地和我说道棕黄头发的女子，她的真姓名是琉宝芙·塞尔盖芙娜，她是年老的处女，由于什么家庭的关系住在聂黑流道夫家。

　　"是呀，她是异常的女子，"他说，害羞地脸红着，但更勇敢地看着我的眼睛，"她不是年轻的姑娘了，甚至快要老了，一点也不好看，但要知道，爱美丽——是多么愚笨，多么没有意义啊！我不能了解这个，这是那么愚笨，"（他说着这话，好像是刚刚发现了最新的、异常的真

理）"但那样的灵魂，那样的心肠和节操……我相信，在现在的社会上
你找不到类似的女子了。"（我不知道德米特锐从谁得来这个习惯，说在
现在的社会上好的东西都稀少了，但他欢喜重复这话，这话也有些适合
他。）

"但是我怕，"他宁静地继续说，用他的议论完全抹杀了那些愚笨的
爱美丽的人，"我怕，你不能很快地了解她、认识她：她谦恭，甚至拘
谨，不欢喜表露她的极好的异常的品质。至于我的母亲，你会看见的，
是极好的聪明的妇女，她认识琉宝芙·塞尔盖芙娜已经几年了，却不能
够也不想要了解她。我甚至昨天……我要告诉你，当你问我话的时候，
为什么我有气。前天琉宝芙·塞尔盖芙娜要我同她去看伊凡·雅考夫列
维支，你，想必，听到过伊凡·雅考夫列维支，他似乎是发疯了，但
他确实是极好的人。应该告诉你，琉宝芙·塞尔盖芙娜是极信宗教的，
十分了解伊凡·雅考夫列维支。她常常去看他，和他谈话，为了穷人把
她自己所挣的钱给他。她是异常的女子，你会看见的。哦，我同她去看
了伊凡·雅考夫列维支，我很感谢她让我看见了这个极好的人。但妈妈
怎样也不想了解这个，把这看作迷信。昨天我平生第一次和母亲有了争
吵，并且是很激烈的。"他结束了，用颈子做了痉挛的动作，似乎是想
起了他在争吵时所体会的心情。

"哦，你怎么想法呢？就是，你怎样的，你什么时候设想，要有什
么结果……或者你和她说道未来的事，以及你们的爱情或友谊将要怎样
收场吗？"我问，希望引他离开不愉快的回忆。

"你问，我想不想娶她吗？"他问我，又脸红了，但勇敢地转过头来
看我的脸。

"啊，真的，"我想，安慰着自己，"这并不坏，我们是大人了，两
个朋友，坐在轻快马车里讨论我们的未来的生活。甚至现在任何人，在
旁边听到我们，看到我们，也会觉得愉快的。"

"为什么不呢？"在我的肯定回答之后，他继续说，"要知道，我的

目的，如同任何聪明人的目的，是尽可能地幸福、舒服；至于我和她，假若在我完全独立的时候她希望这样，我和她在一起，要比和世界上第一美女在一起还要幸福，还要好。"

在这种谈话中，我们竟没有注意到，我们快要到库恩采夫了——也没有注意到，天上布了云，要下雨了。太阳在右方，在库恩采夫花园的老树上，已经不高了，明亮的红球的一半已被灰色的微微透明的云所遮盖；它的另一半洒射出破碎的如火的光线，异常明耀地照亮了花园里的老树，它们在蓝天的明亮光耀处不动地闪耀着绿色的稠密的树顶。天那边的闪耀与亮光，尖锐地对照着横在我们前面地平线上的小桦树上边的紫色的阴沉的乌云。

稍微再向右些，在灌木与树木那边，可以看见别墅的各种颜色的房顶，其中有的反射着明亮的阳光，又有的带着另一边天空的凄凉气色。左边下面有发蓝的不动的池塘，环绕着灰绿色的柳树，他们模糊地反映在池塘的暗淡的似乎凸起的水面上。在池塘那边的坡地上，展开着休耕的黑田，横截田面的浅绿田界的直线伸达远方，抵到了铅色的暴风雨的地平线。在轻快马车韵律地走过的柔软道路的两边，多汁的簇簇的燕麦耀眼地发绿，有些地方已经开始长茎了。空中是完全寂静的，有新鲜的气味；树木、叶子、燕麦的翠绿是不动的，并且是异常清洁而明亮。似乎是，每片叶子，每根草，都在过它的个别的、充分的、幸福的生活。在路旁我注意到一条黑色小径，它蜿蜒在暗绿色的、已经长得超过四分之一阿尔申的燕麦中，这条小径因为什么缘故令我极其清楚地想起了乡村，并且，因为这个关于乡村的回忆，由于某种奇怪的思想联系，令我极其清楚地想起索涅琦卡，想起我爱她。

虽然有我对德米特锐的全部友谊和他的坦白所给予我的快乐，我却不再想要知道关于他对琉宝芙·塞尔盖芙娜的情感和意向的任何事情了，却极其想要向他说道我对索涅琦卡的爱情，我觉得这是最高级的爱情。但我因为什么缘故不敢向他直接说出我的预想——当我娶了索涅琦卡，住在乡间时，那是多么好，我将有小孩们，他们在地上爬着，将叫我爸爸，当他和他的妻子，琉宝芙·塞尔盖芙娜，穿旅行衣来看我时，我是多么高兴……但代替这一切的，我指着落日，说："德米特锐，你看，多么美丽啊！"

德米特锐什么也未向我说，显然是不满意，我回答他的大概是使他费了劲的自认，却把他的注意力引到他素常所冷淡的自然界上去了。自然界对他的影响和对我完全不同，它对他的影响与其说是美丽，毋宁说是兴趣，他爱自然界是凭理性而不是用情感。

"我很幸福，"我然后向他说，没有注意到，他显然是专心在他的思想上，对于我所能向他说的话十分冷淡，"你记得，我向你说过一个小姐，我从小就爱她；我今天看见了她，"我神往地继续说，"现在我简直是爱上她了……"

我不管他脸上继续的冷淡表情，向他说道我的爱情以及关于将来结婚幸福的一切计划。奇怪，我刚刚详细地说道我的情感的力量，我立刻便觉得，这个情感开始减退了。

我们转到通达别墅的桦树道上时，遇到了雨。但雨没有把我们打湿。我知道下雨，只是因为有几点落在我的鼻子和手上，有什么东西在桦树的粘润的新叶子上洒洒响，桦树不动地垂着叶茂的枝子，似乎是带着它们的充满道路的强烈香气所表现的快乐，接受了那些清洁的透明的雨点。我们下了马车，好赶快地穿过花园跑到房子那里。但正在门口我们遇到四个妇女——其中两个带着针黹；一个带着书、一个带着小狗——她们快步地从另一边走来。德米特锐立刻把我介绍给他的母亲、妹妹、姨母和琉宝芙·塞尔盖芙娜。她们停了一秒钟。但雨开始越落越大了。

"到走廊上去吧，到那里你再把他介绍一次。"那个被我当作是德米特锐的母亲的妇女说，于是我们和妇女们一同走上楼梯。

第二十三章　聂黑流道夫家

　　起初，这个团体之中，琉宝芙·塞尔盖芙娜最使我惊讶，她手里捧着小狮子狗，穿着肥大的编织的鞋，在大家之后上楼梯，站了两次，注意地看我，然后又立即吻她的小狗。她很不好看：棕黄头发，消瘦，身材矮小，有点儿偏侧。使她的不好看的脸更加不好看的，是她的头发从旁边分开的奇怪梳装（这是秃顶的妇女们为自己所设计的一种梳装）。无论我怎样尽力为我的朋友想得如意，我也不能在她身上找得出一个美处。甚至她的淡褐色眼睛，虽然显得善良，却太小了，没有光彩，简直不好看；甚至她的手，这个特征的部分，虽然不大不丑，却又红又粗。

　　当我跟她们走上露台时，除了德米特锐的妹妹发润卡只用深灰色的大眼睛注意地看我，每个妇女都向我说了几句话，并且她们又各人拿起自己的针黹，发润卡大声地读书，她把书放在膝头上，手指放在书里。

　　玛丽亚·伊发诺芙娜公爵夫人是高大、匀称、大约四十岁的妇人。凭她的帽子下边公开地露出的半白的发绺看起来，可以把她看得更老一点，但凭她的容光焕发的极其细嫩的几乎没有皱纹的脸，尤其是凭她的大眼睛的生动快乐的光芒看起来，她似乎年轻得多。她的眼睛是淡褐色的，睁得很大；嘴唇太薄，有点儿严厉；鼻子很端正但微微偏左；她的手大，几乎像男子的手，有美丽的长指，没有戴指环。她穿了深蓝色封领的衣服，紧合着她的匀称的、还年轻的、显然是她所夸耀的身腰。她坐得极直，缝着一件衣服。当我走进游廊时，她拉了我的手，把我拉到她面前，似乎是要凑近地看我，她用了和她的儿子相同的、有点冷淡的睁大的目光看了看我，说她早已从德米特锐的话上知道了我，并且为了和她们更加熟识，她邀我在她们这里住一昼夜。

"您要做什么就做什么，一点也不要对我们拘束，正如同我们对您也不拘束——散步，读书，听讲话，或者，您若觉得那更愉快，您就睡觉。"她添说。

索斐亚·伊发诺芙娜是老处女，是公爵夫人的妹妹，但她的样子却显得老些。她有那种特别的太丰满的体格，这是身材不高的、着胸衣的、很丰满的老处女们才会有的。似乎她的全部健康带着那样的力量向上升，随时有令她窒息的危险。她的又短又胖的手臂不能够在她的弯曲的胸衣顶端的下边合到一起，她也不能够看见她的胸衣的拉得很紧的顶端。

虽然玛丽亚·伊发诺芙娜公爵夫人是黑发黑眼。而索斐亚·伊发诺芙娜是金发蓝眼，眼又大又活泼，同时又沉着（这是极少有的），在姐妹之间却有很多的一家人的相同处：同样的表情，同样的鼻子，同样的嘴唇；只是索斐亚·伊发诺芙娜的鼻子和嘴唇稍肥，在笑的时候向右偏，而公爵夫人的，却是向左偏。索斐亚·伊发诺芙娜，凭她的衣服与梳装看来，显然还要使她自己年轻些，假若她有灰发绺，她便不让露出来，她的目光和对我的态度，起初我觉得，是很傲慢的，并且令我发窘；反之，对于公爵夫人，我觉得自己是十分随便。也许是这种肥胖，以及使我惊异的她和叶卡切锐娜女皇的画像的几分相似，在我目光中，增加了她的傲慢神情；但是当她注视着我说"我们的朋友的朋友——是我们的朋友"时，我十分害羞。直到她说了这话、沉默了一会、然后张开嘴、深深叹气时，我才安心了，忽然完全改变了对她的态度。大概是由于肥胖，她有了这种习惯——在说了几句话之后深深叹气，把嘴微微张开，微微转动大蓝眼睛。在这种习惯里，因为什么缘故，显出了那种可爱的好心肠，以致在这叹气之后，我失去了对她的恐惧，甚至很欢喜她。她的眼是极美的。声音响亮而悦人，甚至体格是很圆的线条，我在我年轻的那个时期，也觉得未失美丽。

琉宝芙·塞尔盖芙娜，作为我的朋友的朋友（我以为），应该立即向我说点很友好的知己的话，她无言地看了我很久，似乎不能决定——她要向我说的是否太友好了；但她打破了这个沉默，只为了问我是在什么科系。然后她又向我注视了很久，显然是犹疑不决——说呢还是不说那知己的友好的话，我注意到这犹疑，用我的面部表情央求她向我说出一切，但她只说了："据说，现在大学校里很少的人学科学了。"就唤她的小狗秀色卡。

琉宝芙·塞尔盖芙娜整个的晚上，说了那种大都是无关要点也不彼此有关的言语；但我是那么相信德米特锐，他整个的晚上是那么关心地时而看我，时而看她，他的表情问："哦，怎样？"——以致我，像常常有的情形那样，虽然在心中相信琉宝芙·塞尔盖芙娜没有什么特别的地方，却是极其不愿意说出这个意思，甚至是对我自己。

最后，这个团体中最后的人，发润卡，是很胖的十六岁光景的女孩子。

她的好看的地方，只是深灰色的大眼睛——它们的表情，兼有愉快和沉着的注意，极其像姨母的眼睛——很大的淡暗色发辫，与极细软的美丽的手。

"我想，尼考拉先生，您从当中听起，要觉得无趣的。"索斐亚·伊发诺芙娜带着好意的叹息向我说，翻转着她所缝的衣服的布。

这时候诵读中止了，因为德米特锐从房里出去到什么地方去了。

"或者，也许，你读过《罗不罗伊》吧？①"

这时，单是由于我穿了大学生制服，我认为，和我不甚相识的人在一起，对于每个甚至最简单的问题，一定要回答得很聪明很独到，乃是我的责任，并且认为简短而明白的回答，如，如是，否，无趣，有趣，和类似的话，是极大的羞耻。看了看我的时髦的新裤子和礼服上的明亮的扣子，我回答说，我未读过《罗不罗伊》，但觉得听着是很有趣，因为我欢喜把书从当中读起，甚至从头读起。

---

① 《罗不罗伊》是英国作家瓦特·司各特的小说书名。

"双倍的有趣：所猜测的，又有过去的，又有未来的。"我添说，自满地微笑着。

公爵夫人笑出了似乎是不自然的笑声（后来我注意到，她没有别种笑声）。

"但这想必是对的，"她说，"哦，您要在这里住很久吗，尼考拉？您不见怪我不称您先生吗？您什么时候走呢？"

"我不知道，也许，是明天，也许，我们还要住很久。"我因为什么缘故而这么回答，虽然我们明天一定要走了。

"我希望您留下来，为您也为我的德米特锐，"公爵夫人说，看着远处什么地方，"在你们这个年纪，友谊是光荣的东西。"

我觉得大家都看着我，等待着我要说的话，虽然发润卡装作看着姨母的针黹；我觉得。他们在使我受一种考验，我必须尽可能更有利地表现我自己。

"是的，对于我，"我说，"德米特锐的友谊是有益的，但我却不能够对他有益：德米特锐比我好一千倍。"（德米特锐不能够听到我所说的，不然我便怕他觉得我的话不诚恳了。）

公爵夫人又笑出那不自然的、但在她是自然的笑声。

"哦，听他说吧，"她说，"C'est vous qui êtes un petit monstre de perfection（你是一个完善的小怪物）。"

"Monstre de perfection（完善的怪物）——这好极了，必须记住。"我想。

"然而，不说道您，他对于这事便是能手了，"她继续说，放低了声音（这令我觉得特别愉快），并且用眼睛指示琉宝芙·塞尔盖芙娜，"可怜的姑母（他们这么称呼琉宝芙·塞尔盖芙娜）——我认识她和她的秀色卡有二十年了——他在姑母身上发现了我不怀疑的那种完善……发瑞雅，叫人送杯水给我，"她添说，又看了看远处，大概是发觉，向我说道他们的家庭关系是太早了或者是根本不需要，"啊不，他还是走开的好。他什么也不做，你读吧。我亲爱的，你对直走出门，走十五步，停下来，大声说：'彼得，给玛丽亚·伊发诺芙娜一杯冰水。'"她向我说，又轻轻地笑出了她的不自然的笑声。

"大概，她想说道我，"走出房时我想，"大概，她想说，她注意到我是很、很聪明的青年。"我还不及走十五步，肥胖的喘气的索斐亚·伊发诺芙娜虽然是用轻快的步子，却赶上了我。

"Merci, mon cher.（谢谢，我亲爱的。）"她说，"我自己去吧，我去说。"

第二十四章　爱情

索斐亚·伊发诺芙哪,我后来知道,是一个那种稀有的中年妇女,她们是为家庭生活而生的,但命运却拒绝了她们这种幸福,并由于这种拒绝,她们忽然决定了把她们心中的为了孩子与丈夫而长久保存的、壮大的、巩固的爱情蓄积宣泄给几个选定的人。这种爱情蓄积在这种老处女心中是那么无穷无尽,虽然选定的人有许多,却还剩下许多爱情,她们把这宣泄给四周所有的人,所有的好人与坏人,只要是她们在生活上所遇到的人。

爱有三种:

(一)美丽的爱;

(二)舍己的爱;

(三)积极的爱。

我不是说年轻男子对于年轻女子的爱情,而且相反,我怕这种柔情,我在生活上是那么不幸,我从来不会在这种爱情中看到一星儿真实,只看到虚伪。在虚伪中肉欲、婚姻关系、金钱、结合或解除的愿望,那样地搅乱了这个情感本身,以致不能够了解任何东西。我是说对人的爱,它按照精神力量的大小,集中在一个人、数个人或倾注在许多人身上,是说对母亲、对父亲、对弟兄、对儿女、对同志、对朋友、对同胞的爱,是说对人的爱。

美丽的爱乃是爱这情绪本身的及其表现的美丽。对于这么爱的人们,所爱的对象,只在引起那种愉快情绪的时候,才是可爱的,这情绪的感觉与表现是他们所享受的。爱好美丽的爱的人们,很少关心互惠,好像它是对于情感的美丽与快乐没有丝毫影响的事情。他们常常改变他们的爱的对象，因为他们的主要目的，只是要经常地引起爱的愉快情绪。为了保持他们心中的这种愉快情绪，他们不断地用最优美的言语，向对象本身，向一切甚至和这爱毫无关系的人，同样地说道他们的爱。在我们的国家，某一阶级的、美丽地爱着的人们，不仅向所有的人说道他们的爱，而且不变地用法语说道它。说起来又可笑又奇怪，但我相信，过去曾有过很多、现在还有很多某种团体的人，尤其是女子，他们对朋友、对丈夫、对儿女的爱，只要假如禁止他们用法语说道它，就立即消失了。

　　第二种爱——舍己的爱，是爱那种为了所爱的对象而牺牲自己的过程，却毫不注意到这种牺牲对于所爱的对象是好是坏。"为了向全世界、向他或她证明我的忠实，没有任何不愉快的事情，是我不敢去做的。"这就是这种爱的公式。这么爱的人们，从不相信互惠（因为为了不了解我的人而牺牲自己是更有价值），总是病态的，这又加大了牺牲的功劳；他们大都是有恒的，因为他们觉得，失去了他们为所爱的对象而有的牺牲的功劳，是痛苦的；为了向他或她证明自己的忠实，他们总是准备去死，但他们忽略了爱的日常的细小的证明，那是不需要特别自我牺牲的热情的。您是否吃得好，您是否睡得好，您是否愉快，您是否健康，他们觉得都无所谓；即使他们有力量办到，他们也不做任何事情，去为您获得这些设备；但他们只要有了机会，便冒枪弹，投水，赴火，为了爱而憔悴——他们总是准备做这个。此外，倾向于舍己的爱的人们，总是为自己的爱而骄傲，苛刻，嫉妒，怀疑，并且说来奇怪，愿自己的对象有危险，以便拯救他们，愿他们有不幸，以便安慰他们，甚至愿他们有罪恶，以便矫正他们。

　　您单独和您的妻子住在乡间，她舍己地爱您。你健康，平安，您有您所欢喜的事务——您的钟情的妻子是那么软弱，她既不能照管家事——家事交到仆人的手里去了，又不能照管儿女——他们交到保姆的

手里去了，甚至不能做任何她所欢喜的事情，因为她除了您，什么也不
爱。她看来有病，但她不愿苦恼您，不愿向您说道这个，她看来无聊，
但是为了您她愿终生无聊；您是那么专心做自己的事（不管它是什么：
打猎，读书，农事，办公），看来这要把她弄死了；她看到，这些事情
要把您毁灭——但她沉默着，忍受着。但是有一天您病了——您的钟情
的妻子忘记了她自己的病，不管您请求她莫徒然苦恼她自己，她寸步不
离地坐在您的床前，您每秒钟感觉到她的同情的目光看您，似乎说：
"怎办呢？我说过的，但我不在乎，我还是不离开您。"早晨您觉得好一
点，走进了另一个房间。房间里既无火，也未收拾；汤，您唯一可吃的
东西，没有吩咐厨子准备，也没有派人去取药；但您的钟情的妻子因为
守夜而憔悴，仍旧用那种同情的目光看您，踮脚行走，低声向仆人发出
生疏的不清楚的命令。您想要读书——您的钟情的妻子叹气向您说，她
知道您不听她的话，要对她发怒，但她已经惯于此了——您最好不读
书；您想要在房中散步——您最好也不做这个；您想要和来友谈话——
您最好不说话。晚上您又发热了，您想要睡，但您的钟情的妻子，又瘦
又白，时时叹气，在夜半的微明中坐在您对面的椅子上，用极轻的动
作、极小的声音，引起您的恼怒与不耐烦的情绪。您有一个仆人，您和
他在一起已有二十年，您已对他习惯，他高兴地极好地侍候您，因为他
白昼里睡够了并且得到服务的酬报，但她不让他服侍您。她亲自用软弱
的生疏的手指做一切，当这些白手指徒然地极力想要打开药瓶、熄灭蜡
烛、倒药水，或者唠叨地摸您时，您不能够不抑制着愤怒注视它们。假
如您是不耐烦的暴躁的人并且请求她走出去，您的愤怒的生病的耳朵便
听到她们在门外如何顺从地叹气，哭泣，向您的仆人低声说些无意义的
话。最后，假如您没有死，您的钟情的妻子，在您生病时二十个夜晚未
睡觉（她不断地向你提起这个），生病了，憔悴了，受痛苦，变得更加
不能做任何事情，而在您处于正常的情况中时，她只用温和的忧闷表现
她的舍己的爱，这忧闷不觉地传给了您和四周一切的人。

　　第三种爱——积极的爱，就是渴望满足所爱的人的一切需要、一切愿望、怪癖，甚至缺陷。这么爱的人总是爱全部的生命，因为他们爱得愈多，他们了解所爱的对象愈多，他们愈容易去爱，即是去满足所爱的对象的愿望。他们的爱很少由文字表现出来，即使表现出来，也不但不是自满的、美丽的，而且是害羞的、难为情的，因为他们总是怕爱得不够。这些人甚至爱所爱的人的缺陷，因为这些缺陷使他们能够满足更多的新的欲望。他们寻找互惠，甚至乐意地欺骗自己，相信互惠，假如有了它，他们便幸福；甚至在相反的情形中，他们也仍旧同样地爱，不但希望所爱的对象有幸福，而且用他们所能有的一切道德的与物质的、大大小小的方法，不断地努力求得它。

　　就是这种对于姨侄、对于姨侄女、对于姐姐、对于琉宝芙·塞尔盖芙娜，甚至对于我（因为德米特锐爱我）的积极的爱，闪耀在索斐亚·伊发诺芙娜的眼睛里、每句话和每个动作里。

　　直到很久以后，我才充分重视索斐亚·伊发诺芙娜，但是在这时候，我心中还发生了这个问题：德米特锐极力想要了解爱情和普通的青年了解的全然不同，他眼前总是有可爱的、多情的索斐亚·伊发诺芙娜，为什么他忽然热烈地爱上了不可了解的琉宝芙·塞尔盖芙娜，只承认他的姨母也有良好的品质？显然，"本国无预言家"，这个格言是对的。二者必有其一：或者是每个人的坏处确实比好处多，或者是人对于坏的东西比对于好的东西更容易感受。琉宝芙·塞尔盖芙娜他认识不久，但姨母的爱从他出生时他就体验到了。

第二十五章　我认识了

当我回到游廊时，他们在那里并不如我所设想的在谈我；但发润卡不在读书了，把书放在一边，热烈地和德米特锐在争论，德米特锐来回地走着，用颈子的转动整理着颈巾，并且眯着眼，争论的对象似乎是伊凡·雅考夫列维支和迷信；但争论是太激烈了，以致争论的内容不能不为全家更关心了。公爵夫人和琉宝芙·塞尔盖芙娜沉默地坐着，听着每一个字，显然希望偶尔参加讨论，但约制着她们自己，让别人替她们说，一个是让发润卡，另一个是让德米特锐。当我进房时，发润卡带着那种淡漠的表情看了看我，显然是，争论太吸引她的注意，我听她不听她说话，在她都是一样了。公爵夫人的目光也有同样的表情，她显然是在发润卡那边。但德米特锐在我面前，开始争论得更热烈了，而琉宝芙·塞尔盖芙娜似乎很惊讶我进来，不特别对着谁，说："老年人说得对，si jeunesse savait, si vieillesse pouvait（但愿青年解事，老年有为）。"

但这个格言并未打断争论，只引起我想到琉宝芙·塞尔盖芙娜和我朋友的这边是不对的，虽然我觉得，在发生这个细小的家庭争执时，有我在场，是有些难为情，但是觉得，看到这个家庭由于争论而表现出来的真正关系，也是愉快的，并且觉得，我的在场并没有妨碍他们说话。

这是多么常见的事啊，您看了许多年，一个家庭处在同一的虚伪的礼貌的幕罩之下，而家庭人员的真正关系对您却是秘密的（我甚至注意到，这个幕罩若愈不可穿透因而愈美丽，则对您是秘密的那真正的关系便愈粗暴）！但是有一次，在这个家庭团体中完全意外地发生了某一个、有时似乎是无意义的问题，关于什么花边或是用丈夫的马匹去拜访——并且没有任何显著的理由，这争论变得越来越激烈，在幕罩之下已没有处理问题的余地，而忽然，令争论者本人恐惧，令在场的人惊异，一切真正的粗暴的关系都暴露出来，幕罩不再遮盖任何东西，悠闲地摇摆在争论的各方之间，只使您想到您被它欺骗了多么久。常常是您的头猛撞在柱子上，还没有轻轻触动伤痛处那么疼痛。而这种伤痛处几乎每家都有。在聂黑流道夫家这种伤痛处乃是德米特锐对于琉宝芙·塞尔盖芙娜的奇怪的爱情，它在妹妹和母亲心中引起了即使不是嫉妒心，也是愤慨的家属的情绪。因此关于伊凡·雅考夫列维支和迷信的争论，对于他们全体都有那么严重的意义。

"你总是极力要在别人所笑的、大家轻视的事情上看到，"发润卡用她的响亮的声音说，清晰地说出每个字母，"你就是要在这种事情上极力找出什么非常好的东西。"

"第一，只有最轻浮的人才能够说道轻视像伊凡·雅考夫列维支这种极好的人，"德米特锐回答，痉挛地把头朝他妹妹的相反的方向颤动着，"第二，相反，你极力要故意不看到你的眼前的好东西。"

回到我们这里时，索斐亚·伊发诺芙娜几次惊惶地时而看姨侄，时而看侄女，时而看我，并且有两次张开嘴，深深叹了口气，似乎是心里说了什么。

"发瑞雅，请你赶快念吧，"她说，把书递给她，并且亲爱地摸她的手，"我一定要知道，她是否又找到了她。"（似乎小说里面并未说道谁找谁）"你啊，米恰，最好是把你的腮扎起来，我亲爱的，不然天冷了，你的牙齿又要痛了。"她向姨侄说，不管那不满意的目光，那大概是他因为她打断了他的论据的逻辑线索，投给她的。

诵读又继续了。

这个小争执一点也没有打搅家庭的安静和这个妇女小团体的理性的和谐。

这个小团体，它的倾向和性质显然是玛丽亚·伊发诺芙娜公爵夫人

所定的，它对于我有一种全新的动人的性质——某种逻辑性，以及简单
与优美。这个性质我觉得是表现在物品——小铃子、书的装订、圈椅、
桌子——的美丽、清洁、坚固上，在公爵夫人的挺直的、有胸衣衬托
着的姿势上，在给人观看的白发绺上，在她第一次和我见面时简单地叫
我尼考拉与"他"这种态度上，在他们的事务上，在诵读与缝衣服上，在
妇女的手的异常白皙上。（她们大家的手上都有共同的家庭特质，就是
手掌从外边起是红色，和手背的异常白皙有显明的直线分开。）但是这
个性质表现得最多的，是在他们的态度上，他们三个人都说俄语和法语
说得极好，清楚地说出每个字母，带着学究式的精确，说完每个字和句
子。这一切，以及特别是这一点。在这个团体里，他们简单地严肃地对
待我、像对待大人一样，他们向我说出他们的意见，也听我说我的意
见——对于这个，我是那么不甚习惯，因而，虽然是有灿烂的扣子和
蓝袖口，我仍然怕他们忽然向我说："难道您以为大家是和您认真地说
话吗？您去读书吧。"——这一切使得我在这个团体中不感到丝毫的羞
怯。我站起来，从这个地方换到那个地方，大胆地和大家说话，除了发
润卡，我觉得和她第一次见面就说话，因为什么缘故，是不礼貌的，不
许可的。

在诵读时，我听着她的悦耳的洪亮的声音，时而看她，时而看花园
的沙径，它的上面形成了圆圆的发黑的雨迹，时而看菩提树，我们所遇
到的、那苍白的、透露着青天的云边上的稀疏雨点继续打在它的叶子
上，时而又看她，时而看落日的最后的紫光照着被雨打湿的、密密的老
桦树，又看发润卡——我想，她一点也不像我在开头所觉得的那么丑。

"可惜我已经在恋爱了，"我想，"发润卡不是索涅琦卡啊；我忽
然成为这个家庭的一员，忽然我有了母亲，姨母，妻子，那是多么好
啊。"正在我想着这个的时候，我注意地看着诵读的发润卡，并且想，
我在催眠她，她应该看看我。发润卡从书上抬起头，看了看我，遇见了
我的眼睛，便转了头。

"但雨没有停。"她说。

忽然我感觉到一种奇怪的情绪：我想起了，我现在所发生的一切，正是我一度发生过的事情的重复：那时候，完全同样地落着小雨，太阳落在桦树后边，我看着她，她读着书，并且我催眠她，她回头看了看，甚至我想起了，从前还发生过一次。

"她果真是……'她'吗？"我想，"那果真开始了吗？"但我立即认定了，她不是"她"，而那还没有开始。"第一，她不好看，"我想，"但她不过是一个女子，我用最寻常的方式和她认识，而那一个是不寻常的女子，我将要在不寻常的地方遇到她；后来，我将要那么欢喜这个家庭，只是因为我还什么也没有看见，"我思索着，"而这样的人，大概是到处有的，我此生将要遇见很多这样的人。"

第二十六章　我从最有利的方面表现自己

在吃茶的时候，诵读终止了，妇女们彼此谈到我所不知道的人和事情，我觉得，只是为了：虽然有亲爱的接待，却仍然要使我感觉到我和她们在年纪上与社会地位上的差别。在我能够参加一般的谈话中，为了补偿我先前的沉默，我极力表现我的非常的聪明与独到，我认为我的制服特别使我有做这个的义务。当谈话涉及别墅时，我忽然说了，伊凡·伊发内支在莫斯科附近有一个那样的别墅，从伦敦从巴黎都有人来看；我说，那里有栅栏，它值三十八万块钱；说伊凡·伊发内支是我的很近的亲戚，我今天在他家吃了饭，他邀我一定要到他的别墅里去和他过一整夏，但我拒绝了，因为我很知道这个别墅，到那里去过几次，我说这一切的栅栏和桥对于我是没有趣味的，因为我不能够忍受奢华，特别是在乡间，但我欢喜在乡间就要完全像在乡间……说了这奇怪的复杂的谎话，我难为情了，脸红了，因此大家大概注意到我说谎了。发润卡，在这时候递了一杯茶给我，索斐亚·伊发诺芙娜，在我说话时看着我，两人都对我把头掉开，谈到别的事情，她们的脸色，我后来常常看到，是善良的人们在很年轻的人当面开始显然说谎时所有的，它的意义是："当然我们知道他在说谎，为什么他要做这个，可怜的人！……"

我说伊凡·伊发内支有别墅，因为我找不到更好的借口说道我和伊凡·伊发内支公爵的亲戚关系，说道我当天在他家吃了饭；但为什么我说道栅栏值三十八万，说道我常常到他那里去，而我却一次也没有去过，并且不能够到伊凡·伊发内支公爵那里去，聂黑流道夫家很知道，他只住莫斯科或那不勒斯——为什么我说这话？我简直不能够给回答自己。在幼年时期，在少年时期，在后来更大的年纪，我都没有注意到自己有说谎的缺陷；相反，我不久便太诚实太坦白了；但在这个青年初期，我常常有一种奇怪的愿望——没有任何显著的理由，就不顾一切地说谎。我说"不顾一切地"正因为我在很容易被人抓住的事情上说谎。我觉得，要显得自己是和本来面目完全不同的人这个虚荣的愿望，连同生活上不可实现的、说谎而不被揭穿的愿望，是这个奇怪的癖好的主因。

茶后，因为雨已停止，黄昏的天气又寂静又明朗，公爵夫人提议到下边的花园里去散步，看看她心爱的地方。我遵守着自己的规条——要永远是独特的，并且认为像我和公爵夫人这样的聪明人应该超脱庸俗的礼貌，我回答说，我不能忍受漫无目的地散步，若是我欢喜散步，我就单独一个人去。我根本没有想到，这只是粗鲁。

但我那时候觉得，正如同没有任何东西比庸俗的客气话更加羞耻，也没有任何东西比某种不客气的坦白更可爱更独特。虽然我很满意我的回答；我还是和大家一同去散步。

公爵夫人心爱的地方是十分低，在花园的最僻静处，在横跨狭窄沼地的小桥上。景色是很有限的，但是很发人沉思的，幽美的。我们是那么惯于混淆艺术和自然界，以致在画图里从未见过的那些自然现象，常常在我们看来似乎是不自然的，好像自然界是不自然的，相反，在图画中太常见的现象，在我们看来似乎是陈腐的，有些太充满了思想与情感的，我们在现实中所见的景色，似乎是做作的。从公爵夫人心爱的地点所见的景色便是这一种。它包括一个四边长草的小池子，正在池子后边有一个陡山，山上长着高大的老树与灌木，它们常常混杂着各样颜色的枝叶，在山脚下有一株老桦树斜对着池面，它的大根有一部分是在池子的堤岸上，它的顶靠在一株高大优美的柳树上，它的叶茂的枝柯悬垂在光滑的池面上，池子反映着这些下垂的枝柯与四周的青翠。

"多么美丽啊！"公爵夫人说，摇着头，不特别对着某一个人。

"是的，妙极了，但我只觉得，非常像装饰画。"我说，希望表示我对一切都有我自己的意见。

公爵夫人似乎没有听到我的话，继续欣赏着景色，向她的妹妹与琉宝芙·塞尔盖芙娜指示着她所特别欢喜的细处：歪斜的悬垂的树枝和它的映影。索斐亚·伊发诺芙娜说这一切是极美的，她的姐姐常在这里待几个钟头，但显然是她说这一切只是为了使公爵夫人满意。我注意到，具有积极的爱的本领的人，很少感受自然界的美。琉宝芙·塞尔盖芙娜也赞美，顺便问："这棵桦树是用什么支持着的？它站得长久吗？"并且不断地看她的秀色卡，它摇着毛绒绒的尾巴，用弯曲的腿子在桥上来回跑着，它带着那么匆忙的表情，好像它平生第一次碰巧来到屋外。德米特锐和他的母亲在作很逻辑的议论，说道视界被限制的景色，无论怎样不能够是美丽的。发润卡什么也没有说。当我回头看她的时候，她倚在桥槛上，侧面对我站着，看着前面。大概有什么东西很使她注意，甚至很感动她，因为她显然是忘神了，没有想到自己，也没有想到别人看她。在她的大眼睛的表情里，有那么多集中的注意与安静的明朗的思想，在它的姿势中，有那么多的无拘无束，并且，虽然她的身材不高，还甚至有那么多的庄严，以致关于她的记忆又似乎使我惊异，我又问自己："那没有开始吗？"我又回答自己说，我已经爱上了索涅琦卡，而发润卡只是一个姑娘，我朋友的妹妹。但在那时候我欢喜她，因为我感觉到一种不可抑制的愿望——对她做出或说出什么小不愉快的事情。

"你知道，德米特锐，"我向我的朋友说，向发润卡面前走得更近一点，这样她便可以听到我要说的话，"我觉得，即便没有蚊子，这个地方也没有任何好处，而现在，"我添说，打了一下自己的额头，果真打死一个蚊子，"这根本不好。"

"您似乎不欢喜自然界吗？"发润卡问我，没有转头。

"我觉得，这是闲散的无益的事情。"我回答，很满意我到底向她说了一些小不愉快的话，同时又是独到的话。发润卡带着遗憾的表情把眉毛微微抬起片刻，又完全仍旧安静地继续直视着前面。

　　我开始对她觉得恼怒了，但虽然如此，她所倚凭的油漆脱落的灰色桥槛，倾斜的桦树的垂枝在灰暗的池上的映影，似乎想要和悬垂的枝柯合到一起，沼池的气味，额上打死的蚊子的感觉，她的注意的目光，和庄严的姿态——后来都常常十分意外地忽然出现在我的想象中。

第二十七章　德米特锐

当我们散步之后回到屋里时，发润卡不想要唱歌了，因为她通常晚上是不唱歌的，而我是那么自信，认为这是与我有关的，以为它的原因，是我在桥上向她所说的话。聂黑流道夫家的人没有吃夜饭，散得很早，而这天，因为德米特锐，果如索斐亚·伊发诺芙娜所料，牙齿痛了，我们进他的房间比平常早些。我认为，我做到了我的蓝领子与扣子所要求我的一切，并且大家都很高兴，我便处在极愉快的自满的心情中；相反，德米特锐，由于争论与牙痛，是沉默而愁闷的。他坐到桌前，取出本子——日记本和笔记本，他有了习惯，要每天晚上在本子上写下他的未来与过去的事情，于是他不断地皱眉，用手摸腮，在两个本子上写了很久。

"啊，让我安静吧，"他向女仆大叫着，她是索斐亚·伊发诺芙娜派来问他话的：他的牙齿怎样了？他是否想要用敷药，然后他说了，他们马上就要替我预备床，他马上就回来，便去看琉宝芙·塞尔盖芙娜去了。

"多么可惜啊，发润卡不漂亮，而且总之，她不是索涅琦卡，"我独自留在房间里，幻想着："出了大学，来到他们这里，向她求婚，那是多么好啊。我要说：'公爵小姐，我已经不年轻了，不能够热烈地爱您，但我要永远地爱您，像我亲爱的姐妹一样。'我要向她的母亲说：'我早已尊敬您了——还有您，索斐亚·伊发诺芙娜，请您相信，我也很、很重视。'——'您直截了当地说吧：您愿做我的妻子吗？'——'是的。'——于是她把手伸给我，我握住她的手，说：'我的爱情不在言语上，是在行为上。'那么，"我想到，"假如德米特锐忽然爱上了琉宝琦卡——琉宝琦卡本来爱上他了——并且想娶她，怎么办呢？那时候我们当中便有谁不能够结婚了。①这就好极了。这就是我那时候所要做的。我会立刻注意到这个，什么也不说，我要走到德米特锐面前，说："我亲爱的，我们徒徒地互相隐瞒了。你知道，我对你妹妹的爱情只会和我的生命一同完结；但我知道一切，你破坏了我的最大的希望，你使了我不幸；但是你知道，尼考拉·伊尔切恩也夫要怎样补偿他终生的不幸吗？——现在我的姐姐给你了。'我要把琉宝琦卡的手递给他。他要说："不行，无论怎样也不行！……'我便向他说："聂黑流道夫公爵，您徒徒地想要比尼考拉·伊尔切恩也夫还宽大。世界上没有人比他还宽大了。'我鞠了躬走出去了。德米特锐和琉宝琦卡带泪跑出来赶我，请求我接受他们的牺牲。只要我是爱上了发润卡，我便会同意而且是很、很幸福了。……"这些幻想是那么愉快，我很想把它们告诉我的朋友，但虽然我们是有互相开诚的誓约，我却因为什么缘故觉得，说这话的实际的可能性是没有的。

德米特锐从琉宝芙·塞尔盖芙娜那里回来了，牙齿上点了她给他的药水，他更加觉得痛，因此更加愁闷了。我的床铺还没有预备，德米特锐的仆人，一个男孩，来问他，我要睡在什么地方。

"滚走！"德米特锐踏了踏脚，大吼说，"发西卡！发西卡！发西卡！"男孩刚出门，他便大叫，一次比一次的声音高："发西卡！把我的床铺在地上。"

"不，还是我睡在地上好。"我说。

"啊，随便铺在哪里，都是一样，"德米特锐用同样的愤怒的声音继续说，"发西卡！你为什么不铺？"

但发西卡，显然不明白，要他干什么，便站着不动。

"啊，你在干什么？铺床！铺床！发西卡！发西卡！"德米特锐叫起

---

① 丈夫的姐妹与妻子的兄弟结婚是非法的。

来，忽然狂怒了。

但发西卡还不明白而且害怕，没有动。

"那么你发誓要我死……要我发狂吗？"

于是德米特锐，从椅子上跳起来，跑到男孩的面前，用拳头在发西卡的头上出力打了几下，发西卡奔命地跑出去。德米特锐站在门口，回头看了我一下，他脸上刚才所有的狂怒与残忍的表情，变成了那么温顺、害羞、多情、小孩般的表情，以致我对他可怜起来了，并且我无论怎么想要走开，却不敢这么做。他什么也没有向我说，却无言地在房里走了很久，偶然带着同样的求恕的表情看我，然后他从桌子里拿出一个本子，在里面写了什么，脱了礼服，小心地折起，走到挂了圣像的角落里，把又大又白的手按在胸前，开始祈祷。他祈祷那么长久，以致发西卡有时间拿来床垫，如我低声地向他所说的，在地上铺了床铺。我脱了衣服，躺在铺在地上的铺上，但德米特锐还继续在祈祷。看着德米特锐的微微弯曲的脊背，和他的在跪拜时似乎顺从地摆在我面前的脚跟，我比先前更爱德米特锐了。并且总是想到："要不要向他说出我关于我们的姐妹所幻想的事情呢？"完毕了祈祷，德米特锐在床上对着我躺着，用手臂支着身子，沉默了很久，用亲爱的害羞的目光看我。显然这使他觉得痛苦，但他似乎是在处罚自己。我望着他，微笑了一下。他也微笑了一下。

"为什么你不向我说，"他说，"我做得不对？你刚才想到了这个吗？"

"是的，"我回答，虽然我是想到别的事，我却觉得，我确实是想到这个，"是的，这很不好，我连料也没有料到你这样。"我说，这时觉得特别满意我对他称"你"。"啊，你的牙齿怎样了？"我添说。

"过去了。啊，尼考林卡，我的朋友！"德米特锐说得那么亲爱，似乎泪水汪在他的明亮的眼睛里了，"我知道，并且觉得，我是多么坏，上帝知道，我希望，并且请求他，要他使我更好；但是假如我有这种不幸的、讨厌的性格，我要怎么办呢？我要怎么办呢？我极力约制自己，纠正自己，但你晓得，这是不能够忽然做到，不能够单独做到的。必须有谁支持我，帮助我。这就是琉宝芙·塞尔盖芙娜——她了解我，在这方面帮助我很多。我凭我的笔记，知道我在一年之间已经改正了很多。哦，尼考林卡，我的灵魂！"在这个自认之后，他带着特别的不习惯的温柔，用较宁静的语调继续说，"像她这样的妇女的影响，意义是多么大啊！我的上帝，当我自立时，和像她这样的女子在一起，那是多么好啊！和她在一起，我是完全不同的人。"

然后德米特锐开始向我说明他的关于婚姻、乡居生活、继续改善自己的计划。

"我将住在乡间，你到我这里来，也许你将和索涅琦卡结婚，"他说，"我们的小孩在一起玩。这一切似乎是又可笑又愚笨，但也许会实现的。"

"可不是！很可能的。"我说，微笑着，并且这时想到，假若我娶了他的妹妹，那就更好了。

"你知道，我要向你说什么吗？"他沉默了片刻，向我说："你只以为，你爱上了索涅琦卡，但在我看来——这是不足道的事，你还不知道什么是真正的情感。"

我没有反对，因为我几乎和他同意了。我们沉默了片刻。

"你大概注意到，我今天又是脾气不好，和发瑞雅争论得很不好。我后来觉得很不舒服，特别是因为当你的面。虽然她没有好好地想到许多事情，但她是出色的女子，很好的女子，你会更了解她的。"

在谈话中他从我所不欢喜的事情上转到夸奖他的妹妹，这使我极其高兴，并且使我脸红，但是我仍然没有向他说道任何关于他妹妹的话，我们继续谈着别的。

我们这样地谈到鸡叫二遍，当德米特锐到了自己床上，熄了蜡烛时，窗子上已经看见曙光了。

"喏，现在睡觉了吧。"他说。

"好，"我回答，"只有一句话……"

"说吧。"

"活在世上是极好的吗？"我说。

"活在世上是好极了。"他用那样的音声回答，以致我在黑暗中似乎看到了他的神情——快乐亲爱的眼睛与儿童的笑容。

第二十八章　在乡间

　　第二天我和佛洛佳乘驿车下乡。在途中，我心里重温着莫斯科的各种回忆，我想起了索涅琦卡·发拉黑娜，而且是在晚上，当我们走了五个车站的时候。"然而奇怪，"我想，"我在恋爱并且完全忘记了这个；我必须想到她。"于是我开始就像旅途中想人那样地想到她——不连贯，然而清楚，我并且想到，到了乡下之后，我因为什么缘故，认为必须有两天，在全家的人面前显得忧愁而沉思，特别是在卡清卡面前，我认为她是这种事情的大能手，我曾经向她暗示了一点儿我的心情。但虽然我力求在别人和自己面前装假，虽然故意要学得我所注意到的别人在恋爱时的一切表征，我只在两天之间，并且不是继续地，而是主要地在晚上，想起了我是在恋爱，最后，我刚走上乡村生活与事务的新轨道，就完全忘记了我对索涅琦卡的爱情。

　　我们在夜里到达彼得罗夫斯考，我睡得那么酣，我既没有看见房子，又没有看见桦树道，也没有看见家里任何人，他们已经分散，早已睡觉了。驼背的老头子福卡，赤着脚，穿了妻子的一件棉袄，手拿蜡烛，替我们开了门上的钩子。看到了我们，他欢喜得发抖，吻了我们的肩膀，匆忙地收拾了他的毡子，开始穿衣服。走过门廊和楼梯时我还没有完全清醒，但在前厅里，门锁、门闩、弯曲的地板、箱子、滴了油脂的旧蜡台、刚刚燃点的又弯又冷的蜡烛芯的影子、永远蒙着灰尘的未拆下的复窗、窗子外边，我记得，长着山楂树——这一切是那么熟识，那么充满着回忆，那么彼此和睦，似乎被一个思想连在一起，使我忽然感觉到这个可爱的旧屋子对我的亲爱。我不觉地发生了一个问题：我和屋子，我们怎么能够这么久彼此不见？于是，我急忙地各处跑着，看看所有的别的房间是否如旧。一切如旧，只是一切变小了，变低了，我似乎变高了、重了、粗了；但我虽然是如此，屋子却快乐地接受我在它的怀抱中，每个地板、每个窗子、梯子的每级、每个声音，唤起了我心中无数的意象、感觉、不复返的幸福的过去的事。我们走进了我们的儿童卧室：一切幼年的恐怖又如旧地隐藏在角落与门口的黑暗处；我们走进了客厅——如旧的安静的、温柔的、母亲的爱，散布在室内一切物品上；我们走进了大厅——嘈杂的、无忧无虑的、儿童的快乐，似乎还留在这个房间里，只等待人去重新使它活跃起来。福卡把我们领到起居室，他在这里为我们铺了床，似乎是，这里的一切——镜子、屏风、旧的木圣像、糊了白纸的墙的每一个不平处———切说道痛苦，说道死亡，说道永远不会再有的东西。

我们躺下来了，福卡道了晚安，便丢下了我们。

"你晓得妈妈是在这间房里死的吗？"佛洛佳说。

我没有回答他，装作睡着了。假若我要说什么，我就要哭了。我在第二天早上睡醒时，爸爸还没有穿衣服，着软靴与换装服，牙齿里咬着一支雪茄烟，坐在佛洛佳的床上，和他又谈又笑。他带着快乐的耸肩，从佛洛佳的床上跳起来，走到我面前，用他的手拍了拍我的脊背，把腮伸给我，贴上我的嘴唇。

"啊，好极了，谢谢你，外交家，"他带着特有的诙谐的慈爱说，用他的小小的明亮的眼睛看着我，"佛洛佳说，你考得好，好孩子，这好极了。只要你不想做呆事，你也是我的好孩子。谢谢你，亲爱的。现在我们要好好住在这里，冬天也许我们要搬到彼得堡去；只是可惜，打猎结束了，不然我们让你们乐一下了；哦，你能够用枪打猎吗，佛尔皆马尔？野物多极了，我或许什么时候自己和你去一下。在冬天，上帝保佑，我们要到彼得堡去，你们要看看人，发生关系；你们现在是我的大孩子了，我刚才向佛尔皆马尔说过的：你们现在正上路，我的任务已经完结了，你们可以自己走了，假如愿和我商议，就商议，我现在不是你们的爸爸，却是你们的朋友，至少我想要做你们的朋友、同伴，在我所能够的地方，做顾问，没有别的了。这按照你的哲学，会怎么样呢，考考？啊？是好是坏？啊？”

不用说的，我说这好极了，并且确实觉得是这样的。这天爸爸有一种特别动人的愉快幸福的表情，这种对我的、就像对平等的人、对同伴一样的新关系，更使我爱他了。

“啊，告诉我吧，你看过所有的亲戚吗？到过伊文家吗？看见了老头子吗？他向你说了什么？”他继续地问我，“看了伊凡·伊发诺维支公爵吗？”

我们没有穿衣服，谈得那么久，太阳已经开始离开起居室的窗子了，雅考夫（他好像还是那么老，还是那么在背后摇动手指，说“仍然”）走进我们的房间，向爸爸说，小马车已经预备好了。

“你要到哪里去？”我问爸爸。

“啊，我倒忘记了，”爸爸带着恼怒地耸肩和咳嗽说，“我应许了今天到叶皮发诺夫家去。你记得叶皮发诺发小姐——la belle Flamande（美丽的佛拉蒙德人）吗？她从前常来看你的妈妈。他们是极好的人。”我觉得，爸爸难为情地耸着肩，走出房。

琉宝琦卡在我们谈话时已经到门口来了几次，老是问：“可以进来看我们吗？”但每次爸爸都隔着门向她大声说：“怎样也不行，因为我们没有穿衣服。”

“没有关系！我还看见过你穿换装服的。”

“你看到你的弟弟们不穿裤子，是不行的，”他大声向她说，“他们俩都要去向你敲门了，你满意了吗？去敲吧。就连他们穿这样的便衣和你谈话，也是不礼貌的。”

“你们是多么讨厌啊！那么至少要赶快到客厅里来哟。米米是那么想要看见你们！”琉宝琦卡在门外边大声说。

爸爸刚走，我便赶快穿了大学生礼服，走进客厅；佛洛佳，相反，并不着急，在楼上坐了很久，和雅考夫谈到什么地方有鹑鸡和鹬。我已经说过，他对世界上的任何东西，如他所说的，都没有他对弟兄、父亲、姐妹的柔情那么怕，他避免任何情感的表露，他趋于相反的极端——冷淡，这常常大大得罪了不知其故的人们。我在前厅里碰见了爸爸，他用迅速的小步子去上车，他穿了新的时髦的莫斯科的礼服，身上发出香气。看见了我，他快乐地向我点了点头，似乎是说："你看见吗，好极了？"我早上看见的他眼睛里的那种幸福的表情又使我吃惊了。

客室仍旧是明亮高大的房间，有黄色的英国大钢琴，有开着的大窗子，从窗子里可以愉快地看到花园里的绿树与黄红色的小路。和琉宝琦卡及米米吻了之后，我走到卡清卡的面前，我忽然想起，我和她接吻已经不合体统了，我便无言地红着脸停下来。卡清卡，一点也不难为情，把她的白白的小手伸给我，贺我进了大学。当佛洛佳走进客厅，看见卡清卡时，他也发生了同样的情形。我们在一起长大，在这全部的时间里，每天见面，现在，在第一次的分别之后，确实难以决定，我们应该怎么会面了。卡清卡比我们脸红得多了；佛洛佳一点也不发窘，向她微微鞠躬之后，便走到琉宝琦卡的面前，和她也说了几句，并不严肃，然后独自到什么地方散步去了。

第二十九章　我们和姑娘们之间的关系

　　佛洛佳对于姑娘们有那种奇怪的看法，他能够注意到：她们是否吃得饱，睡得好，是否穿得体面，是否说法语有错误，在生人面前他会因为这个而羞耻——但他不承认，她们能够想到或者感觉到什么人性的事情，更不承认我们能够和她们谈论什么。当她们有时问到他什么严肃的问题（然而她们却极力避免这样的事），假若她们问到他对于一本小说或对于他在大学里的功课的意见，他便向她们做怪相，无言地走开，或者用曲解的法语回答，说：КОМСИТРИЖОЛИ（那是很漂亮啊）和类似的话，或者做出严肃的、故意装呆的面色，说些没有任何意义而与问题没有关系的话，忽然做出无神的眼色，说出"小面包"，或"坐了车"，或"白菜"，或什么类似的话。有时候，我向他重复琉宝琦卡或卡清卡向我所说的话，他总是向我说：

　　"喂！你还同她们讨论吗？不，我知道，你还是不好。"

　　应该那时候听到他看到他，以便估量这句话中所表现的深刻而不变的轻视。佛洛佳长大已经两年了，不断地爱上他所遇见的一切漂亮的妇人；但是，虽然他每天和卡清卡见面——她穿长衣服也已经有两年了，并且一天一天漂亮起来了——他从来没有想到爱她的可能。无论这是由于枯燥无味的幼年回忆——尺、洗澡布、任性的事——在记忆中还太新鲜，或是由于很年轻的人们对于家中一切的憎恶，或是由于一般的人性的弱点：在初次的旅途中遇到良好的美丽的东西，越过它，向自己说："哎！我此生还要遇到许多这样的人。"——但佛洛佳直到那时还没有把卡清卡当作妇人看。

　　这整个夏天佛洛佳似乎很烦闷；他的烦闷是由于轻视我们，这，我已说过，是他并不设法隐藏的。他脸上经常的表情说："咻！多么烦闷啊，没有人一起谈话！"往往是，他早上带枪去打猎，或者在自己房间里，不穿衣服，读书直到午饭时。假若爸爸不在家，他甚至带了书来吃饭，继续读着，不和我们当中任何人说话，因此我们都觉得自己在他面前似乎是有罪的。晚上他也连腿躺在客室的沙发上，用手托着头睡觉，或者带着严肃的面孔说着非常荒谬的话，有时是根本不体面的话，米米因此发怒而且脸红，我们却笑得要死；但除了同爸爸，有时同我，他从来不愿同家里的任何人严肃地谈话。

　　对于姑娘们的看法，我完全不自觉地模仿了我的哥哥，不过我并不像他那样地怕柔情，而我对姑娘们的轻视，也远不像他那么坚决而深刻。在这个夏天，我甚至因为无聊，几次试图和琉宝琦卡与卡清卡接近并且谈话，但每次我都看到，她们是那么缺少逻辑思想的能力，那样地不知道最简单最寻常的东西，例如，什么是金钱，大学里读什么，什么是战争，等等，并且对于这一切东西的说明是那么漠不关心，以致这些试图只更加证实了我对于她们的不利的意见。

　　我记得，有天晚上，琉宝琦卡在钢琴上第一百次复习一个讨厌得令人难受的乐节，佛洛佳在客厅里，躺在沙发上打盹，有时，不特别对着任何人，带着恶意的嘲讽，低声地说"她在弹了……女音乐家……贝多芬（他特别嘲讽地说出这名字）……好极了……再来一次……这就对了"和这一类的话。卡清卡和我留在茶桌前，我不记得，卡清卡怎样把谈话带上了她的心爱的题目——爱情。我是在作哲学思考的心情中，开始高傲地确定爱情是一种愿望，是要从别人那里获得自己所没有的东西，等等。但卡清卡回答我说，相反，假如一个姑娘想嫁富翁，这就不是爱情，并且照她的意思，财产是最空虚的东西，而真正的爱情，只是那能够忍受离别的爱情（我明白，这是她暗示她对杜不考夫的爱情）。

佛洛佳大概听到了我们的谈话，他忽然用肘支起身子，疑问地喊叫：

"卡清卡，俄国人吗？"

"总是废话！"卡清卡说。

"放进胡椒瓶吗？"佛洛佳继续说，强调着每个元音。我不能不认为，佛洛佳是十分对的。

在一般的、或多或少地发展在各人心中的智慧，感受性、艺术情绪等能力之外，还有一种部分的、或多或少地发展在各种社会团体中，特别是家庭中的能力，这我叫作了解力。这个能力的本质，乃是相对的程度感和相对的片面的对于事物的看法。同一团体或同一家庭中有这种能力的两个人，总是让情感的表现达到同一点，超过这一点，他们俩便都觉得是空话了；在同一时候，他们知道，称赞在何处完结而嘲讽在何处开始，热情在何处完结而虚伪在何处开始——这对于有不同的理解力的人们，或许是全然不同的。对于有同一理解力的人们，每件事物同样对于双方主要地显出它的可笑的、或美丽的、或污秽的方面。为了在同一团体或同一家庭中的人们之间促进这种了解力，他们成立了自己的语言，自己的说话甚至文字的风格，来确定意义的细微差别，而这是别人所不了解的。在我们家里，在爸爸与我们弟兄之间，这种了解力发展到了最高的限度。杜不考夫不知怎的，也很适合我们的团体，并且"了解"，但德米特锐，虽然比他聪明得多，在这方面却迟钝。但我同谁也没有像同佛洛佳这样地，把这种能力发展到那么精细的程度，我同他是在同一环境中长大的。爸爸早已落在我们的后边，许多东西，在我们看来，就像二乘二那么明白，却是他不了解的。例如，在我与佛洛佳之间，上帝知道怎的，建立了以下各字的相关的意义：葡萄干，是指想要表示自己有钱的虚荣心，球果（还须把手指凑在一起，特别强调球字），是指新鲜、健康、优雅，但不华丽的东西；名词，用在复数时，是指对于这个事物的过分爱好，等等。但意义大都决定于面部表情，和谈话的一般的意义，因此，我们当中的一个，为了表示新的意义的细微差别，发明了无论什么样的新字，另一个人，在一次暗示之后，便完全同样地了解了它。姑娘们没有我们的了解力，这是我们对她们的精神分离与轻视的主要原因。

也许她们有她们自己的了解力，但这和我们的是那么不相合，因而在我们已经看出了空话的地方，她们却看出了情感；我们的嘲讽在她们看来是真话，等等。但那时候我不明白，她们在这方面是不能怪的，这种了解力的缺少，并不妨碍她们做又漂亮又聪明的姑娘，而我却轻视她们。此外，有一次偶然想到坦白，在这个思想的应用上走了极端，我责备琉宝琦卡的宁静的轻信的性格中的拘谨和作假，她觉得，发掘和考核她的一切思想与心向，是一点也不必要的。例如琉宝琦卡每天晚上替爸爸画十字，她和卡清卡当我们去为妈妈做祈祷时在教堂里流泪，卡清卡在弹琴时叹气并且贩起眼睛——这一切我觉得是极端的装假的，并且我问自己：她们什么时候学会了像大人那样地装假？为什么她们不觉得这是难为情的？

第三十章　我的事情

　　虽然如此，我在这个夏天，由于我有了对于音乐的热情，比往年更和我家的姑娘们接近了。春间，一个邻居、年轻人，到乡下我们这里来拜访，他刚进客厅，就看着钢琴，悄悄地把椅子移到钢琴那里，一面和米米及卡清卡谈话。说过了天气以及乡村生活的快乐，他巧妙地把谈话引上了乐器师、音乐、钢琴，最后说明他能弹琴，他很快地弹了三个华姿舞曲，这时琏宝琦卡，米米与卡清卡站在钢琴边看着他。这个年轻人后来一次也没有到我们家来过，但我很欢喜他的弹奏，在钢琴前的姿势，头发的摆动，尤其是用左手奏第八度音的姿势，他迅速地把小指与拇指伸开在第八度音的面积上，然后迟迟地合拢，又迅速地伸开。这种优美的动作，不经心的姿态，头发的摆动，以及我家妇女们对他的天才的注意，给了我弹钢琴的念头。由于这个念头，并且相信我有音乐的天才与热情，我着手学习了。在这方面我所做的，正好像无数的男子，特别是女子所做的一样，他们学习而无良师，没有真正的才干，一点也不知道，艺术能够给予什么，并且，要它给予什么，就应该怎样从事。在我看来，音乐，或者毋宁说弹钢琴，是用我的情绪迷惑姑娘们的方法。借卡清卡的帮助，我学会了音符，并且稍微驯服了我的肥手指——在这上面，我那么热心地花了两个月的工夫，甚至吃饭时在膝盖上，睡觉时在枕头上还练习我的不顺从的无名指——我立即着手弹乐曲，不用说的，是用心地（avec âme）弹，这一点卡清卡也承认，但完全没有拍子。

　　乐曲的选择是有名的——华姿曲、急奏曲、浪漫曲、改曲，等等——都是可爱的作曲家的作品，任何一个有正确鉴别力的人，都会为你在乐谱店里从成堆的极好的作品中选出一小包他们的作品，说："这是不应该弹的，因为在乐谱上从来没有写过任何作品是比这个更坏、更无趣味、更无意义了。"并且大概，正因此，你会在每个俄国小姐的钢琴上看到这些作品，确实，我们有不幸的，总是被姑娘们弄残缺了的"悲哀奏鸣乐"和贝多芬的C#低调鸣奏乐，琉宝琦卡曾经弹奏它们纪念妈妈，还有她的莫斯科教师给她弹的别的好作品，但也有这个教师的作曲，最荒谬的进行曲与急奏曲，琉宝琦卡也弹它们。我和卡清卡不欢喜严肃的作品，却爱好一切别的作品，"Le Eou（疯人曲）"与"夜莺"，这卡清卡弹得看不见手指，我也开始弹得很响亮很连贯。我学会了那个年轻人的手法，常常可惜，没有任何生人来看我弹。但不久我便觉得，我不能弹李司特①与卡尔克不来纳的作品，我看出了赶上卡清卡的不可能。因此我自己设想，古典的音乐是较为容易，并且一部分是为了独特，我忽然认定了，我欢喜学术性的德国音乐，当琉宝琦卡弹"Sonate pathéti que（悲哀奏鸣乐）"时，我显得狂喜了，虽然如此，但是老实说，这个奏鸣乐早已令我讨厌到极点了，我开始自己弹贝多芬的曲子，并且说成"拜托芬"。我现在想起了，透过这一切的混乱、虚伪，我仍然有类似天才的地方，因为音乐常常给我强力的印象，直到流泪，而我所欢喜的那些东西，我能够不用乐谱在钢琴上设法弹出来；所以，假如那时有谁教我把音乐看作目的，看作独立的享乐，而不把它看作一种用弹奏的迅速与敏感去迷惑姑娘的方法，也许，我果真成了很好的音乐家。

读法国小说——佛洛佳随身带了很多——在这个夏天，是我的另一件事情。这时"基督山"和各种"神秘"小说刚开始出现，我贪读绪、杜马与保尔·德·考克的小说。一切最离奇的人物与事件对于我就像真实的东西一样的生动，我不仅不敢怀疑作者说谎，而且作者本人对于我是不

---

① 一八一一——八八六，匈牙利钢琴家作曲家。

存在的，活的真实人物与事件从印刷的书本中自动地出现在我的面前。假如我没有在任何地方遇见过类似我所读到的人物的人，我也没有一秒钟怀疑过他们会不会有。

我在自己身上发现了那些被描写的热情，以及我和每本小说中所有的人物、和英雄们、和恶徒们的相似，好像一个多疑的人，读医书时，在自己身上发现了一切可能的疾病表征。我欢喜这些小说中狡滑的思想、热烈的情感、魔术的事件和彻底的性格。好的就完全是好；坏的就完全是坏——正如同我在青年的初期对人们所设想的那样。我也很欢喜，这一切是法文的，并且我能够在做高贵事件的时候，记得、提到高贵的英雄们所说的高贵的话。借这些小说的帮助，假如我有一天遇见考尔匹考夫，我会替他想出多少不同的法文字句啊！当我最后遇见她并且向她表白爱情时，我也会替她想出多少啊！我准备了向他们说那样的话，他们听到我说，便要灭亡。根据这些小说，我心中甚至组成了我希望达到的那些道德美质的新概念。首先，我希望在我的一切事件与行为中我是noble〔我说noble，不说高贵的，因为这个法文字有别的意思，德国人用noble这字时便懂得，不把它和他们的概念ehrlich（可敬的）相混〕；其次，要是热情的；最后，要尽可能是comme il faut（正派的），这个倾向我以前就有。我甚至极力要在外表与习惯上类似具有这些美质中任何一种的英雄们。我记得，在这个夏天、我读了数百种小说，在其中的一本小说里，有一个浓眉的极其热情的英雄，我是那么想要和他的外表类似（在精神上我觉得自己和他完全一样），以致我对着镜子照自己的眉毛时，我想把它们微微剃了一点，使它们长得更坏，但是有一次，我开始了剃它，发现了，我在一个地方剃多了——应该使它们均匀，而结果是，令我自己大吃一惊，我在镜子里看到自己是没有眉毛的，因此是很不好看的。然而我希望，我很快便长出像热情的人那样的浓眉。我安慰了自己，只是焦虑着，家里人看见我没有眉毛时，我要向大家怎样说。我弄到了佛洛佳的火药，用它擦了眉毛，并且烧着了。

虽然火药没有爆炸，我却很像一个烧得微伤的人，没有任何人识破我的狡猾，并且当我忘记了热情的人的时候，确实，我的眉毛长得浓多了。

第三十一章　COMME IL FAUT

在这个叙述中，我几次提到相当于这个法文标题的概念，现在我觉得必须用一整章来说明这个概念，它在我的生活中，是教育与社会灌注给我的最有害的虚伪的概念之一。

人类可以分为许多种类——分为富的与贫的，好的与坏的，军人与文人，聪明的与愚笨的，等等；但每个人一定有他自己心爱的主要的分类，他不自觉地把每个新人都放在这个分类之下。

在我所写的那个时期，我的心爱的主要的人物分类，是comme il faut（正派的）人与comme il ne faut pas（不正派的）人。第二类的人又分为本来不comme il faut 的人与普通的人。我尊敬comme il faut的人，认为他配同我有平等的关系；对于第二类的人，我装作轻视他们，但实际上我恨他们，对他们怀着一种个人的粗暴情绪；第三类的人，对于我是不存在的，我完全轻视他们。我的comme il faut 的第一个主要的条件，是说极好的法语，特别是在发音上。法语发音恶劣的人，立刻就会引起我的憎恨情绪。"你并不能够，你却为什么想要说得像我们一样呢？"我在心里带着恶毒的嘲讽问他。comme il faut 的第二个条件，是刷得清洁的长指甲；第三是知道鞠躬，跳舞，谈话；第四，很重要的，是对于一切漠不关心，经常地表示一种优美而高傲的烦闷。此外，我还有些一般的表征，我凭它们，不和人说，便决定他属于那一类。在这些表征之中，除了收拾房间、盖印、笔迹、马车之外，主要的是脚。靴子和裤子的关系，在我的目光中，立即决定人的地位。没有跟的方头的靴子，裤脚狭窄没有皮带——这是普通人，圆尖头的有跟的靴子，裤脚狭窄的有皮带的紧贴着腿的裤子，或者是有皮带的宽裤脚的裤子在靴头上如同罩盖——这是，mauvais genre（坏作风）的人，等等。

奇怪的是，我确实不能够成为comme il faut, 而这个概念却那么吸引我。也许是它深入我心，正是为了要我费很大的努力，以便获得这个comme il faut。想起来是可怕的，我为了要获得这个特质，浪费了很多无价的、十六岁的生命上最好的时间。对于所有的我所模仿的人——佛洛佳，杜不考夫，和我的大部分的朋友，这似乎很容易达到的。我羡慕地看他们，暗下地研究法语，研究鞠躬的技术，就是鞠躬时不看着我对着鞠躬的人，研究谈话、跳舞，研究在我心中养成我对于一切的漠不关心与厌烦，研究指甲，为了指甲，我曾用剪子割破了自己的肉——但我仍然觉得，要达到目标，还需要有很多的努力。房间，写字台，马车，这一切我怎样也不能布置得合乎comme il faut。虽然，我不管我对于实际事务的憎恶，我努力并且研究它们。别人的一切，似乎没有任何努力，便做得极好，好像那不会是别样的。记得有一次，在对于指甲的费劲而徒然的努力之后，我问了指甲异常好看的杜不考夫，他的指甲是否早就这样，他怎么做到这样的。杜不考夫回答我说："从我能记事时候起，我从来没有做任何事情要它们这样，我不明白，一个正派的人的指甲怎么会是别样的。"这个回答大大地苦恼了我。我那时候还不知道，comme il faut 的主要条件之一，是我隐瞒达成comme il faut的努力。comme il faut对于我不仅是重要的美德，极好的质量，我希望达到的完善，而且是生活的必要条件，没有它便不能够有幸福、光荣，世界上便没有任何好东西。名艺术家、学问家、人类的恩人，假如他不是comme il faut 的，我便不尊重他。comme il faut 的人是在他们之上，不能和他们相比；他让他们去画图画，作乐曲，写书，做善事——他甚至因此称赞他们，为什么不称赞人的好处呢，不论是谁的——但他不能够和他们在一个水平线的下边，他是comme il faut, 而他们不是的——这就够了。我甚至觉得，假如我们的弟兄，母亲或父亲是不comme il faut 的，我便要说这是不幸，但在我和他们之间不能够有任何共同的地方。但即不是黄金的时间的损失——时间是用在这上面的，就是不断地关心到保持comme il faut 的一切对我是困难的条件，它们排斥任何认真的醉心；也不是对于十分之九的人类的憎恨与轻视，也不是对一切美好的，在comme il faut的范围之外所完成的东西的不注意，这一切都不是这个概念所给我的主要的害处。主要的害处是相信comme il faut是社会上的独立的地位，一个人在他是comme il faut时，即不需要努力做官吏，车匠，兵士，学者；相信，达到这个地位之后，他便是已经完成了他的使命，甚至是高过大部分的人。

在青年的某一时期，在许多错误与迷醉之后，每个人通常感觉到必须积极参与社会生活，选择某一种工作，献身于这一工作；但comme il faut 的人却很少发生这样的事。我曾经知道，并且还知道许多许多年老的、骄傲的、自信的、判断敏锐的人，假如在那一个世界里问他们："你是什么人？你在世上做了什么事？"对于这个问题，他们只能够回答说："je fus un homme trés comme il faut（我曾是一个很正派的人）。"

这个命运等待着我。

第三十二章　青年

　　虽然在我头脑里发生了观念的混乱，在这个夏天，我却是年轻的、无邪的、自由的，因而几乎是幸福的。

　　我有时，并且是很常常早起。（我睡在露天里，在露台上，朝旭的明亮的斜晖常常弄醒我。）我赶快穿上衣服，在腋下夹着一条布巾和一本法国小说，到离家半俚的桦树荫下的河里去洗澡。在那里我躺在树荫下的草上读书，有时候让眼睛离开书本，看一看在树荫下发蓝色的、被晨风吹得开始荡漾的河面，看一看河彼岸的发黄的裸麦田，看一看淡红色的早晨的光芒越来越低地渲染桦树的白干，桦树一株在一株后边隐藏着，从我这里一直伸展到清洁的树林的远处，我享受着内心里的那种新鲜而年轻的生命力之自觉，这生命力正是大自然界在我四周到处所呼吸着的。当天空有早晨的灰云而我在洗澡后感觉寒凉时，我常常不顺道路到田野与树林中去散步，快乐地让我的脚在新鲜的露水中湿透靴子。这时候我清楚地幻想着最近所读的小说中的主人公们，设想自己时而是司令官，时而是大臣，时而是异常的大力士，时而是热情的人，我带着几分惊惶不断地环顾着四周，希望在空地上或者那边的什么地方忽然遇见她。当我在这样的散步中遇到在工作的农夫农妇时，虽然普通的人对于我是不存在的，我却总是感觉到一种不自觉的强烈的不安，极力不让他们看见我。在天气已热而妇女们还未出来吃早茶时，我常常到果园或花园里去吃业已成熟的那些菜蔬与果子。这事情使我得到一种最大的快乐。我常走进苹果园中，走进高大茂盛稠密的覆盆子树的深处。头上是明亮的炎热的天空，四周是和杂草混在一起的覆盆子树的淡绿色有刺的枝叶。深绿色的刺麻带着细嫩的开花的顶，均匀地向上伸着；宽叶的牛蒡，带着不自然的淡紫色的、有刺的花朵，粗鲁地长得高过覆盆子树，高过我的头，并且有些地方，甚至连同刺麻齐到老苹果树的下垂的淡绿色的枝子，在枝子上边，对抗着炎日，光亮如象牙的圆圆的还是生的苹果正在成熟中。下边一丛小小的，几乎干枯的，没有叶子的，弯曲的覆盆子树向太阳伸着；绿色如针的草和小牛蒡，从去年的为露水沾湿的叶子下边长出来，在永久的树荫下黏润地发绿，似乎不知道太阳明亮地照耀在苹果树的叶子上。

在这个密林中永远是潮湿的，发散着强烈的经常的阴暗气味，蜘蛛网气味，落在腐烂的地面上业已发黑的苹果气味，覆盆子气味，有时还有树虫的气味，这种虫你会无意地连莓子吃下肚，赶快再吃一颗来解味。再向前走，你惊动了总是栖在这种僻静处的麻雀，听到它们的匆忙的唧唧声，它们的急飞的小翼碰触树枝声，你听到在一个地方的大蜂的嗡嗡声，和小径上什么地方园工傻子阿肯姆的脚步声，和他的永远的咕噜声。你自己想："不！无论是他，无论是世界上的什么人，在这里都找不到我……"用双手在右边和左边从白色圆锥形小茎上摘取多汁的莓子，快乐地一个一个地吃着。腿上，甚至在膝盖之上，都湿透了，头脑里有些最可怕的胡思乱想（心中连续重复一千次："二十、二十地……七个、七个地……"），手和透湿的裤子里的腿，都被刺麻戳痛了，穿进密林的太阳的直射的光，已经开始烤晒头颅，吃饭是早已不想了，却仍然坐在密林中，回顾，注听，沉思，机械地采摘并且吃下最好的莓子。

我通常在十点钟后走进客厅，多半是在早茶之后，妇女们坐下做事的时候。第一个窗子上，有放下遮太阳的没有漂白的麻布窗帘，从它的细孔里，明亮的太阳射入那么辉煌的火热的圈子在一切它所碰到的东西上，使眼睛看了它们便觉得难受，在窗子旁边摆了一个绣花架子，在它的白麻布上苍蝇静静地爬着。米米坐在架子旁边，不断地愤怒地摆着头，并且从这个地方移动到那个地方躲避日光，日光忽然从什么地方穿过来，把火热的光线照在她的脸上或手上的时而这个地方，时而那个地方。从有窗框影子的其他三个窗子里映出了一些完整明亮的四边形；在客厅的未上色的地板上，在四边形之一上，米尔卡按照旧习惯，躺卧着，它竖起耳朵，看着在明亮的四边形上爬动的苍蝇。卡清卡坐在沙发上，或编织，或读书，不耐烦地挥动着她的惨白的、在亮光中似乎是透明的小手，或者皱着眉摇头，驱逐一个碰在她的稠密金发中的挣扎着的苍蝇。琉宝琦卡或者把手放在背后，在房中来回走动，等候大家到花园里去，或者在钢琴上弹奏我早已知道了每个音符的曲子。我坐在什么地方，听着音乐或诵读，等候着轮到我自己坐到钢琴前去。饭后我有时会陪姑娘们去骑马（我认为去散步是和我的年龄与社会地位不相宜的）。我们的骑马是很愉快的，我在骑马时领她们到不常去的地方和山谷里去。我们有时也遇到冒险的事，在这时候，我表现自己是好汉，姑娘们称赞我的骑马术与勇敢，认为是她们的保护人。晚上，假如没有客人，我们在阴凉的露台上吃过茶之后，同爸爸在农场上散步之后，我躺在我的老地方，在躺椅上，听着卡清卡或琉宝琦卡的音乐，读着书并且同时如旧地幻想着。有时，当琉宝琦卡弹着什么老调子，我独自留在客室里，不觉地放下书本，从露台的打开的门里望着高大桦树的茂盛的垂悬的枝子，夜影已经开始落在树上，我还望着澄清的天室，天空中，你注意地看着，会忽然出现似乎是灰尘的黄色的点子，又不见了，并且，我听着大厅里传来的音乐声，门的开关声，农妇的声音，和回村的牛群声，我忽然清楚地想起娜塔丽亚·萨维施娜，妈妈，卡尔勒·伊发内支，并且我有一会儿感到悲哀。但是我的心灵在那时候是那么充满着生命与希望，这些回忆只用羽翼触到了我，又飞远了。

晚饭后，有时和谁在花园作了夜晚散步之后——我怕独自走过黑暗的小径——我独自去睡在游廊的地上，虽然有无数的蚊子叮我，我却感到极大的快乐。在月圆时，我常常整夜坐在我的床垫上，环顾着亮光与阴影，注听着寂静与声音，幻想着各种事物，主要的是诗的色情的幸福，我那时觉得这是人生的最高级的幸福，我愁闷着，我直到那时才能够想象这个。有时，刚刚大家散去，客厅里的灯光移到楼上的房间里，从那里开始传来妇女的声音与窗子开关的声音，我便走到走廊上，在那里徘徊，热切地听着入睡的家庭的一切声音。在我对于我所幻想的，即使是不完全的幸福，还有极小的、无根据的希望时，我总不能够安静地为自己建立想象的幸福。

听到每个赤脚走路声，听到咳嗽，叹息，窗子的触动，衣服的窸窣声，我便从床上跳起来，偷偷地注听着，窥看着，并且没有显然的理由便兴奋起来。但后来楼上窗子里的灯光熄灭了，脚步声与话声变为鼾声，更夫开始在木板上打更，花园里在窗内照出的红色光线一消灭时，就变得更幽暗又更明亮，餐室里最后的火光移进了前厅，射出一条光线在有露的花园里，我从窗子里看见福卡的弯曲的身体，他穿了袄子，手拿蜡烛，向自己的床走去。我常常感觉到这种巨大的兴奋的快乐：在房屋的黑影中从潮湿的草上偷偷走过，走到前厅的窗下，屏住气息，听着男子的鼾声，福卡的哼声，他以为没有人听到他，又听着他的久久地背诵祷文的老迈的声音。终于他的最后的烛光熄灭了，窗子砰然关闭了，我完全单独了，我畏怯地环顾着四周，看看是否有白衣女子在花床边或者在我的床边——于是我快步地跑到游廊上。这时候，我便躺到自己的床上，脸对花园，尽可能地蒙住自己防御蚊子与蝙蝠，看着花园，听着夜晚的声音，幻想着爱情与幸福。

这时一切对我有了不同的意义：老桦树的样子，一方面在月光下闪耀着茂盛的枝子，另一方面把黑影子幽暗地遮盖着灌木与道路；静穆的，华丽的，像声音那样韵律地增强着的池光；游廊前花上的露水所反射的月光，露台也把优美的影子横映在灰色花床上，池子那边鹌鹑的声音；大路上传来的人声；两株老桦树的低微而几乎听不见的互相摩擦声；我的在被褥下边的耳朵上的蚊子嗡嗡声；碰到树枝落到干枯叶子上的苹果坠地声；蛙的跳跃声，它们有时靠近露台的阶级，而绿色脊背在月光下有点神秘地发亮；这一切对我都有了奇怪的意义——太大的美丽与一种未完成的幸福。现在她出现了，她有又长又黑的发辫，高高的胸脯，永远悲哀而美丽，有祖露的手臂与色情的拥抱。她爱我，我为了她片刻的爱情牺牲我全部的生命。但月亮照在天空，越来越高，越来越亮，池子的像声音那样韵律地增强着的华丽的光，越来越明亮了，阴影越来越黑了，而光亮越来越透明了，于是，我看着并且听着这一切，有什么东西向我说，她有光着的手臂与热情的拥抱，她远非、远非全部的幸福，对她的爱远非、远非全部的善；我看着高高的圆圆的月亮越久，我觉得真正的美与善是越来越高，越来越纯洁，越来越接近它，接近一切美与善的源流，于是一种未满足的，然而兴奋的快乐之泪，涌进了我的眼睛。

而我仍然是单独的，我仍然觉得，神秘伟大的自然，月亮的有吸引力的明亮的圈子，因为什么缘故，停在淡蓝天空中一个崇高的不确定的地方，同时又无处不在，并且似乎充满着全部无穷的空间，而我，毫无价值的可怜虫，已经被一切下贱的可怜的人类的热情所玷污，但有无穷的强大的想象力与爱情的力——在这些时候，我觉得，自然、月亮、我，都是同一的东西了。

第三十三章　邻居

　　在我们到家的第一天，爸爸说我们的邻居叶皮发诺夫家的人是极好的人，很使我惊讶，而他去拜访他们，更使我惊讶。我们和叶皮发诺夫家因为一块土地早已发生诉讼。我是小孩时，屡次听到爸爸为这个诉讼而发怒，骂叶皮发诺夫家，找来各样的人，照我的见解，是为了保护自己对抗他们，我还听到雅考夫说他们是我们的仇敌与"黑人"，并且我记得，妈妈要求，甚至在她的屋子里以及当她的面，莫提起这家的人。

　　根据这些事实，我在幼年时，就为自己作成了一个那么坚定而明白的概念，就是叶皮发诺夫家是我们的仇敌，他们准备刺死或勒死，不仅爸爸，而且他的儿子——假如他被他们抓住的话；他们简直是黑人；我看到，在妈妈逝世那年，阿芙道恰·发西利叶芙娜·叶皮发诺发，la belle Flamande 侍候妈妈，我难以相信她是黑人家里的人，仍旧对于这家怀着最鄙视的态度。虽然这个夏天，我们常常和他们见面，我却继续对他们全家怀着很大的成见。实际上，叶皮发诺夫家的人就是这些人。这一家有个母亲，她是五十岁的寡妇，仍然是活泼愉快的妇人，有一个美丽的女儿阿芙道恰·发西利叶芙娜，和一个口吃的儿子彼得·发西利也维支，他是退伍的未结婚的中尉，极为严肃的人。

　　安娜·德米特锐叶芙娜·叶皮发诺发，在丈夫死前，和他分居了二十年光景，她有时住在彼得堡，她有亲戚在那里，但大部分时间她住在她自己的乡村梅堤锡，离我们三俚。附近人们关于她的生活方式说了那么可怕的话，说麦萨莉娜①和她比较起来，还是一个天真的孩子。因此妈妈要求，在她的屋子里，连叶皮发诺发的名字也不要提起；但一点也不嘲讽地说，我们不能够相信十分之一的那最恶意的谣言——乡村邻居的谣言。当我认识安娜·德米特锐叶芙娜时，虽然她家里有一个农奴出身的书记员米秋莎，他总是头发上擦着油，卷曲着，切尔基思式地穿着礼服，在吃饭时站在安娜·德米特锐叶芙娜的椅子后边，她常常当他的面用法语请客人欣赏他的漂亮的眼睛和嘴，但是并没有类似传闻所说的事情。大约十年前，安娜·德米特锐叶芙娜要她的孝顺的儿子彼得退伍回家，确实，似乎，正是从那个时候起，她完全改变了她的生活方式。安娜·德米特锐叶芙娜的田产不多，一共不过一百多个农奴，在她的快乐生活时代，花费是很多的，所以在十年前光景，不用说，抵押的和再抵押的田产都过期了，不可避免地要拍卖出售了。在这些万不得已的情形中，安娜·德米特锐叶芙娜认为，监护，田产账册，裁判官的来到，以及类似的不愉快的事件，与其说是由于利息未付，毋宁说是因为她是妇女，她便写了信到团里给儿子，要他来从这种境况中拯救他的母亲。然而彼得·发西利也维支的服役是那么好，他希望立刻就可以自立，他却抛弃了一切，辞了职，来到乡间，作为一个孝顺的儿子，认为他的第一个责任是安慰他母亲的高年（他在信中向她十分诚恳地说道这个）。

彼得·发西利也维支，虽然面孔不漂亮，笨拙，口吃，却是一个有极坚决的原则和异常实际思想的人。他设法借小额贷款，周转，请求，允诺而维持了他的田产。彼得·发西利也维支，做了地主，穿上父亲的保存在贮藏室的皮袄，取消了马车与马，教客人不来梅堤锡，他挖了沟渠，增加了耕地，减少了农民的田地，用自己的农奴砍伐了树木，很划算地出售了木材，改善了家务。彼得·发西利也维支向自己发了誓并且遵守誓言，不到他还清了一切债务时，他在他父亲的皮袄与他替自己缝

---

① 罗马时代残酷乱行的皇妃。

的帆布大衣之外不穿别的衣服，他不在农民的马所驾的小车子之外坐别的车子。他极力把这种禁欲主义的生活方式，在他对母亲的屈从的尊敬（他认为这是他的责任）所许可的范围之内，传布给全家。在客厅里，他口吃地在他母亲面前阿谀，执行她一切的愿望，假如仆人不做他母亲所吩咐的事，他便责骂他们，而在他自己的书房和办公室里，他却严格地斥责仆人们，因为他们没有他的命令便把鸭子送到桌上，或是奉安娜·德米特锐叶芙娜的命令派了农民到邻家去探病，或是农民的女孩们不到菜园去除草却被差到树林里去摘莓子。

　　过了四年光景，债务全部偿还了，彼得·发西利也维支去到莫斯科，穿了新衣服乘了半篷车回来。但虽然有了这种家境兴盛的情况，他仍然保持着他的禁欲主义的习性，似乎他在家人和外人面前愁闷地骄傲这个，常常口吃地说："真想看见我的人，便会高兴看见我穿毛皮袄，吃我的菜汤和麦粥。"他添说，"我自己也吃这个。"在他的每个字和每个动作中，都表现着根据这种意识而有的骄傲，就是，他为母亲而牺牲自己，赎回了田产，并且轻视别人，因为他们没有做任何类似的事情。

　　母亲和女儿是完全不同的性格，在好多方面两人之间也有差别。母亲是一个最令人愉快的，在社会上永远是同样的好心肠的高兴的妇人。一切可爱的快乐的东西真正使她高兴。甚至，这种只是心肠最好的老年人才有的特征——看到快乐的年轻人就高兴，这种能力，在她达到了最高的程度。她的女儿，阿芙道恰·发西利叶芙娜，相反，是严肃的性格，或者，可以说，有那种特别淡漠而不经心的，没有任何道理而高傲的性格，这是未出嫁的美女通常所有的。当她想要快乐时，他的快乐显得有些奇怪，她既不是笑她自己，又不是笑和他说话的人，也不是笑整个的社会，这是她大概不愿做的。我常常诧异，并问自己，当她说这类的话："是的，我是非常好看的，当然，都爱上了我。"等等时，她是想要借此表示什么呢。安娜·德米特锐叶芙娜永远是很活动的；她欢喜布置房屋与花园，欢喜花、金丝雀和美丽的小东西。她的房间与花园不大也不华丽，但一切收拾得那么整齐清洁，但是一切都有美丽的华姿舞或者波卡舞所表现的那种一般的轻盈愉悦的性质，客人们在称赞时所常说的"小玩意"这名词，极为适合她的花园与房间。安娜·德米特锐叶芙娜自己也是"小玩意"——又小又瘦，面色鲜艳，有漂亮的小手，永远快乐，永远衣服合身。只是她的小手上的显得微微肿起的深蓝色的脉管破坏了这一般的性质。阿芙道恰·发西利叶芙娜，相反，几乎从来什么也不做，不仅不欢喜注意什么小东西或小花朵，而且甚至很少注意她自己，在客人来的时候，总是跑开去穿衣服。但穿了衣服回到房间时，除了很美丽的人们所共有的冷淡而单调的眼睛神色与笑容之外，她显得异常好看。她的严格端正的漂亮的脸和匀称的身材，似乎，总是在向您说："请看吧，您可以看我。"

但是，虽然是有母亲的活泼性格和女儿的淡漠而不经心的外表，却有什么东西向您说，母亲在从前、在现在，除了好看的愉快的东西，从来没有爱过任何东西，而阿芙道恰·发西利叶芙娜是一个那种性格的人，她们假如一旦去爱，就要为了她们所爱的人牺牲全部的生命。

第三十四章　父亲的婚事

爸爸第二次娶阿芙道恰·发西利叶芙娜·叶皮发诺发时，是四十八岁。

爸爸春间独自和姑娘们来到乡下，我想，他是在那种特别兴奋幸福而好交际的心情中，那是大赢之后而罢手的赌徒们通常所有的。他觉得，他还有许多未用去的幸福，假若他不想要再把它用在赌牌上，他可以把它用在人生的一般成就上。此外，那是春天，他的钱是意外之多，他是完全单独而寂寞的。他和雅考夫谈到事务，想起他和叶皮发诺夫家没有完结的诉讼和他久未见到的美人阿芙道恰·发西利叶芙娜，我想，他向雅考夫说道："你知道，雅考夫·哈尔拉姆培支，我们为这个官司麻烦，我想，索性把这个该咒的田产让他们吧，啊？你是什么想法？……"

我设想，雅考夫对于这个问题要在背后否定地摇手指，并且要证明，"不过我们的官司是赢的，彼得·亚力山大罗维支"。

但爸爸吩咐了备车，穿上时髦的橄榄色的皮袄，梳了剩余的头发，把手帕上洒了香水，在最快乐的心情中去访问邻居，引起这心情的是他的这个信念，就是他的行动像绅士，尤其是，他希望看到好看的女子。

我只知道，爸爸在他的第一次拜访中没有找得到彼得·发西利也维支，他在田上，爸爸独自和妇女们过了大约两小时。我想象，他怎样的满口客气话，迷惑她们，轻踏着柔软的靴子，低语着，送甜蜜的秋波。我还想象，快活的老妇人怎样忽然温柔地爱他，她的冷淡的美丽的女儿怎样高兴着。

当女仆喘着气，跑去报告彼得·发西利也维支说，老伊尔切恩也夫自己来到时，我想象，他怎样愤怒地回答说："啊，他来了有什么关系呢？"以及因此，他怎样尽可能迟缓地走回家，也许还回到书房里，故意穿上最污秽的外套，派人去向厨子说，假如女主人吩咐添菜，他千万不得添任何的食物。

我后来常常看见爸爸和叶皮发诺发在一起，因此我能够清楚地想象这个初次的会面。我想象，虽然爸爸向他提议和解讼事，彼得·发西利也维支却是愁闷的，并且发怒，因为他为母亲牺牲了自己的事业，而爸爸却没有做任何类似的事情，我想象，没有任何东西令他惊异，并且爸爸似乎没有注意到这种愁闷，又滑稽，又快乐，对待他就像对待奇怪的滑稽者，这是彼得·发西利也维支有时候所见怪的，是他有时候违反自己的愿望不能够不屈从的。爸爸，有把一切当作玩笑的癖性，因为某种缘故称彼得·发西利也维支为上校，虽然叶皮发诺夫有一次当我面比平常更口吃并且恼怒得脸红，说他不是"上——上——上——上校"却是"中——中——中——中尉"，五分钟后爸爸又叫他上校了。

琉宝琦卡向我说，在我们还未到乡下时，他们每天和叶皮发诺夫家的人见面，并且是极其快乐。爸爸能够把一切布置得独特，好笑，而同时又简单，优美，计划了时而打猎，时而捕鱼，时而放焰火，叶皮发诺夫家的人都在场。琉宝琦卡说，假如没有这个令人讨厌的彼得·发西利也维支，那就更加快乐了，他生气，口吃，破坏一切。

自从我们到了以后，叶皮发诺夫家的人只到我们家来过两次，有一次我们全体去看他们。在彼得日，在爸爸的命名日，他们和许多客人来到我们家，以后，我们和叶皮发诺夫家的关系因为什么缘故完全中止了，只有爸爸一个人继续去看他们。

在我看见爸爸和杜涅琦卡——她妈妈这么叫她——在一起的那个短时间里，我还来得及注意到这些事情。爸爸总是在同样快乐的心情中，就像在我们到家那一天令我惊讶的那种心情。他是那么愉快，年轻，充满了生命与幸福，这种幸福的光芒散布在四周所有的人身上，不觉地把同样的心情传给了他们。当阿芙道恰·发西利叶芙娜在房间里时，他一步也不离开她，不断地向她说出那样的甜言蜜语，教我也替他难为情，他或者无言地看着她，不知怎的他热情地自满地耸动肩膀，咳嗽，有时微笑着，甚至和她低声说话；但他带着不过是开玩笑的样子做这一切，这是他在最严肃的事件中的特有的情形。

阿芙道恰·发西利叶芙娜好像是跟爸爸学会了幸福的表情，这表情在那时几乎不断地闪耀在她的大蓝眼睛里，只除了在她忽然觉得那么难为情的时候，我知道了这种情绪，看到她便觉得可怜痛苦。在那种时候，她显然害怕每一个目光与动作，她似乎觉得，大家都在看她，只想到她，发现她的一切都是不体面的。她惊惶地回顾所有的人，红晕在她的脸上不断地出没，她开始大声地勇敢地说话，大都是无意义的话，她感觉到这个，感觉到大家和爸爸都在听她说话，于是，她更加脸红了。但在这种时候，爸爸没有注意到她的无意义的话，他仍旧咳嗽着，带着快乐的狂喜，热情地看她。我注意到，这种难为情，虽然她常常没有任何理由地表现出来，有时是在别人当爸爸的面提到某某年轻美丽的妇女之后，立刻表现出来的。常常从沉思转入我已经说过的她的那种奇怪而笨拙的愉快，重复爸爸爱说的话和言语方式，和别人继续爸爸所起头的谈话——这一切，假如当事人不是我的父亲而我年纪再大一点，便会向我说明了爸爸和她的关系，但我在那时候什么也不怀疑，甚至在爸爸当我面收到彼得·发西利也维支的信，很是不安，并且在八月底之前没有再去看叶皮发诺夫家的时候。

八月底，爸爸又开始拜访邻居了，在我和佛洛佳要去莫斯科的前一天，他向我们说明，他要娶阿芙道恰·发西利叶芙娜·叶皮发诺发。

第三十五章　我们如何接受这个消息

在正式宣布的前一天，家里所有的人都知道了，并且个别地批评这件事。米米整天不出房，并且流泪。卡清卡坐着陪她，直到吃饭时，才带着显然从母亲那里抄袭的气愤的表情走出来；琉宝琦卡，相反，是很愉快的，在吃饭时说她知道一件特别的秘密，但她不向任何人说。

"你的秘密里什么特别也没有，"佛洛佳向她说，并没有同样感到她的满意，"假如你能够认真地想到什么，你便明白，这相反，是很坏的。"

琉宝琦卡吃惊地注意地看他，并且沉默着。

饭后佛洛佳想拉我的手臂，但也许是怕，这好像是情感用事，只触了触我的胳肘，向大厅点了点头。

"你知道，琉宝琦卡是说什么秘密吗？"确信了只有我们俩，他向我说。

我很少和佛洛佳在一起单独地说道什么严肃的事情，所以，发生这种情形时，我们感觉到一种互相的不舒服，并且如佛洛佳所说，眼睛眩晕；但现在，为了回答我眼睛里所表现的窘迫，他注意地严肃地继续看我的眼睛，他的表情似乎说："此刻用不着发窘，我们仍然是弟兄，应该彼此商量重要的家事。"我了解了他，他继续说：

"爸爸要娶叶皮发诺发，你知道吗？"

我点了点头，因为我已经听到了。

"可是，这是很不好的。"佛洛佳继续说。

"为什么？"

"为什么？"他恼怒地回答："有那种结巴舅舅上校和这门亲戚，是很愉快的。虽然她现在好像是善良的并且还不错，但是谁知道她将来是什么样的呢。假定说，对于我们是无所谓的，可是琉宝琦卡不久就要入交际场了。有这样的belle-mére（继母），是不很愉快的，她连法语也说不好，她能够对她抱什么样的态度呢。她是卖鱼妇。如是而已；我们假定说，她是善良的，但她仍然是卖鱼妇。"佛洛佳结束了。显然很满意"卖鱼妇"这个称呼。

听到佛洛佳那么安静地批评爸爸的择配，我虽然觉得奇怪，却认为，他是对的。

"爸爸为什么要结婚呢？"我问。

"这是不明不白的事情，上帝知道；我只晓得彼得・发西利也维支劝他，要求他不娶她，爸爸不想娶她了，但后来他发生了幻想，一种骑士精神——可疑的事情。我直到现在才开始了解父亲，"佛洛佳继续说（他叫他父亲，不叫他爸爸，这刺痛了我的心）："他是极好的人，又仁慈，又聪明，但是那么肤浅，轻率——这好奇怪啊！他不能够冷静地看见妇女。你知道，没有一个妇女是他认识了而不爱的。你知道，米米也是的。"

"你说什么？"

"我告诉你吧；不久之前，我知道了，当米米年轻时，他爱过她，写诗给她，他们当中有了点事情。米米痛苦到现在。"

佛洛佳笑起来了。

"不可能的！"我惊讶地说。

"但主要的，"佛洛佳又继续严肃地说，并且忽然开始用法语说，"我们所有的亲戚将多么满意这件婚事啊！她大概会有小孩们的。"

佛洛佳的正确的意见与先见，是那么使我吃惊，我不知道如何回答了。

这时候琉宝琦卡到我们这里来了。

"你们知道吗？"她带着高兴的面色问。

"是的，"佛洛佳说，"但是我奇怪，琉宝琦卡，你已经不是包布里的孩子了，你会高兴爸爸娶一个废物！"

琉宝琦卡忽然显出严肃的面色，沉思着。

"佛洛佳！为什么是废物？你怎么敢这么说道阿芙道恰·发西利叶芙娜？假如爸爸要娶她，那么，她当然不是废物了。"

"是的，不是废物，我这么说说罢了，但仍然……"

"用不着说'但仍然'，"琉宝琦卡生气地插言说，"我没有说过，你所爱的小姐是废物；你怎能这样地说道爸爸和很好的妇女？虽然你是我的哥哥，但你不要同我说了，你不该说。"

"但是为什么不能够批评……"

"不能够批评，"琉宝琦卡又打断她，"不能够批评我们的这样的父亲。米米可以批评，但不是你，哥哥。"

"不，你还什么都不懂，"佛洛佳轻蔑地说，"你要明白！一个什么叶皮发诺发——杜涅琦卡——代替你的死了的妈妈，这好吗？"

琉宝琦卡沉默了片刻，忽然泪涌入了她的眼睛。

"我知道，你是骄傲的人，但是没有想到，你是这么恶毒。"她说过，便离开了我们。

"放进白面包里，"佛洛佳说，做出严肃而又可笑的面色和没有神采的目光，"现在，你同她们讨论吧。"他继续说，似乎责备自己竟那样地忘记了自己，以致决定了赏光地和琉宝琦卡谈话。

第二天气候不好，当我进客厅时，爸爸和妇女们都没有来吃早茶。夜间下了寒冷的秋雨，天上飞驰着夜间流尽雨水的残云，早已升高的、好像明亮的圆盘的太阳，朦胧地照穿了云块。有风，潮湿，寒冷。通花园的门开着，在露台的湿得发黑的地面上，夜雨的积水快干了。开着的门因为风在铁钩子上荡动着，道路是潮湿的泥泞的；老桦树带着白色的光枝子，灌木，草，刺麻，红酸栗树，叶子的白色面向外翻着的接骨木，都在一个地方摆动着，似乎想要离根而起；从菩提树的路径上飞出了黄黄圆圆的叶子，旋转着，互相追逐着，并且透湿的，落在潮湿的道路上，落在草地的潮湿的暗绿色的再生草上。我的思想，从佛洛佳对这事的观点上，考虑着父亲的婚事。姐姐的，我们的，父亲自己的将来，没有向我显出任何好的地方。这个思想令我愤慨，就是，一个外边的生人，尤其是，一个年轻的妇女，没有任何权利，忽然在许多方面占有别人的地位——谁的地位呢？——一个普通的女子，占有亡母的地位，我觉得悲哀，我觉得父亲是越来越不对。这时候我听到他和佛洛佳在侍应室里谈话的声音。我不想要这时候看见父亲，走出了门；但琉宝琦卡来找我，说爸爸在问我。

他站在客厅里，手扶在钢琴上，不耐烦地同时庄严地朝我看着。他的脸上已经没有了我在这全部时期所注意到的那种年轻的幸福的表情。他悲哀。佛洛佳手拿着烟斗，在房中走动。我走到父亲面前，向他问安。

"哦，我的朋友们！"他坚决地说，抬着头，并且是用那种特别的迅速的语气，那是用来说很不愉快的但批评已经太迟的事情的，"我想，你们知道，我要娶阿芙道恰·发西利叶芙娜了，"他沉默了一会，"我从来不想要在你们的母亲死后娶人，但……"他停了一下，"但……但，显然是，命运。杜涅琦卡是善良可爱的姑娘，已经不很年轻了；我希望，你们会欢喜她，孩子们，她已经从心里爱你们了，她很好——现在你们，"他说，转向我和佛洛佳，似乎是急着要说，使我们来不及打断他，"你们已经该要走了，我要在这里留到新年，我要到莫斯科去的，"他又犹豫了，"还带我的妻子和琉宝琦卡一道。"看到父亲似乎害羞和对不起我们的样子，我觉得痛苦了，我更靠近他，但佛洛佳继续吸烟，垂着头，老是在房里徘徊着。

"那么，我的朋友们，这就是你们的老头子想到的事情。"爸爸结束了，脸红着，咳着，把手伸给我和佛洛佳。当他说这话时，他的眼睛里有泪，他向这时候在房间另一头的佛洛佳伸出的手，我看到，微微发抖。这个手发抖的样子令我觉得痛苦，我有了奇怪的思想，它更感动我，这思想就是，爸爸在一八一二年服务过，是大家知名的勇敢军官。

我握住了他的大大的有青筋的手，吻了它。他紧紧地握了我的手，忽然饮泣吞声，用双手抱住琉宝琦卡的黑头，开始吻她的眼。佛洛佳装作落了烟斗，偷偷地弯下腰，用拳头拭眼，极力不让人看见，走出了房间。

第三十六章　大学

婚礼要在两周后举行；但我们的讲课已经开始了，于是我和佛洛佳在九月初到莫斯科去了。聂黑流道夫家也从乡间回来了。德米特锐（分别时，我曾和他约定了彼此通信，不用说，我们一次也没有写过）立刻来看我们；我们决定了，他第二天带我头一回到大学去听讲演。

是明亮的有太阳的日子。

我刚进了讲堂，我便觉得，我的个性在这年轻快乐的人群中消失了，这人群在照进大窗子的明亮的阳光里，在每道门前与每条走廊上喧器地动荡着。

知道自己是这广大团体的一员——这感觉是很愉快的。但在所有的这些人当中，我认识的人并不多，但我和他们的认识也只限于点头与"您好，伊尔切恩也夫"这话。我四周的人互相握手，推挤，各方面散布着友好的话、笑声、笑话。我处处感觉到团结这个青年团体的那个关系，并且悲哀地感觉到这个关系不知怎的丢开了我。但这只是顷刻的印象。反之，由于这个以及它所引起的恼怒，我甚至立刻认为这是很好的，我不属于这整个的团体，我必须有我自己的团体，正派的人们的团体，我于是坐在第三条凳子上，Б伯爵、З男爵、Р公爵、伊文和这一类的人当中其他的人坐在这里，其中我认识伊文与Б伯爵。但这些绅士那样地看着我，使我觉得自己也不完全属于他们的团体。我开始注意我四周所发生的事情。塞妙诺夫，有白色的蓬乱的头发和白牙齿，穿着未扣的礼服，坐得离我不远，搭着胛肘，咬羽毛笔管。考第一名的中学生坐在第一条凳子上，颈子上仍然打着领巾，玩弄着绸背心上的银表钥匙。仍然进了大学的伊考宁，坐在上边的凳子上，他的镶边的蓝裤子遮着整个的靴子，他大笑着，大叫着说，他是在巴尔那斯①山上。依林卡，令我惊讶，不仅冷淡地而且甚至轻视地向我鞠躬，似乎是要提醒我，在这里我们都是平等的，他坐在我前面，把他的瘦腿特别随便地放在凳子上（我似乎觉得，是对我做的），和别的学生在谈话，偶尔地看我。在我旁边，伊文的同伙在说法语。我觉得这些绅士是异常愚蠢。我从他们的谈话中所听到的每个字，我觉得不但是无意义的，而且是不正确的，简直不是法语（ce n'est pas flançais, 我在心里向自己说），塞妙诺夫、依林卡和别人的姿势、言语、举止，我觉得，是不高贵、不正派、不comme il faut的。

我不属于任何一伙，觉得自己是孤独的，不善于和人接近，我愤慨了。我前面凳子上的一个学生在咬指甲，指甲都有红色的肉刺，这令我感觉到那样的讨厌，我甚至离开他坐远了。我记得，在这第一天，我心里是很悲哀的。

当教授进来时，大家动了一下，便静默了。我记得，我对教授也发展了我的嘲笑的看法，并且令我吃惊的，是教授用导言开始他的讲演，按照我的意思，这是毫无意义的。我希望这讲演从头到尾是那么聪明，要不能从中抽出一个字，也不能向里面添加一个字。对于这个我失望了，我立刻在我带来的精装笔记本上"第一讲"标题之下画了十八个侧面像，连在一起像一个花环，只偶尔在纸上移动着手，使教授（我相信，他很注意我）以为我是在记录。就是在这个讲演中，我认定了，记录每个教授所说的一切是不需要的，甚至是愚蠢的，我遵守了这个规条直到学程终结。

在以后的讲演中，我不再感觉到那么强烈的孤独了，我认识了许多人，握手了，谈话了，但在我和同学之间，真正的接近仍然因为什么缘

---

① 希腊神话中诗神阿波隆所住的山。

故，是没有的，我仍然常常心中感觉悲哀和装假。和伊文与贵族们（大家这么称呼他们）的一伙，我不能相投，因为，我现在记得，我对他们羞怯而粗鲁，只在他们向我鞠躬时，我才向他们鞠躬，显然他们很少需要和我相识。对于大部分的人，这是由于全然不同的原因。我一觉得同学开始对我有好感，我就立刻让他知道，我在伊凡·伊发内支家吃过饭，我自己有马车。我说这一切，只是为了从最有利的方面表现自己，为了同学因此更欢喜我，但相反，几乎每次由于我说出我和伊凡·伊发内支公爵的亲戚关系及马车，令我惊异，这同学忽然变得对我骄傲而冷淡了。

　　我们当中有一个公费生，奥撒罗夫，是一个温和的、很能干的、热心的青年，他总是把手伸出来像一块木板，不弯手指，也不用手做任何动作，因此爱玩笑的同学们有时也同样地把手伸给他，并且说这个是"像小木板式"的伸手。我几乎总是和他并排坐着，常常交谈。我因为奥撒罗夫对教授们的自由的意见而特别欢喜他。他很明白地精确地指出每个教授的教学优点与缺点，甚至有时候取笑他们，从他的小嘴里低声说出的话令我觉得特别奇怪而惊人。虽然如此，他却用细小的笔迹、没有例外地、小心地记录一切的讲演。我已经和他相投了，决定了和他在一起预备功课，当我去坐在他旁边我自己的位子上时，他的灰色小近视眼已经开始满意地向我看着了。但是有一次在谈话中，我觉得必须向他说明，我的母亲临死时曾经请求父亲不要把我们送进公费学校，并且我开始相信，一切公费生也许是很有学问，但是在我看来，他们完全是不对的，ce ne sont pas des gens comme il faut（他们不是正派的人），我口吃地说，并且觉得因为什么缘故而脸红。奥撒罗夫什么也没有向我说，但在以后的讲演中，他不先同我问好了，不把他的"小木板"伸给我了，不交谈了，当我坐下时，他把头侧着向记录本弯下来有一个手指那么远，做出似乎在看它们的样子。我诧异奥撒罗夫的无故的冷淡。但我认为pour un jeune homme de bonne maison（对于良家的青年），向公费生奥撒罗夫讨好是不体面的，我没有睬他，不过，我承认，他的冷淡令我悲伤。有一次我比他先到，因为这个讲演是得人敬爱的教授的，不是常来听讲的学生们也来了，所有的位子都被占了，我坐在奥撒罗夫的地位上，把笔记本放在书桌上，我出去了。回到讲堂时，我看到我的笔记本被移动到后面的凳子上去了，奥撒罗夫坐在我的地方。我向他说，我把我的笔记本放在这里的。

"我不知道。"他忽然脸红了，没有望着我回答。

"我告诉你，我把笔记本放在这里的，"我说，故意开始发火，想用我的勇敢吓唬他，"大家看见的。"我添说，环顾别的学生们，但虽然许多人好奇地看我，却没有人回答。

"这里的位子不是买定的，谁先来谁坐。"奥撒罗夫说，愤怒地在位子上坐正着身体，用愤怒的目光向我看了一下。

"这表示，你是粗人。"我说。

似乎奥撒罗夫低语了什么，甚至似乎他低声说："你却是愚蠢的小孩。"但我确实没有听到。但即使我听到了，又有什么用处呢？像manants（乡下人们）吵架，还有别的吗？（我很欢喜这个字manants，这是我对于许多混乱关系的回答与解决。）也许我还要说点什么，但这时候门砰的一声关上了，穿蓝燕尾服的教授鞠了躬，匆忙地上了讲台。

然而在考试之前，当我需要笔记时，奥撒罗夫还记得他的诺言，把他的笔记给了我，并且邀我在一起预备功课。

第三十七章　爱情事件

这个冬天，一些爱情事件很使我发生兴趣。我恋爱过三次。有一次我热烈地爱上了一个很胖的太太，她在佛来塔格练马场上当我的面骑马，因此在每星期二、星期五她骑马的日子，我便到练马场上去看她，但每次都是那么怕她看见我，因此我总是站得离她那么远，并且那么快地跑开她要走过的地方，当她向我这方面看的时候，我那么不经心地转过身，以致我连她的脸也没有好好地看见过，直到现在还不知道，她是否果真好看。

杜不考夫和这个太太相识，有一天在练马场看到我站在听差们和他们所拿的皮袄后边，他由德米特锐那里知道了我的热情，提议介绍我和这个女骑士认识，那样地使我吃惊，以致我急速地跑开了练马场，一想到他向她说道了我，我便不再敢到练马场去了，甚至是听差们那里也不敢去，我怕遇见她。

当我爱上了不相识的妇女特别是已婚的妇女时，我所感觉到的难为情，比我在索涅琦卡面前所感觉到的要强一千倍。世界上我所最怕的东西，就是我的对象会知道我的爱情甚至我的存在。我觉得，假如她知道了我对她所怀的情感，则这对于她便是那样的一种侮辱，这是她永远不会原谅我的。确实，假如这个女骑士详细地知道了，我在听差身后看她时，怎样地想到要拐她，把她带下乡，以及怎样地同她住在那里，和她做什么，也许，她会很公正地生气的。但我不能清楚地想到，她认识我时，还不能够立即知道我对她的一切思想，并且因此，单是和她相识，并无一点可羞的地方。

　　第二次是我在姐姐那里看见了索涅琦卡便爱上了她。我对她的第二次恋爱早已过去了，但我第三次爱她，是由于琉宝琦卡把索涅琦卡抄写的诗册给了我，其中列莱蒙托夫的《魔鬼》有许多忧闷的爱情的地方画了红墨水的横线，并且放了花朵。想起了上年佛洛佳怎样吻了他的情人的钱袋，我试图做同样的行为，确实，有一天晚上，当我在自己房间里开始幻想时，我看着花，把它放到嘴唇上，感觉到一种愉快的流泪的心情，于是我又恋爱了，或者在几天之内我以为是如此的。

　　最后，第三次，那个冬天，我爱上了佛洛佳所爱的一个小姐，她常到我们家来。我现在记得，这个小姐简直没有一点好处，特别是我通常所欢喜的那种好处。她是一个莫斯科的著名的聪明的有学问的太太的女儿，又小又瘦，有长长的淡黄色英国式鬈发，和透明的侧面。大家都说，这个小姐比她的母亲还聪明还有学问；但我怎样也不能判断这一点，因为我想到她的聪明与学问便感觉到一种卑屈的恐怖，我只同她谈过一次，并且带着不可言说的畏惧。但是，佛洛佳在表现自己的欢喜时，从来不因为有人在场而拘束，他的欢喜那么有力地自己传给了我，以致我热情地爱上了这个小姐。我觉得，"兄弟俩爱一个女子"这消息，对于佛洛佳是不愉快的，我没有向他说道我的爱情。相反，在这种情感中最使我满意的乃是这个思想，就是，我们的爱情是那么纯洁，虽然爱情的对象是同一的极美的人，我们却还是友爱的，并且准备在必要的时候互相牺牲自己。然而关于牺牲的准备，佛洛佳似乎和我的意见并不完全相同，因为他是那样热情地爱着，若是有人说，一个真正的外交家要娶她，他便会打外交家的嘴巴，向他挑斗的。我却很乐意牺牲我的情感，也许是因为，这并不费我的大力量，因为我和这个小姐只有一次做作地谈到古典音乐的价值，而我的爱情，无论我怎么努力保持它，却在下一周终止了。

第三十八章　社交

　　我进大学时，曾经幻想模仿哥哥，专心于社交的快乐，但社交的快乐在这个冬天令我完全失望了。佛洛佳常常跳舞，爸爸也常带年轻的妻子赴跳舞会；我呢，大概是，他们认为或者还太年轻，或者不能有这种快乐，没有一个人介绍我到举行跳舞会的人家去。虽然对德米特锐有过坦白的许诺，我没有向任何人、也没有向他说道我是多么想要到跳舞会里去，他们忘记了我，并且显然把我看作某种哲学家，因此我装作哲学家，我是多么痛苦而恼怒。

　　但这个冬天，考尔娜考发公爵夫人举行了晚会。她亲自来邀请我们全体，连我在内，我要第一次赴跳舞会了。佛洛佳在赴会之前，来到我的房间里，想看我衣服穿得怎样。他的这种行为，令我很惊异很迷惑。我似乎觉得，要服装好看的愿望是极其可羞的，应该掩藏这个愿望的；相反，他认为这个愿望是那么自然而必要，他十分坦白地说，他怕我丢人。他命令我一定穿上漆皮靴，当我想要戴羔皮手套时，他觉得恐惧了，用一种特别的姿势替我挂了表，带我到了铁匠桥街的理发店去。他们替我卷了头发。佛洛佳站开，远远地看我。

　　"哦，现在好了，可是果真不能够把这些额毛弄平吗？"他向理发师说。

　　但是无论查理先生怎样地用黏性的香膏涂我的额毛，当我戴上帽子时，它们仍然翘起来了，总之，我觉得我的有鬈发的容貌比先前难看得多。我的唯一的挽救就是装作不注意。只有这样，我的外貌才有些儿像样子。

　　佛洛佳似乎也是这个意见，因为他要我取消发鬈，当我做了之后仍然不好看时，他便不再看我了，并且在到考尔娜考发家之前一路上沉默着愁闷着。

我勇敢地和佛洛佳一道走进考尔娜考发家；但当公爵夫人邀我跳舞时，我，虽然来此的唯一目的是跳很多的舞，却因为什么缘故，说，我不跳舞，我畏怯了，单独留在不相识的人当中，陷于通常的不可克制的不断增加的害羞了。我无言地整晚地站在一个地方。

在跳华姿舞时，公爵小姐当中的一个走到我面前，带着全家所有的客气的盛意，问我为什么不跳舞。我记得，对这个问题我害羞了，但同时，我完全不自觉地，我的脸上展开了自满的笑容，我开始用最浮夸的法语，带着许多插句，说了那样无意义的话，这我现在，甚至在十年后，想起来也难为情。大概是音乐那样地感动了我，激动了我的神经，并且，我以为，盖住了我言语中简直不可了解的部分。我说了些话，关于最上层社会的、关于人们和妇女的空虚的，最后，我那样地胡说了，以致在话里一个字的当中停下来，这话是怎样也不能说完的。

甚至生来即善于交际的公爵小姐也狼狈了，并且责备地看着我。我微笑了。在这紧要关头，佛洛佳和杜不考夫一同到我们这里来了，佛洛佳注意到我谈话很起劲，大概是想知道，我在谈话中怎样补偿了我不跳舞。看见了我的笑脸和公爵小姐的惊恐的神情，听见了我结束谈话时的可怕的胡说，他脸红了，走开了。公爵小姐站起来，离开了我。我仍然微笑着，但是这时候，由于意识到自己的愚笨，我是那么痛苦，我准备钻到地里面去了，并且我觉得，不管什么代价，我必须移动一下，说点什么，以便设法改变我的境况。我走到杜不考夫面前，问他是否和她跳了很多华兹舞，我似乎是要显得滑稽愉快，但实际上我是在求这个杜不考夫的援助，他就是我在雅尔酒店吃饭时被我吼了"住口"的。杜不考夫装作没有听见我的话，转身向着另外一边。我走到佛洛佳面前，极力要在声音里也带着玩笑的语调，费力地说："怎么，佛洛佳，疲倦了吗？"但佛洛佳却那样地看我，好像是想要说："我们单独在一起的时候，你不要那么和我说。"无言地离开了我，显然怕我还要设法跟上他。

"上帝呀，我的哥哥丢弃我了！"我想。

但是因为什么缘故，我没有力气走开了，我愁闷地站在一个地方，直到晚会完毕，直到大家分散时，拥挤在前厅里，而听差替我穿大衣碰了帽边，使帽子翘了起来，我才含泪痛苦地笑着，不特别对着任何人，说，"Comme c'est gracieux（这是多么优美哟）。"

第三十九章　酒宴

　　虽然在德米特锐的影响之下，我还没有沉溺于通常的大学生的所谓酒宴的娱乐，在这个冬天，我却有一次参与了这种娱乐，我从中得到并不十分愉快的感觉。这就是经过的情形。

　　年初，有一次在讲课时，3男爵，高高的金发的青年，在端正的脸上带着极严肃的表情，邀请我们全体赴他的学友晚会。我们全体，意思是我们这一班的或多或少comme il faut的全体同学，其中当然没有格拉卜，也没有塞妙诺夫，没有奥撒罗夫，也没有那些不好的绅士。佛洛佳知道我要赴一年级生的酒宴，轻蔑地微笑了一下；但是对这个我还完全不知道的消遣，我期待着异常的巨大的乐趣，并且准时地在约定的时间，在八点钟，到了3男爵家。

　　3男爵，穿了未扣的礼服与白背心，在一所小屋子的明亮大厅与客室里接待客人，他的父母住在这里，他们让他用这些接待室举行庆祝的晚会。在走廊上可以看见好奇的女仆们的衣服和头，有一次一个太太的衣服在餐室里闪过，我把她当作男爵夫人本人。客人有二十光景，都是大学生，除了和伊文一同来的福罗斯特先生，以及一个红润的高高的布置酒宴的普通衣服的绅士，他被介绍给大家，是男爵的亲戚，是皆尔卜特大学从前的学生。太明亮的灯光和接待室的异常正式的布置，起初是那么冷静地影响了整个的青年团体，以致大家都不自觉地靠着墙边，除了几个大胆的人和皆尔卜特大学生，他已经解开了背心，似乎是同时在每个房间里，在每个房间的每个角落里，似乎是他的洪亮的可喜的不停的次中音充满了整个的房间。但是同学们大都沉默着或者谦恭地谈到教授们、学科、考试，总之，是严肃而无趣的题目。没有例外地大家看着餐室的门，虽然极力要隐藏这个，大家的表情却似乎在说："是啊，该是开始的时候了。"我也觉得，该是开始的时候了，带着不耐烦的高兴等待着开始。

在听差送给客人们的茶之后，皆尔卜特大学生用俄语问福罗斯特：

"你会做五味酒吗，福罗斯特？"

"O ja！（是呀！）"福罗斯特回答，颤动着腿腓，但皆尔卜特大学生又用俄语向他说：

"那么，你办这件事吧。"（他们是皆尔卜特大学的同学，彼此称你）于是福罗斯特用他的弯曲的肌肉的腿踏着大步子，开始来回地走着，从客厅走到餐室，从餐室走到客厅，不久桌上出现了一个大汤皿，它里面有一个十斤重的糖堆放在三把交叉的大学生佩剑上。3 男爵这时不停地走到在客厅里看着汤皿的所有的客人面前，带着不变的严肃的面色向所有的人说着几乎同样的话："来吧，诸位，让我们大家照大学生的样子轮流地喝酒，饮祝我们的友谊，不然，在我们的这一班里我们一点友谊也没有了。解开衣服吧，或者完全脱掉，像他这样。"果真，皆尔卜特大学生已经脱了礼服，把衬衣的白袖子挽到了白肘端的上边，坚决地撑开双腿，已经在烧汤皿里的甜酒了。

"诸位，把灯都熄掉吧。"忽然皆尔卜特大学生那么命令地大声地喊叫，好像只有我们大家都叫时，才能叫得那样。我们都无言地看着汤皿和皆尔卜特大学生的白衬衫，都觉得隆重的时候到临了。

"Löschen Sie die Lichter aus, Frost！（您把灯都熄掉吧，福罗斯特！）"皆尔卜特大学生又用德语喊叫，大概是太兴奋了。福罗斯特和我们都着手熄灯了。房里黑暗了，只有白袖子和扶着剑上糖堆的手，被蓝色的火焰照亮。皆尔卜特大学生的洪亮的次中音已不是单独的了，因为房间的每个角落里都有话声与笑声了。许多人脱了礼服（特别是那些有漂亮的全新衬衫的人），我也同样地做了，并且明白，这件事开始了。虽然还没有任何愉快的事情，我却坚决地相信，当我们都喝了一杯所预备的酒的时候，一切都要好极了。

酒煮好了。皆尔卜特大学生斟了五味酒在杯子里，把桌上滴得很湿，他叫："现在，诸位，请吧。"当我们每人拿起了一个斟满的黏手的杯子时，皆尔卜特大学生和福罗斯特开始唱德国歌，歌里常常重复"哟嘿"的呼叫声，我们都不和谐地跟他们唱，开始碰杯，喊叫着什么，称赞五味酒，彼此交挽着手臂，或不交挽，喝着甘甜而强烈的酒。现在没有什么可期待的了，宴酒达到最酣点了。我喝了一满杯五味酒，他们又替我倒了一杯，我的颞颥跳动了，火焰显得赤红了，我四周的人都在叫在笑，但仍然不但似乎不开心，而且我甚至相信，我和大家都觉得无聊，我和大家，只是因为什么缘故，认为必须装作是很开心的。也许，只有皆尔卜特大学生不装假，他变得越来越脸红，到处都有他了，他把大家的空杯子斟满，越来越滴落在桌子上，桌子全变得又甘甜又黏手了。我不记得，事情是怎样前后连接着的，但记得，我这天晚上非常欢喜皆尔卜特大学生与福罗斯特，背熟了德国歌，吻了他们俩的甜嘴唇；我还记得，这天晚上我也恨皆尔卜特大学生，想要用椅子砸他，但我约制了自己；我记得，除了我在雅尔酒店吃饭那天所体验的那种四肢不服从的感觉而外，这天晚上，我的头是那么痛而发晕，我非常怕当时就死掉；我还记得，我们因为什么缘故都坐在地上，摇着手，模仿划桨的动作，唱了"顺伏尔加河妈妈而下"，并且我那时认为，这完全是不应该做的；我还记得，我躺在地板上，腿交连着腿，像催刚人那样地争斗着，扭脱节了谁的颈子，并且想，假如他不是喝醉了酒，这是不会发生的；我还记得，我们吃了夜饭，喝了点别的东西，我走到院子里去清醒我自己，我的头冷静了，在离开时，我注意到，天色非常晴，马车的踏脚板变成歪斜而光滑了，并且不能够抓住库倚马了，因为他变软弱了而且摆动着像一块烂布；但我记得，主要的，在这个晚会的全部时间里，我不断地觉得，我装作好像我很高兴，好像我欢喜喝很多的酒，好像我不觉得是酒醉了，我却是做得很愚蠢；我还不断地觉得，别人同样地装假，也是做得很愚蠢的。我觉得，每个人个别的是不愉快的，像我一样，但他以为，只有他感觉到这种心情，每个人认为自己必须装作快乐，为了不妨碍大家的快乐；此外，说来奇怪，我认为我有装假的义务，只是因为，除了夜饭，在汤皿里倒了三瓶十卢布的香槟和十瓶四卢布的甜酒，一共是七十卢布。我是那样地相信这个，以致第二天在听课时，使我极为惊讶的，就是，赴 3 男爵的晚会的同学们，不仅不羞于想起他们在那里所做的事情，而且还那样地说道晚会，使得别的学生们也听得见。他们说，那是极好的宴酒，说道皆尔卜特大学生是这种事情的能手，以及在那里二十人喝了四十瓶甜酒，许多人像死了一样地留在桌子下面了。我不能够明白，为什么他们不但说道这个，而且诬蔑自己。

第四十章　和聂黑流道夫家的人的友谊

　　这个冬天，我常常看见的，不仅德米特锐，他常来看我们，还有他全家，我开始和他们相投了。

　　聂黑流道夫家的人，母亲、姨母、女儿，每天晚上都在家，公爵夫人欢喜青年，像她所说的那种能够不玩牌不跳舞而度过整个晚会的男子，晚上去看她。但是，大概那种男子稀少，因而我几乎每天晚上去，很少在她家遇见客人。我习惯了这家的人，和他们的各种性情，对他们彼此的关系已经有了明白的概念，习惯了房间与家具，并且，没有客人时，我觉得自己是十分自由的，但除了我单独和发润卡在房间里的时候。我总是觉得，她不是很美丽的姑娘，却很想我爱上她。但这个窘迫也开始要度过了。她显出那么自然的样子，和我说话，和哥哥说话，或者和琉宝芙·塞尔盖芙娜说话，她觉得都是一样的，我也学得了这个习惯，就是把她看作一个普通人，表现出和她相处的快乐，对于这个人并不是什么可羞的危险的事情。在和她相识的全部时间里，我觉得她时而是很丑的、时而是不太丑的姑娘，但是关于她，我从来没有一次问过自己：我是否爱她。我有时直接地和她说话，但我常常在她面前，借我对琉宝芙·塞尔盖芙娜或者对德米特锐的发言而和她说话，这后种方法特别令我满意。我认为，在她面前说话，听她唱歌，总之知道她是和我在同一房间里，便有很大的乐趣；但是关于我和发润卡的关系会有什么结果的思想，关于假如我的朋友爱我的姐姐，我即为他牺牲的幻想，已经很少来到我的心里了。即使我有这种思想与幻想，我觉得自己满意现在，我不觉得极力赶走关于未来的思想。

　　但是，虽然有这种接近，我仍然认为，对聂黑流道夫全家特别是对发润卡隐藏我的真正情绪与意向，乃是我的不可变更的责任，我极力显得自己是和我实际的面目完全不同的青年，甚至是实际上不会有的那样的人。在有什么东西似乎令我很满意时，我极力显得热情，我狂喜，我惊叹，我做热情的姿势，同时我极力要对于我所见的或者别人向我说的任何非常的事件显得漠不关心；我极力显得是恶毒的嘲讽者，没有任何神圣的东西，同时又是精细的观察者；我极力显得我在自己的一切行为中是逻辑的，在生活上是精密准确的，同时又轻视一切物质的东西。我能够大胆地说，我在实际上，比我试图要做的那种怪人，要好得多；但我仍然是我所装的那个样子，聂黑流道夫家的人却欢喜我，并且，幸而，他们似乎不相信我的装假。只有琉宝芙·塞尔盖芙娜，似乎认为我是最大的自私者、无神论者、嘲讽者，不欢喜我，常常和我争论，发怒，用她的断续的不连贯的话使我吃惊。但德米特锐仍然和她维持着那种奇怪的、超过友谊的关系，说没有任何人了解他，说她对他做了极多的好事。他和她的友谊仍然继续苦恼着全家。

　　有一次，发润卡和我谈到这个为我们大家所不了解的关系，这样地说明它：

　　"德米特锐是自尊的。他太骄傲，虽然有他的一切的聪明，他却很欢喜称赞与惊奇，欢喜永远是第一，但姨母在心绪天真时便当面称赞他，没有足够的手段来对他隐藏这种称赞，结果是她阿谀他，但不是虚伪的，却是诚恳的。"

　　我记得这个议论，后来当我分析它时，我不能不认为发润卡是很聪明的，因此我高兴地提高了我对她的态度。由于我所发现的她的智慧与其它道德品质而有的这种提高，虽然是我高兴地做的，却有一种严格的节制，我从来没有达到狂喜的地步，那是这种提高的极点。例如，不惜地说道姨侄女的索斐亚·伊发诺芙娜向我说，四年前在乡村里还是小孩的发润卡，未得允许，便把自己一切衣服和鞋子散给了农民的孩子们，因此事后必须把它们收回，这时候，我还没有立即认为这件事值得提高我对她的态度，却在心中非难她对于物品有那种不实际的看法。

　　当聂黑流道夫家有客人时，有时在别人之外还有佛洛佳与杜不考夫时，我便自满地，并带着我有自家人的力量这种沉着的感觉，退避到幕后，不谈话，只听着别人说。别人所说的一切我觉得是那么难以置信地愚蠢，我内心里诧异着，像公爵夫人那么聪明的逻辑的妇人和她的逻辑的全家，怎么能够听那些无意义的话并且回答它们。假如我那时候想到比较别人所说的与我自己单独时所说的话，我大概是一点也不诧异了。假使我相信，我们家里的人，阿芙道恰·发西利叶芙娜、琉宝琦卡与卡清卡，是和所有的妇女一样，一点也不亚于别人，假使我想起了，杜不考夫、卡清卡及阿芙道恰·发西利叶芙娜愉快地笑着，整晚上谈话；杜不考夫对什么吹毛求疵时，几乎每次都要动情地背诵诗句："Au banquet de la vie, infortunecon vive……"（在生活的酒宴上，不幸的同桌的人……）或者《魔鬼》里的摘录，总之，他们多么高兴地一连几小时说无聊的话——假使我相信这个，我就更加不诧异了。

　　当然，有客人时，发润卡不如我们单独时那么注意我，那时既没有诵读，也没有我很爱听的音乐。和客人说话时，她便对我失去了她的主要的美妙处——沉着的理性与简单。我记得，她和我哥哥关于戏院与天气的谈话，非常使我吃惊。我知道，佛洛佳最逃避并最轻视庸俗，发润卡也总是嘲笑虚假的有趣的关于天气的谈话，等等——为什么他们俩在一起时，不断地说道最讨厌的琐事、并且似乎互相觉得害羞呢？每次在这种谈话之后，我暗下对发润卡发火，在第二天取笑原先的客人，但是认为独自在聂黑流道夫家更有乐趣。

　　无论如何，我开始认为，和德米特锐在他母亲的客厅里，比和他单独在一起，是更有乐趣。

第四十一章　和聂黑流道夫的友谊

正在这时候我和德米特锐的友谊系于一发了。我很早就开始批评他，为了不发觉他的缺点；而在青年的初期，我们只是热情地相爱，因此只爱完善的人。但不久热情的云雾便开始渐渐地消失，或是理性的明亮光线不觉地开始穿过它，于是我们按照实际的样子看我们的热情的对象，有优点和缺点，单是缺点出乎意外地明白而夸张地投入我们的眼中；心向着新事物，希望着别人的完善并非不可能，这两个情绪，鼓励我们不但要冷淡而且要讨厌从前的热情的对象，我们不惜抛弃它而急于寻找新的完善。假如我对于德米特锐没有发生同样的事情，那是我只得益于他的固执的、迂腐的、理性多于情感的亲爱，我觉得有负这种亲爱的是太惭愧了。此外，我们的奇怪的坦白规条把我们结合在一起。分开了，我们太怕把一切谈过的、自己觉得可羞的、道德的秘密留在彼此的掌握之中。况且，我们的坦白规条，我们觉得，显然地早已没有被遵守，并且常常拘束我们，造成我们之间奇怪的关系。

这个冬天，几乎每次我到德米特锐那里时，都看到他的大学同学别索别道夫，他和他在一起读书。别索别道夫是矮小的麻面的消瘦的人，有短小的、生了雀斑的手，稠密未梳的棕色头发，总是褴褛的，污秽的，没有学问，甚至读书很坏。德米特锐和他的关系，正如和琉宝芙·塞尔盖芙娜的关系，是我所不了解的。他能够在所有的同学中选择他而和他相投，唯一理由，可能只是，在全校之中没有一个学生在外貌上比别索别道夫还丑。但也许正因此，德米特锐觉得，违反大家而对他表示友好是愉快的。在他和这个大学生的全部关系中，表现着这个骄傲的感觉："看吧，我说，无论你是谁，我觉得都是一样的，我觉得都是一样的，我欢喜他，意思就是他好。"

我奇怪了，他不断地强迫自己，怎么会不觉得难受，而不幸的别索别道夫怎么会忍受了自己的难受的处境。我很不欢喜这种友谊。

有天晚上，我去到德米特锐那里，要和他一同在他母亲的客室里消磨一晚，谈话，听发润卡唱歌或诵读；但别索别道夫坐在楼上。德米·特锐用尖锐的声音回答我，说他不能下楼，因为，我知道，他那里有客人。

"那里有什么乐事吗？"他添说，"我们坐在这里谈话，好得多了。"

虽然我根本不想同别索别道夫坐两小时，我却不敢独自到客厅里去，我心中恼怒着朋友的古怪，坐在摇椅上，开始无言地摇着。我很恼怒德米特锐和别索别道夫，因为他们使我不能下楼；我期待着，别索别道夫是否快要走，我对他和德米特锐生气，无言地听他们说话。"很使人愉快的客人！同他坐吧！"我想，这时听差送来了茶，德米特锐必须请别索别道夫五次端茶，因为胆怯的客人在第一第二次时认为应该拒绝，并说："您自己喝吧。"德米特锐显然勉强着自己和客人谈话，他徒然地几次想要引我加入。我闷闷地沉默着。

"用不着做出那样的面色，谁也不许怀疑我是觉得无聊。"我心里向德米特锐说，无言地有韵律地在椅子上摇着。我带着几分满意，心中对朋友的轻微的憎恨情绪越来越大了。"这是呆瓜，"我想到他，"他可以和可爱的亲人愉快地度过夜晚，他却不，他同这个畜生坐着，但现在时间过去了，要到客厅去或许太迟了。"我从椅子边的后面看我的朋友。他的手，姿势，颈子，特别是脑后和膝盖，我似乎觉得，是那么讨厌、气人，我会高兴地在那时向他做出什么，甚至大不愉快的事。

最后，别索别道夫站起来了，但德米特锐不能够立即放走那么可喜的朋友。他邀他留宿，幸而别索别道夫没有同意，走了。

送走了他之后，德米特锐回来了，微微地自满地微笑着，擦着手——大概是笑他仍然维持了他的性格，笑他终于摆脱了无聊的事——开始在房里走动着，偶尔看我。我觉得他更讨厌了。"他怎么敢走动并且微笑着呢？"我想。

"为什么你发火了？"他忽然地问，停在我面前。

"我一点也不发火，"我回答，正如别人在类似情形中总是这么回答，"我不高兴的只是你对我、对别索别道夫、对你自己装假。"

"多么无趣的话啊！我从来不对任何人装假。"

"我没有忘记我们的坦白规条，我坦白地向你说。我相信，"我说，"你和我一样地讨厌这个别索别道夫，因为他愚笨，上帝知道他是什么，但你高兴在他面前摆架子。"

"不！第一，别索别道夫是极好的人……"

"但我说，是；我甚至要向你说，你对琇宝芙·塞尔盖芙娜的友谊也是建立在这上面，就是她把你当作上帝。"

"但我向你说，不是的。"

"我向你说，是的，因为我是凭自己知道这个的，"我带着约制的恼怒的火气说，并且希望用我的坦白说服他："我向你说过，我再向你说，我总觉得，我欢喜那些向我说愉快话的人，我很明白，知道，真正的感情是没有的。"

"不，"德米特锐继续说，用颈子的愤怒的动作整理着领带，"当我爱时，称赞和责备，都不能变更我的情感。"

"不对，我本向你承认过，当爸爸叫我废物时，我恨了他一些时候，巴望他死，你也同样……"

"为你自己说吧。那很可惜，假如你是那种……"

"相反，"我大叫，从椅子上跳起来，带着不顾一切的勇敢看着他的眼睛，"你说得不对；你不是向我说道我哥哥吗——我不要提醒你这个，因为那会是不荣誉的——你没有向我说过——但我要向你说我现在是多么了解你……"

于是，我极力要刺痛他，超过他刺痛我，开始向他证明，他不爱任
何人，向他说出一切我觉得我有权利责备他的话。我很满意我向他说了
一切，完全忘记了，这种说话的唯一可能的目的，是要他承认我对他所
指责的缺点，这是不能够现在在他兴奋的时候达到的。在心平气静的情
况中，当他可以承认时，我从来没有向他说过这个。

当德米特锐忽然无言，离开我走到另一个房间时，这个争论已经成
为争吵了。我正要跟着他走，继续说着，但他没有回答我。我知道，在
他的缺陷表里有暴躁，他此刻是在克制自己。我咒骂他的全部的表。

这就是我们的规条指导我们的话：互相告诉我们所感觉到的一切，
永不向第三人说道彼此的任何事情。在坦白的迷醉中，我们有时甚至作
出最无耻的自认，令我们羞耻的，拿假定与幻想冒充愿望与情感，例如
我刚才向他所说的；而这些自认不但没有加紧那结合我们的联系，而且
使情感本身干枯，使我们分离；现在忽然他的自尊心不许他作最空洞的
自认，我们在争执的火气中利用了我们自己从前互相给予的武器，这使
我们觉得非常痛苦。

第四十二章　继母

　　虽然爸爸想要在新年以后才带妻子到莫斯科来，他却在秋间，十月，在带狗乘游还是极好的时候，就来到了。爸爸说，他改变了计划，因为他的案子要在大理院受审；但米米说，阿芙道恰·发西利叶芙娜在乡间是那么觉得无聊，那么常常说道莫斯科，那么假装有病，以致爸爸决定了满足她的愿望。

　　"因为她从来不曾爱他，只向大家耳朵里嗡嗡说出她的爱情，她想嫁有钱的人。"米米添说，沉思地叹息着，似乎是说："有些人，假如他能赏识他们，就不会对他这么做了。"

　　"有些人"对于阿芙道恰·发西利叶芙娜是不公平的；她对爸爸的爱情，热烈的、忠实的、自我牺牲的爱情，可以在每句话，每个目光，每个动作中看出来。但这种爱情，以及不要离开所崇拜的丈夫这个愿望，一点也没有妨碍她。希望从安涅特夫人那里获得异常的头巾，有别致的蓝鸵鸟毛的帽子，和威尼斯蓝天鹅绒的长袍，这要美妙地露出她的端正的白胸脯与手臂，这是直到现在除了丈夫与女仆尚未给任何人看过的。卡清卡当然是在母亲的一边，从她来到的那天，就在我们和继母之间立即建立了一种奇怪的玩笑的关系。她刚下马车，佛洛佳便做出严肃的面色和暗淡的目光，踏脚行礼，摇摆着身体，去吻她的手，好像介绍什么人那样地说：

　　"我有荣幸在亲爱的妈妈来到时贺她，吻她的手。"

　　"啊，亲爱的儿子！"阿芙道恰·发西利叶芙娜说，带着美丽的单调的笑容。

"您不要忘记了第二个儿子。"我说，也走上前吻她的手，不觉地极力仿效佛洛佳的面情与声音。

假如我们和继母都相信互相的感情，则这个表情或许就是我们轻视表现爱的特征；假如我们已经彼此有恶感，则它或许就是嘲讽或轻视装假，或希望对在场的父亲隐藏我们真实的关系以及许多别的情感与思想；但在目前的情形中，这个很合乎阿芙道恰·发西利叶芙娜的心情的表情，什么意思都没有，只是隐藏了任何关系的缺如。我后来常常注意到，在别的人家，当家庭的人员感觉到他们的真实关系要不很好时，也有这种玩笑的虚伪的关系；这种关系也不觉地建立在我们与阿芙道恰·发西利叶芙娜之间。我们几乎从来没有脱离过这种关系，我们总是对她虚伪地恭敬，说法语，踏脚行礼，称她chère maman（亲爱的妈妈），她总是同样玩笑地带着美丽单调的笑容，回答这个。只有弯腿的，说话天真的，好笑的琉宝琦卡欢喜继母，极单纯地有时笨拙地极力使她和我们全家接近；因此，琉宝琦卡是世界上唯一的人，阿芙道恰·发西利叶芙娜在她的对爸爸的热烈之外也对她有一点儿情感。阿芙道恰·发西利叶芙娜甚至向她表现一种欢乐的惊讶，和很使我吃惊的胆怯的恭敬。

起初阿芙道恰·发西利叶芙娜常常称自己为继母，欢喜暗示，儿女们和家里人总是错误地不公平地看待继母，以及因此继母的地位是多困难。但她，预见到这种处境的不愉快，却不做任何事情来逃避这种处境：抚爱这个，馈赠那个，不埋怨，这在她或许是很容易的，因为她生性不苛刻，并且很仁慈。她不但不这么做，而且相反，她预见到自己处境的不愉快，却在不受攻击时准备防御，以及全家的人都想要用一切方法对她做出不愉快的和不敬的事，她在一切之中看到图谋，认为无言地忍受对她是最合适的，并且，不用说的，由于她的没有作为，她没有获得爱，却获得了恶感。此外，她还缺少那种我曾说过的、在我们家庭中发展到最高限度的了解力，而且她的习惯是和我们家庭中根深蒂固的习惯那么互相冲突，单是这一点就于她不利了。在我们的有秩序而整洁的家庭中，她总过得好像刚刚来到的，起身睡觉，时而早，时而迟，时而出来，时而不出来吃饭，时而吃，时而不吃夜饭。在没有客人时，她几乎总是衣服穿了一半就走动了，不羞于让我们、甚至让仆人们看见她穿白裙子，披着肩巾光着手臂。起初这种简单令我欢喜，但后来很快地，正因为这种简单，我失去了对她的最后的敬意。我们觉得更奇怪的就是，在有客人时和没有客人时，她是全然不同的两个妇人：一个，在客人面前，是年轻、健康，冷淡的美女，衣服华丽，不愚笨，也不聪明，然而愉快；另一个，没有客人时，是不再年轻的，憔悴的，忧愁的妇人，虽然多情，却马虎、愁闷。常常，当她微笑着，因为冬天的寒冷而脸红着，因为知道自己美丽而快乐着，拜访归来时，当她脱了帽子，走来照镜子，或者，响动着华丽的低领的舞服，在仆人们面前害羞着同时骄傲着，走进马车，或者在家时，当我们举行小规模的晚会，她穿高领的绸衣服，纤细的领子上有精美的花边，向各方面笑着单调然而美丽的笑容时，我看着她，我想，那些赞美她的人，假如看见她，就像我所见到的那样——她夜晚在家里，在十二点钟之后，等待着丈夫从俱乐部归来，穿一件外套，头发不梳，好像影子那样在光线微弱的房间里走着——他们会说些什么。她时而走到钢琴前，紧张地皱着肩，弹着她所知道的唯一的华姿舞曲，时而拿一本小说，从当中读几行，又把书丢开，时而，不唤醒仆人，自己走进餐厅，在那里拿一个胡瓜和冷犊肉，站在餐厅的窗前吃着，时而又疲倦，愁闷，无目的地从这个房走进那个房。但了解力的缺乏，最使我们和她疏远，这主要地表现在别人向她说道她所不了解的事物时她所特有的、谦虚的注意神情上。这是不能怪她的，当别人向她说道对她是没有兴趣的事物时（除了她自己和她的丈夫，没有任何东西令她感到兴趣），她有不自觉的只用嘴唇微笑点头的习惯；但这种常常重复的笑容与点头是不可忍受地讨厌的。她的愉快，似乎是嘲笑她自己、和你、和全社会，也是笨拙的，对谁也不表达什么的，她的敏感是太虚伪的。尤其是，她不断地向每个人说道她对爸爸的爱情而不觉得羞。虽然她一点也不说谎，说道她的全部生活是在她对丈夫的爱情里，虽然她用全部的生活证明这个，但按照我们的意见，这种不害臊的不断的关于自己爱情的复述是讨厌的，并且当她在生人的面前说道这个时，我们比当她说法语有错误时，更替她惭愧。

她爱自己的丈夫超过世界上的一切，丈夫也爱她，特别是在起初，当他看到不只是他一个人欢喜她的时候。她的生活的唯一目的是获得丈夫的爱情，但她似乎故意地做了一切或许使他觉得不愉快的事情。这一切的目的，是向他证明她的爱情的全部力量与自我牺牲的准备。

她爱装饰，爸爸欢喜看见她是社会上的美女，引起称赞与惊讶；她为爸爸牺牲了她对于装饰的爱好，越来越习惯了在家里穿着灰外套。爸爸，总认为自由与平等是家庭关系中不可少的条件，希望他的爱女琉宝琦卡和善良的年轻的妻子真诚而友爱地相处；但阿芙道恰·发西利叶芙娜牺牲了她自己，认为必须对家里的真正女主人——她这么称呼琉宝琦卡——表示不体面的敬意，这是使爸爸很生气的。这个冬天他赌得很凶，最后输了很多，和寻常一样，不愿意把赌博和家庭生活混杂在一起，把赌博的事情隐瞒了全家。阿芙道恰·发西利叶芙娜牺牲了自己，并且有时在生病时，甚至在冬末怀孕时，认为穿着灰外套，不梳头发，即使是在早晨四五点钟，摇摆着去迎接爸爸，是她的责任；这时候、爸爸从俱乐部里回来，有时是在第八次的罚款之后，输了钱，又羞惭，又疲倦。她精神涣散地问他，他是否赌运好，并且带着谦卑的注意，微笑着，摇着头，听他说道他在俱乐部所做的事情，以及他第一百次求她绝不要等候他。但虽然输赢——按照他的赌博，爸爸的全部财产都决定于此——一点也不使她发生兴趣，她仍是每天夜里，爸爸从俱乐部回来时，第一个迎接他的人。然而在她的自我牺牲的热情之外，还有一种内心的嫉妒鼓动她去迎接，这种嫉妒使她受到极大的痛苦。世界上没有人能够使她相信，爸爸是从俱乐部里，不是从情人那里回来迟了。她极力要在爸爸的脸上窥察出他的爱情的秘密；什么也没有看出时，便带着几分悲哀的乐趣叹着气，并且一心默察自己的幸福。

　　由于这些以及许多别的不断的牺牲，在这个冬季的后几个月中——在这时期他输了很多，因此往往心绪不好——在爸爸对妻子的态度上，已经开始看到那种对于爱情对象的混合的情绪，内心的憎恨和约制的厌恶，这情绪的表现是不觉地渴望对于这个对象做出一切可能的细小的精神上的不愉快的事。

第四十三章　新同学

　　冬天不觉地过去了，又开始化雪了，大学里已经定好了考试时间表，这时我忽然想起了，我要考试十八门功课，我听过它们却没有注意听，没有做记录，没有准备任何一门。奇怪，这么明显的问题："如何应考？"怎么我没有一次想到过。但这整个冬天，我是处在那样的糊涂中，它的产生是由于我为了我是大人并且我是comme il faut而有的欢喜，因而当我想到如何应考时，我比较我自己和我的同学们，我想：他们要受考试，但他们大都还不是comme il faut的，所以，我有超过他们的优点，我必须及格。我去听讲演，只是因为我是那么习惯了，因为爸爸把我从家里送出来了。此外我有很多朋友，我在大学常常是愉快的。我欢喜讲堂里那种喧哗、谈话、笑声，我欢喜在讲演时，坐在后边的凳子上，在教授的平平的声音中，幻想着什么并观察着同学们，我欢喜有时和谁跑到马切尔娜那里去喝服德卡酒，吃东西，并且知道，我会因此受责备，在教授之后，胆怯地哑哑地打开门，走进课堂，我欢喜在各班学生带着哈哈笑声拥挤在走廊上时参加嬉戏。这一切，是很愉快的。

　　当大家已经开始更按时地听讲演，物理学教授教完了课程，告了别要到了考试再见时，学生们开始集合笔记簿，成组地准备功课，我也想我必须准备了。我已经说过，我和奥撒罗夫继续行礼，却维持着最冷淡的关系，他不但提议让我用他的笔记本，而且还邀我和他和别的学生们一同用这些笔记本作准备。我感谢了他，并且同意了，希望用这个荣幸完全消除从前我和他的误会，但只要求大家一定要每次在我家里聚集，因为我有好住房。

他们回答我说，他们要轮流的，在靠近的地方，时而在这家，时而在那家准备功课。第一次是在苏亨那里聚会。那是在特鲁不诺树荫大道的大屋里隔墙后边的一个小房间。在第一个约定的日子，我迟了，我到时，他们已经在读书了。小房间里全是烟草气味，不是好烟草的，而是苏亨所吸的劣烟草的。桌上有一瓶服德卡酒，酒杯，面包，盐和羊骨头。

苏亨没有站起来，请了我喝服德卡酒并且脱礼服。

"我想，你不习惯这种招待吧。"他添说。

他们都穿脏污的花纱布衬衫和衬胸。我极力不表示我对他们的轻视，我脱下礼服，照同学的样子躺在沙发上。苏亨在看书，时而参看笔记，别人提出问题打断了他，他解释得又简单，又聪明，又精确。我开始听着，有许多地方不懂，因为我不知道上文，我发了问题。

"哎，老兄，假如您不懂这个，您不能听的，"苏亨说，"我要把笔记给您，您明天看一遍，不然，怎样向您说明呢。"

我因为自己的不知道而觉得羞惭，同时觉得苏亨的话是公平的，我停止了听讲，而从事于观察这些新同学。按照把人们分为comme il faut与不comme il faut的分类，他们显然属于第二类，并因此引起了不但我的轻视的情绪，而且还有一种人身的憎恨，我对他们感觉到这个，因为他们不是comme il faut的，他们似乎不但认为我是和他们平等的，而且甚至善意地庇护我。引起我这个感觉的，是他们的腿，咬了指甲的脏手，奥撒罗夫小手指上留起来的一个长指甲，他们淡红色的衬衫、衬胸，他们亲爱地相互所说的詈骂，脏房间，苏亨用手指捺着一个鼻孔不断地轻轻嗅鼻子的习惯，特别是他们说出，应用某些字以及发出音调的方法。例如他们用"蠢才"代替"呆瓜"，用"照字意"代替"精确"，"堂皇"代替"美丽"、"运动"之类，我觉得这是书本气的，讨厌的，不规矩的。但最引起我的正派的憎恨的，是他们的某些俄国字特别是外国字的发音，例如把机器、活动、故意、房间、莎士比亚等的重音读错。

但是，虽然有这种在那时我觉得是不可克制地讨厌的外表，我也感觉到这些人的一些好地方，羡慕那种团结他们的愉快友谊，感觉到对他们的倾慕，并希望和他们接近，不管这对于我是多么困难。

我已经认识了温良的诚实的奥撒罗夫；现在伶俐的、异常聪明的苏亨，令我极其满意，他显然在这个团体中占第一位。他是矮小的结实的黑皮肤的人、有相当肥胖的、总是明亮的，但极其聪明、活泼、自主的脸。他的不高的但突出在深凹的黑眼睛上的额头、粗硬的短发，和似乎总是不剃的密密的胡须，特别给予他这种表情。他似乎不想到他自己（这总是人们特别令我满意的地方），但显然，他的聪明从来没有停止活动过。他的脸是一副那种善于表情的脸，这些脸在你第一次看见了它们的几小时后，会忽然在你的眼睛里变得完全不同。我看到，在晚上很迟时，苏亨的脸上发生了这个情形。他的脸上忽然出现了新的皱纹，眼睛凹得更深，笑容不同了，整个的脸那样地变了，我好容易才认出来。

当读书完毕时，苏亨，别的大学生们和我，为了证明要做同伴的愿望，各人喝了一杯服德卡酒，酒瓶里几乎毫无剩余了。苏亨问，谁有二角五分的钱，好派一个侍候他的老妇人再去买服德卡酒。我提议拿出我的钱，但苏亨似乎没有听到我说，转向奥撒罗夫，奥撒罗夫拿出珠子的钱袋，给了他所要的钱。

"你，当心，不要好喝酒。"奥撒罗夫说，他自己一点酒也不喝。

"不用怕，"苏亨回答，吸着羊骨髓（我记得，我那时想道：他吃了许多骨髓，所以聪明），"不用怕，"苏亨继续说，微笑着；他的笑容是那样的，我们不觉地便要注意它，并且为了这笑容而觉得应该感谢他，"即使我好喝酒，那也不是不幸的事，老兄，我们现在看吧，谁难倒谁，是他难倒我，或是我难倒他。已经准备好了，老兄，"他夸张地说，用手指弹了弹额头，"但愿塞妙诺夫不要落第，他好像喝酒很凶。"

确实，就是那个白发的塞妙诺夫，他在第一次考试时、因为他外表不如我，曾使我那么高兴，他以第二名通过了入学考试，在上课的第一个月他按时地来听讲，在复习之前他已开始喝酒，在学程结束时，他在大学里根本不见了。

"他到哪里去了？"有谁问。

"我早已看不见他了，"苏亨继续说，"我上次和他在一起捣毁了里萨崩①。那是豪壮的恶作戏。后来，听说，发生了什么事情……多么好的头脑啊！这个人有多大的火气啊！多么聪明啊！假如他失败，多可惜啊。但他一定要失败，他不是那种能够带着冲动的性格安坐在大学里的人。"

又谈了一会，大家开始分散了，约定了次日还在苏亨家聚会，因为他的住处和所有的别人家是最近的。当大家走进院子时，我觉得有点惭愧，大家都步行，只有我坐车，于是我害羞着，提议用车送奥撒罗夫。苏亨和我们一同走出，向奥撒罗夫借了一卢布，到什么地方整夜作客去了。一路上奥撒罗夫向我说了许多关于苏亨的性格与生活方式的话，我到家后，好久不能睡着，想到我所认识的这些新的人。我好久没有睡着，在两种心情之间游移着，一方面尊重他们，他们的知识、简单、诚实、青春与勇敢的诗情，令我倾向这个，另一方面讨厌他们的不合宜的外表。我虽然是有愿望，这时候却简直不能够和他们相投。我们的了解力是十分不同的。无限的细微差别组成我的生活的全部美妙与意义，这是他们完全不了解的，反之亦然。但不能接近的主要原因，是我的礼服的二十卢布一尺的料子，马车和葛布衬衫。这个原因对于我是特别重要。我觉得，我不觉地用富裕的表征得罪了他们；我觉得，我在他们面前是不对的。于是，我时而顺服，时而反对我的不该有的顺服，并转于过分自信，我无论怎样也不能和他们发生平等的、诚恳的关系。苏亨性格上粗野恶劣的方面，那时候对于我，是那样地被我所预感的他的强力的勇敢的诗情盖住了，它一点也不令我觉得不愉快。

大约有两周，几乎我每天晚上要到苏亨那里去读书。我读的很少，因为我已说过，我落在同学们之后，没有力量单独读书以便赶上他们，

---

① 莫斯科的酒店。

我只装作我在听并且了解他们所读的东西。我觉得，同学们猜到了我的装假，我常常注意到，他们丢开了他们所了解的地方，并且从来不问我。

我一天一天越来越原谅这个团体的没有规矩，惯于他们的生活状况，在其中发觉许多诗趣。只是我对德米特锐所发的，不和他们到任何地方去喝酒的誓言，使我不想参与他们的娱乐。

有一次我想要向他们夸耀我的文学知识，特别是法国文学的知识，把谈话引到这个题目上。使我惊讶，结果是，虽然他们用俄语的发音说出外国的书名，他们却读得比我多得多了，知道并且重视英国的甚至西班牙的作家，勒·萨日①，我那时还不曾听到过他们。普式庚与茹考斯夫基对于他们是文学（而不像对于我，是我在小孩时所阅读所学习的黄色封面的小书）。他们同样地轻视杜马·绪·费法勒②，他们，特别是苏亨，批评文学比我好得多明白得多，这是我不能不承认的。在音乐知识上，我也没有一点胜过他们的地方。更使我大大惊讶，奥撒罗夫奏提琴，另一个和我们在一起读书的学生奏低音提琴与钢琴，两人都在大学管弦乐队里演奏过，精通音乐，并且重视好的音乐。总之，除了法语德语的发音，他们在我想要对他们夸耀的一切上，都知道比我多，并且一点也不骄傲这些。在我的地位上，我可以夸耀我的教养，但我没有这个，不如佛洛佳。那么，我有什么长处可以轻视他们呢？我和伊凡·伊发内支公爵的相识吗？法语发音？马车吗？葛布衬衫吗？指甲吗？这一切到底是不是无意义的东西呢——它们开始模糊地偶尔来到我的脑中，因为我是在羡嫉心情的影响之下，羡嫉我所见的同学友谊与善意的青年的愉快。他们都是亲密的。他们的言语的简单达到了粗野的程度，但在这个粗野的外表之下，可以不断地看到他们怕有一点儿侮辱彼此的地方。下流，猪，他们所亲爱地使用的这些话，只使我讨厌，给我做内心

---

① 法国小说家，戏剧家，一六六八——七四七。

② 法国作家，空想小说的作者，一八一七——八八七。

嘲笑的理由，但是这些话不触怒他们，也不妨碍他们彼此之间有最诚恳友爱的立场。在他们彼此之间的态度上，他们是那么小心、精细，只有很穷的、很年轻的人才是如此的。尤其是，我在苏亨的性格和他在里萨崩的冒险事件中感觉到一种广泛的放荡的东西。我觉得，这些酒宴应该是和我在 3 男爵家所参加的有燃烧的甜香槟酒的那种虚伪完全不同的东西。

第四十四章　苏亨与塞妙诺夫

　　我不知道苏亨属于什么阶级，但知道他进过C中学，没有一点财产，并且似乎不是贵族。这时候他十八岁，虽然在外貌上显得大得多。他非常聪明，特别是，敏捷：立即了解全部复杂的主题，预见它的所有的部分与结论，在他，是比凭意识去研究产生这些结论的定理，更为容易。他知道，他聪明，他骄傲这个，由于这种骄傲，他对待所有的人是同等地简单的、善意的。大概是他在生活上有很多的经验。他的热烈的易感受的性格，早已使他经验过爱情、友谊、商业、金钱。虽然是在微小的程度上，虽然是在最低的社会阶层里，但没有一件东西，在他经验了之后他不轻视，他不抱着淡漠与不注意的态度，这是因为他太容易就获得了一切。似乎是，他用那样的热力去做一切新的事情，只是为了达到目的之后轻视他所获得的东西，他的能干的性格，总是使他达到目的，并获得轻视的权利。在科学方面也是这样的：他很少读书，不写笔记，把算学学得极好，当他说，他要难倒教授时，他不是吹牛。他觉得，在他所读的东西里面，有许多无意义的地方，但是，他带着他的性格中所特有的不自觉的实际的欺诈，立即使自己模仿了教授所要求的东西，所有的教授都欢喜他。他对于首长的关系是直率的，但首长也尊重他。他不仅不尊重不欢喜科学，而且甚至轻视那些严肃地研究他已那么容易获得的东西的人。各种科学，如他所了解的，占不了他的才能的十分之一；在他的学生地位上的生活，没有给他任何他能够专心从事的东西，而如他所说的，他的热烈的活动的性格需要生活，于是他沉溺于他的能力所能办到的那种喝酒，他热烈地并且带着"超过自己的能力"去逃避自己的愿望，沉迷于喝酒。现在，在考试之前，奥撒罗夫的话证实了。他有两个星期不见了，所以近来我们在另一个大学生家准备功课。但在第一场考试时，他又苍白，又疲惫，带着颤抖的手，在大厅里出现了，并且很光辉地升入第二年级。

在这个学期的开始，放荡团体中有八个人，苏亨是首领。伊考宁与塞妙诺夫起初也在内，但前者离开了团体，他不能忍受他们在年初所沉迷的狂乱的放荡，第二个离开了，因为他觉得这还不够。起初我们全级的人都带着几分恐怖看他们，并且互相谈到他们的功绩。

这些功绩中的主要人物是苏亨，在学期结束时，是塞妙诺夫。后来大家甚至也带着几分恐怖看塞妙诺夫，当他来听讲演时——这是很少有的，讲堂里便发生了激动。

正在考试之前，塞妙诺夫用最有力的独特的方式结束了他的纵酒生活，由于我和苏亨相识，我是这事的目击者。这就是事情发生的经过。有一天晚上，我们刚刚聚集在苏亨那里，而奥撒罗夫低头看着笔记本，在烛台上的蜡烛之外，他在身边放了一支蜡烛在瓶里，用他的纤细的声音开始读他的详细记录的物理学笔记——女主人就走进房来，向苏亨说，有人送信来给他。

苏亨出去了，不久便垂着头，带着沉思的面色，回来了，他手里拿着打开的在灰色包纸上所写的字条和两张十卢布钞票。

"诸位，一件意外的事情！"他说，抬起头，有点庄重而严肃地看了看我们。

"怎么，收到了借款吗？"奥撒罗夫说，翻着自己的笔记本。

"啊，向下读吧。"有谁在说。

"不行，诸位！我不再读了，"苏亨用同样的声音继续说，"我向你们说，不可理解的事情！塞妙诺夫派一个兵给我二十卢布，这是他在什么时候借的，他写着，假如我想看他，便到兵营里去。你们知道，这是什么意思？"他添说，看了看我们大家。

我们都沉默着。

"我马上就去看他，"苏亨继续说，"谁想去，我们就去。"

大家立即穿了礼服，准备去看塞妙诺夫。

"这不会是不合适吧，"奥撒罗夫用尖细的声音说，"我们都去看他，好像看稀奇的东西。"

我完全同意奥撒罗夫的话，特别是关于我，我和塞妙诺夫几乎是不相识的，但我是那么乐意知道自己是参与同学的共同的事件的人，并且那么想要看见塞妙诺夫本人，因而对于他的话，我什么也没有说。

"废话！"苏亨说，"我们都去和同学告别，无论他是在什么地方，这有什么不合适呢。废话！谁要去，我们就去。"

我们雇了马车，要兵士和我们一同坐车，我们去了。值班的下士不愿让我们到兵营里去，但苏亨设法劝他，而那个送信的兵带我们走进了一间大的、几乎是黑暗的、被几盏灯微弱地照亮的房里，房内两边的板床上，坐着或卧着穿灰大衣的剃额的新兵。进了营房之后，一种特别的难受的气味与几百个人的鼾声令我吃惊，我跟随着我们的领导人和苏亨，苏亨用坚决的步子在板床之间走在大家之前，我惊惧地看到每个新兵的境况，并且把留在我记忆中的、塞妙诺夫的结实的、有劲的形象，和又长又乱的几乎是白色的头发，苍白的嘴唇，忧郁而明亮的眼睛，结合在每个新兵的身上。在营房的最后角落里，在注了黑油的、里面燃烧的灯芯冒着烟发光的、最后陶壶旁边，苏亨加快了脚步，忽然停止了。

"你好，塞妙诺夫，"他向一个和别人同样剃过额头的新兵说，这个新兵穿了宽大的兵士衬衣，披着灰大衣，连脚坐在板床上，和另一个新兵谈着，吃着什么。这就是他，有剃得极短的白发，剃刮的蓝额头，和永远忧郁的、有力的面部神情。我怕我的目光触怒他，因此回转了身。奥撒罗夫似乎和我们意思一样，站在大家的后边；但是塞妙诺夫的声音，当他用惯常的断续的言语和苏亨及别人寒暄时，完全使我们心安了，我们连忙走上前——我伸出我的手，奥撒罗夫伸出他的手板，但塞妙诺夫更在我们之前伸出他的又黑又大手的，似乎是借此免除我们要向他敬礼的不愉快的感觉。他和寻常一样冷淡地沉着地说话。

"你好，苏亨。谢谢你来了。啊，诸位，请坐。你去吧，库德锐阿施卡，"他转向那个和他谈话吃东西的新兵说，"我们以后再谈吧。请坐吧。什么？令你惊讶吗？苏亨？啊！"

"你没有任何东西使我惊讶，"苏亨回答，坐在板床上他旁边，微微带着医生坐在病人床上时的表情，"假如你现在就是这样来考试，就会令我惊讶了。可是你说吧，你丢到哪里去了，这是怎么的？"

"丢到哪里去了吗？"他用低沉而有力的声音回答，"丢到饭馆酒店里去了，总之，在酒馆里。但诸位请坐吧；这里地方很多。你把腿缩一点吧，"他露出一下他的白牙齿，命令地向一个新兵说，这新兵躺在板床上他的左边，把头枕在手上，带着懒惰的好奇心看着我们，"我放荡，做丑恶的事。也有好事，"他继续说，在说每个断续的句子时改变着有力的面部的表情，"和商人的事件你知道；那个浑蛋死了。他们想赶我。有了钱——全都花了。但这算不了什么。有了无数的丑恶的债务。没有办法还债。哦，就是这些了。"

"你怎么会有这样的思想。"苏亨说。

"是这样的：有一次在雅罗斯拉夫里吃酒，你知道，那里是斯托任卡，我和一个商人老爷喝酒。他是新兵站的官商。我说，给我一千卢布——我就去。于是我去了。"

"但是要知道，你是贵族。"苏亨说。

"废话，基锐勒·伊发诺夫欺骗所有的人。"

"基锐勒·伊发诺夫是谁？"

"就是买我的人，"（这时，他特别地，奇怪地，滑稽地，嘲笑地闪了闪眼睛，似乎是微笑了一下）"他们得到了大理院的许可。我还是喝酒，还了债，我便去了。就是这些了。当然，他们不能打我。还有五个卢布。也许有战争……"

　　然后他开始向苏亨说了他的奇怪的不可思议的冒险事件，不断地改变着有力的面部的表情，并且忧郁地闪动着眼睛。

　　当我们不能在营房逗留时，我们开始和他告别了。他把手伸给我们所有的人，紧紧地握手，没有站起来送我们，说："诸位什么时候请再来，听说，还要到下个月才赶我们。"他又似乎微笑了一下。但苏亨走了几步又回去了。我想要看他们的告别，我也停下来，看到苏亨从荷包里掏出了钱给他，塞妙诺夫推他的手。然后我看到他们相吻，听到苏亨又走近我们，很大声地说："再见，头目！大概的，我不毕业，你就要做车官了。"从来不笑的塞诺妙夫，用响亮的、不常有的、令我极感痛苦的笑声，哈哈笑着回答他。我们走出来了。

　　我们都步行着回家，一路上苏亨沉默着，不断地轻轻地嗅鼻子，用手指捺着时而这边时而那边的鼻孔。到家时，他立即离开了我们，并且就从那天起，他开始喝酒了，一直到考试的时候。

第四十五章　我落第了

　　第一个考试，微积分考试，终于来到了，但我仍然在一种奇怪的糊涂里，没有使自己明白，有什么东西等候着我。晚上，在和苏亨及别的同学们相处之后，我常常想到，必须改变我的信念中的一些东西，那里面有些东西是不对的，是不好的，但早晨，太阳出来时，我又变为comme il faut了，很满意这个，不希望自己有任何的改变了。

　　在这种心情中，我去参加第一个考试。

　　我坐在公爵、男爵、伯爵们坐着的那一边的凳子上，开始和他们用法语谈话（说来奇怪），我没有想到，我马上就要回答我完全不知道的一门学科的问题。我冷淡地看着那些来应考的人，甚至敢于嘲笑几个人。

　　"哦怎样，格拉卜？"当他从桌前回来时，我向依林卡说，"觉得恐惧吗？"

　　"我们看您怎样吧。"伊林卡说，他自从进了大学以后，便完全反抗我的势力，我和他说话时他不微笑，并且对我有恶意。

　　我对依林卡的回答轻视地微笑了一下，虽然他所表现的怀疑使我害怕了一会儿。但是糊涂又掩盖了这个情绪，我仍然是那么精神焕散，漠不关心，甚至我允许了在考试之后（似乎对于我，这是最无意义的事情），立即同3男爵到马切尔恩去小吃。当我和伊考宁一同被喊叫时，我理了理制服的褶子，极冷静地走到考试桌前。

　　微微的恐惧的冷战，直到那个年轻的、就是在入学试验时考过我的教授，对直地看我的脸，我摸了摸写着问题的信纸的时候，才穿过我的脊背，伊考宁，虽然带着全身的摆动，像他在以前的考试中所做的那样，抽了问题条子，却回答了什么，尽管是很不好；我却做了他在以前的考试中所做的事情，我做得甚至更坏，因为我抽了第二个问题，对这第二个问题，我什么也没有回答。教授怜悯地看我的脸，用低低的坚决的声音说：

"你不能升二年级，伊尔切恩也夫先生。你还是不来考的好。我们要把这一科清除一下。您也是不来考的好，伊考宁先生。"他添说。

伊考宁要求准许重考，好像请求施舍一样，但教授回答说，他在两天之内来不及做完他在一年之内未做的事，他无论怎样也不得升级。伊考宁又可怜地卑屈地请求，但教授又拒绝了。

"可以走了，先生们。"他用同样的低低的坚决的声音说。

直到此时我才决定离开桌子，我开始觉得羞惭，因为我似乎借我的沉默的在场，参加了伊考宁的卑屈的要求。我不记得，我怎样经过大学生们面前穿过大厅，对他们的问题回答了什么，怎样走到门廊，怎样回到家里。我受了侮辱、轻视，我真是不幸。

我有三天没有出房，谁也不见，像在幼年时期一样，在眼泪里寻找慰藉，哭得很凶。我找到了手枪，假如我是很愿意这样，我可以用它自杀的。我想道：依林卡·格拉卜遇见我时，会当面轻视我，并且他这么做，是公平的；奥撒罗夫会因我的不幸而高兴，并且向大家说道这个；考尔匹考夫在雅尔侮辱我，是完全对的；我和考尔娜考发公爵小姐的愚笨的谈话不会有别的效果，等等。生活上一切痛苦的和有伤自尊心的时刻，在我的头脑中连贯地闪过；我极力把我的不幸归罪于人；我想，是谁故意做了这一切，设想了对于我的全部阴谋，埋怨教授们、同学们、佛洛佳、德米特锐，埋怨爸爸送我进大学；埋怨天意让我受到这种耻辱。最后，我感觉到，在知道我的一切人的目光中，我是完全毁灭了，我要求爸爸送我去当骠骑兵，或者到高加索去。爸爸不满意我，但看到我非常的悲伤，便安慰我，说，这虽然丢脸，假如我转入别的学科，事情还可以补救。佛洛佳也不觉得我的不幸中有什么可怕的东西，说，在别的科里，我至少不会在新同学面前觉得羞惭。

我们的妇女们根本不懂得，并且不想要或者不能够懂得，考试是什么，不升级是什么，她们可怜我，只是因为她们看到了我的悲伤。

德米特锐每天来看我，总是极其温柔而和顺；但正因为如此，我觉得他对我冷淡了。当他上楼来看我，无言地靠近我坐着，稍微带着医生坐在重病的人床前时的神情，我总是觉得又痛苦又气愤。索斐亚·伊发诺芙娜和发润卡托他带来了我从前所希望的书，并且希望我去看她们；但是正在这种关怀中，我感觉到一种对于一个已经伤心到极点的人的骄傲的、对我是侮辱的垂爱。过了三天，我稍微心安了，但直到下乡之前，我没有离开过家里，总是想着自己的悲伤，闲散地从这间房走到那间房，极力逃避全家的人。

我想了又想，最后，有一次，晚上很迟的时候，我独自坐在楼下，听着阿芙道恰·发西利叶芙娜的华姿舞曲，忽然跳起来了，跑上楼，拿出写了"生活规条"的本子，把它打开，我感觉到一刹那的忏悔与道德的热潮。我哭起来了，但已经不是失望之泪了。我恢复了精神，决定重写生活规条，坚决地相信，我要永远不再做任何不好的事，不徒徒地浪费片刻时间，并且永远不改变我的规条。

这个道德的热潮是否维持长久，它是什么，它对我的道德的发展奠定了什么新的基础，我要在青年的更幸福的下半期中再说了①。

一八五六——

---

① 托尔斯泰原拟写出"成长的四时期"，分为幼年、少年、青年、成年（ДеТСТВО，Отрочество, Юность, Моддость），但第四部没有写出。

图书在版编目（ＣＩＰ）数据

幼年·少年·青年 /（俄罗斯）托尔斯泰
(Tolstoy,L.N.) 著；高植译 . — 长春：吉林出版集团
股份有限公司 , 2013.11
（名家名译）
ISBN 978-7-5534-1500-0

Ⅰ.①幼… Ⅱ.①托… ②高… Ⅲ.①自传体小说—
小说集—俄罗斯—近代 Ⅳ.① I512.44

中国版本图书馆 CIP 数据核字 (2013) 第 242990 号

幼年·少年·青年

著　　者	［俄］列夫·托尔斯泰	
译　　者	高　植	
责任编辑	王　平　张晓华	
封面设计	观止堂 _ 未　氓	
开　　本	650mm×960mm　1/16	
印　　张	23.5	
版　　次	2013 年 11 月第 1 版	
印　　次	2019 年 5 月第 2 次印刷	

出　　版	吉林出版集团股份有限公司
电　　话	总编办：010-63109269
	发行部：010-63104979
印　　刷	三河市华润印刷有限公司

ISBN 978-7-5534-1500-0　　　　　　　定价：65.00 元